SUPERHACKERS

Lois H. Gresh y Robert Weinberg

Superhackers

Traducción de
David Sempau

Argentina • Chile • Colombia • España
Estados Unidos • México • Venezuela

Título original: *The Termination Node*
Editor original: The Ballantine Publishing Group, una división de Random House, Inc., Nueva York
Traducción: David Sempau

Reservados todos los derechos. Queda rigurosamente prohibida, sin la autorización escrita de los titulares del *copyright*, bajo las sanciones establecidas en las leyes, la reproducción parcial o total de esta obra por cualquier medio o procedimiento, incluidos la reprografía y el tratamiento informático, así como la distribución de ejemplares mediante alquiler o préstamo públicos.

© 1998 *by* Lois H. Gresh y Robert Weinberg
© de la traducción, 2001 *by* David Sempau
© 2001 *by* Ediciones Urano, S. A.
   Aribau, 142, pral. - 08036 Barcelona
   www.umbrieleditores.com

ISBN: 84-95618-11-7
Depósito legal: B. 32.497 - 2001

Fotocomposición: Ediciones Urano, S. A.
Impreso por Romanyà Valls, S. A. - Verdaguer, 1 - 08760 Capellades (Barcelona)

Impreso en España - *Printed in Spain*

Este libro lo dedico con cariño a mi padre, Sam Goldberg, aficionado durante toda su vida a la ciencia-ficción y fuente inagotable de inspiración para mí.

Para Rena y Danny con amor.

Para Bob, mentor, amigo y, por encima de todo, un tipo extraordinario.

—LOIS H. GRESH

Para Lois, cuyo talento supera toda medida.

—ROBERT WEINBERG

1

A Judy Carmody le dolían las piernas. Eran las tres de la maldita madrugada y ahí estaba ella, mirando todavía una estúpida pantalla de ordenador en una condenada oficina del demonio. Aquella habitación le dejaba un agrio sabor de boca. En ese agujero faltaba el aire.

Sin duda, no circulaba allí el suficiente para el montón de hardware que controlaba el dinero de la mitad de la población de Laguna Beach. Un equipo como ese se merecía unas dependencias mucho más estériles.

Sin una mota de polvo en los baldosines del suelo.

Ni esa tapicería gris cubriendo las paredes de aquella mazmorra de tres por tres.

Acarició la superficie del monitor. Caliente, demasiado calor. Debajo de la mesa ronroneaban los discos duros, emitiendo un agradable zumbido tecnológico que cada vez se parecía más a un chirrido. Una sonata tocada con un instrumento desafinado.

—Estos cacharros están al límite. —Su voz brotó rasposa, con las palabras como rotas.

—Puede ser —dijo José—, pero ya conoces a los jefes: no habrá nada mejor hasta que consiga llegar a nivel catorce. ¡Pasado mañana, como quien dice!

José Ferrents, programador de seguridad jefe del Laguna Savings Bank, y uno de los mejores clientes de Judy. No podría moverse de ahí hasta que él estuviera completamente seguro de que había comprobado el sistema de arriba abajo, buscando fallos de seguridad. El día antes se habían distribuido nuevas contraseñas para los chicos de marketing. Como si las contraseñas le importaran mucho a un hacker. José se estaba volviendo un maniático paranoico.

Se recostó en su silla, esperando que ella acabara su trabajo. Pelo denso y negro, impregnado de laca verde. Lápiz de ojos rojo, bajo unos ojos azules surcados por hilillos de sangre. Definitivamente, a José le enrollaba el estilo Drácula.

El monitor cambió a protector de pantalla: enjambres de cubos y triángulos en continua recesión; resplandor neón sobre fondo negro. A Drácula le iba el universo infinito de los fractales.

—Mira, ¿podríamos terminar? De verdad, estoy cansada. —Era un agobio estar ahí atrapada junto a José en su cubil, con esas paredes llenas de pósteres de circuitos de microchips y lánguidas rubias en exiguos bikinis... ¡como si supiera algo de circuitos o de bikinis! Bah...

—¡Claro! Yo también tengo cosas más importantes que hacer —respondió, gratificándola con una sonrisa forzada. Mentira, no había nada que fuera más importante para él que jugar con los ordenadores.

Judy cerró los ojos, se echó para atrás su largo pelo castaño y se masajeó la nuca. Simplemente, esas no eran horas para tratar con José. Había tenido un día largo y bastante duro, programando un código de seguridad para Steve Sánchez, respondiendo los histéricos correos electrónicos de ese programador de Widescreen DVD. Pero como especialista en seguridad informática a quinientos dólares la hora, todavía podía aguantar un poco más la nuca dolorida y la compañía de Drácula.

Tocó la pantalla. Los fractales desaparecieron, dejando paso a un registro de transacciones por Internet ejecutadas por las empresas clientes del banco.

José había hecho un buen trabajo con el sitio web del banco. El cliente introducía su contraseña y después procesaba sus créditos y sus débitos con las cuentas autorizadas. Todas las transacciones eran cifradas antes de ser transmitidas, y descifradas después por el banco. Chips de criptografía y dinero digital. Cuando José instaló por primera vez el sistema, allá en el 2002, el Laguna Savings Bank se convirtió rápidamente en uno de los principales bancos virtuales del país.

José hizo rodar su silla por la habitación hasta el otro servidor. El traqueteo de las ruedas sobre las baldosas del pavimento se superpuso al chirrido de los discos duros y sobresaltó a Judy. Si pudiera calmar un poco sus nervios, si pudiera mantenerse despierta, si pudiera encontrar otro medio para conseguirlo que no fuera el café, al que había renunciado cinco años atrás, ni la metamorfa, que había abandonado ya en la facultad...

Nada de drogas para ella; no como José, que no dejaba de agitarse en su silla con los nervios tensos como cuerdas de guitarra, el cuerpo encogido y los ojos huecos inmersos en una profundidad de millones de kilómetros: túneles tubulares que corrían paralelos hacia ninguna parte.

No. Acabaría ese trabajo y se echaría a dormir unas cuantas horas antes de enfrentarse mañana a otra dura jornada... No, ese mismo día.

Comprobó la primera transacción del registro, una retirada de fondos realizada por una pequeña firma de inversiones de Laguna Beach. José verificó la cuenta de la empresa en el otro servidor y confirmó que el débito había sido restado correctamente.

Pasaron a la segunda transacción y así sucesivamente, recorriendo toda la lista, hasta que José dijo:

—Dos más y listos.

La mirada de Judy pasó de la pantalla a las estanterías por encima de la cabeza de él. Unidades doblemente reforzadas de Micro Utility Corp —subsidiaria ahora de Sony—, pieza de catálogo número 3B12G14, atornilladas a unidades 3B75I28 y 3C72I25. Las estanterías estaban repletas de concentradores Ethernet y de teclados.

Sólo dos más, vayamos por ellas y acabemos.

Una más.

—¿Qué demonios es esto? —Los hombros de José se encogieron más que de costumbre.

Tanta metamorfa no era buena. Veía fantasmas por todas partes.

—Venga José, que es tarde y quiero irme a casa.

—Penetración.

Una sola palabra, en voz tensa y baja.

—Corta el rollo, José.

—Repito: penetración. Y de las gordas. Diez retiradas de medio millón de dólares cada una en diez cuentas distintas, todas de Hirama Electronics.

¿Qué? ¿Estaba hablando en serio?

Empujó la silla hacia atrás y apretó los dientes al escuchar el rechinar de las ruedas sobre el pavimento. Se puso de pie para mirar por encima del hombro de José.

—Es mucho dinero, pero no tiene por qué ser una penetración —objetó Judy.

—Las transacciones de Hirama nunca vienen por la red. Siempre las hace en persona algún alto ejecutivo con traje italiano.

José volvió a consultar las cuentas bancarias de Hirama. Todas tenían saldo cero.

En medio de la noche, alguien estaba saqueando millones de dólares de las cuentas de Hirama. Penetración: un hacker. Judy se agarró al respaldo de la silla de José. Estaba demasiado cerca de su pelo de Drácula manchado de verde, que despedía el tufillo de plástico de la laca.

José se masajeaba los dedos de la mano derecha con los de la izquierda. Tenía las pupilas más dilatadas de lo que la metamorfa solía ponérselas, la frente empapada en sudor y la boca temblorosa.

—No puedo mover los dedos —espetó.

Judy se agachó por debajo de las luces rojas Ethernet y de los cables que, como espaguetis multicolores, bajaban en cascada de las placas de conexión. Su barbilla rozó el pelo de José, impregnado de laca. Estaba rígido como las cerdas de un cepillo. Afortunadamente, él apartó un poco su silla para dejarle espacio.

Cerró el archivo Hirama y lo abrió de nuevo, para ver si los cambios persistían.

Las cuentas ya no tenían saldo cero.

Debía estar perdiendo el control sobre sí misma. Era tarde y estaba cansada. Una vez más, volvió a poner en pantalla el registro de transacciones, que ahora incluía una gigantesca operación según la cual se deducían varios millones de dólares del saldo de Hirama.

Una maldito hacker estaba jugando en el negro vacío de la red.

—Un *superhacker* —murmuró.

¡Mierda!

Apenas se notaba las piernas mientras se dirigía de nuevo al otro ordenador, en el extremo opuesto de la sala. Sólo era vagamente consciente del sonido que producían sus calcetines al caminar sobre las baldosas, o de los fractales en la pantalla. La tocó, y le pareció que era como tocar a Dios o algo por el estilo. Todo su cuerpo estaba aturdido. El cerebro a tope. La atención fría como el hielo.

En la página de transacciones del Laguna Savings Bank, en tiempo real, aquí y ahora, algún zumbado estaba retirando fondos de Hirama para restituirlos acto seguido. ¿Y si no se trataba de ningún niñato que andara divirtiéndose por la red? Quebrantar las barreras informáticas de seguridad de un banco era un delito federal, castigado ineludiblemente con la cárcel.

—Síguele la pista. —José se encontraba en esos momentos detrás de ella; notaba su aliento en la nuca. Ni siquiera le había oído cruzar la habitación.

Se estremeció y comenzó a teclear.

```
powerman>finger -g
```

Una breve relación de usuarios del sistema recorrió la pantalla. Ningún intruso a la vista.

```
powerman>netstat -a
```

Una verificación rápida de todos los puertos del sistema, de todo el software de bajo nivel conectado a él. Nada.

—Inténtalo de nuevo —dijo José.

```
powerman>netstat -a
```

Esta vez la pantalla mostró una conexión vía Internet, establecida desde una dirección externa bajo el nombre de Helraze.

—Será mejor que llame a Naresh. —José parecía asustado. Naresh era su jefe. Él nunca le llamaba; un nivel quince en la jerarquía del banco. Un nivel quince que vivía en una casa lujosa y reinaba desde un cubículo igualmente lujoso situado en la planta de dirección.

No. Le ahorraría a José el mal trago. Ella misma arreglaría el asunto de Helraze.

—Naresh vive a quince minutos de aquí. No llegará a tiempo.

—Sí, creo que tienes razón. ¡Jesús! ¿Cómo se lo voy a explicar? El banco volverá a despedir gente. La próxima semana.

El comando *netstat* mostró de nuevo sus resultados. Ninguna conexión de Helraze esta vez.

—Quizá no tengas que explicarle nada —dijo Judy—. Ese hacker está entrando y saliendo del sistema. Saca dinero pero lo devuelve. Puede que no llegue a hacer un daño real.

—Pero ¿por qué lo hace?

No tenía ni idea.

Había que hacer algo. Seguir la pista de aquel payaso. Descubrir qué ruta había seguido a través de los millones de nodos informáticos de Internet hasta llegar a Laguna Savings.

```
powerman>traceroute helraze
```

Menudo elemento el Helraze ese, mandando paquetes de datos a través de otros cuarenta y siete ordenadores. ¿Quién demonios era ese tío y qué diantre quería?

—Intenta seguirle la pista otra vez —sugirió José.

Pero Helraze se había esfumado, literalmente desaparecido como si nunca hubiera existido.

—El archivo principal de contraseñas —dijo José—, eso tiene que ser. —La apartó y tocó un icono en la parte inferior de la pantalla.

Judy verificó el archivo encriptado MD6, que contenía todas las contraseñas principales, en busca de fallos de seguridad.

—Limpio: todos los códigos de acceso en su lugar y válidos —confirmó ella.

—Los registros de acceso al sistema también están limpios, ninguna brecha —añadió José—. Un momento…, ¿qué es esto? Judy, hay entradas falsas en el registro, como si esta noche se hubieran conectado docenas de superusuarios.

El acceso como superusuario era crítico. Significaba que el hacker podía acceder a todos los archivos protegidos, poner el banco de rodillas, destruirlo todo, transferir cualquier cantidad de dinero, hacer lo que quisiera. Y si era así, ¿por qué no lo había hecho ya?

Ni el comando *lastlog* ni *umpt* presentaban indicación alguna del hacker. Judy verificó de nuevo los registros de acceso. Los habían limpiado. No quedaba en ellos ni rastro de ningún mensaje falso.

Sólo cabía esperar que su misterioso hacker hubiera metido la pata. Con suerte, en lugar de borrar los datos del registro que podían utilizarse para seguir la pista de su penetración, quizá se hubiera limitado, con las prisas, a sustituir las entradas por espacios en blanco. La presencia de líneas vacías sería una clara evidencia de penetración, y hasta ahora, con todas las entradas borradas y las cuentas restauradas a su estado anterior, no había manera de probar la violación del sistema. A Judy le dolía la nuca de tanta tensión. Los ejecutivos de banca siempre exigían pruebas.

—Nada —dijo José—. Este tipo sabe realmente lo que se hace. Ningún fallo de autorización en /var/adm/messages. Nada anormal en el registro de superusuarios. Nada que husmear. Como si nunca hubiera existido.

—Si no llegamos al fondo de este asunto, y pronto —contestó Judy—, tendremos que informar a la dirección. Tal vez hasta tengan que cerrar el banco esta mañana.

—No tenemos ni una sola prueba. ¡Dios mío! Naresh me va a matar.

José estaba en lo cierto. Naresh lo mataría. Y la dirección nunca cerraría el banco basándose en lo que dijeran dos programadores que creían haber descubierto una extraña anomalía en el sistema. En cualquier caso, la dirección nunca entendía nada relacionado con los sistemas informáticos, aunque hubiera pruebas.

—Se nos acaba el tiempo —dijo José.

Judy echó una ojeada a su reloj. Eran casi las cuatro de la madrugada. En pocas horas, los clientes del banco de toda la ciudad conectarían sus ordenadores y comenzarían a realizar transacciones a través de la red. Para cuando apareciera algún directivo, los negocios en la red estarían a tope.

—Ese hacker tiene que haber estado husmeando la página del

banco durante semanas —observó Judy—, esperando una oportunidad para introducirse en el servidor. Y la obtuvo cuando enviaste el archivo nuevo de contraseñas a marketing.

Pinchar un cable, interceptar las transmisiones y pescar el nuevo archivo de contraseñas en su camino desde el ordenador principal a la oficina de la ciudad. Bastante sencillo.

—Se ha introducido en el archivo de contraseñas y se ha incluido en él, con acceso privilegiado a todo cuanto tenemos. Luego ha jugado con las cuentas de Hirama, y después ha borrado su contraseña falsa y también todas las pistas. ¡Es rápido!

—Y puede que no haya terminado —añadió José.

Judy sintió un escalofrío, invadida de repente por un súbito temor. ¿Y si el tipo en cuestión hubiera accedido a través de la propia red? José había codificado parte del sitio web utilizando Control Freak. ¿Y si el pájaro se había introducido en las rutinas I/O de software de bajo nivel, en los puertos del sistema? De ser así, ahora mismo podía estar accediendo a los archivos del banco, modificándolos y saqueándolos.

Judy miró aquel pedazo de máquina: seis procesadores en paralelo, provistos de más de 400 megabytes de memoria y toneladas de terabytes de disco duro. Lo último en criptochips. Todos los protectores de Internet conocidos instalados. Desde la red no había manera de penetrar en las cuentas de Laguna.

—José, ese tipo está haciendo algo nuevo. Control Freak está limpio en este banco. Recuerda que fui yo quien tapó todos los agujeros. Este hacker ha entrado en el sistema utilizando algún método que nunca habíamos visto.

—Podríamos arrancar los cables que van a las placas de conexión, desconectarlo.

—Eso fulminaría el sistema. Si cerramos, nunca sabremos de quién se trata ni cuánto daño ha hecho. Además, cuando quiera, volverá.

—Voy a soltar los agentes —dijo José, al tiempo que tocaba la pantalla. Los agentes aparecieron, sonrientes animaciones de escarabajos, realmente simpáticos, pero...

—No servirá de nada —replicó Judy.

—No se me ocurre otra cosa. —José tocó el icono EJECUTAR
Los agentes gesticularon y toda la estructura de directorios comenzó a desfilar por la pantalla. Esas criaturas digitales dotadas de inteligencia artificial, que se utilizaban sobre todo para buscar en la red, comenzaron a escudriñar en los archivos de José a la caza de pistas del intruso.

```
Sistema limpio
```

Nada.
—Una pérdida de tiempo —dijo Judy. La falta de sueño combinada con la tensión le hacía palpitar la cabeza. Estiró la espalda y levantó los brazos, tratando de desbloquear los músculos.
Los agentes gesticularon de nuevo. Luego, en letras azul metálico:

```
Sistema en peligro
```

Con los brazos aún en alto, se quedó petrificada.
—¡Qué demonios…!
Pero, justo cuando los bajaba, el mensaje cambió a:

```
Sistema limpio
```

José estaba muy quieto, mirando fijamente el mensaje con los párpados muy juntos y el cabello impregnado de sudor.
—¡Mira!
La pantalla mostraba ahora todos los procesos en marcha. El hacker había vuelto al servidor y estaba mandando al sistema operativo una orden de finalizar:

```
powerman>kill -TERM 1
```

—¡Nos está cerrando! —murmuró José—. Está finalizando todos los programas.
—Está suplantando a la consola del sistema —dijo Judy—. Está tomando el control.

Su mirada se había quedado fija en la pantalla; el corazón le galopaba de excitación y de miedo. En todos sus años como hacker, nunca se había encontrado con nadie tan atrevido y que supiera ocultarse tan bien. No había forma de seguirle el rastro ni de pararle los pies.

El sistema cambió a modo de usuario único, el pirata Helraze.

—Destruirá la memoria del sistema —dijo José casi en un murmullo—. ¿Cómo voy a pagar el alquiler? El casero me lo descuenta electrónicamente de mi cuenta en Laguna. ¿Cómo podré demostrar que mi digitarjeta tenía cinco mil dólares de saldo cuando…?

Judy le interrumpió.

—Todos mis ingresos también están en el banco. Si este fulano limpia el sistema, miles de personas quedarán arruinadas.

¿Y las copias de seguridad? ¿Bastarían las copias de seguridad del ordenador para superar aquella pesadilla?

No. Lo único que harían sería restituir las transacciones y las cuentas que hubieran existido hasta la noche anterior. Mejor eso que nada, aunque se perderían irremisiblemente muchas horas de transacciones.

Y nunca acabarían de desmadejar el lío.

La pantalla parpadeó. Apareció una bola de fuego, seguida por las letras DNS en grandes caracteres rojos y luego… nada. Negro.

Judy parpadeó. Repentinamente mareada, sacudió la cabeza y dijo:

—Se ha ido.

El pirata había desaparecido. Al instante, el sistema arrancó de nuevo en modo multiusuario. Los fractales no tardaron en aparecer de nuevo, lanzando su mensaje misterioso de penetración infinita.

José la miró. Tenía que estar pensando lo mismo que ella. Ninguna prueba. No había habido pérdidas financieras. Ninguna evidencia de lo que acababa de suceder. La dirección del banco nunca les creería. El ataque, la invasión, nada tenía sentido.

A menos que se hubiera tratado de… un ensayo.

2

Las nueve de la mañana y todavía con la misma ropa de ayer. Unos shorts arrugados de color naranja con manchas blanquecinas, una camiseta lila descolorida que cubría un top de bikini azul y los mismos calcetines rojos que habían pisado las baldosas de Laguna Savings la noche anterior.

Se sentía como un payaso sucio.

Pero la situación no tenía nada de gracioso.

—¿Cuánto tiempo hará falta para solucionar el lío de Laguna? —Steve Sánchez estaba sentado al borde de la silla de terciopelo azul detrás de su mesa imitación de mueble antiguo, que en realidad era conglomerado teñido de color roble. Una mesa incongruente para el dueño de una empresa de seguridad informática que valía muchos millones.

Pero como él mismo le había confesado hacía ya muchísimo tiempo, «los objetos familiares y pasados de moda hacen que los clientes se sientan cómodos, y al mismo tiempo transmiten la ilusión de que soy un hombre de negocios honrado y chapado a la antigua». Y eso era lo más importante.

En opinión de Judy, nunca había existido nada parecido a un hombre de negocios honrado a la antigua usanza.

Steve se estaba hurgando las cutículas de las uñas con un clip sujetapapeles. Sus ojos iban sin cesar del clip a Judy, del clip a Judy. Estaba esperando una respuesta, quería una respuesta rápida, de modo que la pudiera despedir enseguida y seguir con los asuntos del día. Nervioso como de costumbre, hiperactivo, como si su sangre bombeara constantemente morfa sin necesidad de ingredientes sintéticos.

Cabello negro esculpido, pómulos elevados, Steve era un hombre apuesto. Sus agudos ojos negros brillaban con excitación, inteligencia... y absoluta concentración.

Aparte del ordenador sobre la mesa, no había en su oficina otro equipo. Sólo falsas estanterías antiguas de conglomerado, macetas con plantas artificiales, su trono de terciopelo —incluso el terciopelo era de imitación— y una mullida butaca reclinable para las visitas.

A Judy no le seducía la idea de sentarse en ella. El asiento era demasiado alto, de modo que los pies no le llegarían al suelo, lo que la haría sentirse como una enana o como una niña. En definitiva, sentirse en inferioridad.

Pero sin duda ese era el objetivo que se buscaba al acomodar allí a las visitas.

Miró por la ventana y vio una platanera mutante, genéticamente modificada para que no diera plátanos.

—¿Y qué hay de DVD? ¿Cuándo vamos a terminar con eso? —preguntó sin volverse.

—Rodríguez llegará en cualquier momento. El vigilante de seguridad me pasará un aviso por mi ordenador. Tranquilizamos a Rodríguez y luego arreglamos lo de Laguna. Pero necesito unos plazos aproximados, Judy.

Tranquilizar a Rodríguez sin haber dormido. Magnífico.

—Vaya, Rodríguez ha llegado antes de lo previsto. El guardia le acaba de dejar pasar. Me temo que es hora de actuar. Acabaremos enseguida y después me hablarás del banco.

Llamaron a la puerta y Steve se levantó de su mesa. Con su metro sesenta y cinco, sobrepasaba a Judy en quince centímetros. Vestía traje marrón de lino, con corbata y gemelos.

En cuanto ella se apartó de la ventana, vio que Héctor Rodríguez y Steve se estaban estrechando las manos y parloteaban como viejos amigos: Me alegro de verte... ¿Qué tal tu mujer?... A ver cuándo nos tomamos esa copa... Bla, bla, bla.

Como si a cualquiera de los dos le importara un pimiento.

Héctor Rodríguez iba mejor vestido que Steve. Traje azul marino, corbata rosa y zapatos negros brillantes. Otro tipo atractivo, realmente encantador, con una sonrisa que a Judy le hizo pensar por un momento que aquel tipo era sincero.

Pero, por supuesto, no lo era. Héctor era vicepresidente ejecutivo de la región sudoeste de Widescreen DVD, la segunda cadena en ventas de vídeo de Estados Unidos, y por lo tanto, sabía perfectamente cuándo conectar el encanto y cuándo desconectarlo.

Rodríguez le sonrió.

Sin duda había venido con la idea de obtener algo de ella.

—¿Qué tal, señorita Carmody? —Se instaló en la butaca y le recorrió el cuerpo con la mirada. Judy no tenía la menor idea de lo que pensaba de ella. Nunca se podía estar segura con estos tipos. Con ella no hubo cháchara al estilo compadres. Era una chica en un mundo de hombres.

Se sentó en el antepecho de la ventana, contenta de vestir todavía su indumentaria dispar y desharrapada. Le hacía sentir un atisbo de poder, le permitía una especie de retorcida rebeldía contra los trajes de chaqueta o cualquier otra cosa que recordara remotamente la vestimenta profesional.

Al ver que no contestaba, Steve la miró ceñudo, y, regresando a su trono detrás de la mesa de decorado, explicó:

—Judy no es muy habladora, más bien se dedica a observar.

—Observar está muy bien —dijo Rodríguez—, para eso le pago a la señorita Carmody, para observar y para arreglar. Los resultados son lo único que me interesa.

Hacía demasiado calor allí. Hacía demasiado calor en todas partes. ¿Por qué no podían hacer estas conferencias en una red de vídeo? ¿Para qué demonios servían todas aquellas aplicaciones, si no?

El contacto personal era la clave del negocio, repetía siempre Steve. Y si era cierto, ella estaba fuera de juego.

Tenía que decir algo.

Entonces, Rodríguez prosiguió:

—Steve, ya sabes que no dispongo de más de media hora. Luego tengo que coger un avión para esa conferencia en el norte. Así que, por favor, no nos pongamos demasiado técnicos, hablemos en lenguaje corriente.

Steve se ajustó la corbata.

—Claro, por supuesto.

Estaban continuando sin ella. Tenía que decir algo.

—Es un placer volver a verle, señor Rodríguez.

Rodríguez le lanzó una mirada de sorpresa a Steve. Era la clase de mirada que la gente siempre intercambiaba cuando ella estaba presente. Algo así como «¡Vaya idiota!».

Rodríguez prosiguió:

—Y bien, exactamente, ¿qué es lo que va mal en el sistema de seguridad de DVD? No he conseguido entender una sola palabra de la jerga técnica con la que la señorita Carmody ha redactado el informe.

Hablaba como si ella no estuviera presente... tal vez porque nunca decía lo que se esperaba que dijera, o porque nadie esperaba entablar una conversación amistosa con su persona, sólo fríos datos. Judy Carmody, la chica objeto robótica.

—Sólo está cansada —intervino Steve—, ha estado trabajando toda la noche en una emergencia de uno de mis clientes. Y la semana pasada estuvo metida hasta las cejas en los problemas de DVD.

—Muy bien, pues oigamos lo que tiene que decirnos —dijo Rodríguez.

Hora de TerMight. Nada de Judy; ahora era TerMight, la emperatriz técnica de la red, la que mandaba en ella, la que se sentía segura de sí misma, la que dominaba toda la técnica y conocía todo el léxico.

TerMight.

—Judy.

Ella observaba la butaca reclinable. Un falso terciopelo marrón, acogedor, mullido, pulcro.

TerMight habló.

—La seguridad de Internet de DVD tiene, al menos, ciento dos agujeros. Nunca se llegó a instalar el *service pack* para proteger el sistema contra intrusiones, como tampoco se instalaron los parches necesarios para el sistema operativo, aunque procedan de la competencia de su navegador de Internet.

Alzó los ojos. Rodríguez la miraba sin dejar de parpadear. Estaba anonadado. No era un técnico como José, y por mucho que ella simplificara su lenguaje, nunca sería lo suficientemente sencillo para él.

Había que dárselo mascado.

Judy cerró los ojos.

—Lo que quiero decir, señor Rodríguez, es que existen más de cien formas diferentes de que un pirata pueda introducirse en los archivos de su empresa. Una vez superado el cortafuegos, el intruso podría bajarse todas sus listas de ventas del año pasado, o copiar los acuerdos de compra que usted haya suscrito con sus proveedores de vídeo, completos con baremos de descuento y fechas de entrega, o robarle todas las claves de acceso a sus cuentas bancarias electrónicas y limpiarle todos los saldos a su empresa. Un solo pirata con ganas de hacerle daño a Widescreen DVD pondría a su compañía de rodillas.

Ya lo había soltado. Listo. Judy se reclinó de nuevo en el alféizar.

Rodríguez asintió.

—Pues se tapan los agujeros. Entendido. Sólo necesito saber los plazos. ¿Cuánto tardarán en arreglar el problema?

Steve intervino sin darle oportunidad de contestar.

—Judy nos proporcionará un informe completo sobre las soluciones necesarias esta misma semana. Como mucho en diez días.

Rodríguez sonrió.

—Excelente. Ahora, ¿cuánto tiempo necesitará mi gente para arreglar lo necesario?

—Lo más lógico es que sea la propia Judy la que programe los arreglos —sugirió Steve.

—¿Con sus honorarios? ¿A setecientos pavos la hora?

Era realmente increíble que alguien pagara esas tarifas. Si estuviera en sus manos, le ofrecería a Rodríguez sus servicios por doscientos dólares la hora, muy por debajo de los precios del mercado. Pero sabía lo suficiente para dejar que fuera Steve el que llevara la batuta. Después de todo, le pagaba sus quinientos por hora y únicamente se quedaba los otros doscientos. Steve entendía de gente y de negocios. Ella tan sólo entendía de tecnología.

Y no había duda de que Steve era fino.

—Judy es la mejor. No hay nadie que esté a su altura cuando se trata de seguridad en Internet. Admítelo, Héctor, la necesitas. Tu gente ni siquiera conseguiría encontrar los problemas.

—Por desgracia, tienes razón. —Se hizo un silencio durante el cual Rodríguez consideró si podía o no permitirse regatear el precio de Steve. Judy se sentía ridícula al verse calificada como la mejor y sopesada como un animal de granja en una subasta. Pero Rodríguez acabó por dar la respuesta que ella siempre escuchaba—. De acuerdo; Judy arregla mis fallos de seguridad en menos de diez días y DVD queda a salvo de hackers. Es rápido y eficaz.

Fantástico, diez días para solucionar ciento dos fallos de seguridad en los sistemas de Internet de DVD.

—Judy camina sobre las aguas. Hace milagros —le aseguró Steve.

Pero no es que ella fuera la mejor, sino que trabajaba día y noche como una posesa.

—Tengo que salir zumbando. Excelente reunión. Gracias Steve. —Rodríguez le estrechó la mano, saludó educadamente a Judy con la cabeza y salió.

Steve se pasó los dedos por el pelo y juntó las manos sobre la mesa.

—Me repatea tener que justificar tus honorarios de este modo. Si trabajaras para mí a tiempo completo, en la empresa, con mi equipo…

—Ni hablar.

—…no necesitarías trabajar bajo tanta presión. Mi gente no trabaja ni la mitad de duro que tú.

—Venga Steve, ya sabes lo que opino de eso.

—Sé razonable. Tus tarifas me están matando. Además, tu nombre añadiría prestigio a esta casa.

Ella no contestó.

—Judy, no me escuchas. —Steve salió de detrás de su escritorio, acercándose demasiado a ella. Podía oler vagamente su jabón y su colonia.

Eso le recordó que llevaba dos días sin ducharse. Retrocedió hacia la puerta.

—Voy por libre. Como siempre.

—Llevas demasiado tiempo trabajando sola, Judy. —Casi sonaba simpático, como cuando Rodríguez le había parecido encantador. Le hubiera gustado creer que Steve era sincero, pero lo conocía demasiado bien.

Nadie lo era.

Así que, ¿a quién le interesaba tratar con tipos así, un día tras otro, cara a cara? Ella prefería ser su propia empresaria. Solitaria. Mejor así. Nada de política de empresa. Nada de charlas insulsas ni flirteos con jefes de personal.

Por supuesto, no tenía amigos íntimos. Al menos, ninguno fuera de la red. Y tampoco ningún novio. Ese era el precio de la independencia.

Pero no le gustaba pensar en todo eso.

El ordenador de Steve emitió un zumbido, y en cuanto él regresó de nuevo a su escritorio dijo:

—Privado. —Entonces descolgó el teléfono de su mesa auxiliar y comenzó a hablar con un cliente. El icono del teléfono de su pantalla emitía bandas azules a medida que el ordenador transmitía las palabras de Steve y las respuestas de su cliente.

Judy se dio por despedida y aprovechó para marcharse a toda prisa.

Fuera, el aire le supo dulce, mezclado con el aroma de los arbustos en flor que bordeaban el aparcamiento. Los colibríes introducían sus largos picos entre los pétalos para chupar el néctar, plegando y desplegando sus alas; una mariposa se posó sobre la ancha hoja de una platanera.

Eso era real. Ese era el lugar donde Judy prefería estar. Relajándose, observando durante horas las flores, las mariposas, los colibríes y el océano que hacía relucir la playa bajo el sol de la mañana.

Quería realidades.

Pero era una chica de la red. Vivía donde la realidad era una pátina de fósforo, donde el sueño no existía, donde las distancias físicas —bancos en Aruba, en Suiza o en cualquier otra parte— carecían de importancia, donde podía estar en todas partes y en ninguna a cualquier hora del día o de la noche.

Fijó las cintas de velcro de sus patines en línea y cruzó el aparcamiento. Siempre sola, pero al menos libre. Nunca trabajaría con dedicación exclusiva para nadie, aunque eso significara tener que pasar para siempre las noches en blanco, encorvada como TerMight sobre su netpad, el ordenador de bolsillo con que se conectaba a Internet. La vida era demasiado corta para malgastarla en juegos mentales con la gente normal, soportando su falsa camaradería y devolviendo sus falsas sonrisas. La vida era demasiado corta para pasársela encerrada entre paredes de hormigón.

3

Con los patines echando chispas y la calle reducida ante sus ojos a poco más que un borrón gris, se agachó para alcanzar la máxima velocidad. Se inclinó hacia la izquierda y vio pasar fugazmente el pavimento bajo sus pies mientras sus patines surcaban la curva de Laguna Crescent. A su paso, las gaviotas levantaban el vuelo asustadas y con la cabeza vuelta hacia ella. Las dejó atrás, aún encogida, mientras los graznidos de las aves evocaban en ella el recuerdo lejano de su madre cuando la descubrió jugando con su ordenador portátil.

Mamá. Esa palabra la hacía correr más deprisa, como si descender el Crescent a toda velocidad pudiera ayudarla a escapar de aquel pensamiento.

Pasó zumbando junto a un sorprendido hombre en bañador que estaba regando con una manguera. Un matorral de rosas cruzó brevemente su campo visual para perderse de inmediato a sus espaldas.

Esquivó un bache, con el aire cálido zumbando en sus oídos y golpeando sus ojos. Una curva más después del Ferrari rojo, luego desplegaría el cuerpo, una pirueta con los patines y un salto sobre el césped. Había llegado a casa.

Una cascada de cabellos color castaño con reflejos rubios y marrones cayó sobre su cara hasta la cintura. Se la echó atrás, levantó el rostro hacia el cielo y cerró los ojos. «¡Vaya carrera!»

Se dejó caer sobre la hierba sin prestar atención al crujido de cáscaras de caracol bajo sus shorts, sus bronceadas piernas se teñían de rosa con la luz que se filtraba a través de las buganvillas que asomaban por encima de la pequeña valla. Le habría encantado quedarse así para siempre, extasiado, deleitándose con el primer calor del día.

Pero, antes que nada, una breve llamada a José acerca de la pesadilla de Helraze. Luego una ducha y una buena siesta en la playa.

Después de echarse los patines a la espalda, ascendió el tramo de escalera que llevaba al porche delantero. Una vez en el interior, verificó su buzón y tomó la escalera que la llevaría, tres plantas más arriba y pasando por diminutos rellanos, hasta su apartamento.

En cada nivel cuatro puertas de madera separaban a los ocupantes de los posibles intrusos. ¡Como si pudieran servir de algo! Eran tan delgadas como el cartón y proporcionaban más o menos la misma protección que este.

Casi nadie estaba en casa a esas horas del día. La puerta del apartamento de Trev LeFontaine, número 1-4, estaba entreabierta y dejaba salir el estruendo de una radio. Con su voz grave y repleta de vibrato, Trev cantaba con la música, algo acerca de flores muertas y sueños perdidos.

Pero en California no había flores muertas.

Sólo mucha gente muerta y perdida. Como Trev, el conserje, que no hacía más que chapucear todo el día, arreglando el yeso y la pintura de las paredes. En lo único en que pensaba era en deslizarse con su tabla sobre las olas de Huntington y Corona del Mar o, en ocasiones, cuando la marea batía fuerte, en la laguna de Dohney, más al sur.

De todos modos, el estilo de vida de Trev no era de su incumbencia. Se ocupaba bien del mantenimiento de los apartamentos y eso era lo fundamental. Judy sintió el frescor de las baldosas color vino a través de sus calcetines. Las paredes resplandecían de blancura y lo que era más importante aún, Trev le había instalado en secreto en una sola noche diez líneas telefónicas, mientras los demás residentes dormían.

Introdujo la llave en la cerradura de la puerta 3-2 y entró en su minúsculo apartamento.

En el interior hacía un calor asfixiante. Llevaba dos días enteros sin pasar por allí.

Cruzó cuidadosamente el salón para llegar a la ventana. LEDs, zumbadores, pilas y clips de 9 voltios estaban esparcidos por toda la moqueta, junto a células fotovoltaicas, terminales de conexión, alicates, chips temporales 555, baterías de 3 voltios, transformadores, resistores, marañas de cables y montones de revistas técnicas.

Dios, apenas se podía respirar ahí dentro. Apartó las cortinas de flores y abrió la ventana. Una suave brisa entró de inmediato, aire cálido que poco podía hacer para refrescar el sudor que bañaba su rostro y su cuerpo.

Había mirado por esa ventana un millón de veces. Era su ventana al mundo real, en el que las personas normales se ocupaban de sus actividades cotidianas: vecinos charlando mientras regaban sus flores rosas y púrpuras en sus minúsculos jardines ¿de qué hablarían?; los descapotables —Jaguar, Fiat, Mercedes— aparcados o dirigiéndose hacia lugares desconocidos; todo cuerpos perfectos, todo gente perfecta.

Sería divertido entrar en alguno de esos cuerpos, aunque sólo fuera por un día, y ver lo que veían ellos, hablar con sus amigos... pasar el rato con gente que estuviera viva.

¿Cómo conseguían sacarse los números de la cabeza? ¿Cómo era posible que pudieran hacer algo, con todas las preocupaciones del trabajo persiguiéndoles?

Efectivamente, eso era lo que sus vecinos parecían capaces de hacer: todo menos trabajar.

Sonó la puerta de un coche. Luego la otra. Más allá de los patios de estuco blanco y de los olmos, con sus hojas avellanadas temblando en la brisa, dos tipos acababan de bajarse de un Pontiac Velux Plus blanco. La berlina de cuatro puertas no era un modelo demasiado habitual en California del Sur.

Tampoco los que acababan de salir de ella eran precisamente tipos californianos.

El que había bajado del lado del conductor era alto y delgado y lucía una calva redonda, bordeada de pelo gris. Vestía un traje marrón y una camisa blanca, una indumentaria no muy recomendable para una temperatura de casi cuarenta grados.

El otro parecía recién salido de una película. También alto, con el cuerpo musculoso de un especialista en escenas de acción, sus ojos se ocultaban tras unas gafas de sol negras. Bastante californiano, si no fuera por una barba negra que hacía juego con su pelo, ambos recios y largos. Mr. Músculos llevaba una chaqueta cruzada azul marino sobre una camisa estampada y desabrochada hasta la mitad del pecho.

Probablemente hombres de negocios de Las Vegas tratando de apuntarse algún buen tanto en el mercado informático. Había más tipos como aquellos intentando hacerse ricos en California del Sur que caracoles buscando pareja.

Mr. Músculos miró directamente hacia su bloque de apartamentos, con la cabeza alzada hacia el tercer piso.

Su piso.

Inmediatamente se apartó de la ventana. Detestaba que la sorprendieran, que la atraparan observando a la gente.

Así que, tras encogerse de hombros, trató de concentrarse en asuntos más productivos. Trabajaría un poco y luego se iría a la playa; allí, rodeada de gente, podría observar cuanto quisiera sin que a nadie le importara lo más mínimo. Después de todo, se iba a la playa a ser observado.

Se quitó la camiseta y la dejó caer al suelo. A continuación se dirigió a la cocinita, bebió un poco de agua y humedeció el top de su bikini azul.

Los músculos de sus piernas estaban tensos y doloridos por el ejercicio con los patines; los masajeó pero no consiguió aliviarlos. Nada de ducha. Un baño caliente le sentaría mucho mejor y la ayudaría a distenderse.

Pero primero el trabajo.

Rodeó la mesita de café, un invento casero realizado con varias minitorres. Estaban oxidadas y sucias, pero aun así eran muy bellas. Steve se las había dado cinco años antes, cuando ella contaba veintiuno, era nueva en la ciudad y necesitaba dinero desesperadamente. En las torres vacías guardaba su portátil, su netpad y montones de componentes de hardware.

Al sentarse en el sofá, algunos muelles asomaron por la derecha, mientras que por la izquierda se levantó una nubecilla de polvo de la tapicería verde y naranja un tanto descolorida.

Metió la mano en el escondite, sacó de él su netpad y levantó la delgada tapa.

Aquí estoy, cariño. Vamos allá.

Tocó la pantalla, y en cuanto el aparato reconoció su huella dactilar, cobró vida. En la parte superior de la pantalla, un icono identificaba una conexión celular por módem con su navegador de la red. En la parte inferior se podían leer sus contraseñas de hacker y las utilidades disponibles, así como sus enlaces directos.

Entonces dijo en voz alta:

—José Ferrents, Laguna Savings Bank.

Uno de sus enlaces directos. El software de reconocimiento de voz se activó y el netpad marcó el número de José.

Su voz computerizada respondió a la llamada. No estaba en la oficina.

En lugar de esperar la respuesta de José, Judy decidió que sería más rápido conectarse al servidor de Laguna Savings y ver qué estaba pasando.

Pero antes, un intento más:

—José Ferrents, contestador.

Nada, José tampoco respondía. Raro en él, ya que siempre atendía a las llamadas que le hacía a su contestador, a menos que estuviera liado en alguna sesión intensiva con Naresh…

¿Y si este lo estaba machacando? Se lo imaginó con su cabello manchado de verde, sin haber dormido, aguantando a base de metamorfa en un despacho de dirección de nivel quince, mientras Naresh le recriminaba su incompetencia y lo amenazaba con despedirle.

Mal asunto.

José no se merecía que lo trataran así por culpa de un tipo llamado Helraze al que ni siquiera ella había podido seguir la pista. Tenía que entrar en el servidor de Laguna, o mejor aún, telefonear a Naresh y salvarle la piel a José. Cuanto antes mejor.

Utilizaría el ordenador portátil. Sus conexiones vía módem eran mucho más rápidas que las del netpad.

Después de apartar un soldador eléctrico, abrió el portátil y tocó la pantalla para arrancar el sistema.

—RDSI.

La máquina pasó a la conexión en ahorro de tiempo que la conectaba a su servicio RDSI.

—Gargon. —El servidor del banco. Su voz bastaba para permitirle acceder a él. Su voz era la clave de acceso.

La conexión estaba tardando demasiado. Ninguna pantalla del banco a la vista.

Tamborileó con las uñas sobre el borde del ordenador. El esmalte negro y oro la hacía sentirse tenebrosa y maléfica, la ayudaba a convertirse en TerMight cuando husmeaba en la red.

Finalmente un mensaje:

```
Intento de conexión fallido
```

El servidor principal de Laguna Savings Bank no respondía. José no respondía al contestador. Malos presagios.

Una nueva idea acudió a su mente. Probaría con otros servidores de bancos.

—Sansón.

```
Intento de conexión fallido
```

—Dalila.

```
Intento de conexión fallido
```

Todo parecía en orden cuando había salido a rastras de la oficina de José a las ocho aquella misma mañana. Sin embargo ahora... Tal vez Helraze había regresado para destruir el sistema del banco mientras ella malgastaba su tiempo con Steve Sánchez y Héctor Rodríguez.

Necesitaba algo que le levantara el ánimo, que la ayudara a pensar con más claridad, a permanecer alerta y despierta. Trev tenía metamorfa, tenía incluso una mezcla casera que resucitaba a los muertos. Una cucharada de aquel líquido transparente y dulce y se pondría a mil.

Pero hacía mucho que no lo tomaba. Desde que se convirtió en TerMight...

Tenía diecisiete años, estaba enganchada a la metamorfa, cinco cucharaditas al día y a aguantar tres noches seguidas sin dormir siempre que quisiera. Hasta se había llegado a tomar un frasco entero el día que armó un nuevo televisor para su padre. Lo hizo modificando el Kmart Virtuoso I Web Box y le puso por nombre TerMight Box..., únicamente porque el mueble estaba comido por las termitas y el insecticida era devastador para alguien bajo la influencia de la morfa.

Él no tardó en engancharse a los vídeos, los correos electrónicos, los deportes y los dibujos animados. Se pasaba la noche entera pegado al televisor. Durante un mes le dedicó a Judy más sonrisas, más abrazos y más afecto que en toda su vida.

La caja TerMight era amor.

Pero después de tres meses, dejó de abrazarla y también de hablar con su madre. Judy se las apañaba con la metamorfa, y su madre se pasaba las noches llorando.

Hacía frío. Nevaba. Llevaba su pijama de franela y la bata que le habían regalado en Navidad, la rosa que le había regalado mamá. Era medianoche. Abrió la puerta y allí estaba su padre, tocando la caja.

Bajo su dedo había un avatar, un hombre desnudo, practicando el sexo con una avatar llamada Bombón Sonrosado. Su padre le decía zafiedades al Bombón y esta le respondía a tono.

Entonces levantó la cabeza y se quedó sorprendido.

Fue la última vez que vio a su padre. Su madre enloqueció después de que su marido la abandonara para fornicar con un ordenador. Aquello la convirtió en una fanática en contra de la tecnología, seguidora de Barrington: «Acabemos con la red, abajo los ordenadores, etc.».

Y a ella la convirtió en TerMight. Violó los códigos de seguridad del Pennsylvania Supreme Bank. Transfirió electrónicamente el dinero de la familia a un lugar seguro, al abrigo de papá y de su Bombón. A través de la red encontró el televisor de su padre y lo destruyó electrónicamente.

Con su madre pululando por allí y destruyendo a hachazos su equipo informático, no le quedó más remedio que escapar. Se marchó a Laguna y dejó la metamorfa. La morfa había producido a la TerMight que había creado el sexo de fósforo y destruido a su familia.

Pero ya nunca podría escapar de la caja TerMight. La acompañaría para siempre, con sus recuerdos surgiendo en cualquier momento y en cualquier lugar: en la playa, en la oficina de Steve, mientras trabajaba, mientras dormía...

Tampoco había forma de escapar de Barrington, el viejo chocho al que su madre idolatraba. Aparecía por todas partes, con su propio programa de televisión, vociferando sobre los peligros de Internet.

Lo malo no era la red sino la gente que, como su padre, la utilizaba de manera perversa.

Odiaba los pensamientos, odiaba recordar.

El único modo de quedarse en blanco era siendo TerMight. Que funcione el engranaje. Concentración, concentración...

Si los ordenadores del Laguna Bank estaban muertos, no funcionaría ninguna operación con tarjeta digital. Sólo los pobres, que no podían acceder a las tarjetas digitales, utilizaban billetes y monedas. Los demás —tanto empresas como familias— se quedarían en la ruina. Sin ingresos, sin poder pagar las facturas o la hipoteca ni comprar comida. Y si el culpable de todo eso era un pirata informático, serían muchos los que se pondrían de parte de Barrington.

TerMight no dejaría que eso sucediera.

Se dirigiría al ordenador principal del banco, que aunque no estaba conectado a la red, contenía los datos vitales sobre las cuentas.

—Big Cheese.

Escaneó los registros de acceso buscando algún indicio de violación. Todo limpio. Ninguna sorpresa. Verificó algunas cuentas importantes, incluida la de Widescreen DVD. Completamente hechas polvo: cantidades sumadas y luego restadas, cáculos trastocados. Verificó el estado de la cuenta de su propia tarjeta digital. A cero, ningún saldo disponible y un saldo deudor de mil quinientos dólares.

Qué desbarajuste más espantoso. La cuenta de Judy debería haber arrojado un saldo superior a mil quinientos dólares. Vivía de su tarjeta digital, nunca llevaba dinero encima. Además, las tarjetas digitales no podían tener saldo negativo. Era técnicamente imposible.

Tal vez encontraría alguna clave sobre Laguna Savings en VileSpawn. Pero como había estado trabajando sin parar en el proyecto de Widescreen DVD, hacía más de una semana que no se conectaba a la BBS underground.

VileSpawn era el punto de encuentro de los hackers. A modo de iniciación, Judy había tenido que introducirse en VileSpawn para conseguir una cuenta y una clave de acceso. Una vez dentro, la gente intercambiaba códigos, mercadeaba con secretos de programación y comparaba técnicas de violación de sistemas de seguridad. Todo bajo seudónimos para Internet, nunca con nombres reales.

Entonces se preguntó si Griswald se habría decidido por fin a atacar el sitio online del Departamento de Hacienda. Griswald era un hacker que se atrevía a entrar allí donde ni siquiera Judy osaba penetrar. Se había introducido incluso en el servidor de la CIA. Ella no lo conocía personalmente, pero llevaban dos años intercambiando técnicas. Sus comunicaciones trataban siempre de redes, nunca de nada personal. Él todavía creía que TerMight era un hombre.

Tal vez hoy le diría que era una chica. Quizá hasta averiguaría en qué parte de San José vivía. Con ese trabajito para DVD y el follón del Laguna Savings, tal vez se tomara unas pequeñas vacaciones para ir al norte…

No, nunca se atrevería.

En pantalla apareció la ventana principal de VileSpawn.

Una rosa negra marchita. El símbolo de la muerte.

4

Bajo la rosa negra había un mensaje:

```
Hailstorm muerto por suicidio. Ayer en
Seattle.
```

TerMight no había tenido nunca contacto online con Hailstorm. No era más que un nombre, un flamante superhacker. Parecía extraño que se hubiera suicidado. La mayoría de la gente del mundillo informático aspiraba a vivir eternamente, siempre pendiente de las últimas novedades en hardware. Nadie se desconectaba deliberadamente.

Judy tecleó para buscar mensajes recientes de Griswald. Nada. Hacía siglos que no había estado en VileSpawn. Sin embargo, alguien había entrado un mensaje acerca de él.

```
Tiene alguien noticias de Griswald? No se
le ha visto en los lugares habituales y sus
amigos están preocupados. Si habéis tenido
algún contacto con él en los últimos días,
o sabéis dónde se encuentra, dejad por
favor un mensaje aquí. No queremos alarmar
a nadie, sino sólo asegurarnos de que esté
bien.
```

Extraño mensaje sin firma. Judy lo releyó varias veces, preguntándose qué podría estar sucediendo. Hailstorm suicidado. Griswald desaparecido. Sonaba extraño.

Salió de VileSpawn y se quedó con la mirada fija en la pantalla. Azul zafiro más profundo que el océano, remolineando como un charco en la marea, con letras blancas que se agitaban como gaviotas sobre la laguna de Doheny.

—Apagar. —Y el ordenador se desconectó.

Nada de playa hoy. Tendría que regresar al Laguna Savings, esta vez en persona, e indagar acerca de José.

Alguien estaba vociferando ante su puerta. Era Trev, el conserje.

—¡Judy! ¡Abre!

¿Qué podía querer?

—¡Venga Judy, abre la puerta! —Primero golpes, luego el ruido de una llave y la cerradura que se abría. Trev entró alocadamente, sin más indumentaria que un bañador rojo sobre su piel color caoba; llevaba el cabello, negro y largo, muy encrespado. Pisó un chip y soltó un gemido cuando las conexiones se le clavaron en el pie.

—Maldita sea, Judy. ¿Qué demonios has hecho ahora? Estaba hablando por teléfono con mi madre en Pasadena y la línea se ha cortado. He comprobado la otra línea de mi dormitorio y tampoco funciona. Todos los teléfonos del edificio están mudos.

—Mudos —repitió Judy, tratando de entender lo que Trev le estaba diciendo—. ¿No funciona ninguna línea?

—Exactamente. ¿Se puede saber qué has hecho esta vez? —Trev avanzó sorteando leds, zumbadores, pilas y conectores, la alfombra electrónica de Judy. Se quedó mirándola fijamente a los ojos.

—No he hecho nada, Trev. ¿Cómo es posible que todos los teléfonos hayan enmudecido? Funcionan con líneas diferentes.

—No tengo ni idea, Judy, esperaba que tú me lo explicaras.

Sus líneas telefónicas mudas. Un superhacker muerto. Otro desaparecido. Algún desconocido había penetrado su servidor en el Laguna...

Judy conocía los seudónimos de los mejores piratas de la Costa Oeste. Había pocos de su categoría. ¿Quién era ese Helraze?

El pánico comenzó a adueñarse de ella.

—No entiendo nada, no entiendo nada, tengo que...

Comenzó a recoger apresuradamente componentes del suelo, introduciéndolos en los bolsillos de sus shorts. Un puñado de abrazaderas de nylon de diferentes longitudes para cables. Cerró su portátil, desconectó todos los cables e introdujo la máquina en su caja, junto con el netpad.

—Judy, ¿qué estás haciendo?

Oía la voz de Trev pero ni le miraba ni le respondía. Necesitaba pensar.

Primero Helraze, con su golpe al Laguna Savings.

Luego Hailstorm suicidado.

Después Griswald, probablemente el mejor hacker de la Costa Oeste, desaparecido como por arte de magia...

Ahora las líneas telefónicas cortadas en mitad de una apacible tarde de verano.

Cuatro incidentes aparentemente inconexos... ¿O no? No tenía sentido.

Había que largarse con todo lo importante: el portátil, el netpad, los juguetes electrónicos, sus patines en línea... Se los echó al hombro.

Abrió la puerta de par en par.

Plantados sólidamente en el rellano, como si la estuvieran esperando, estaban los dos tipos del Pontiac Velux Plus, mostrando sendas placas de aspecto oficial.

—¿Judy Carmody? —preguntó el forzudo.

—¿Quién pregunta por ella? —espetó Judy.

—Tony Tuska, del ISD. Este es mi compañero, Paul Smith.

ISD. *Internet Security Department*. La agencia gubernamental que se ocupaba de los delitos informáticos. Judy había trabajado con agentes de su oficina de Los Ángeles en más de una ocasión, ayudándoles a seguir la pista de algún pirata. No recordaba a ninguno de aquellos dos, si bien sus placas parecían auténticas. Tal vez procedieran de fuera del área de Los Ángeles.

Quizás habían dado con Helraze y venido para ayudar.

—¿Es por lo del Laguna Savings? —preguntó Judy.

Tony Tuska asintió

—Exactamente.

5

—¿Qué pasa aquí? —preguntó Trev, mientras Judy entraba seguida por los dos hombres. Trev se levantó del sofá, pisando más chips en la alfombra—. ¿Quiénes son estos tipos?

Tony Tuska frunció el entrecejo.

Paul Smith, su compañero, cerró la puerta, cruzó la habitación y se recostó en el mármol de la cocina. Con el codo derribó algunos platos de papel.

—Lo siento —recogió los platos y los volvió a colocar sobre el montón de tenedores y cucharas de plástico.

—¿Y quién es este chulo de playa? —inquirió Tuska—. Teníamos entendido que vivía sola.

Algo no encajaba con esos dos. Demasiado directos. Incluso los agentes del ISD hablaban del tiempo y le dedicaban alguna falsa sonrisa para romper el hielo. Además, Tony Tuska, con todos esos músculos, no se parecía para nada a los chicos informáticos del ISD, aunque Paul Smith se mostraba algo más delicado.

—Trev, estos caballeros son de Internet Security. Será mejor que te marches.

—No —intervino Tony Tuska—, no es necesario. Sólo queremos hacerle algunas preguntas. Su novio puede quedarse.

—Trev no es mi... —comenzó Judy, pero se calló. Parecía muy extraño que el ISD hubiera mandado a dos agentes de fuera de la ciudad a hablar con ella, cuando ella conocía por su nombre de pila a la mayoría del personal de la oficina de Los Ángeles. Además, no había ninguna razón para que se interesasen por su vida privada.

—¿No hay nadie más? —preguntó Tuska—. ¿No estaremos interrumpiendo ninguna fiesta o algo parecido?

—¿Una fiesta? ¿Un jueves por la tarde? —dijo Judy—. Imposible.

—Echa un vistazo, Paul —dijo Tuska.

Smith asintió y se dirigió al baño. De un manotazo apartó la cortina de la ducha.

—¡Eh! ¿Qué demonios hacen? —preguntó Trev—. ¿Tienen una orden judicial? ¿Está Judy acusada de algo?

Los músculos de Judy se tensaron. Tenía a un agente del ISD husmeando en el cuarto de baño, entre sus compresas y su desodorante.

—Lo siento, señorita Carmody —dijo Tuska. La placa se había transformado en un revolver con silenciador que apuntaba a su estómago—. Su amigo ha complicado una situación que de otro modo hubiera sido muy sencilla. Por favor, no se alarme. Estamos aquí solamente para resolver unos asuntos. Relájese y nadie resultará herido.

Judy retrocedió hacia Trev, que la asió por los hombros. Podía sentir el calor de su cuerpo detrás de ella. Él respiraba rápidamente y su sudor le descendía a ella por la espalda.

Paul Smith regresó del baño. Con la mano izquierda se alisó algunos mechones grises sobre la calva, a la vez que introdujo la derecha en el bolsillo de su chaqueta.

—Estamos solos. Ningún problema. —Y sacó la mano del bolsillo, con un revólver como el de Tuska.

—Una bonita escena —dijo este—. Una joven encantadora y su amante, pasando juntos una lánguida tarde veraniega. ¡Qué decepción, TerMight! El dossier sobre usted me había hecho creer que tendría un poco más de clase. Nunca hubiera esperado encontrarla revolcándose con un tipo como este.

Judy ni podía hablar ni moverse. Conocían su alias. Había trabajado en proyectos para el gobierno. NSA, CIA, FBI... tenía acceso a secretos en todas las agencias del alfabeto. La conocían bien en la Organización de Sistemas de Información de la Agencia de Seguridad Nacional, en el Departamento Nacional de Delitos Informáticos del FBI y en el Equipo de Respuesta de Emergencia Informática del Departamento de Defensa. En algún lugar de Washington debía haber algún dossier informático sobre ella con todos los detalles de su vida.

Tuska tenía que pertenecer al gobierno, ya que, de lo contrario, no habría podido tener acceso a esa información. Sin embargo, por alguna razón la estaba apuntando con un arma, y eso no tenía sentido. Un frío mareo se apoderó de ella y aquellos hombres se emborronaron ante su vista, como diluidos en un millón de bits de color.

—¿Quiénes son estos tipos, Judy? —inquirió Trev, tensando los hombros y atrayéndola aún más hacia él. Su cuerpo parecía una pared sólida que la ayudaba a mantenerse erguida.

—No lo sé —consiguió articular. No podían ser de Internet Security. Por propia experiencia, sabía que los agentes del ISD nunca llevaban armas. No hacían mucha falta para tratar con operadores informáticos renegados o patrocinadores de un sitio porno. Cuando cabía alguna posibilidad de que hubiera violencia, los agentes del ISD se limitaban a pedir la ayuda de la policía local. Entonces, ¿para quién trabajaban esos dos? ¿Y qué querían de ella?

En ese momento, Paul Smith dijo:

—El chulo de playa complica las cosas. Es un cabo suelto. No encaja en el escenario.

Acariciando su poblada barba Tuska asintió.

—Tienes razón. Conque iba a ser una cosa fácil y rápida. Nunca se me habría pasado por la cabeza que TerMight pudiera estar dándose un revolcón.

De no haber estado tan asustada, Judy se hubiera echado a reír. Al encontrarla con Trev solos en el apartamento, ambos en bañador, aquellos tipos habían sacado ciertas conclusiones. No veía razón alguna para corregirles. Afortunadamente, Trev parecía tener la suficiente presencia de ánimo para mantener, al igual que ella, la boca cerrada.

—Olvida el suicidio —dijo Smith—. No queda bien en pareja.

—¿Robo tal vez? —sugirió Tuska.

Una ola de pánico la invadió. Se movió, y sintió que las ruedas de sus patines se le clavaban en el hombro. Inmediatamente, Tuska movió su arma apuntándola directamente a la frente. Una ligera presión sobre el gatillo y sus sesos decorarían las paredes del apartamento.

—Ni un solo ruido, por favor —susurró Tuska—. Siéntese y quédese quietecita.

Judy se dejó caer en el sofá, arrastrando a Trev a su lado. Uno de los muelles sueltos atravesó la tela del short y le arañó el muslo. Se quitó los patines del hombro y los dejó sobre sus piernas. La correa del portátil seguía presionando su hombro, pero ella mantenía fuertemente apretado el ordenador con su brazo derecho. Aquella máquina era toda su vida, nunca la abandonaría.

Paul Smith soltó una carcajada y pegó una patada al caos de componentes sobre la alfombra.

—Estás de broma ¿no? ¿Robar en una pocilga como esta? ¿Qué me dices de un incendio?

Tuska meneó la cabeza.

—Demasiado arriesgado. Los investigadores son muy malpensados. Tiene que haber algo más fácil. Déjame pensar...

Se sentó sobre las torres pegadas que hacían las veces de mesita de café. El arma de su colega, sin moverse un ápice, seguía apuntando a la frente de Trev.

Cualquier pretensión de interrogatorio se había esfumado. Por lo que a Tuska y a Smith concernía, Judy y Trev no eran más que piezas del mobiliario. Estaba claro que aquellos tipos no tenían nada que ver con el asunto del Laguna Savings. Eran un par de asesinos, y ella su objetivo.

La única razón por la que aún estaba viva era porque Trev los había visto. Lo tendrían que matar también.

Tenía que hacer algo... pero ¿qué?

—Asesinato y suicidio —dijo Smith—. El chulo de playa mata a la chica y luego se suicida. Limpio, fácil y sin problemas de móviles. Disputa de amantes.

—Pero ¿qué está diciendo? —dijo Trev, con un ronco murmullo.

Smith apretó la boca de su revólver contra el estómago de Trev.

—No me cabrees muchacho. —Su voz no tenía entonación alguna—. A esta distancia, la bala te haría un agujero lo suficientemente grande como para que pudiera pasar por él un camión. Morirías desangrado tratando de impedir que tus tripas se desparramaran por la moqueta. No es una forma muy agradable de morir, así que tranquilo, ¿vale?

A Judy le zumbaban los oídos. No era posible que estuviera escuchando todo aquello. No podía ser. Sus manos temblaban sobre el portátil. Estaban pegajosas, mojadas de sudor frío.

El polvo revoloteaba alrededor de aquellos tipos. El sol proyectaba sombras bajo sus pómulos. Alto y delgado, con un aire de brutalidad casual, Paul Smith parecía genuinamente aburrido y a Judy no le cabía la menor duda de que lo estaba. Smith les miraba con sus ojos marrones sin expresión alguna.

Tony Tuska parecía estar al mando. Seguía llevando las gafas de sol, pero a Judy le resultaba fácil imaginar que detrás de ellas, los ojos de Tuska no expresaban más emociones que los de Smith. Las imágenes de los dos asesinos le perforaban la mente.

En ese momento, su mirada se dirigió a los patines. No eran gran cosa, pero sí la única arma de la que disponía. ¿Cuánto tiempo se necesitaría para darles a ambos en la cara con ellos y escapar? Probablemente demasiado.

—El chulo de playa la mata —sugirió Tuska—. Y luego se quita de en medio.

Los ojos de Smith se estrecharon en un gesto de concentración.

—Tenemos que ser cuidadosos con las quemaduras de pólvora. Con dos muertes, los polis investigan mucho más que con un suicidio corriente.

—No lo conseguirán —dijo Trev exasperado, comenzando a levantarse del sofá—. Están locos.

—Considera esto un anticipo, basura de playa —dijo Paul Smith, y con una ligera sonrisa en los labios le puso a Trev el cañón del revólver bajo la nariz, empujando hacia arriba. El conserje se quedó inmóvil—. Ya lo estamos consiguiendo. Te has liado con la chica equivocada. Es demasiado lista para su propio bien. Ahora siéntate y cállate.

Judy asió la muñeca de Trev y lo atrajo hacia el sofá. Algo húmedo le bajaba por la pierna. Sangre. Trató de evitar el muelle acercándose a Trev.

—Primero la chica —dijo Tuska, bajando el revólver para que el codo le quedara a la altura de su cadera, con el arma apuntando al estómago de Judy—. Al chulo de playa le pondremos el cañón en la boca y el dedo en el gatillo. Fácil y sencillo. Como la operación Navajo.

Judy soltó una risa histérica. Se acababa el tiempo, necesitaba conseguir que ocurriera algo. Tenía que salir del modo Judy y convertirse en TerMight. Tenía que decir lo indicado. Tenía que pensar.

Sus palabras brotaron a trompicones.

—Trev no es... amante... —Se interrumpió, incapaz de proseguir.

—Judy y yo no somos amantes. —Trev tomó el hilo—. Ella no tiene ningún amante, todo el mundo en el edificio lo sabe. Como también saben que ninguno de los dos tenemos un arma. Cuando la policía nos encuentre, sabrán que es un montaje.

Tuska miró a Judy.

—El chulo de playa tiene razón. Según el dossier de TerMight, es una auténtica solitaria. —Levantó la mano izquierda y se frotó los ojos por debajo de las gafas de sol—. Me duele la cabeza. Tal vez sería más fácil simular una tentativa de robo.

—En cualquier caso, mejor que toda esta maldita charla —se quejó Smith, mirando a Tuska—. No me gusta hablar tanto.

En el instante en que Smith desviaba su mirada hacia Tuska, Trev se abalanzó sobre él desde el sofá. Judy se incorporó sobresaltada.

El conserje empotró su cabeza como una bala de cañón en el estómago de Smith. En un revoltijo de brazos y piernas, ambos hombres cayeron juntos por encima de la mesita hecha con minitorres.

Tuska desplazó su arma para apuntar a Trev. Su dedo iba a apretar el gatillo. A Judy le parecía que todo estaba sucediendo a cámara lenta. Iba a disparar...

—¡No!

Los patines de Judy golpearon la muñeca de Tuska. Sonó un chasquido y este soltó un grito de dolor.

—No vais a matar a nadie. ¡No! —Golpeó con el portátil la barbilla de Tuska. Nunca se había sentido tan enfadada. Nunca hasta entonces había sentido correr por sus venas la llamarada de la pura furia, apoderándose de todo su ser y tomando el control. Iba a matar a Tuska. Iba a matar a Paul Smith. Iba a matar.

Las gafas de sol de Tuska cayeron sobre las minitorres y de allí al suelo.

Muy cerca de ella sonó una detonación. Saltó el yeso de la pared y el olor de pólvora quemada llenó de repente la habitación. Trev estaba encima de Smith, tratando desesperadamente de mantener al asesino en el suelo, mientras este seguía asiendo el arma con una mano que él apretaba contra la alfombra.

A pesar de su complexión y su peso, Trev estaba librando una batalla perdida de antemano. Su oponente era un luchador entrenado. Unos segundos más y Smith se libraría de él, con el arma homicida aún en su poder.

En ese momento, Judy volvió a levantar el portátil y golpeó con él la mano con la que Smith sujetaba el arma. Se oyó el sonido de los huesos al romperse, y por un instante, el asesino a sueldo dejó de luchar y sus ojos se nublaron por el dolor.

—¡Vamos! —gritó Judy, agarrando a Trev por el pelo. Empleando todas sus fuerzas, le hizo cruzar la habitación hasta la puerta y lo arrastró al rellano de la escalera.

Ella se lanzó escalera abajo hacia el exterior. Estaba casi llegando a la puerta cuando escuchó tres disparos. A su espalda oyó un profundo suspiro.

Miró hacia atrás.

Vio que Trev se tambaleaba, que su cuerpo se sacudía como si le hubiera golpeado un martillo invisible. Cayó sobre sus rodillas y manos.

Sangre. Asesinos. Sangre.

—¡Vete! —murmuró Trev, con la cara de color ceniza—. Corre Judy, corre.

—Te cogeré, perra —masculló Smith desde el rellano. Dos balas impactaron en el suelo, a escasos centímetros de los pies de Judy—. Voy a volarte tu maldito cerebro.

Trev cayó sobre el estómago. Del rellano superior caía la sangre como agua de lluvia por un desagüe.

Judy empujó la puerta que daba al patio exterior. A Trev le habían dado. Los asesinos ahora irían a por ella. Tenía que escapar sin dilación. La muerte la seguía a tan sólo unos pasos.

Inspeccionó la calle.

Su coche.

A través del rosa de las buganvillas, corrió en dirección al coche de aquellos hombres. Estaba a menos de cien metros, pero le parecieron kilómetros. Se sentía débil, quería tenderse a descansar, dejar que todo se disolviera. Pero tenía que seguir corriendo. No podía dejar de pensar en la amenaza de Smith de volarle los sesos.

Una vez junto al coche trató de abrir la puerta. Cerrada. Bajo la manilla había un teclado: el coche estaba cerrado electrónicamente, protegido por una clave de acceso codificada.

Extrajo el netpad de la bolsa de su ordenador. Si el vehículo tenía una llave electrónica, debía estar en la red. Tocó el icono JUDY que daba acceso a su página de claves y tecleó DESBLOQUEAR. Instantáneamente, el netpad cambió de modo gráfico a interfaz de comandos. Con las palabras *ping radio=1 dimensión=m*, la pantalla mostraría todos los códigos de identificación en un metro a la redonda. El único que apareció fue el del coche: 29.555.22.3. El icono DESBLOQUEAR desapareció al aplicar el código correcto. La cerradura se abrió. No había necesitado mas que unos segundos.

Detrás de ella, la puerta de acceso a la escalera de su apartamento se abrió de par en par. Miró hacia atrás. Paul Smith, con la mano herida bajo el otro brazo y la cara retorcida por el dolor y la rabia, salió tambaleándose hacia el patio. A Judy se le acababa el tiempo.

Abrió la puerta del coche, se arrojó sobre el asiento delantero y volvió a cerrarla de inmediato. Una bala rebotó en el maletero. Por el retrovisor vio a Smith avanzando con paso inseguro calle abajo.

Las cerraduras sonaron cuando puso el vehículo en alerta total de seguridad. Podía considerarse segura unos instantes, pero ni siquiera un cristal antibalas reforzado con fibra podía detener un disparo a corta distancia.

La consola de Internet del tablero de mandos se iluminó, mostrando diagramas de color de los sistemas operativos del vehículo, así como canales de Internet disponibles para el tiempo, los deportes y las noticias.

—Buenas tardes —le dijo una voz masculina a través de los altavoces digitales. Judy no soportaba esta clase de vehículos «amigos del usuario»—. Si me dice adónde vamos, estaré encantado de...

Sin llave tendría que introducir la clave de acceso dos veces, y después un código de confirmación...

No había tiempo para tecnicismos.

Se agachó bajo el volante. Arrancó el plástico y conectó dos cables. El motor se puso en marcha. Por una vez en su vida, se alegró de haber crecido en los arrabales de Pennsylvania y de que su padre le hubiera enseñado a...

Tampoco había tiempo ahora para eso.

Apretó el acelerador y el coche salió zumbando, mientras la voz digital le advertía de los peligros de una aceleración demasiado violenta. Por el retrovisor pudo percibir una última imagen de su perseguidor en medio de la calle. Después, el coche derrapó al girar por el extremo de Laguna Crescent en dirección a la autovía Uno y la autopista de la Costa del Pacífico.

6

Presión. Cal nunca trabajaba bien bajo presión. Tener a alguien mirando por encima del hombro hacía que le entraran ganas de ponerse a gritar. Necesitaba estar solo para terminar ese proyecto. Pero intimidad era algo que nunca conseguía en aquel lugar.

—Bueno Nikonchik, se acaba el tiempo. —Harry estaba jugando con el lazo de cuello tejano que colgaba, como de costumbre, de aquella estúpida placa color turquesa. Su piel parecía cuero viejo, y su aliento olía a carne podrida.

Un tipo feo, con un temperamento igualmente feo. Peor que aquellos desgraciados que solían pegarle por ser un empollón.

—Se acerca el jueves, chico. Te pagamos lo que pediste en dinero contante y sonante. Ya es hora de que veamos algún resultado.

Aquel borrico nunca se rendía. Debía creerse un fenómeno, con su mostacho y todos aquellos músculos. Y por si fuera poco, con aquel estúpido acento sureño.

Le daba ganas de vomitar.

Si aquel tipo tuviera algo de cerebro no le habría necesitado para nada, ¿o no?

Pero era su primer trabajo de verdad, de modo que debía tener cuidado para que no le despidiesen ni nada por el estilo.

Cal levantó los dedos del teclado e, incorporándose en la silla de cuero negro que había estado ocupando, se volvió hacia Harry y su colega Greg. Tenía el estómago revuelto. Aquel par le aterrorizaban. Como la maldita Morgan, la bruja que había dado la clase de ciencias sociales en el Instituto de Bonita Beach.

Figuras de autoridad.

Pero el Instituto de Bonita era ya historia pasada para él. Se acabó la señorita Morgan. Ahora tenía diecisiete años. Todo un adulto.

Y este trabajo era su billete hacia el éxito.

—Voy todo lo deprisa que puedo —dijo, tratando de parecer tranquilo y adulto—. Manejar una transferencia de la envergadura que me estáis pidiendo sin desencadenar toda clase de alarmas necesita mucha programación. Por eso lo pruebo antes. Queréis que todo salga rápido y bien. Que no queden huellas de entradas.

Greg se echó las manos a las caderas y se balanceó. Detrás de él, el sol brillante del desierto entraba a raudales por la ventana del dormitorio. A pesar de que el aire acondicionado estaba puesto a tope, Cal estaba bañado en sudor. El cabello largo y rubio le caía lacio por la espalda.

A Greg no parecía molestarle el calor lo más mínimo. En sus ratos libres, salía al exterior a hacer ejercicio. Estaba como un cencerro.

Pero era listo. Cal lo podía leer en aquellos ojos azules, que reflejaban una mente fría y calculadora. Tenía aquella clase de frialdad que a él siempre le hubiera gustado poseer. La clase de encanto lo-tengo-todo-controlado que provocaba risitas en las chicas.

De él, las chicas siempre se habían reído en sus narices.

—¿Vas a dejar de soltar excusas o qué? —dijo Harry.

Greg le dedicó a Cal una sonrisa como diciendo «sí, Harry es un pelmazo, pero me ocuparé de ello», y añadió:

—Mira, Harry, Cal tampoco lleva tanto tiempo aquí, y ha estado trabajando en esto día y noche.

—Es cierto —afirmó el chico.

—Aunque, por otro lado, el señor Ingersoll necesita que el proyecto esté terminado en menos de una semana. Le prometió a la agencia que tendría resultados para final de mes. El señor Ingersoll informa directamente al jefe de la NSA, Cal, y no podemos darle largas mucho tiempo más.

El señor Ingersoll, el gran jefe, era un pez gordo en la Agencia Nacional de Seguridad.

—No he parado de trabajar —protestó Cal—. No se puede decir que me haya pasado el rato mirando vídeos en la red comercial.

Este ordenador ni siquiera tiene un lector de DVD. Me iría bien algo de música ¿sabes? Comp Patrol, Millenium Plus Five, algo con ritmo. ¿Qué me dices a eso?

Greg se encogió de hombros.

—No veo por qué no. Podemos cargarlo como gastos varios y utilizar un vale de caja. Pasaré la solicitud pero ya conoces el problema, Cal. Disponemos de un presupuesto limitado, que apenas cubre el día a día de la operación. Comprar el equipo informático que pediste fue fácil. Era cuestión de prioridad absoluta. Sacar pasta para comodidades ya es otra cosa. El maldito Congreso se mira con lupa cada penique que gastamos, como si fuera dinero suyo.

—Un lector de DVD y algunos discos no harán mella en la deuda nacional —inquirió Cal—. Pásalo como memoria caché.

En realidad, no podía quejarse demasiado. El lugar que compartía con Harry y Greg estaba bastante bien. Servía como casa de invitados de la gran mansión de la colina, unos cien metros más arriba. Tenía un pequeño salón, una cocina, dos dormitorios y un fantástico baño, con jacuzzi y ducha sónica incluidos.

De las paredes colgaban algunos cuadros. Escenas del Oeste de un tipo llamado Remington. El mobiliario no se había utilizado demasiado. Quienquiera que fuese el propietario de aquel lugar no parecía tener muchos invitados que se quedaran a dormir. Los tipos de la Agencia Nacional de Seguridad compartían uno de los dormitorios y se ocupaban de cocinar, de modo que él podía dedicar todo el tiempo a trabajar con el ordenador.

Harry le dijo:

—Nosotros por ti y tú por nosotros. Un equipo. Sólo te pedimos que no picotees en la red. No quiero encontrarte otra vez haciéndolo. Concéntrate en tu trabajo. Si se rompe el secreto, se acabó el proyecto. Te hemos contratado para sellar una brecha de seguridad gigantesca en el sistema bancario de Internet. Cuando lo hayas logrado, cobrarás mucha pasta. Entonces podrás regresar a San José, comprarte el equipo de sonido que prefieras, darle caña y derribar las paredes de los vecinos.

Y continuó:

—Ya hace casi una semana que comenzaste con esto. Así que

acaba con ello y luego podrás largarte a la playa sin nada más que hacer que ligar y cabalgar sobre las olas.

Cal casi temblaba al pensarlo. ¡Sí! ¡Eso era lo que quería hacer, lo que había deseado toda su vida! Su propio coche, un ordenador de gama alta y montones de chicas persiguiéndole. Después de años de ser Cal el DonNadie, Cal el Hacker, Cal el tipo de quien todos se copiaban los deberes, por fin sería alguien importante.

Estaba harto de su fracaso social. Alto, delgado y desgarbado, los únicos amigos que había tenido a lo largo de su etapa de estudiante habían sido fanáticos de los ordenadores como él. Y nunca había tenido novia.

Pero no era culpa suya. Después de todo, había crecido en aquella estúpida comuna. Ninguno de sus conocidos había tenido que vivir con unos padres poetas que vivían en comunión con la Naturaleza.

Y luego estaba su hermano, Dan, el superprotector.

«No molestéis a Cal, tiene trabajo.»

«No molestéis a Cal, no puede andar por ahí toda la noche.»

Como si le fuera a destrozar para siempre ir al cine o a un concierto con la pandilla.

Como si alguna vez hubiera tenido pandilla con la que salir.

—¿Por qué no vuelves al trabajo? —le dijo Greg, casi con amabilidad—. Te prepararé algo de comer, para que aguantes mejor. ¿Qué quieres, lo de siempre?

—Sí, lo de siempre —asintió Cal.

—Le preguntaré al jefe por lo del DVD —intervino Harry, mientras se dirigía hacia la puerta—. Ningún problema. Seguro que después de almorzar ya tendremos su respuesta.

—¡Marchando un sándwich! —gritó Greg—. ¿De pavo va bien?

—Vale —dijo Cal. Durante la última semana, su menú había consistido en pavo, rosbif y pollo. Aunque sólo fuera por una vez, le habría encantado comerse una pizza de atún con aceitunas.

Cuando por fin salieron los agentes, cerró la puerta y se acercó a la ventana. Apartando las cortinas de encaje blanco, echó una mirada al desierto infinito que se extendía más allá de la alambrada de púas de seguridad. Parecía no tener fin, montículos y más montículos de arena resplandeciente bajo el sol abrasador. Las yucas mojave, punzantes y salvajes, parecían huesos a los que se les estuviera secando la carne, cociéndose eternamente bajo el tórrido resplandor.

Incluso con el termostato del acondicionador de aire al máximo, sentía las oleadas de calor contra la ventana. Era casi insoportable.

Regresó a su improvisada mesa, un gran tablero de conglomerado apoyado sobre dos hileras de bloques de cemento, un elemento extraño en medio de un dormitorio elegante con sus butacas de piel, su alfombra azul y sus cortinas de encaje. La casa de invitados no contaba con un centro informático, por lo que había habido que improvisarlo.

Ni siquiera disponía de teléfono, sólo de una línea de módem privada. Aislamiento y secretismo, la típica paranoia de la NSA. El ordenador de Cal carecía hasta del software necesario para hacer una simple llamada. Hubiera podido bajarse fácilmente de la red lo que necesitaba pero, ¿para qué? Ese proyecto gubernamental era su gran oportunidad. De ningún modo iba a permitir que lo pillaran hablando por teléfono con su hermano Dan, o con alguno de sus amigos. No quería echar por tierra esa oportunidad.

Los agentes tampoco tenían teléfonos móviles. Demasiado fáciles de detectar. Todas las llamadas tenían que hacerse por la línea segura de la casa de arriba.

Cal estiró una goma elástica y se hizo una coleta con el cabello humedecido por el sudor. Cuando regresara a San José se cortaría el pelo. Antes siempre le había gustado llevarlo largo, para taparse la cara con él. Sin embargo, cuando hubiera completado el asalto, ya no tendría por qué ocultar su cara a nadie.

El señor Ingersoll quería que el Departamento de Seguridad de Internet se enterara. Cal iba a hacer que se cayeran de la silla. Demostraría que los hackers dominaban el mundo. Demostraría que él dominaba el mundo.

Hazte un nombre en la red y todo el mundo en cien países sabrá quién eres. Cal estaba harto de ser invisible.

Ni los hackers de VileSpawn le conocían, cosa que le fastidiaba mucho. Algunas pistas sutiles y todos habían pensado que se trataba de un universitario renegado, de unos veinte años de edad y con mucha experiencia. Nadie, aparte de Jeremy, sabía que acababa de obtener el graduado escolar, y que no tenía la menor intención de ir a aburrirse a la universidad.

Incluso Jeremy, su único amigo de verdad, le trataba como un crío, y sólo porque era mayor que él y tenía todos esos títulos, aunque eso no le impedía utilizarlo para que le sacara las castañas del fuego en los proyectos importantes.

Y qué decir de Dan. Nunca le contaría a nadie el programa que le había preparado para su negocio. Aunque él tampoco era tan tonto como para incluirlo en su currrículum.

Lo cierto era que seguía siendo invisible.

Se instaló en la silla tapizada de cuero negro frente al ordenador. El cuero se le pegaba a la piel, pero no le prestó atención. Sus dedos recorrieron el teclado.

Trató de acceder a la página del Laguna Savings Bank pero no lo consiguió. Alguien debía de estar trasteando en el banco, tal vez restableciendo la información que él había trastocado, o algo parecido. El servidor fallaba.

Nada por lo que preocuparse, tan sólo una pequeña molestia. Acto seguido, entró en el ordenador de Newport Beach Financial. Entró como superusuario —un dios con acceso total— en el servidor principal, donde desplegó una página web. No había riesgo alguno de detección. Nadie sabría nunca que había estado allí.

A pesar de todos los dispositivos de seguridad en uso, la página seguía teniendo muchos puntos débiles. Años antes, Java había logrado la sencilla proeza de penetrar en el servidor directamente desde las páginas web. Después llegaron los controles ActiveX. Ahora había docenas de tecnologías nuevas que le permitían entrar en sitios web. Su favorita era ControlFreak. Aquella virguería había sido como un regalo de los dioses para los hackers.

Las aplicaciones de ControlFreak inundaban la red. «Para entrar en esta web necesita activar ControlFreak.» ¿Quién podía resistirse a un sitio ControlFreak? Todo el mundo activaba ControlFreak.

Realidad virtual interactiva, de velocidad máxima, completa con chats de voz, películas, paneles deslizantes y monstruos terribles. Se había pasado horas chateando con Jeremy en sitios ControlFreak, convirtiendo a su amigo en un monstruo que, a su vez, atacaba al avatar de Cal (un tipo musculoso bastante parecido a Greg) cada vez que este decía algo que a Jeremy no le gustaba.

ControlFreak proporcionaba, asimismo, una forma muy sencilla de introducirse en cualquier banco.

Como el Laguna les había ofrecido a sus empleados acceso ilimitado a la red, le resultaría muy fácil seguir el rastro de alguno de ellos que hubiera visitado una página Internet de ControlFreak. Todo cuanto tenía que hacer era incrustar un blip oculto de ControlFreak de un bit por uno en algún sitio llamativo, esperar a que algún empleado del banco lo visitara, capturar el nombre y la clave de usuario de ese empleado y entrar en el banco en su lugar. A partir de ahí, interferir en las transacciones del banco sería un juego de niños.

Pero Cal no necesitaba de ControlFreak para entrar en el servidor del Laguna. Además, ya hacía tiempo que en el Laguna alguien había tapado los agujeros Freak.

A él le bastaba con un pequeño fragmento de información, y eso era precisamente lo que había conseguido la noche anterior. Por descontado, el banco habría cambiado ya sus códigos de acceso. Ningún problema.

Controló directamente las líneas de Ethernet en busca de paquetes que contuvieran identificadores de usuario y contraseñas. *Hecho.* Cualquier patán podía bajarse gratis de la red un *sniffer* para Ethernet mediante una transferencia anónima de ficheros.

Descifrar el archivo de contraseñas nuevas había resultado muy sencillo. Unas cuantas llamadas al programa del sistema getpwent y, ¡zas!, Cal ya sabía dónde estaba oculta la contraseña.

Era increíble que la gente le tuviera tanto miedo a ControlFreak. No se daban cuenta de la verdad. Nunca lo habían hecho. Fuera cual fuera el método empleado, incluso la criptografía Rivest-Shamir-Adleman, la denominada RSA a prueba de fallos, los hackers como Cal siempre encontraban el medio de violarlo. Analizar los paquetes de Ethernet y descifrar las contraseñas: esa era la manera fácil de hacerse con millones de dólares. Llévate medio dólar de un millón de cuentas y ¿qué te queda? Medio millón de dólares. Sin que nadie se haya dado cuenta.

Pero esta no era la forma de operar de Cal. Estaba trabajando para el gobierno, para un asunto de la NSA. Estrictamente legal.

Por ahora, nada de fisgonear en la red. No sería muy inteligente por su parte dejar que Harry le pillara de nuevo haciéndolo. A Cal tan sólo se le permitía navegar por la red si se trataba de asuntos del gobierno.

Por otro lado, ¿qué daño podía hacer un poco de diversión? Harry era un ignorante y él no se dejaría atrapar de nuevo.

Actuando como superusuario, insertó algunos datos falsos a través del servidor del Newport Beach Financial, datos que cambiarían los comandos de sus clientes.

«Introduzca el número de cuenta» se convertiría en «Introduzca el número de permiso de conducir según la normativa IRS 25208-B.»

Nunca estaba de más disponer de unos cuantos números de permiso de conducir. Con ellos podría conseguir cualquier información que deseara, como, por ejemplo, sobre chicas. Todo su historial médico sacado de los archivos de seguros, sus medidas…

Si pudiera encontrar su chica de ensueño, alguien parecido a Mistie Lane, la estrella virtual de la red.

Por supuesto, Mistie Lane no era real pero, ¿a quién le importaba? Era un pedazo de mujer en 3-D. Programada para tener el aspecto, la manera de hablar y las reacciones que quisieras. Mistie era la estrella más famosa de United Cable Network, tanto entre las reales como entre las virtuales.

Unos minutos con ella no alterarían los planes de la NSA, decidió Cal. Al menos, no demasiado. Salió del servidor del Newport y tecleó «Ver fotos de publicidad de United Cable Networks». Tocó un icono y descargó la galería de imágenes de Mistie 3-D del sitio de publicidad de UCN. Estas imágenes pertenecían al exitoso show internacional de Mistie titulado *Beach Babe, Detective Privada*. Cada galería presentaba a Mistie bajo nacionalidades distintas: italiana, japonesa, francesa, camboyana, estadounidense, etc.

Cal tocó el icono correspondiente a la galería estadounidense, y Mistie apareció en pantalla con su clásico aspecto de chica de la playa: cabello negro alborotado hasta media espalda y enormes ojos negros llenos de fuego sexual. Evolucionando en microbikini, estaba jugando en la playa sin dejar de mirarle directamente a los ojos, como pidiéndole que la tocara. Y la tocó. Entonces ella se estremeció, soltó una risita y salió corriendo.

Cal echaba de menos su propia galería de Mistie, que había creado en su ordenador de San José, repleta de Misties programadas. Allí hubiera podido sentir su piel cálida bajo los dedos, la hubiera podido oler, hubiera podido incluso bebérsela.

En cualquier caso, mejor eso que nada.

Desde la cocina se oyó un portazo, que hizo temblar las delgadas paredes de la casita.

—El almuerzo está listo.

El corazón le dio un vuelco. Perdido en sus sueños se había olvidado de que Greg estaba al otro extremo del pasillo.

Pulsó el icono CERRAR. La imagen de Mistie se esfumó, y cuando el agente entró en la habitación él saltó de la silla; su delgado cuerpo temblaba como las paredes de cartón piedra.

—¿Trabajando ya? —preguntó Greg, mientras dejaba sobre el tablero el sándwich de pavo y un par de cocacolas. De algún modo, parecía que se olía algo.

—Pues... sí, apretando el acelerador —respondió Cal. Cogió el sándwich y le propinó un buen mordisco. Sus palabras sonaron amortiguadas por el bocado—, pero la música me ayudaría mucho. Y necesito intimidad, Greg. Me resulta difícil concentrarme si irrumpís constantemente en la habitación.

—Te conseguiré la música Cal, te lo prometo. Pero no más jueguecitos. Se acaba el tiempo. —Greg bajó el volumen de su voz hasta convertirlo en un susurro—. Probablemente no debería decírtelo, pero somos compañeros ¿verdad? Han estado hablando de buscar a otro si no consigues avanzar con el trabajo. Algún otro hacker, como TerMight o Mercy. El jefe se está poniendo nervioso porque cree que no vas a cumplir con el plazo.

¿A otro?

—Lo haré, lo haré —aseguró Cal, casi atragantándose—, dile al señor Ingersoll que lo acabaré sin problemas.

—Tengo plena confianza en ti, Cal —Greg le propinó unas palmadas en la espalda, al estilo entre hombres. Luego apretó ligeramente el hombro del chico—, así que no me hagas quedar mal. No la fastidies.

Greg cogió un ejemplar de *Sports Illustrated* de la mesita de noche.

—Tendrás toda la intimidad que quieras. Si me necesitas estaré en mi habitación.

Salió de la habitación y Cal se quedó solo de nuevo, reflexionando sobre lo que le acababa de decir.

A medida que se fue calmando, vio con más claridad el aislamiento en que estaba trabajando. Estar encerrado de ese modo le resultaba claustrofóbico.

Fuera las yucas se cocían bajo el sol, que calcinaba la arena. Del suelo del desierto se elevaban olas de aire tórrido. Ni los lagartos se atrevían a moverse en el calor intenso de la tarde.

Dentro, la casa de invitados estaba demasiado limpia, demasiado pulcra, demasiado ordenada para un hacker como Cal. Le recordaba el hospital en el que había estado ingresado diez años atrás, después del gran incendio. Aséptico. Estéril.

Tenía que largarse de allí, y pronto, o se volvería loco.

Había llegado la hora de remangarse, de terminar el trabajo. La vida ya le había empujado bastante. Dan, Jeremy, todos le utilizaban para sus propios fines. Decían que era por su bien, pero él nunca recibía nada a cambio. Y ya era hora de que las recompensas fueran para él.

Ahí estaba el sándwich, sobre un plato blanco, con sus capas de pavo, de lechuga y de tomate. Greg creía firmemente en la comida sana. Y él se moría por unos tacos grasientos y unas patatas fritas con queso. Necesitaba una buena dosis de comida basura.

¿Cuánto tiempo más sería capaz de aguantar todo aquello?

Durante los próximos tres días tenía que dejar lista la primera parte del proyecto: disponer la transferencia de un millón de dólares, sin que se pudiera detectar, a las numerosas cuentas bancarias de seguridad dispuestas por los agentes del gobierno. Y luego, tras haber probado que la amenaza era real, restituiría el dinero.

De su archivo de números de tarjetas de crédito de clientes, seleccionó algunos pertenecientes a gente que tenía más dinero del que nunca podrían manejar, multimillonarios que residían en mansiones de alta seguridad en Newport Beach, y de cada una de sus cuentas extrajo cinco millones de dólares.

Juego de niños.

Un aburrimiento.

Le había bastado con una tarde para hacerse con los números de las tarjetas de crédito. Estas seguían utilizando el viejo algoritmo Luhn Check Digit. Cualquier tarjeta con un número par de dígitos se podía descifrar fácilmente: Cal multiplicaba por dos todos los dígitos impares y si el resultado era mayor que nueve, restaba nueve. Número de tarjeta de crédito al instante.

El método para las tarjetas de crédito con un número de dígitos impar era prácticamente el mismo. Por otro lado, detectar los números correspondientes al Newport Savings era cosa hecha. Siempre contenían la secuencia 4555.

Las tarjetas digitales eran igual de fáciles de violar. Por todas partes había hackers que lo hacían y que vivían espléndidamente de ello.

Pero era una tarea terriblemente aburrida.

Y él no era un ladrón.

Bueno, lo que había hecho por Dan era una cosa especial. Por Dios, Dan era su hermano.

«No es un trabajo para aficionados, chico. Necesitamos un verdadero profesional —le había dicho Greg, cuando contactó con él por primera vez para hablarle del proyecto. Los tipos del gobierno le mandaron un correo electrónico a través del tablón de anuncios de VileSpawn. Cal siempre estaba allí, gurú entre gurús—. No sólo tendrás que romper la seguridad de bancos, sino también eludir al ISD. Queremos darles una buena lección. Sus programadores te considerarán su enemigo y harán cuanto puedan por detenerte.»

Greg y Harry se entrevistaron en persona con él y le explicaron en qué consistiría su trabajo. Para ello, quedaron cerca de las pistas de voleibol de la playa de Santa Cruz. Por todas partes revoloteaban chicas de piernas largas embutidas en tangas imitación de tigre y bikinis de cordeles que no tapaban nada. A los agentes parecía no afectarles. Tras sendas gafas de sol, sus ojos no se apartaron ni un instante de Cal.

Le mostraron placas y documentos de aspecto impresionante. Trabajaban para la Agencia Nacional de Seguridad. Hiperlegales. Perros viejos. Cerebros de primera. Agentes de categoría con mucho dinero para gastar en el talento adecuado.

«Por supuesto que lo puedo hacer —replicó él, mientras observaba cómo una chica se untaba el estómago con crema bronceadora—. Han dado ustedes con el hombre indicado.»

Pero ahora, a pesar de su fanfarronería, se estaba poniendo nervioso. Quería acabar el trabajo y volver a su apartamento. Detestaba el desierto y Greg y Harry no coincidían precisamente con lo que él entendía por una compañía agradable.

Además, le aburrían. Los dos iban armados, piezas de acero en cartucheras bajo el hombro. Unas armas que limpiaban a menudo.

«Forma parte del trabajo —le había dicho Greg—. No se puede ser agente del NSA sin llevar un arma. Somos como polis. Tenemos que estar preparados para todo, incluso en medio del desierto. Nada que deba preocuparte. No esperamos que haya problemas.»

Sin embargo, sus palabras no le habían hecho sentirse mejor. Las armas le ponían realmente nervioso.

Pero, lo que más le inquietaba era que el señor Ingersoll estuviera al corriente del trabajo que había hecho para Dan. Después de todo, era precisamente aquella programación la que había llamado la atención de la NSA.

Una palabra del señor Ingersoll y tanto él como Dan estarían jodidos. Incluso se habría visto obligado a hacer el trabajo de Ingersoll sin cobrar nada. Le gustara o no, estaba atrapado hasta que hubiera terminado el trabajo.

Era hora de volver a la faena. Lo primero que haría sería entrar en VileSpawn. Allí arreglaría un poco las cosas, una dosis de poder de supergurú que le ayudaría a pasar la larga noche de pirateo que le esperaba como Helraze.

Entró como Calvin, el alias que siempre utilizaba para acciones sin importancia. Era su nombre preferido, a menos que estuviera superpirateando. En esos casos, se mostraba mucho más orgulloso y utilizaba un alias que nadie podía reconocer.

En ese momento una rosa negra marchita apareció en pantalla. A Cal se le helaron los dedos sobre el teclado. No podía dar crédito a lo que estaba viendo, un mensaje de introducción que proclamaba:

```
Hailstorm muerto por suicidio. Ayer en
Seattle.
```

¿Hailstorm? ¿Larry Chomsky, el tipo que junto con Jeremy le había ayudado a perfeccionar su código genético? ¿Muerto?

¡Imposible! Habían estado juntos en la sala de ControlFreak hacía tan sólo seis días, justo la noche antes de que él partiera para el desierto. ¡Y se encontraba estupendamente! No podía estar muerto.

Inspeccionó los demás mensajes. Parpadeó al llegar a lo de Griswald. Alguien en la red estaba preocupado por Griswald. ¿Quién? ¿Y por qué?

Él era Griswald. Era su otro alter ego como paria de la red, como diablo husmeador de programación. Imbatible, imparable, Griswald era un fantasma de la red, un pirata que hacía lo que quería y se salía siempre con la suya, pulcro y limpio, sin dejar huellas. No había razón alguna para que nadie en VileSpawn le buscara.

Ninguna en absoluto.

7

Acelerando cada vez más, Judy lanzó el Velux Plus por la autovía de cuatro carriles. Hacía tanto que no conducía un coche nuevo que se le había olvidado lo rápido que podían ir.

—Un buen coche para escapar —murmuró para sí misma mientras iba dejando atrás los acantilados suspendidos sobre el océano, dirigiéndose a toda velocidad hacia Newport Beach. No había ningún motivo para abandonar la zona. A esas alturas, el lugar del tiroteo estaría repleto de policía. No tardaría mucho en poder regresar a casa para reflexionar sobre el significado de todo aquel lío.

Los policías locales eran efectivos, al menos los honrados, y se manejaban bien con los camellos y las multas de tráfico. Pero Tony Tuska y Paul Smith habían dicho que pertenecían al ISD. Con aquellas armas, imposible. La verdad acabaría por salir a la luz. En cualquier caso, era evidente que aquellos tipos estaban al corriente de su alias, y que el único modo de conocerlo era a través de los dossiers confidenciales de seguridad. ¿Estaría el gobierno implicado de algún modo en el asunto? Iba a hacer falta algo más que el Departamento de Policía de Laguna Beach para aclarar aquel embrollo. Y lo más seguro era que tuviese que resolverlo por sí sola.

El aire fresco le ayudaba a mantener las ideas claras. El cielo estaba teñido de un azul cálido, salpicado de nubecillas color perla. Abajo, en la playa, los bikinis relucientes y los bañadores de seda brillaban bajo el cálido sol del atardecer. Había madres cavando agujeros en la arena con sus hijos.

Echó una ojeada a la consola de Internet del vehículo y leyó los mensajes mientras cruzaban la pantalla. El sonido estaba apagado, tal como a ella le gustaba. La distraía demasiado escuchar una voz interrumpiendo constantemente las noticias para recriminarle que conducía demasiado deprisa.

El tiempo:

```
Despejado, treinta grados y subiendo.
```

Deportes: ¿A quién le importan?
Noticias:

```
Noticia de última hora. Asesinato en Laguna
Crescent. Conserje de edificio de
apartamentos tiroteado por inquilina. Más
adelante se ampliará la información con más
detalles.
```

El coche estuvo a punto de salir volando hacia el océano, por encima del acantilado. Judy maniobró tratando de recuperar el control, mientras intentaba conducir y leer al mismo tiempo.

```
La policía mantiene en secreto los detalles
del asesinato hasta que dé con los
familiares de la víctima. De momento, ha
sido emitida una orden de busca y captura a
nombre de Judy Carmody, inquilina del bloque
de apartamentos en el que tuvo lugar el
tiroteo. Se trata de una mujer de perfil
caucásico y de unos veinticinco años de
edad, de un metro cincuenta y cinco
centímetros de altura y cabello castaño y
largo. Se la ha visto por última vez vestida
con un short de color naranja y un top de
bikini de color azul. Conduce un Pontiac
Velux Plus blanco. Las autoridades advierten
que va armada y que puede ser peligrosa.
```

Judy maldijo en voz baja, al mismo tiempo que se le formaba un nudo en el estómago.

Tuska y Smith la habían acusado del asesinato que habían cometido ellos. Increíble pero cierto. Además, nadie podía montar una operación de búsqueda y captura tan rápidamente a menos que contara con cooperación oficial a espuertas. Sin duda esos dos tenían que ser del FBI, o tal vez de la NSA.

Pero fuera como fuera, lo que quedaba claro es que no podía recurrir a la policía.

Miedo. Incertidumbre. Esta no era la realidad que a ella le gustaba. Aquel loco de Smith le había dicho que era demasiado lista para su propio bien. ¿Qué había querido decir con aquello? Necesitaba tiempo, tiempo para descifrar el enigma, tiempo para imaginar qué había detrás de aquella locura. Y tiempo era precisamente lo que no tenía.

Además, estaba sola. Siempre le había dicho a Steve Sánchez que no necesitaba a nadie. Pues bien, ahora tendría que demostrarlo. Un solo error, un solo movimiento en falso y estaba lista.

Casi podía ver los titulares: HACKER MUERTA AL RESISTIRSE A LA AUTORIDAD. Tenía que desaparecer. No podía confiar en nadie y aún menos en las autoridades.

Cruzó la autovía y se detuvo en un área de descanso. Por si acaso, dejó el motor en marcha. Había muchos más coches estacionados en la zona de aparcamiento, con sus conductores relajándose al sol y la música a todo volumen. Era una típica tarde californiana. Nadie tenía el menor motivo para fijarse en ella, arrellanada en el asiento. Trató de parecer despreocupada mientras daba instrucciones a su netpad.

El netpad era todo cuanto necesitaba para navegar en la red, visitando sitios muy específicos. Con su módem celular y su CPU de alta velocidad, aquel diminuto ordenador era verdaderamente el sueño de un hacker.

Un adhesivo en el tablero del coche indicaba que había sido alquilado en la agencia Avis del aeropuerto de Los Ángeles. En pocos segundos, penetró en el ordenador principal de dicha compañía. Una inspección rápida de sus registros le confirmó que la policía no había dado aún inicio a la búsqueda del vehículo. Preparar el papeleo relacionado con la Cuarta Enmienda requería casi una hora.

Como hacker, ella no tenía estas restricciones legales.

Con tres órdenes cambió el número de identificación de su vehículo por otro que estaba en el taller de reparaciones de la empresa. Cuando finalmente la policía pusiera en marcha la búsqueda, la pista los llevaría en una falsa dirección. Se trataba de un truco sencillo, pero que le permitiría seguir utilizando el vehículo tranquilamente, al menos durante cierto tiempo.

Escarbando más en los archivos de la empresa, extrajo el formulario original del alquiler del vehículo. Lo que estaba haciendo era un delito, pero ahora eso era lo que menos le preocupaba.

El coche lo había alquilado a primera hora de aquel mismo día Tony Tuska, cuya residencia constaba en Nueva York. Judy descargó los datos personales de este, incluidos los números de su permiso de conducir y de su tarjeta de crédito. Eso le permitiría comprobar ambas cosas. Observó que Tuska había declarado que trabajaba como contratista independiente.

Un archivo adjunto describía a un segundo conductor. Paul Smith, de Baltimore, Maryland. También aparecía el número de su permiso de conducir y, al igual que su compañero, se había inscrito como contratista independiente.

Una anotación al pie le llamó la atención. El coche lo habían alquilado para tres días en el aeropuerto de Los Ángeles, pero iban a devolverlo en San José.

San José, precisamente donde vivía Griswald. Otro hacker que había desaparecido.

¿Tres días? Hoy era martes. El coche tenía que estar en San José el viernes por la mañana. Menos de setenta y dos horas. No era demasiado tiempo, sobre todo teniendo en cuenta lo que duraba el viaje hacia el norte por la autopista de la costa. Incluso por el interior se tardaba casi un día. Fuera lo que fuera lo que Tuska y Smith planearan hacer, lo tendrían que acabar deprisa.

Judy salió del ordenador de Avis y se puso a buscar la tarjeta de Tony Tuska. Como especialista en seguridad, había ido creando un archivo de claves de acceso corporativas que le permitían acceder al historial financiero de cualquiera que hiciese negocios a través de la red. Lo que quería decir prácticamente todo el mundo.

En realidad, cualquiera podía acceder a esa información. Lo único que se necesitaba para ello era echar un rápido vistazo, perfectamente legal, a la base de datos online de la Comisión de Cambios y Valores. Allí, cualquiera podía localizar archivos de renta, de salarios, de primas, de stock options y hasta de los números de teléfono secretos de los peces gordos que dirigían la mayoría de las grandes empresas.

Incluso la morralla, como los contratistas independientes con encargos del gobierno, estaban incluidos en la base de datos de la SEC. Y de no ser así, lo estarían, con toda seguridad y con todo detalle, en las páginas que describían los contratos gubernamentales.

Hacía mucho tiempo que Judy había borrado sus datos personales, tanto de la base del SEC como de las páginas correspondientes a los contratos con el gobierno. ¿Por qué motivo iba a permitir que sus números privados de teléfono, sus estadísticas y su historial médico quedaran expuestos a la curiosidad de cualquier chalado en la red?

La información sobre Tony Tuska era impecable: un historial limpio. Vivía en un apartamento caro de Manhattan, gastaba dinero en buenos restaurantes, viajaba mucho por Estados Unidos y pagaba regularmente sus facturas. En sus formularios de petición de tarjeta de crédito y de digicard figuraba como profesión analista de inversiones. No aparecía ningún empresario empleador.

De repente oyó por encima del coche un ronroneo persistente.

Era un helicóptero.

La policía.

Escondió el netpad bajo la funda del portátil, bajó la cabeza, simulando estar sesteando, al igual que los demás conductores que estaban aparcados cerca de ella, y aguardó, esperando a que un altavoz le ordenara salir inmediatamente del coche con las manos en alto. Miró fijamente el volante. ¿Tenía alguna posibilidad de eludir a la policía en medio del tráfico? Con seguimiento computerizado, parecía una tarea casi imposible.

Diez segundos, veinte, treinta. Judy permaneció inmóvil, esperando lo peor. Y no sucedió nada. Poco a poco, el ruido del helicóptero fue disminuyendo a medida que se alejaba hacia el norte. Atisbando a través del parabrisas, pudo leer en la panza las siglas de una emisora local de radio.

Se rió aliviada. Se estaba volviendo paranoica.

Mejor volver al informe financiero sobre Tuska.

A simple vista, todo parecía correcto. Ningún cheque sin fondos, ningún pago retrasado, ni el menor riesgo de crédito. Lo más parecido a una mentira que pudo encontrar fue que declarara pesar ochenta y ocho kilos. Pura ilusión. Todo el informe era muy divertido.

No se creía ni una palabra.

Alargó la mano hasta el portátil y lo conectó. Con un simple sensor unió el netpad al ordenador y pulsando una sola tecla, envió a Credit Check, un potente motor de búsqueda en Internet, la orden de búsqueda del verdadero perfil financiero de Tony Tuska. Creado por el ISD para detectar escamoteos en tarjetas de crédito, el programa era el azote de los estafadores en todo el mundo.

Veintitrés segundos después, la historia financiera de Tony Tuska comenzó a desvelarse. Un hervidero de luces rojas, indicativas de referencias de crédito falsas o sin verificar, cruzó la pantalla. Un reguero de luces verdes indicaba transferencias de grandes sumas de dinero de procedencia no identificada, todas en las últimas semanas. Superficialmente, Tony Tuska tal vez aparentara legalidad, pero en la realidad, su identidad no tenía una edad superior a treinta días.

Era un procedimiento habitual entre los profesionales independientes que trabajaban para el gobierno. Judy conocía bien la canción. A nuevo encargo, nueva identidad. Y una vez acabado el trabajo, borrón y cuenta nueva.

Lo que realmente le importaba era descubrir para qué departamento trabajaba Tuska. Por desgracia, todas las agencias gubernamentales importantes sabían lo peligroso que era dejar pistas electrónicas y reclutaban a sus hombres a través de entrevistas personales.

No obstante, Tony Tuska era descuidado. Después de todo, no había conseguido matarla ¿verdad? De hecho, había perdido demasiado tiempo charlando con Paul Smith, su colega. Eran unos patosos; habían dejado escapar a una chica desarmada, yendo los dos armados.

Y por si fuera poco, Tuska no había limpiado sus huellas. Había dejado tras de sí muchas cosas para que ella las descubriera. Algo que nunca haría un agente del gobierno, aunque fuera un profesional independiente.

Recorrió los informes en la pantalla. Por el momento, había podido confirmar que Tuska no trabajaba por su cuenta. Supondría que lo hacía para alguna facción del gobierno estadounidense. Pero si era así, ¿qué razones podía tener el gobierno para querer matarla?

Ponderó la posibilidad de destruirle la tarjeta de crédito, de cortarle su digicard y anular su permiso de conducir. Si quería podía sacar todo el dinero que tenía en el banco, y hasta darle la identidad de padre desnaturalizado, deudor de miles de dólares en concepto de pensión para sus hijos. Con sólo tocar algunos iconos bastaría. Como hacker, podía desmontarle la vida.

Se encogió de hombros. Por desgracia, Tuska no existía. No era más que una identidad falsa que aquel hombre podía abandonar cuando lo necesitara. Si le dejaba sin tarjeta de crédito, se convertiría en otra persona, así de simple, y probablemente le resultaría más difícil de detectar. Lo mejor sería dejar las cosas como estaban.

Lo que debía hacer, y lo antes posible, era llenar el depósito, cambiar de apariencia, comer algo y llegar a San José.

Guardó el netpad en el estuche del portátil y escondió todo el equipo bajo el asiento delantero. Unos segundos con el ordenador de a bordo le bastaron para cambiar la clave de la cerradura del vehículo. Luego salió del coche y lo cerró.

Había un niño jugando con una pelota de goma rosa con su padre. En ese momento, la pelota se desvió y cayó al océano desde el acantilado. El crío rompió a llorar.

Nadie reparaba en ella.

Pasó rápidamente al lado del padre y el hijo, de los adoradores del sol que, apoyados en sus coches, se cocían en aquel calor. Con paso rápido, se dirigió hacia el Discount Mart que estaba junto a la Nacional Uno.

Con las cuentas del Laguna desbaratadas y su tarjeta digital fuera de combate, tenía que encontrar alguna alternativa.

Contaba con varias opciones. Al igual que las tarjetas telefónicas de antaño, las digicards tenían un número de identificación oculto bajo el plástico sellado, y al igual que aquellas, se utilizaban a menudo como regalo con la compra de refrescos, detergentes para la ropa y casi todo lo demás... incluso para comprar pomadas hemorroidales.

Tarjetas de usar y tirar. Las usabas para comprar diez pavos de cualquier cosa y las tirabas a la basura.

Judy empujó la puerta acristalada del Discount Mart. El dependiente, un muchacho de aproximadamente su misma edad, le dirigió una sonrisa aburrida y continuó reponiendo estanterías detrás del mostrador.

El comercio estaba prácticamente vacío. Pocos clientes en una tarde tan agradable como aquella: una chavala sonriente y casi desnuda comprando un bronceador y un tipo mayor hojeando revistas.

Las estanterías de los refrescos estaban justo enfrente. Demasiado arriesgado. Además, las cámaras de seguridad tenían aquella zona constantemente vigilada. En cambio, el pasillo de las pomadas hemorroidales, cerca del fondo, no tenía cámara alguna.

Deambuló por él y, discretamente, abrió unos cuantos paquetes de Pomada Electrostática Antiinflamatoria del Doctor Frond. Como si realmente fuera electrostática... pero qué más daba, la gente compraba lo que fuera, a condición de que se anunciara como algo revolucionario. Y aquella basura costaba nada más y nada menos que veinte pavos la dosis.

Eso significaba diez dólares por caja en digicards. Sacó unas cuantas y se las metió en el bolsillo. Luego se encaminó al pasillo de los cosméticos. Una anciana corpulenta, con el pelo negro azulado, estaba estudiando detenidamente un paquete de tinte del mismo color. Embutida en unos shorts talla cincuenta y en una camiseta de hombre de la miniliga de béisbol, esquivó la mirada de Judy, probablemente molesta porque aquella muchacha hubiera descubierto que se teñía el pelo. Ridículo, como si alguien pudiera creer que una mujer de setenta años con cabello negro azulado luciera su color natural.

Judy nunca había hecho nada con el suyo, ni siquiera se lo había cortado desde que era pequeña. Y no sabía nada en absoluto acerca de tintes para el pelo.

—¿Necesitas ayuda, cariño?

Pegó un brinco y se dio la vuelta. La mujer estaba a pocos centímetros de ella, mirándola directamente. Sus ojos marrones parecían decirle: «Sé quien eres, sé lo que estás tramando…».

Paranoias. Se estaba poniendo paranoica otra vez. Recuperó la sangre fría.

—Estaba buscando algo atrevido, un nuevo look —le dijo, tratando de sonar punky y tonta. Hasta soltó una risita, sintiéndose absurda.

Con sus dedos largos, temblorosos y retorcidos por la artritis, la mujer le acarició el pelo.

—Pero cariño, si tienes un pelo precioso. ¿Por qué quieres hacerte nada? En otros tiempos yo también tuve un pelo precioso.

Judy agarró una botella de algo verdoso-amarillento de la estantería y retrocedió. Por si fuera poco, añadió un bote de gel verde brillante. Con una mueca de disgusto, la mujer volvió a enfrascarse con sus tintes negro azabache.

Nada de tarjetas de refrescos. Pagar y salir zumbando.

Le entregó al dependiente una de las tarjetas de regalo que acababa de robar de las cajas que contenían la pomada hemorroidal. El empleado ni siquiera pestañeó. Simplemente la cogió, la pasó por la registradora y le dijo:

—Sobran cincuenta centavos. —Y le entregó los tintes en una bolsa de papel marrón.

Ni comida, ni refrescos, ni gasolina, pero todavía le quedaban veinte pavos en digicards para gastar más adelante, tal vez de camino a San José.

Se agachó detrás de un contenedor de basura, en la parte trasera del Discount Mart, para leer las instrucciones de ese tinte verdoso-amarillento. «Aplicar generosamente. Dejar impregnar durante una hora y luego aclarar.»

Desenroscó el tapón del frasco y se masajeó la cabellera con el contenido. Cuando hubo terminado, se apresuró a cruzar la Nacional Uno en dirección al coche robado. Seguía cerrado e intacto. Al entrar, lo primero que hizo fue comprobar que el estuche del portátil aún estuviera en su escondite.

Observó que el padre y el hijo la estaban mirando fijamente. Tal vez fuera porque llevaba el pelo revuelto y con un extraño color. Ya era hora de moverse, de ir hacia el norte.

Arrancó el coche y se sumergió en la Nacional Uno, bordeando el océano sobre los acantilados, viendo cómo el sol bailaba sobre la arena brillante, cómo jugaban los niños y como los mayores descansaban o flirteaban.

Mientras conducía, sacó de nuevo su netpad y continuó buscando con él pistas acerca de Tony Tuska. Siguiendo un escrupuloso patrón que había desarrollado a lo largo de los años, pasó a los archivos de vuelo de American Airlines. Cada compañía guardaba las listas de pasajeros trece meses, para comprobaciones posteriores de carácter médico o de seguridad. American ofrecía junto con Avis un paquete combinado: vuelo y coche de alquiler. Si Tony Tuska había llegado a Los Ángeles aquella misma mañana en avión, lo más probable es que hubiera volado con American Airlines.

Al husmear en las listas de pasajeros estaba cometiendo de nuevo un delito federal. Las compañías aéreas habían invertido miles de millones en crear barreras casi impenetrables y sistemas de encriptado que, en teoría, aseguraban la privacidad de sus datos. Pero como ella había participado en el diseño de docenas de sistemas parecidos, podía entrar donde quisiera siempre que lo necesitara.

Inició una búsqueda por el nombre en todas las listas de pasajeros de vuelos procedentes de Seattle. El ordenador tardó un instante en emitir un pitido, indicando que había encontrado algo. Tony Tuska había llegado a Los Ángeles a las 12.40 de la tarde, en un vuelo directo desde Sea-Tac. Buscó la asignación de los asientos. Lo había hecho en la butaca 14C. Y el pasajero de la 14B era Paul Smith.

Hubiera deseado saber el verdadero nombre de Hailstorm. Aun así, ¿cuántos suicidios podían haberse producido en Seattle esos días?

En los archivos policiales constaban sólo dos en las últimas cuarenta y ocho horas. Descargó los informes de ambos casos. Al instante descartó a Natasha Hemsky, una viuda de sesenta y siete años deprimida por la reciente muerte de su esposo. Sólo le quedaba Lawrence Chomsky, diseñador de juegos de ordenador de cuarenta y ocho años de edad, que apareció muerto en su apartamento el lunes por la tarde, a causa de una sobredosis de Flashpowder.

Era evidente que Chomsky tenía un largo historial de abuso de drogas, con arrestos que se remontaban a principios de siglo. Sin embargo, una antigua novia, a la que entrevistaron en el mismo taller de diseño de juegos en el que Chomsky había colaborado, aseguraba que el fallecido llevaba más de un año sin probar las drogas. Pasara lo que pasara, en los pulmones de Chomsky se había encontrado suficiente cantidad de polvo letal como para matar a tres personas. Y por si fuera poco, los investigadores habían hallado también un frasquito medio lleno en sus pantalones.

Como Chomsky no había dejado nota alguna explicando los motivos de su suicidio, y gozaba de una salud medianamente buena, el informe policial atribuía su muerte a una sobredosis accidental. Pero Judy tenía el terrible presentimiento de que ese accidente tenía nombres y apellidos: Tony Tuska y Paul Smith.

Normalmente la gente reserva al mismo tiempo todos los vuelos que tiene que tomar durante un viaje, y por lo general con la misma compañía. Los registros indicaban que Tony Tuska y Paul Smith habían llegado a Seattle el domingo por la tarde en el vuelo 149 de American. Hailstorm había muerto el lunes. Hoy martes, los dos habían llegado a Los Ángeles, y el viernes por la mañana tenían que devolver el Velux Plus en San José.

Se puso a inspeccionar las listas de pasajeros de los vuelos de salida para la tarde y la noche del viernes. Tony Tuska tenía plaza en el vuelo de las seis de la tarde para Nueva York, mientras que Paul Smith tomaría el de medianoche para Baltimore.

Iban a quedarse en la ciudad el tiempo justo para cobrar. Una bolsa de deporte repleta de dinero en metálico, habitualmente billetes pequeños. Conocía la rutina. En ocasiones, tanto el gobierno como la mafia llevaban operaciones encubiertas de forma parecida. Ambas organizaciones le merecían a ella la misma opinión. La basura era basura, fuera quien fuera el que pagaba las facturas.

Era como pelar una alcachofa. Al arrancar una capa de hojas aparecía la siguiente y así sucesivamente… hasta llegar al corazón.

Sólo que en esta ocasión no se trataba de arte culinario, sino de asesinato. Hailstorm había sido el primero de la lista. Judy la segunda, aunque en su lugar había muerto Trev. ¿Sería Griswald el tercero?

¿Había descubierto este de alguna manera que pretendían asesinarlo y se había esfumado? No lo sabía. Pero tenía toda la intención de averiguarlo.

Tocó el icono correspondiente a las noticias en la consola de Internet del vehículo. Estaban dando un gran debate, un reportaje especial con comentaristas de primera línea, tanto de la derecha como de la izquierda del mundillo periodístico.

```
Judith Carmody, sospechosa de asesinato,
aún sin detener. Vinculada al inframundo de
la piratería informática de la organización
conocida como VileSpawn, donde es sabido
que los delincuentes informáticos
intercambian pornografía y fórmulas para
fabricar bombas y armamento biológico.
```

Vaya chiste. Pornografía, bombas, venenos... al alcance de cualquier hacker. ¿Cómo podían ser tan estúpidos?

El porno era para las personas como su padre. Destruía familias. Si en VileSpawn hubiera algo de eso, ella nunca se habría quedado allí. Además, VileSpawn no admitía gráficos, tan sólo texto; información rápida sin florituras.

```
Con gran parte de Laguna Beach sumergida en
el caos debido al mal funcionamiento de las
tarjetas digitales, la desesperación está
asolando el mundo de los negocios. Lo más
vendido: pacs de refrescos y de cerveza.
```

¿Y la pomada hemorroidal del doctor Frond? En sus paquetes también venían tarjetas de regalo. Afortunadamente, ninguna de esas pertenecía al Laguna Savings. Sin duda José había organizado un buen cacao.

```
El Equipo de Respuesta de Información
Digital ha sido llamado a la Casa Blanca.
```

```
La emperatriz del ERID, Josephina Shmidt
coincide con Bradley Barrington en que el
asunto de las tarjetas digitales del Laguna
constituye un caso evidente de "terrorismo
de información". Shmidt declaró que "esta
gente no se detiene ante nada. El crimen
organizado es en la actualidad el mayor
usuario de las redes informáticas, y toca
todos los mercados, desde la pornografía
táctil hasta las drogas".
```

Eso es, la red, el demonio, el cubil carnal del delito. Entonces, ¿por qué la usaba todo el mundo? ¿Por qué compraba la gente a través de Internet, veía televisión por Internet, telefoneaba a través de Internet, y realizaba todas sus transacciones bancarias por Internet?

Ya sólo faltaba que dijeran que todos los hackers eran sadomasoquistas, que se paseaban luciendo piercings de chips en la cabeza sólo para divertirse. O que eran fanáticos del rock ácido y llevaban el pelo teñido de neón.

«¿Pelo neón...?» Tenía que lavarse el pelo enseguida, o acabaría peor que José.

Salió de nuevo de la carretera y aparcó en una zona de descanso desierta, colgada sobre el acantilado. El sol comenzaba a esconderse por el horizonte. Buscó el modo de bajar a la playa por un sendero poco utilizado y lleno de maleza; las zarzas le estaban hiriendo las piernas. La sangre le cosquilleaba los tobillos. ¿Hacker sadomasoquista, o qué?

La playa no era más que una delgada franja de arena, con el océano muy cerca. El agua estaba salada y fría. Apoyada sobre una rodilla, bajó la cabeza y la sumergió en el agua. Sin dejar de toser y escupir agua, consiguió deshacerse poco a poco de aquella masa pegajosa.

De vuelta por la pendiente, tuvo que agarrarse a los matorrales espinosos para poder subir. Ahora lo que le sangraba eran las manos, aún pegajosas por el tinte y la sal del mar. Se las frotó sobre los shorts. Al final, resollando, logró llegar hasta el coche.

Se miró en el retrovisor. Tenía el pelo de color verdosoamarillento.

Siguiente paso: correr y ocultarse.

En San José había muchos hackers, gente a la que conocía de VileSpawn. De algún modo, se las arreglaría para esconderse entre ellos. Con su ayuda, conseguiría localizar a Griswald y descubrir si sabía quiénes eran en realidad Tuska y Smith.

No es que fuese un gran plan, pero era mejor que nada.

Abrió el netpad, accedió a un marcador de Internet, uno entre los miles de conexiones gratuitas disponibles para quien quisiera dedicar algún tiempo a descubrirlas. Simular un correo, esa era la clave. Bajo el nombre de blahblah@blow.edu, se conectó por telnet al puerto 25 del servidor de Internet de una universidad de Michigan. Su mensaje decía: «Necesito ayuda. Inocente. Huyendo. TerMight». Quizá tuviera suerte y algún hacker de VileSpawn viera su mensaje y acudiera en su ayuda.

No sabía qué más hacer. Al menos, no por ahora. En cualquier caso, no se iba a rendir tan fácilmente. No pensaba permitir que los asesinos de Trev liquidaran impunemente a Judy Carmody. Ni hablar.

Podía estar asustada, pero ella, o mejor dicho, TerMight, nunca hacía una promesa que no pudiera cumplir. Tuska y Smith iban a pagar por lo que habían hecho.

—Tienes compañía —anunció Harry, abriendo de par en par la puerta de la habitación de Cal. El grandullón sonreía: unos dientes blancos reluciendo sobre una piel oscura como el cuero—. ¿Qué me dices de mis resultados, Nikonchik? El gran jefe en persona ha venido a escuchar tus quejas.

Cal giró bruscamente la cabeza. Bob Ingersoll era la última persona a la que hubiera esperado ver hoy por allí. El director del proyecto nunca se presentaba en la casa de invitados sin anunciarlo antes.

—Hola Calvin —le dijo el agente de la NSA. El señor Ingersoll era el único allí que llamaba a Cal por su nombre de pila completo. Hablaba como un político: con voz intensa, digna e hipócrita, reflexionó Cal.

—Harry me dice que te ha estado exigiendo demasiado —continuó él, mientras cruzaba la habitación hacia las cortinas de encaje. Las apartó ligeramente y miró al desierto sin dejar de hablar—. Me ha dicho que te gustaría disponer de un DVD, para distraerte un poco.

—Sí, señor, si no es demasiado pedir —farfulló Cal.

Nadie llamaba al señor Ingersoll por su nombre, Bob, al menos no cuando él estaba presente. Ni siquiera Harry o Greg lo hacían; siempre señor Ingersoll o señor a secas. Y aunque Cal no creía en los títulos, ya que toda su vida había llamado a sus profesores y a las amistades de sus padres por el nombre de pila, en este caso hacía una excepción. Había algo en aquel hombre de voz suave que le hacía estremecer. Definitivamente, era un señor.

El señor Ingersoll inspiró profundamente. Nunca hablaba deprisa. Delgado, un poco más alto del metro ochenta que medía Cal, lucía un cabello negro azabache y profundos ojos marrones. Iba pulcro e impecable, incluso en un día tórrido como aquel. Vestía un traje de lana gris marengo, camisa azul celeste y corbata marrón. Bob Ingersoll nunca sudaba.

—No tengo nada que objetar a tu petición, si ayuda a que te concentres. De hecho, me parece una idea excelente.

Sin dejar la ventana, el director del proyecto se volvió para mirar de frente a Cal. Su rostro era delgado, su nariz larga, e iba tan bien afeitado que su piel parecía la de un chiquillo. El tipo parecía un chaval crecidito del coro. Sus labios esbozaron la más tenue de las sonrisas y añadió:

—Me parece que has estado trabajando duro sin descansar lo más mínimo, Calvin. No olvides que llevo en esto mucho tiempo. Sé por experiencia lo que se siente al estar encerrado en un proyecto día y noche. Después de dos o tres jornadas de presión constante uno comienza a volverse loco.

—Lo que pasa es que no estoy acostumbrado al silencio —replicó Cal con vehemencia—. No es mi intención ofender a Harry y Greg —añadió precipitadamente—, son una excelente compañía. Excelente. Pero es que este desierto me está volviendo loco. Es tan... tranquilo. Nada que ver con mi cubil en San José.

El señor Ingersoll hizo girar el anillo de oro que tenía en el dedo anular, el dedo en el que la mayoría de hombres llevaban su alianza nupcial. Sin embargo, el anillo de Ingersoll no tenía ninguna relación con una esposa. Era ancho y llevaba en el centro un gran rubí con las letras NSA clara y elegantemente grabadas. Levantó la mano del anillo y dejó caer de golpe las cortinas, suprimiendo de repente la vista sobre los árboles y las yucas del exterior.

El súbito cambio de luz proyectó extrañas sombras sobre las paredes de la reducida habitación. A Cal le empezó a doler la cabeza. Se apretó los ojos con las palmas de las manos y dejó que una oleada de mareo ascendiera y descendiera dentro de él.

Cuando abrió de nuevo los ojos, el señor Ingersoll se encontraba a su espalda.

—¿Has visitado VileSpawn recientemente, Cal? —le preguntó.

A pesar de que estaba más cerca, su voz aún daba la impresión de proceder de un millón de kilómetros.

—Hoy mismo, pero sólo un minuto —confesó Cal, tratando de que su voz permaneciera calmada—. Necesitaba un descanso.

El señor Ingersoll asintió.

—No te preocupes, lo comprendo. ¿Y leíste el mensaje en que alguien se interesa por tu paradero?

—Sí —afirmó Cal—, desde luego. No tengo ni idea de quién puede haberlo dejado. Tal vez TerMight, porque según tengo entendido Hailstorm está muerto.

—También yo lo he leído —continuó el señor Ingersoll. Su voz, habitualmente firme y contenida, se suavizó. Puso su mano sobre el hombro de Cal—. Lo siento, Calvin, sé que erais amigos. Si lo deseas, haré algunas averiguaciones. Llamaré al Departamento de Policía de Seattle pidiendo más información. Cuando les explique que estoy con la NSA me dirán todo lo que sepan.

—Me gustaría que lo hiciera, señor —dijo Cal—. Gracias.

—Es natural —le respondió el señor Ingersoll—. Supongo que entiendes que no puedes responder a quien sea que esté preguntando por ti. Estoy seguro de que el ISD sospecha que eres nuestro hombre fuerte para este proyecto. Si te descubres, caerán sobre nosotros en cuestión de minutos. Destruirán el proyecto. Debes permanecer oculto hasta que el trabajo esté terminado. Nada de comunicaciones, ¿de acuerdo Calvin?

—Si, señor —asintió él—. Usted manda.

—Estás sometido a mucha presión. —Ingersoll se acomodó en la silla de cuero que había al lado de él y la hizo girar para quedar cara a cara con Cal—. No podemos permitirnos fracasar en el asalto. Noto el aliento de los de Seguridad de Internet en el cogote. Consideran toda esta operación un lamentable despilfarro. Tiene que salir bien. Nada de cortocircuitos, nada de fallos. ¿Qué necesitas para acabar en tres días a partir de hoy?

—La música.

—Hecho. ¿Algo más?

—Tal vez pasar algunas horas fuera de aquí. Ir a comer una pizza. Salir por ahí a relajarme un poco.

—No veo en eso el menor inconveniente, siempre que seas discreto. Lo encuentro muy natural. Greg puede sacar una de las limusinas.

—Entonces... entonces, ¿la respuesta es sí?

—¡Por supuesto! —asintió el señor Ingersoll, poniéndose en pie y sonriendo—. ¿Por qué no? Esto no es una cárcel, Calvin. Incluso los hackers necesitan vida social. Que te diviertas.

Excelente. Una noche en la ciudad, lejos de la finca, con un conjunto potente y verdaderamente loco, chicas de carne y hueso...

Tal vez Cal se había equivocado. Por supuesto, Harry y Greg le veían a menudo como a un crío o como un simple ayudante, pero el señor Ingersoll, el gran jefe, le estaba tratando como a un profesional.

Él sí que lo comprendía. No era un simple agente de campo, bueno sólo para montar guardia como aquel par de payasos. Era un experto en criptografía de la NSA, matemático, programador. Había sido consultor jefe del Equipo de Apoyo a Incidentes de Seguridad de Sistemas Automáticos en la Agencia de Sistemas de Información de Defensa, cuando este había desarrollado iWatch, el primer interceptador de Internet.

Instantáneamente, Cal se volvió a sentir cómodo, seguro de que estaba haciendo lo correcto al trabajar para Bob Ingersoll. Un par de noches más en el programa de genética, sólo un par... y estaría en condiciones de penetrar en los bancos de todo el mundo, directamente desde Internet, sin dejar la menor huella de sus visitas.

Sería un héroe. Habría conseguido desarrollar el primer método infalible de penetración por Internet. El gobierno le aplaudiría y le consideraría un genio. Su futuro estaría asegurado. Le colocarían de por vida, al frente de un equipo de programadores cuyo único objetivo sería desarrollar una programación de vanguardia para impedir asaltos reales a bancos.

Greg interrumpió sus sueños.

—Venga, Cal. Será mejor que te des una ducha antes de salir. Luego vamos por una pizza y un par de cervezas. A relajarse un rato. Te sentirás mejor. Eres nuestra estrella, chico, nuestro hombre clave. Te necesitamos en las mejores condiciones.

Pero sus pensamientos se dirigieron de inmediato hacia Mistie

Lane. Olvida la pizza. Olvida la cerveza. Lo que necesitaba eran chicas.

—Sí, en plena forma. Esa es la clave —contestó él.

—Escucha —dijo Greg—, voy a cambiarme y saco una limusina. En media hora te recojo y nos vamos de marcha. Vamos a gastarnos algo de ese presupuesto del gobierno. —Greg cerró un puño y le golpeó con él amistosamente en la espalda—. Tal vez tengamos suerte y demos con un par de chicas que estén buscando diversión.

Cal no podía dar crédito a lo que oía. Era como escuchar sus propios sueños en voz alta. Su hermano Dan siempre le había tratado como un adolescente empollón. Nunca había aceptado arreglarle una cita con alguna de aquellas camareras calientes que trabajaban en su restaurante. Dan no creía en eso de compartir lo bueno. A Greg, en cambio, no le importaba y, además, parecía un experto. Probablemente atraía a las chicas como un perro a las pulgas.

Estaría listo enseguida. Entró en la ducha, puso el agua a la temperatura y presión que le gustaba y, una vez aseado, se enfundó unos tejanos y una camiseta limpios. Su cabello rubio, limpio y seco, le caía en armoniosas ondas sobre los hombros. Estaba guapísimo.

Se sentó en el sofá del salón a esperar que llegara Greg con la limusina. Sus dedos tamborileaban con impaciencia sobre las rodillas. Estaba impaciente por verse fuera de aquel recinto, fuera de los confines del alambre de púas y de los guardias de seguridad. Por supuesto, podía deambular a sus anchas por la finca pero, ¿de qué le servía, cuando pasear por allí significaba esquivar los pinchos de los cactus y luchar contra serpientes y lagartos? Durante el día el calor evaporaba toda humedad corporal, y por la noche, cualquiera sabía con qué clase de criaturas del desierto se iba a encontrar.

Esa noche, por fin, estaría libre.

Salió del salón al exterior, al fondo del porche. Miró hacia la casa principal, situada sobre una colina cercana.

Cal se preguntaba quién habría vivido allí antes. Era prácticamente una mansión. Probablemente un senador o un congresista. Eso explicaría que la NSA acabara allí, utilizando gratis la finca y sus instalaciones. A pesar de lo que sus padres le habían dicho, el poder tenía evidentemente algunas ventajas.

Cinco minutos más tarde, vio descender una gran limusina blanca por el camino de tierra que conectaba la casa principal con la de invitados. El coche se detuvo ante el porche donde aguardaba Cal.

—¿Listo Nikonchik? —le dijo Harry. Iba vestido con camisa blanca y chaqueta deportiva—. Hoy voy de chófer. Esta noche te toca trato especial, muchacho. Venga, sube.

Cal abrió la puerta trasera de aquel inmenso vehículo y recibió el impacto de una masa sonora. Greg, con una cerveza en la mano, le sonreía desde el interior.

—Venga, chico, tenemos una fiesta.

Los asientos eran de piel, de cuero auténtico, y la cerveza estaba helada.

—Vaya equipo de sonido —le gritó Cal a Greg, sintiéndose obligado a hacer algún comentario.

—Una bomba —respondió Greg—, 600 vatios rms por canal. En realidad, 300 vatios por canal a 8 ohmios.

La gente parecía esperar de Cal que lo supiera todo sobre equipos informáticos, coches, equipos de sonido y cualquier otra cosa electrónica. Ridículo. Él era un hacker y no un ingeniero electrónico. Tal como estaban las cosas, probablemente Mistie Lane sabía tanto de equipos de 600 vatios por canal como él. A pesar de ello asintió, con cara de entendido.

Mientras descendía por el camino, Cal bajó el cristal ahumado de la ventanilla para intentar saber dónde se encontraba. Toda la información que tenía es que la finca se encontraba en algún lugar de Palm Springs, al norte del Parque Estatal del Desierto de Anza-Borrego. No había ninguna carretera. Ni tan sólo ellos mismos se encontraban en esos momentos en una carretera, sino en una especie de pista que conectaba la tierra con el cemento cubierto a medias por el polvo y la arena. Tampoco había ninguna huella en la arena, ninguna referencia, nada por ninguna parte; sólo colinas y más colinas que se perdían en el desierto como ondas digitales superpuestas, manchadas aquí y allá de maleza que imitaban árboles binarios inclinados.

No tenía ni idea de cuál podía ser la ciudad más cercana. Aquella zona le era totalmente desconocida. Pero Harry parecía conocer bien el territorio. Y Greg había hablado de pizzas y chicas. Y a fin de cuentas, eso era lo único que le importaba.

Se arrellanó en aquel cómodo asiento y echó un trago de su cerveza. No estaba acostumbrado a beberla. Unos cuantos sorbos y la cabeza le daba vueltas.

—¿Otra? —preguntó Greg—. Tardaremos unos veinte minutos en llegar a la ciudad. Los caminos no están demasiado bien, así que Harry no puede correr. No podemos arriesgarnos a tener una avería en pleno desierto. Aquí no hay estaciones de servicio a la vuelta de la esquina, y menos aún que dispongan de los chips que utiliza este coche —rió—. Ni grúas.

—¿Adónde va…? —comenzó a preguntar Cal, pero antes de completar la frase, la limusina viró con tanta fuerza que le mandó por los aires. La lata de cerveza salió disparada y Cal rodó por la moqueta del suelo, aterrizando en un charco de espuma y esquivando por muy poco el marco de acero del minibar. Entonces, el coche dio otro bandazo y lo envió de nuevo al asiento trasero.

—¿Qué demonios…? —gruñó Greg, agarrando a Cal por el hombro y ayudándole a incorporarse—. ¿Te has vuelto loco, Harry?

La limusina saltó una vez más y se quedó inmóvil. El motor siguió funcionando unos instantes y luego se paró.

—¡Mierda, mierda y mierda! —exclamó Greg. Su cara estaba enrojeciendo por momentos—. ¿Estás bien, Cal?

—Yo sí, pero ¿qué le pasa al coche?

Greg abrió de par en par la puerta de atrás.

—Esto me huele muy mal.

Se unió a Harry, que ya había levantado el capó.

—El maldito radiador ha reventado —gruñó este, con una expresión de disgusto en el rostro—. Ya nos podemos olvidar de la ciudad. No iremos a ninguna parte.

—A paseo una noche de vino, mujeres y música —dijo Greg, y mirando a Cal, meneó la cabeza—. Lo siento chico, pero no hay nada que hacer al respecto. Utilizaré el teléfono de la red para llamar a la finca. Espero que alguien pueda venir con un jeep a buscarnos.

Debería habérselo imaginado. Cuando por fin parecía que iba a conseguir alejarse de la pantalla del ordenador, del polvo y de la monotonía del desierto para disfrutar de su única oportunidad de sentirse libre durante unas horas, el maldito coche se averiaba.

Esperaron en silencio al borde de la pista. Cal no estaba de humor para charlar con Harry y Greg, que no eran precisamente comunicativos. Los dos se pusieron a beber cerveza, haciendo circular un paquete de anacardos que encontraron en el minibar, y se dedicaron a contemplar la luna. Para cuando llegó el jeep, conducido por un hombre enjuto de labios sellados, él estaba más que ansioso por largarse de allí.

El viaje de vuelta a la finca duró diez minutos. Nadie pronunció ni una sola palabra. En cuanto llegaron, Harry y Greg subieron a la casa grande a informar de lo ocurrido al señor Ingersoll. De vuelta en la casita de invitados, se quitó los tejanos y la camiseta mojados de cerveza y los echó a un rincón de la habitación. Se revolvió el pelo, picoteó unos pretzels y trasteó con un estúpido juego de ordenador, una especie de tiro al blanco con dinosaurios idiotas en una estúpida ciudad. La pantalla estaba sucia. La tocó y la electricidad estática crepitó bajo sus dedos. Probablemente debería limpiarla, pero no se sentía de humor para hacerlo.

Estaba aburrido. La fiesta de aquella noche había quedado en nada. Frustrado, activó su programa genético en el ordenador y jugó con él, observando cómo los cromosomas se separaban, se unían, crecían y se segregaban. Manipuló la inversión, rompiendo cromosomas y reagrupándolos de forma distinta.

Podía hacer lo que quisiera con aquellos cromosomas digitales. Que bailaran, que se mataran entre sí, o que sustrajeran millones de dólares sin que nadie se enterara. Pero en aquel momento no se sentía con ganas de jugar con ellos.

Su mente fue a la deriva...

¿Quién vivía en la casa de arriba? Nadie le había dicho nada acerca del propietario de la finca. Desde luego, seguro que no le pertenecía al señor Ingersoll. Y tampoco al gobierno. El propietario tenía que estar forrado para permitirse una guarida como esa, con servicio y guardias.

¿Sería tal vez una casa de seguridad para agentes de inteligencia perseguidos? ¿O un centro de entrenamiento para agentes de la NSA? Todo era posible.

Reflexionó acerca de la red de seguridad que protegía la finca y cuán sólida sería. No le costaría mucho penetrar en ella para descubrir lo que quisiera.

Su intención no era sabotearla, no, era sólo que podía hacerlo. Además, un poco de información adicional nunca venía mal.

Sacó del cajón de su mesa el limpiador especial que él mismo había inventado. Parecía un amasijo de masilla pero, en realidad, era una mezcla maleable de amoníaco y agentes antiestáticos. También incrementaba un poco el colorido de la pantalla y confería a los gráficos cierta apariencia tridimensional. Limpiaba y era un filtro visual; realmente una pasada.

Chupó un poco de sal de un pretzel y bebió un sorbo de la botella de dos litros de ginger ale que siempre tenía junto a la mesa. Ya era hora de que Griswald jugara un poco.

Primera parada: el archivo informático de las llamadas telefónicas de la finca. Años atrás había diseñado un programa para buscar archivos muertos y, basándose en aquello, creado un diminuto ejecutable que se introducía bajo la superficie de cualquier sistema operativo para obtener información acerca de las llamadas del sistema. Así que lo primero que hizo fue poner en marcha un depurador del kernel para detectar los números de llamada del sistema. Luego, con la ayuda de su propio programa, se sirvió de aquellos números para acceder a los archivos de seguridad, a las zonas protegidas del disco y adonde quisiera. Ante sus ojos apareció la lista, en formato de número telefónico, de todos los parámetros transferidos a cualquier otro ordenador de la propiedad.

Unos minutos más tarde, desfilaron por pantalla docenas de llamadas del exterior realizadas en los últimos días. Curioso. Aunque se suponía que Harry informaba cada día a sus superiores en la NSA de los progresos de Cal, en el listado no había llamadas a Washington. Tal vez enviara la información por correos electrónicos cifrados.

Cada vez más interesado en el tema, inspeccionó los resúmenes de facturas. Apareció una docena de empresas, al parecer sin relación alguna entre sí. En condiciones normales, harían falta varios días para tratar de descubrir algún vínculo. Pero él tenía a su servicio la base de datos más poderosa del mundo: Internet.

En pocos segundos descubrió la relación. Todas esas empresas se dedicaban al pago anónimo de servicios. Por una cantidad fija al mes, pagaban las facturas de las grandes corporaciones que preferían mantener secretos sus datos financieros. Era una manera incómoda, pero eficaz, de proteger de la curiosidad externa los datos informatizados. Quien quiera que llevara los asuntos en la casa de arriba quería que se mantuvieran en secreto.

El escenario perfecto para Bob Ingersoll. A nadie se le ocurriría buscar por esos parajes a un tipo de la NSA; un lugar tan remoto que ni siquiera los coyotes querrían perderse por allí. El señor Ingersoll era un viejo zorro. Y, por cierto, seguro que no le gustaría nada saber que él estaba husmeando en sus archivos telefónicos.

Utilizando de nuevo las llamadas del sistema, borró los rastros de su penetración y Griswald se esfumó en la nada.

¿Quién habría dejado aquel mensaje interesándose por su paradero? Dan, no, seguro. Su hermano era un perfecto inútil en lo concerniente a la red. Tenía que ser otra persona, probablemente un hacker de VileSpawn.

Tomó otro sorbo de ginger ale. Aunque se pasaba muchas horas en VileSpawn, lo cierto era que allí no tenía muchos amigos. Sólo Ter-Might, Hailstorm, JC...

Jeremy Crane. Tenía que haber sido él. Cal y Jeremy habían trabajado juntos durante seis meses refinando los conceptos básicos del algoritmo genético. Formaban un buen equipo. Normalmente, él le visitaba cada semana. Había faltado al último encuentro porque ya se había marchado al desierto. Pero como no le podía decir dónde estaba, lo más seguro es que estuviera pensando que le había atropellado un camión o algo por el estilo. Le diría que estaba bien. Además, se sentía solo, atrapado, enloquecido, y sin posibilidades de escapar ni siquiera una hora. Algún contacto virtual a pequeña escala no le haría daño a nadie. Aunque al señor Ingersoll le daría un ataque si enviaba un mensaje y el ISD lo interceptaba.

La solución era evidente. Dejaría pistas de sí mismo en algún lugar de la red, en algún sitio al que tan sólo algún otro maestro como él fuera capaz de acceder.

Llamó a VileSpawn. Desde allí abrió su propio navegador de Internet y tecleó la dirección de un sitio privado de la CIA en la red. En casa, le habría bastado con pulsar un icono. Aquí tenía que ser más precavido: no podía dejar iconos de la CIA a la vista mientras trabajaba para Bob Ingersoll, el pez gordo de la NSA.

Un cuadro de diálogo le pedía la contraseña. De acuerdo con el protocolo, la tecleó y luego, la escribió por segunda vez.

Aquello también había sido un juego divertido. Le parecía bien. Justo antes de aceptar el trabajo para el señor Ingersoll, había interceptado un correo electrónico que incluía la clave pública de algún agente. Aquel genio había estado intercambiando claves con otro agente, y Cal le había mandado la suya propia al segundo agente, quien había codificado su clave privada «secreta» con la clave pública de Cal. A partir de ahí, no tuvo más que interceptar la transmisión del segundo agente que incluía la clave secreta.

¡Todos aquellos esquemas de codificación eran increíblemente estúpidos! Mientras las claves o las contraseñas estuvieran en la red, los hackers seguirían descubriéndolas.

De modo que ahí estaba él, husmeando de nuevo en los archivos de la CIA, ahora como Griswald: el imbatible, el imparable, el omnipotente Griswald.

Abrió un archivo de texto en modo binario, insertó un marcador de final de archivo y luego añadió un segundo archivo al anterior. El segundo archivo contenía dos palabras: «Fuego», su mote como gurú, y su contraseña secreta como Griswald. Nadie lo vería jamás y, aunque lo vieran, nadie sabría qué era. Nadie excepto otro superhacker. Tanto «Fuego» como su contraseña quedaban ocultos gracias al marcador de final de archivo.

Finalmente sometió la palabra «Fuego» a una sencilla codificación e insertó el código en un encabezamiento de paquete RDSI, que alteraría el destino de todos los paquetes subsiguientes.

Eso debería bastar. JC era fino, casi tanto como Griswald. Si Jeremy le estaba buscando, encontraría aquella pista. Con eso era suficiente. Jeremy dejaría de preocuparse y el señor Ingersoll no se enteraría de nada.

Lo que el agente de la NSA ignorara no podía dolerle. Ojos que no ven...

9

La autovía parecía una cinta negra sin fin, salpicada sólo fugazmente por los reflectantes y las dobles líneas que, de tanto en tanto, iluminaban los faros del coche de Judy. A su derecha los acantilados, a su izquierda el océano. Y niebla por todas partes, fantasma de la noche que cabalgaba sobre el romper de las olas, sobre las rocas y la arena. Un ritmo constante, casi como el ronroneo de los discos duros en el cubil de José en el Laguna Savings, pero más violento, como si todos los discos duros del universo entonaran a la vez su cántico de muerte.

Le latía dolorosamente la nuca al ritmo de todo aquello; cada impacto de las olas sobre la arena mandaba un puñal a su espinazo que irradiaba a los brazos y le entumecía los hombros, invadiendo su cráneo en espasmos de dolor lentamente entremezclados.

Aminoró la velocidad y se obligó a retirar la mano derecha del volante; sus dedos estaban anquilosados, no conseguía extenderlos. Las palmas de sus manos estaban llenas de arañazos y sus dedos tenían el color de los pinchos con que se había lastimado. Se las sopló, y el aire caliente alivió un poco aquel helado escozor.

Sería tan fácil detener el coche, echarse simplemente a un lado y apagar el motor... masajearse las piernas, los brazos, la nuca. Entrar en calor. Y luego abandonarse a la niebla y al oleaje. Esta vez no sentiría nada en las piernas al descender a través de la maleza, por la pendiente de rocas y tierra hasta el océano.

Descansaría en la playa, envuelta en la niebla de la noche, con su frío soplo acariciándole el rostro. Por la mañana la encontrarían, pero nadie sabría quién era.

No sería TerMight, ni Judy Carmody.
Sería libre.

El pedal del acelerador le estaba haciendo un surco en la planta del pie desnuda. Tan sólo el dolor, siempre el dolor, la mantenía en marcha.

¿Por qué no abandonar ya y acabar definitivamente con todo?

Tal vez porque con el dolor iba la lucha. Había sido siempre una luchadora. Muchas noches, sola en el dormitorio de su remolque, se había preguntado por qué las demás chicas se reían de ella. Por qué nadie la invitaba nunca a ninguna fiesta. Por qué comía siempre sola en la cafetería de la escuela, aparentando no darse cuenta de que las otras cuchicheaban, formaban grupos y la miraban, burlándose.

El vestido para la ceremonia de graduación no fue lo suficientemente bonito. Mamá se lo había confeccionado con un tejido suave, estampado con flores, mientras todas sus compañeras lucían lo último en corte moderno y futurista.

En secundaria ya se acostaban con chicos. Lo único que les importaba era su pelo, sus chismorreos, los pequeños gestos con la barbilla, sus sonrisas y las miradas insinuadoras...

Ojos relucientes sobre el maquillaje y el rímel negro neón, a juego con sus shorts ultracortos.

Cuando su padre cayó presa de aquella basura, abandonando a su madre por la mentira y el relumbrón, la gota colmó el vaso. Se le acabaron las ganas de luchar. Murió para convertirse en otra persona.

Judy luchaba por contener las lágrimas pero, a pesar de todo, las podía sentir quemando sus mejillas y dejando un sabor salado en su boca. Aminoró aún más la velocidad, esta vez al mínimo.

No se había sentido tan perdida, tan derrotada, desde que papá...

En aquella ocasión había jurado que nadie... que nada... la volvería a matar de aquel modo.

A la deriva, sola, chicos pegajosos tratando de conseguir sus favores, casi violándola antes de que se los pudiera quitar de encima. Trabajos basura, en el local de Wal-Mart como cajera, escuchando las quejas de los clientes... Como si le importaran lo más mínimo.

Añorando la morfa, la droga que le ayudaba a superar las noches. Sola con su ordenador, su único amigo.

Por aquel entonces se dio cuenta de que si aprendía lo suficiente, tal vez conseguiría, de algún modo, salir a la superficie de nuevo, sentirse otra vez humana, completa y en sí misma.

Y funcionó.

Huyó a California.

Sí, funcionó.

Nunca más. Nadie volvería a destrozarla de aquel modo. Si había sido capaz de sobrevivir a su padre y al Bombón, a su madre y su locura, podría sobrevivir a cualquier cosa.

Entre la niebla asomaban algunas estrellas relucientes. La noche iba retrocediendo. Pronto estaría en San José. Allí pondría las cosas en su sitio.

Ignorando el dolor de su pie, apretó el acelerador y llevó el vehículo a su velocidad máxima.

—Audio. —Y la consola de Internet cobró vida. La voz masculina y metálica le advirtió que quedaba poco combustible y que debería comprobar el aceite.

El macho metálico, al que Judy le había puesto por nombre Grunt, era el único hombre al que no le importaba que vistiera como una vagabunda, que tuviera un cuerpo como una escoba y que no sonriera como las chicas de los vídeos.

Curioso, aquel macho metálico casi le gustaba.

—¿Noticias? —preguntó cortésmente Grunt.

—Noticias —respondió Judy. De amigo a amigo—. Y gracias, Grunt —añadió.

—Es un placer.

«Todo un caballero. Realmente chapado a la antigua», pensó.

Pero las noticias que Grunt iba a darle no eran buenas.

—Las autoridades de Los Ángeles prosiguen con la persecución de la supuesta homicida Judith Carmody. Armada y peligrosa. Se recomienda extrema precaución. —El locutor prosiguió detallando pormenores de su desdichada infancia, sus éxitos como hacker y los proyectos secretos en los que había participado para el gobierno. La impresión de conjunto arrojaba una imagen bastante aterradora de una experta en informática medio loca, que había acabado por perder el juicio debido al exceso de trabajo y a la falta de vida privada.

Ya tenía más que suficiente.

—Ordenador: audio fuera.

Y el hombre mecánico desapareció. Se sentía frustrada y quería desahogarse con él. Pero nada de todo aquello era culpa suya; de hecho, ni siquiera era real.

Además, prefería su compañía a la de los hombres de carne y hueso.

Aquella autovía tan concurrida podía resultar peligrosa para ella. Estaba segura de que, a la luz del día, alguien la reconocería y avisaría a la policía. Necesitaba dar con alguien de VileSpawn, y pronto.

La Nacional Uno entroncaba con la Nacional Diecisiete. Desde allí se extendía hacia al norte, más allá del Lexington Reservoir y de la ciudad de Campbell. Se estaba aproximando a San José, adonde seguramente llegaría al amanecer. Aparte de los camiones, empezaban a verse en la carretera algunos automóviles. Esclavos adictos al trabajo que, desde los suburbios distantes, se dirigían al norte y al este en su largo trayecto cotidiano hacia el corazón de la ciudad.

En la parte superior de la consola de Internet del vehículo parpadeó el icono naranja de un surtidor de gasolina: estaba circulando con la reserva. Como si el hombre de voz metálica no se lo hubiera advertido antes.

Como si él la pudiera ayudar, o decirle lo que tenía que hacer. Si tan sólo…

Pero si se quedaba sin gasolina y la poli le daba caza… Seguro que mientras la sacaban del coche, él iría repitiendo sin cesar:

—Es un placer, es un placer.

Tenía que hacer algo.

En cuanto se le acabara la gasolina, el coche emitiría una señal automática, y la patrulla de la autopista, que monitorizaba las señales electrónicas de los vehículos, acudiría en su ayuda.

Levantó el pie del acelerador, con la esperanza de sacarle un poco más de rendimiento al motor. El coche no tardó en cruzar la Nacional 280 y, cuando al depósito de combustible ya no le quedaba más que la última gota, la Nacional 17 desembocó en la 880, el último tramo del largo camino a San José.

No tenía con qué comprar gasolina. Sólo le quedaban tres digicards de las pomadas hemorroidales, por valor de veinte dólares y cincuenta centavos. Llenar el depósito la dejaría sin blanca y quizá después necesitara el dinero para cosas más importantes.

Como comida, sobornos...

¡Quién podía saberlo! En cualquier caso, ahora no era el momento de ponerse a especular con lo que podría pasar.

En la consola apareció un icono en forma de sobre blanco. Un mensaje para el conductor.

Extraño.

Según los archivos de Avis, su coche estaba siendo reparado en el taller, esperando a que le instalaran un filtro de gasolina nuevo. Por lo tanto, ¿quién podría querer mandar un mensaje a un coche que estaba fuera de servicio?

—Email: Texto.

El mensaje estaba cifrado y procedía de alguien llamado <grouch@out_back.com>. Después de coger el volante con la mano izquierda, abrió el netpad, estableció una conexión y lo descargó. Acto seguido lo descifró utilizando la clave que sólo conocían TerMight y sus escasos colegas de la red.

Decía lo siguiente:

```
Sabemos que estás en camino. Toma la 880E
hasta la 101S y sal en Berryessa Road.
Recibirás más instrucciones en el siguiente
mensaje.
```

¡La habían encontrado! ¡Los hackers de VileSpawn habían dado con ella!

Y a pesar de que no se conocían personalmente, estaban dispuestos a ayudarla. Realmente sorprendente.

Pero si los hackers de VileSpawn habían podido dar con el coche, la policía también acabaría por hacerlo.

Claro que los hackers siempre iban por delante de los marmotas de comunicaciones de la policía.

Unos minutos más tarde, un segundo mensaje apareció en la

pantalla de la consola. También procedía de Grouch y esta vez no se había molestado en cifrarlo.

```
Borra la EPROM. Cuando salgas a la calle,
busca los postes telefónicos.
```

¿Qué demonios estaba tratando de decirle?

Ya amanecía. El cielo estaba cambiando de gris a melocotón. San José se encontraba ante ella: un inmenso decorado urbano, edificios, rascacielos de cristal, polvo y suciedad, todo encajonado entre las montañas costeras y la Bahía de San Francisco. Se trataba del área urbana de más rápido crecimiento de Estados Unidos, una gigantesca extensión de ciudad y suburbios que se adentraba kilómetros y kilómetros en el corazón de California. Y en algún lugar, dentro de aquel océano de humanidad, esperaba encontrar un refugio seguro.

Giró en Berryessa y aparcó en una calle adyacente. Luego descansó la cabeza sobre el volante y trató desesperadamente de no echarse a llorar. Era muy injusto. No había matado a nadie, ni siquiera conocía a nadie. Todo lo que quería es que se acabara aquella pesadilla y que, de algún modo, pudiera retornar rápidamente a su pequeño y pacífico mundo, a aparentar que nada de todo aquello había sucedido realmente.

Pero no había hecho más que empezar y, en lo más profundo de sí misma, sabía que las cosas no harían sino empeorar. Y mucho.

No podía permitirse llorar. Tenía que mantener el control.

Sin embargo, no tenía ni idea de cómo encontrar desde allí el escondite del hacker amigo. ¿Buscar los postes? ¿Qué tipo de pista era esa?

Pulsó el icono PARAR COCHE de la consola. El motor zumbó y se detuvo. La consola permaneció conectada, alimentada por el software. No se desconectaría hasta que Judy hubiera abandonado físicamente el vehículo y hubiera introducido su código personal en el teclado exterior. El software se mantendría operativo hasta que hubiera clausurado la conexión con la red.

Unas cuantas luces brillaban en las casas aledañas, con los típicos jardines de California del norte: siemprevivas, arbustos en flor y césped verde brillante, que necesitaba ser regado regularmente para mantenerlo así. La calle estaba constituida por casas de estilo ranchero, todas con paredes de estuco y tejados de pizarra oscura.

Y ni un solo poste de teléfono.

Seguramente las líneas telefónicas las habían soterrado, como en el sur de California, donde estaba Laguna Beach, donde estaba su apartamento, donde estaba Trev... bueno, había estado...

De nuevo pugnó para que no le saltaran las lágrimas. El agotamiento se estaba apoderando de ella. Necesitaba centrarse, mantener claras las ideas, pensar en lo que debía hacer.

¿Borrar la EPROM?

Supuso que la consola de Internet del vehículo estaría equipada con un chip de EPROM, el último grito en tecnología, ya que la compañía probablemente deseaba actualizar el software de sus vehículos cada pocos meses. En lugar de una memoria programable de sólo lectura, o PROM, que no podía ser borrada, la EPROM permitía a los vendedores cambiar la programación sin tener que fabricar para ello nuevas PROM.

¿Cómo podía borrarla? La forma más sencilla era abriendo la consola, buscando el chip y destruyéndolo con luz ultravioleta.

De la funda del portátil extrajo un pequeño destornillador, con el que empezó a trabajar en la consola. No le costó demasiado esfuerzo sacar la cobertura de plástico y dejar a la vista los componentes. Pero no sabía qué tenía que hacer para borrar la memoria. Si la destruía con el destornillador no podría salir del coche, ya que la puerta quedaría bloqueada. Y si primero abría la puerta y luego destruía la memoria...

«¡Eso es!»

Pero entonces, sin coche ¿cómo conseguiría llegar al escondite?

Bueno, se ocuparía de la EPROM más adelante. De momento, intentaría dar con los postes telefónicos.

«Maldición.»

Inspeccionó la calle. Nada. Ahora bien, por detrás de las casas de la manzana siguiente, asomaba un solitario poste telefónico.

Tenía que ser eso.

Presionó el icono correspondiente a ARRANCAR, esperó unos

instantes a que el motor zumbara de nuevo y lo condujo lentamente más allá de la esquina y de un macizo de rosas. Un hombre estaba recogiendo sus periódicos, una mujer rechoncha en shorts paseaba a su perro.

Testigos. Ahora había dos personas que la podrían identificar, contarle a la pasma que Judy Carmody, la asesina, estaba en el vecindario.

Miró por el retrovisor. Ni el hombre ni la mujer le estaban prestando la menor atención. Ni siquiera se habían percatado de su presencia.

Hundiéndose aún más en el asiento para ocultarse lo más posible, condujo lentamente hasta el poste solitario, y una vez que se halló junto a él, detuvo el coche.

Del extremo superior del poste bajaban un par de cables que se enterraban en el suelo, y desde un montón de escombros que había apilado junto a la pared de un garaje, a un par de metros de distancia, otro par de cables ascendía hacia la parte superior del poste. La casa frente al garaje no se diferenciaba en nada de las demás. Un pequeño ranchito de ladrillo, en este caso pintado de azul oscuro, con un jardín descuidado y unas cuantas ventanas a oscuras.

Ahí estaba. Seguridad.

Pulsó de nuevo PARAR COCHE, se arrastró desde el asiento delantero y se estiró y se acarició los dedos de los pies. Estaba contenta de poder bajarse por fin del coche. En alegres letras color arco iris, la consola estaba mostrando la última hora acerca de los deportes y del tiempo. La ponía enferma. No había nada alegre en aquel día.

Tecleó su código personal para dar por finalizada su sesión con el vehículo. La consola parpadeó y se apagó.

Por fin.

Malditos ordenadores. La estaban volviendo loca.

Después de reunir fuerzas caminó hacia la casa, llevando bajo el brazo la bolsa con su portátil y su netpad.

Dios, cómo le dolían los pies. Necesitaba unos zapatos con urgencia.

Y un baño.

Y comida.

Y dormir.

Echó un vistazo a través de la ventana del salón. Un par de ojos le devolvió la mirada.

Sobresaltada, soltó un grito y dio un paso atrás.

—Shhh… —le conminó el desconocido: ojos cansados y rojos por falta de sueño; greñas grasientas que le caían sobre el rostro. Por señas le indicó dónde estaba la puerta de entrada.

Una vez en el interior, Judy se quedó quieta, temblando, a punto de derrumbarse. Las lágrimas apenas le permitían distinguir a su salvador.

Este tenía una voz grave y suave.

—Está bien, ya ha pasado todo… —La cogió con dulzura por el codo, la condujo hasta un colchón sin sábanas que había en un rincón de la habitación, y la hizo sentarse en él con delicadeza.

Con la cabeza entre las rodillas, y balanceándose con alivio, Judy se hundió en un mar de consuelo. Las lágrimas rodaban libremente por sus mejillas, mojando sus shorts sudados. Olía fatal. Se sentía fatal.

Un círculo de caras fue formándose a su alrededor. Realmente, daba pena. Alguien le ofreció un vaso de agua. Se lo bebió de un trago y pidió otro.

Cuatro chicos en calzoncillos y una chica. La habitación repleta de equipos informáticos: PCs, cables, torres de servidores, módems parpadeantes. Aquel lugar le recordaba a su hogar.

—¿Eres TerMight? —preguntó el chico de la voz suave y el pelo grasiento.

—Sí —respondió ella débilmente.

—Yo soy Grouch. —Y se dispuso a presentarle a los demás señalándolos uno tras otro—: Tarántula, que es casi tan buena como tú.

La chica se sonrojó. Era un poco más joven que ella, llevaba un corte de pelo corto e irregular y lucía un par de enormes ojos azules. También era delgada. No llevaba puesto más que una gran camisa de hombre.

—Nadie es tan bueno como TerMight —respondió Tarántula. Su voz se quebró, como si se acabara en sus labios, languideció y murió.

A Judy le gustó al instante. Nada deególatras en aquella pandilla, simplemente un grupo de jóvenes hackers.

Gente como ella. Y de carne y hueso. No sólo nombres huecos en una pantalla, como tal25 o cual42.

Sin embargo, no le gustaba que la consideraran buena ni la mejor. En realidad, ni siquiera le gustaba que nadie supiera que existía.

Entonces Grouch señaló con la mano a los otros tres.

—Estos de aquí no son más que un paquete de perdedores.

Perdedores. ¿Acaso no lo eran todos ellos por igual? Ni siquiera en persona Grouch tenía un nombre real, sólo un alias de Internet, grouch@out_back.com.

Y Tarántula sería probablemente tarantula@out_back.com.

Los tres perdedores, dos de los cuales eran decididamente mayores que ella, movieron los pies y miraron a otro lado. Uno tenía el pelo rubio, rizado y muy corto; el otro, castaño y largo, y lo llevaba recogido detrás de las orejas; el tercero al parecer comía demasiadas chucherías. Curly, Moe y Candy, decidió al instante.

—¿VileSpawn? —preguntó Judy.

—Estamos en ello —respondió Grouch.

No eran lo bastante buenos para haber entrado aún.

Entonces, ¿cómo la habían encontrado?

—¿Vivís... aquí? —Una pregunta estúpida. Se quedó en silencio, aguardando sus risas y sus burlas.

Pero nadie se rió, nadie se burló de ella. Y Grouch le respondió:

—Desde luego. Desarrollamos aplicaciones para la red. Somos una empresa, ¿sabes? Nos llamamos Outback Incorporated aunque, a decir verdad, todavía no estamos registrados. Soy el presidente. Mi oficina está en el dormitorio del fondo.

Ya entendía...

Había visto cantidad de operaciones como aquella. Programadores acampados en alguna casa repleta de equipos. No, no era lo suyo. Ella necesitaba trabajar sola. Sin embargo, conocía bien el estilo. Querían adoptar la personalidad de hacker peligroso y solitario, pero se necesitaban unos a otros para sentirse así. No comprendían que la gente de verdad era falsa, que las personas de carne y hueso te sonreían cuando les convenía, y cuando no, te dejaban tirada. No comprendían que lo único que contaba eran las habilidades, el equipo y el anonimato.

—Tenerme a mí aquí no le sentará muy bien a vuestro negocio, Grouch —dijo Judy.

—Si se mira desde otro ángulo, quizá sí. —Se sentó a su lado. Sus ojos mostraban una profunda seriedad, no estaba bromeando en absoluto.

—¿Tú crees? Me buscan por asesinato. —Mientras ella hablaba con Grouch, Tarántula salió de la habitación seguida por los perdedores. Judy oyó ruidos procedentes de lo que seguramente era la cocina; oyó correr el agua y llenar una cacerola, y, después, el aroma de café recién hecho inundó la habitación.

Grouch se mesó los cabellos con sus gruesas manos. Necesitaba un afeitado. Llevaba puestos unos calzoncillos estampados con imágenes de personajes de cómic haciendo cabriolas y dándose en la cabeza con teclados de ordenador. Su pecho era cóncavo y carecía de vello, los brazos y las piernas parecían no tener músculos; todo él estaba tan flaco como el Gumby con el que ella jugaba de pequeña.

Nunca tuvo demasiados juguetes. Sólo Gumby y un portátil. Su madre le había regalado algunas Barbies y algunas Raggedy Anns, pero ella jamás mostró interés alguno por las muñecas, relegándolas al olvido en el armario junto con los vestiditos estampados con flores.

Siempre en voz baja, como si temiera que hubiera policías escondidos en alguna parte, en los matorrales afuera o en los armarios de la casa, Grouch le dijo:

—Mira, todos sabemos que eres Judy Carmody, y que te buscan por todo ese lío de Laguna. Pero no nos lo creemos. En las noticias han estado hablando de TerMight a los cuatro vientos. Sí, de tu alias en Internet, de modo que sabemos quien eres en realidad. Pero tus golpes son legendarios, todos nosotros los conocemos bien y en ninguno de ellos quebrantaste la ley. Además, no eres una asesina.

Así que todo el mundo sabía ya que Judy Carmody era TerMight. Bingo por el anonimato. Sin embargo, lo que Grouch podía haber estudiado no era el verdadero trabajo de Judy, sino simplemente sus juguetes. Aquella gente no tenía ni idea de lo que realmente era capaz de hacer. Y la clave, el quid de la cuestión, consistía en que nadie lo supiera jamás.

—¿Me ayudaréis? —le preguntó.

—Por supuesto —asintió Grouch—. Creemos que te han puesto una trampa. Los federales andan detrás de los hackers desde siempre. Nos echan la culpa de todo lo que va mal. Y no se enteran de nada, porque la única verdad es que si nosotros podemos penetrar en la CIA y en los bancos, es porque cualquiera puede hacerlo. Cualquier ingeniero, cualquier tipo desde el sótano de su casa, cualquiera que tenga mente de programador. En realidad, lo único que estamos haciendo es sacar a la luz los problemas y fallos de seguridad.

Era un argumento que Judy conocía bien, porque era suyo.

—Si te pillan —continuó Grouch—, ¿cuánto crees que tardarán en venir por nosotros?

Tarántula regresó, esta vez vestida con unos tejanos y un top de gimnasio. Le pasó a Judy una taza de café. El recipiente tenía el borde completamente mellado, y en uno de sus lados todavía podía adivinarse la deslucida imagen de un perro.

—¿Qué le pasó al perro? —preguntó Judy, volviendo a acomodarse en el colchón. No pensaba probar el café.

—Lo subasté —respondió escuetamente la chica, haciendo girar un mechón de pelo entre sus dedos. Luego se dirigió a un taburete acolchado con vinilo rojo desgarrado, y se instaló en él. Se dio la vuelta, alargó la mano y pulsó un interruptor. Se escuchó el ronroneo de un ordenador y, al instante, quedó totalmente abstraída tocando iconos y tecleando. Sin sonido. Para evitar distracciones.

Aquella gente era rara. Su equipo estaba hecho de restos, con componentes de aquí y de allá, probablemente conseguidos en lotes de renovación de empresas. Nada de netpads, nada de portátiles, simplemente cajas de PCs rellenas de componentes de alta velocidad y de RAM. Bebían en tazas compradas en subastas domésticas y se sentaban en taburetes que, allá en los noventa, habrían hecho las delicias de las amas de casa de los suburbios.

Tarántula seguía con la mirada fija en la pantalla. Y no tardó mucho en anunciar:

—Noticias frescas de la poli, Grouch. Las huellas de Judy se han encontrado por todas partes en el lugar del crimen. Normal, era su apartamento. También han encontrado la pista del arma homicida. Se la vendieron a Judy hace un mes.

—¡¿Qué?! —Judy dio un brinco, la taza se volcó y el café caliente se derramó sobre sus pies—. ¡Ay, maldita sea! —Medio tropezó y, a trompicones, cruzó la habitación hasta donde se encontraba Tarántula para mirar por encima de su hombro. Grouch la siguió resignado, como si ya supiera de antemano lo que ella se iba a encontrar.

En algún lugar de la casa se oyó correr el agua de la ducha, acompañada por una voz masculina que tarareaba un estribillo tecnopop. En otro, alguien golpeaba el lavabo con una maquinilla de afeitar. Los perdedores se estaban preparando para el nuevo día.

Como si no ocurriese nada extraordinario.

—¿Te apetecen unos huevos? —preguntó Tarántula.

—¡No! —respondió Judy.

La muchacha dio un brinco y se quedó mirándola con sus grandes ojos llenos de sorpresa ante su brusca respuesta. Y de miedo... miedo a algo...

Judy conocía el miedo. Lo había experimentado toda su vida. Miedo a ser lastimada, a que te culparan de todo lo que iba mal en la vida. Ese miedo que hacía que las personas se retiraran, se encerraran en sí mismas y se convirtieran en auténticas solitarias, en bichos raros, en hackers. Hubiera querido decir «lo siento», pero no sabía cómo hacerlo. Puso una mano sobre el brazo de Tarántula. Demasiado cerca. Extraña sensación la del calor del brazo de otro en tus dedos. Mucho más cálida que la de su propio brazo.

Tarántula lo retiró.

—Me haces daño —dijo.

Judy parpadeó. Sobre el brazo de Tarántula estaban apareciendo cuatro pequeñas medias lunas, justo donde las uñas de Judy se habían hincado en la piel. Sobre el vello erizado podían distinguirse algunos restos de esmalte negro y oro.

Su esmalte estaba hecho un asco. El esmalte, su única concesión a la coquetería.

Tarántula, sin dejar de frotarse el brazo y parpadeando le dijo:

—Ten cuidado, ¿vale? Oye, ¿qué le ha pasado a tu mano? ¿Y el pelo? Según dijeron en las noticias, era rojo o algo parecido.

Ese amasijo verde y tieso que todavía olía a plástico nuevo. Y su mano, llena de arañazos y de sangre seca, con los dedos hinchados, fríos y entumecidos. Realmente parecía un espectro.

—No tiene importancia —respondió de inmediato.

—Sí que la tiene —negó Tarántula.

—Sí, bueno —contestó, como quien dice «Déjame en paz». ¿Por qué no podía la gente de carne y hueso ser tan fácil de controlar como los machos mecánicos? Bastaba con decirles «audio fuera» y te dejaban tranquila. Sin falsas sonrisas, sin amistad simulada. Los humanos eran demasiado complicados.

O tal vez fuera que ella no sabía cómo tratarlos. Quizá, después de todo, era tan mala como su padre, capaz de establecer sólo relaciones mecánicas.

—Si te duele, importa —le aclaró Tarántula.

«¿De veras? ¿A quién?», pensó ella, aunque no lo dijo en voz alta. Aquella chica aún era muy joven, muy ingenua. ¿Por qué quebrar su fe en la gente? Ya descubriría la verdad por sí sola, o tal vez tuviera suerte y no lo hiciera nunca.

—Lo siento —le dijo.

—Perdonada.

—Un verdadero placer —añadió Judy, hablando como el macho metálico.

Una mano se posó en su hombro y otra en el de Tarántula. Pecho sin vello. Cabello negro y grasiento. Patillas Grouch. El que estaba al mando, el que sabía hablar, más o menos.

—Escuchadme —dijo—, aquí hay mucha tensión. Judy está al límite y con razón, y además le duele. Necesita que la ayudemos, de modo que vamos a echarle una mano.

—No era mi intención ofenderla —se disculpó Tarántula, sentándose de nuevo en el taburete y fijando la mirada nuevamente en la pantalla.

Y así era. Aquella gente sólo trataba de ayudarla, por alguna razón que ella no llegaba a imaginar. Aunque algún motivo tendría que haber. ¿Sería tal vez para ganar fama entre los hackers por haber ayudado a la gran TerMight? ¿Le exigirían algo a cambio? ¿Ayuda técnica, contactos de alto nivel?

Eso es lo que todos querían siempre de ella.

Aunque quizás…

Y entonces, para que Tarántula se sintiera mejor, dijo:

—Aunque no estés en VileSpawn, tienes que ser muy buena para haberme podido encontrar.

—Tu mensaje llegó a otros sitios aparte de VileSpawn —contestó ella, recuperando el color en sus mejillas—. De hecho, a todas las redes clandestinas del planeta.

—Tarántula supuso —intervino Grouch— que si te decidías a salir de Los Ángeles, vendrías aquí, a San José, donde hay más hackers que en ninguna otra parte. Hicimos un escaneo por satélite de todos los coches de alquiler que se dirigían aquí. No eran muchos. El primer mensaje lo envié a todos ellos. Sabía que nadie más que tú podría descifrarlo. Cuando supimos que habías leído el primer mensaje, enviamos el segundo, dirigido exclusivamente a ti.

—Astuto, ¿eh? —añadió Tarántula.

—Muy astuto —asintió Judy.

—Mirad la pantalla. —Grouch tocó el hombro de Judy y esta se giró para ver el nuevo mensaje de la policía que, en letras blancas sobre fondo azul, se desplegaba en la pantalla.

```
La policia cree que la sospechosa se dirige
al norte, a San José. Probablemente aún va
armada.
```

Tarántula la miró.

Judy permaneció con la mirada fija en la pantalla.

—¡Increíble! —murmuró Grouch—, te están convirtiendo en Jack el Destripador. ¿Cómo han podido echarte toda esa basura encima tan deprisa?

—¡Dios mío! —se oyó gritar desde la habitación del fondo.

Acto seguido, un segundo grito, pero de otra persona.

—¡La conexión con la policía, Grouch!

—Los muchachos están monitorizando las comunicaciones de la

policía. Deben haber dado con algo feo —murmuró Grouch, y salió corriendo esquivando Judy, en dirección al pasillo.

Larry, Moe y Curly, que habían salido zumbando de la habitación del fondo, casi tiraron a Grouch al suelo. Este zarandeó al gordito por los hombros:

—¿Qué pasa?

—¡Se... se acercan... vienen hacia aquí!

—¿Qué dices, hombre? ¿Qué carajo estás diciendo?

—¡Que sí... la pasma... en helicópteros... a pocas manzanas de aquí! ¡Y no sólo la pasma, también los SWAT!

Grouch soltó de golpe al muchacho, que salió despedido contra la pared. Luego, agarrando a Judy por el brazo le gritó:

—¡Corre! ¡Huye!

—¿Y adónde voy? —No podía ser verdad. Tenía que salir corriendo otra vez.

Grouch la llevó a la cocina. Una auténtica pocilga: platos por lavar, latas abiertas medio vacías, servilletas usadas, cientos de latas de cola. Se la llevó, por la puerta trasera, a un jardín asfixiado por la maleza entremezclada con cables de ordenador, donde zumbaba una máquina de aire acondicionado. Una vez allí le preguntó:

—¿Borraste la EPROM como te dije?

—N... no.

—¡Jesús!

La maldita EPROM. Se había olvidado por completo de ella. Allí estaba su contraseña, la que utilizaba como TerMight. Tenía fragmentos de sus descargas a través del netpad. Fragmentos de los correos de Grouch, las indicaciones para llegar a su casa...

Memoria no volátil, empleada específicamente para salvar bits vitales con datos esenciales de un posible cuelgue del sistema.

Estaban en un buen lío. Realmente gordo.

Tarántula corrió desde la casa tras Grouch y Judy. En la mano temblorosa de la muchacha había una vieja llave de coche.

—Cógela —dijo, depositándola en la mano de Judy.

—Es una ruina, pero no hay quien lo detecte. —Grouch cogió la llave y la introdujo en la cerradura del viejo coche.

Era una antigualla de principios de los noventa. No tenía consola ni teclado. Una llave, una puerta y una manecilla. Judy se puso al volante. A huir de nuevo.

Hizo girar la llave en el contacto y puso la palanca de cambios en marcha atrás. Desde los dieciséis años no había conducido nada parecido. Nadie usaba ya coches con palanca de cambio en el suelo.

—¿Y adónde voy?

A través de la ventanilla, Grouch le pasó la bolsa con el portátil y el netpad. En el sobre de alguna publicidad escribió algo.

—Sigue estas indicaciones. Diles que vas de mi parte. No podrán seguirte la pista. Entretendremos a la pasma todo lo que podamos. Ahora ¡largo!

—¡Espera! —Tarántula entró de nuevo en la casa y salió al instante, para darle algo a Judy.

Cajas de hardware del tamaño de una billetera.

Ella sabía de qué se trataba. Tableros de minicircuitos. Material antiguo.

La caja color púrpura le permitiría hacer llamadas gratis, aun sin disponer de tarjeta digital; la verde le serviría para cambiar los semáforos, y la azul para ocultar el lugar desde el que llamaba.

—¡Lárgate de aquí! —repitió Grouch, mientras se dirigía ya hacia el interior de la casa, arrastrando a Tarántula.

Judy echó un rápido vistazo a las indicaciones que Grouch había garrapateado. Hostetter, Capitol, Morrill, etc.,... una maraña de carreteras que conducían a...

Alguna parte.

Comenzó a oír el ulular de las sirenas y el retumbar de las hélices.

Apretó el acelerador y rechinó los dientes cuando la piel dolorida y quemada de su pie entró en contacto con el frío metal.

Estaba frustrada por tener que huir de nuevo y cansada hasta el agotamiento. No tenía ni la menor idea de adónde se dirigía, ni sabía con qué se encontraría cuando llegara allí.

10

El icono de teléfono de la pantalla del ordenador de Bob Ingersoll parpadeaba en rojo. Otra interrupción. Bradley Barrington de nuevo, probablemente con otra estúpida exigencia.

Las cuentas bancarias tendrían que esperar. Otra vez.

Ingersoll tocó el icono y, con toda la amabilidad que fue capaz de fingir, preguntó:

—¿Sí, señor Barrington? ¿En qué puedo servirle?

—¿Has visto las noticias de la mañana, Bob?

La atronadora voz de Barrington resonó en la habitación. A pesar de que el viejo era probablemente el hombre más irritable, desconsiderado y egocéntrico que había conocido jamás, insistía en tutear a todo el mundo.

—No, señor —respondió este—. He estado trabajando en el cierre de las cuentas bancarias para la transferencia, y cuando lo haga no puedo permitirme ningún tipo de distracción.

—Pues conecta el televisor, Bob —dijo el multimillonario. No era una invitación, sino una orden—. Mira unos cuantos minutos las noticias y luego averigua qué está ocurriendo en San José. Al parecer, tus socios han dejado algún cabo suelto en el asunto de la Carmody. Ven a mi oficina en media hora con un informe completo.

—Ahora mismo haré las comprobaciones necesarias, señor —respondió Ingersoll, cortando la comunicación. Ahogó una maldición. Echó una ojeada a su reloj, un Rolex digital con una exactitud garantizada de microsegundos, y anotó mentalmente la hora. Y su pulso. Ambos iban demasiado rápido.

Parecía tan sólo ayer, en las oficinas de la NSA...

Allí la gente le escuchaba, respetaba sus palabras. Le creían.

Aquí, la moqueta era mullida y de color burdeos, a juego con las cortinas de satén. Su sillón de cuero, tipo ejecutivo. Cada noche, una señora de la limpieza sacaba brillo a su escritorio de caoba hasta borrar todas las huellas.

En la NSA el suelo era de linóleo viejo y su despacho no tenía ventanas. La silla era un resto de las pertenencias del gobierno, metálica y con ruedas, y la mesa de roble descolorido.

Sí, este proyecto tenía sus ventajas. Aunque el despacho de lujo tampoco le importaba demasiado. De hecho, estaba deseando acabar aquel trabajo, largarse de aquel Estado y, por encima de todo, perder de vista a Barrington.

Cerró la conexión con Internet. Unos centenares de cuentas bancarias más y ¡bingo!, Nikonchik podría echar su conjuro.

Empujó hacia atrás su sillón, se levantó y se arregló la corbata. El nudo era simplemente perfecto, la corbata ascendía levemente por debajo de él y se elevaba sobre su pecho.

Se alisó la camisa blanca, de forma que le quedara pegada al cuerpo y se introdujera, sin la menor arruga, por debajo de su cinturón de piel negra.

Chaqueta y pantalones azul marino, gemelos de plata a juego con la hebilla del cinturón, cabello cortado de forma que no diera lugar a la menor onda, y un rostro tan bien afeitado que estaba casi tan suave como la piel de su sillón.

Autocontrol. Nada de nervios. Nada de emociones.

Sólo negocios.

Bob Ingersoll era un líder, un hombre de éxito.

Y pronto sería un hombre muy rico.

Con la riqueza vendrían los privilegios de verdad.

Consultó de nuevo su Rolex. Habían transcurrido treinta segundos. Su pulso seguía demasiado acelerado.

Culpa de Olivia. Su primera esposa. Sólo pensaba en protestar y en gastar dinero a manos llenas. Deshacerse de ella le había costado una fortuna.

Y luego Camila, otra mujer diez años más joven que él, otra cara bonita de piel impecable, grandes ojos azules y cabellera larga y fragante.

Sus ex esposas…

Riñas, flirteos, derroches… y una vez que se cansaba de su belleza, no quedaba nada. Ni rastro de cerebro. Ni rastro de verdadero afecto por él. Nada más que cáscaras vacías demasiado codiciosas.

Rodeó el escritorio de caoba. La puerta estaba bellamente tallada; un bajorrelieve en el que aparecían representados unos hombres en un bote, luchando con sus remos contra el océano: pura fuerza masculina.

Hacer el trabajo, fuera lo que fuera.

A Ingersoll le gustaba aquella puerta.

Los débiles perdían el control. Los débiles permitían que las emociones se interpusieran en su camino. Pero él no era un débil. Su capacidad de control sobre sí mismo le había mantenido durante años como agente de la NSA. Aun así, la estancia en la finca del desierto de Bradley Barrington estaba poniendo a prueba su paciencia.

Barrington y sus compinches luditas y antitecnológicos se contaban entre los grupos más desagradables de fanáticos con que Ingersoll se había encontrado nunca. Sus teorías lunáticas le ponían enfermo. Ver el sermón semanal de Barrington retransmitido por la videorred era como contemplar a un loco en el manicomio. No dejaba de ser irónico que el viejo tuviera una audiencia de millones de personas en la red, y no sólo eso, ya que *La charla con Barrington junto a la chimenea* se transmitía también por la radio y la televisión convencionales para que pudiera llegar a los que eran demasiado pobres para costearse el acceso a la red.

Diablos, ¿qué más daba?

Los hombres con recursos forjaban extrañas alianzas. En su dilatada carrera en el gobierno, Ingersoll había trabajado con elementos aún peores. Las opiniones personales carecían de importancia. Sólo contaban los resultados.

Durante unos instantes, se quedó mirando la puerta. No recordaba para qué se encontraba allí.

Barrington quería verle.

No, primero las noticias de la televisión.

Luego Barrington.

Meneó la cabeza. Demasiado trabajo últimamente. Largas noches con las cuentas bancarias. Y manejar a Greg, a Harry y al chaval, ese Nikonchik.

Y a todos aquellos agentes de campo.

Se rió de sí mismo y volvió al escritorio. Demonios, estaba dejando que aquel proyecto se le metiera bajo la piel, y nunca, nunca, había permitido tal cosa.

Debería tener más cuidado. Con toda seguridad, aquel despacho estaría monitorizado por vídeo. Bradley Barrington era un paranoico hijo de perra que no se fiaba de nadie.

Ingersoll le comprendía. A él le pasaba lo mismo.

Sin dejar de preguntarse qué podía haber irritado tanto al multimillonario, tocó el icono de videorred en la pantalla de su ordenador. Al instante apareció en ella el Canal 54, la emisora de Los Ángeles que sólo daba noticias. Sólo consiguió atrapar la parte final del relato, pero fue suficiente.

La reportera hablaba desde el jardín de una casa semiabandonada que, según decía el texto al pie de la pantalla, se encontraba en algún lugar del sur de San José.

—Las autoridades locales han detenido a los cuatro hombres y a la mujer, acusados de una serie de delitos menores —estaba diciendo la periodista, en tono preciso y profesional—, hasta que se pueda establecer con seguridad que entraron en contacto con la sospechosa de asesinato Judy Carmody. Un equipo de especialistas está trabajando en estos momentos con el coche de alquiler que se ha encontrado aparcado ante la casa. Si llegaran a la conclusión de que se trata, efectivamente, del vehículo sustraído por la sospechosa para darse a la fuga, los cinco detenidos podrían enfrentarse a cargos mucho más serios que los de ayudar y cobijar a un fugitivo de la justicia.

Una foto de Carmody, obviamente sacada de su permiso de conducir, apareció en la pantalla. La voz de la reportera se elevó media octava.

—Por el momento no se sabe nada de la conductora del vehículo, que parece haberse dado a la fuga sin dejar rastro. Carmody sigue en libertad y no hay que olvidar, como bien nos recuerda la policía, que va armada y es potencialmente peligrosa.

La imagen de Carmody dio paso a un primer plano de la periodista, que aparentaba una sincera preocupación.

—Les seguiremos informando a medida que los acontecimientos de esta espectacular historia se vayan sucediendo. En directo desde San José para el Canal 54, Charita Collins.

Repugnante.

Ingersoll pulsó de nuevo el icono y la ventana de noticias se cerró.

La noticia debía de estar en todas las emisoras. Hasta en Kmart Virtuoso TV, que emitía para quienes no podían pagarse un ordenador de verdad. Los medios le estaban dedicando más tiempo al caso de la Carmody que a la guerra en Indonesia. Resultaba sorprendente comprobar cómo algunas historias cobraban vida por sí solas. Él la había hecho famosa. Probablemente, en una semana aparecería en las portadas de *People*, *21st Century* y *Time*. A título póstumo, por supuesto.

Activó de nuevo el icono de comunicación telefónica, pulsó el modificador de voz y el disimulador de identidad de llamada. Oficialmente, ahora era Richard Nixon, llamando desde Washington D.C. a través de un número no registrado. Esbozando una ligera sonrisa, marcó el número no registrado de Ernie Kaye. Crear en la actualidad una nueva teoría de conspiración era tan sencillo como hacer una llamada telefónica.

Tan pronto como Ernie Kaye respondió al teléfono, la sonrisa se esfumó de sus labios.

—¿Ernie? —dijo lentamente, dejando que las palabras se desgranaran, una a una, de su boca—. ¿Cómo estás? Esperando mi llamada, sin duda.

»Las noticias de la mañana han sido para mí una sorpresa desagradable —prosiguió—. ¿Qué ha pasado? Creí que lo tenías todo controlado.

Ingersoll no se molestó en presentarse. No hacía falta. Escuchó pacientemente mientras Ernie Kaye farfullaba una explicación. En silencio y tamborileando suavemente con los dedos sobre el costado del ordenador, contó mentalmente hasta diez mientras Ernie le detallaba las dificultades con que se había encontrado al tratar de localizar a la Carmody.

—Ernie —le interrumpió Ingersoll, con una voz que sonó como el chasquido de un látigo—, cállate.

Después prosiguió en tono preciso y comedido.

—Has cometido un grave error. Te envié todos los datos que necesitabas para que resultara convincente. Los archivos personales de la NSA son las mejores herramientas con que podías contar. El escenario es bueno. Pero —la voz de Ingersoll se convirtió casi en un susurro— si detienen a la chica, todo el maldito montaje se irá al carajo. Mientras siga huyendo, no pasa nada. Pero si la detienen, la cosa se pondrá fea. Los sabelotodos de los abogados husmearán en los hechos, querrán saber qué hacían Tony y Paul en el apartamento. ¿Para quién trabajan? ¿Por qué está la agencia interesada en esa Carmody? Y en menos de nada, una historia que no tenía fisuras se vendrá abajo. Y tú, como responsable máximo de la operación, empezarás a oler a podrido.

Al otro extremo de la línea, Ernie comenzó a balbucear algo, pero Ingersoll no estaba dispuesto a escucharle.

—¡No quiero más excusas, maldito hijo de perra! —le espetó. Había llegado el momento de meterle el miedo en el cuerpo a Ernie Kaye—. Tu trabajo consiste en encontrar a esa furcia y cargártela. ¿Me has entendido? ¿Me has entendido bien? La quiero muerta.

Pulsó de nuevo el icono y cortó la comunicación. No había razón alguna para prolongar por más tiempo aquella conversación. Una pincelada de comportamiento psicótico al estilo cinematográfico, en el momento adecuado, solía hacer prodigios. Ahora le tocaba a Ernie sudar frío durante unas horas. Más adelante, por la tarde, le llamaría otra vez con nuevas instrucciones.

Esta vez no habría errores.

Echó una ojeada a su reloj. Faltaban exactamente diez minutos para la reunión con Barrington. El modificador y el disimulador seguían conectados. Marcó el número del condominio que servía como base de operaciones en Laguna Beach. Como de costumbre, Royce respondió al tercer zumbido.

—Aquí Tony Tuska. —Su voz sonaba amortiguada.

Royce tenía debilidad por las iniciales dobles. A lo largo de los años había sido Harry Henderson, Jack Jones, Mitch Miles y una docena de combinaciones parecidas. Como todo buen agente de campo, construía historiales y pistas electrónicas legítimas para cada una de sus identidades falsas. Era un verdadero experto en ser otra persona. Pero Jerome Royce, contratista independiente, nunca dejaba ninguna huella electrónica.

—Hola Tony —dijo Ingersoll—. ¿Cómo está tu nariz?

—Mi nariz está rota —respondió Tony— y tengo una muñeca machacada. Aunque podía haber sido peor. Al menos la señorita no me rompió ningún dedo.

—Menos mal que Paul es ambidextro —comentó Ingersoll—. ¿Cómo se apaña?

—¿Aparte de querer hacer pedazos a cierta personita? —preguntó Tony—. Ya sabe lo parlanchín que es. Y cuando está cabreado, aún habla menos que de costumbre. Las últimas veinticuatro horas han sido extraordinariamente silenciosas.

Paul Smith era un buen agente. Ingersoll lo había utilizado durante años en innumerables operaciones. No tenía escrúpulos y cumplía las órdenes. Pero no era un líder, y siempre había el peligro de que su mal carácter le hiciera cometer algún error. Era un trabajo duro incluso para el hombre más fuerte, y había la posibilidad de caer por cualquier desliz. Ingersoll había visto cómo les pasaba a otros. Pero aquella operación era demasiado importante para correr ningún riesgo.

—No estoy muy seguro de sentirme satisfecho, Tony. Paul está dejando que este trabajo le coma los nervios. Tal vez debiera enviaros a Greg y a Harry para que os echen una mano.

—Nada de qué preocuparse, jefe —respondió Tony—. Paul es un auténtico profesional. Usted lo sabe bien. Fíjese en Seattle. Inmaculado. Los accidentes les ocurren hasta a los mejores de entre nosotros. Ayer hicimos un buen trabajo en una situación complicada. Con la ayuda de Ernie, montamos el escenario realmente deprisa. Hoy me ocuparé del otro objetivo en Los Ángeles. Ya lo verá, limpio, sin problemas ni errores. Y luego, por el objetivo final.

—No estoy preocupado, Tony —dijo Ingersoll—. Sois mis mejores hombres. Por eso os encargué el trabajo. Sólo que no quiero que Paul haga ninguna tontería. Hay demasiado en juego. Gente importante mirando por encima de mi hombro. Mi carrera depende de esta operación.

Ingersoll hizo una pausa y prosiguió:

—En realidad, esta situación hasta puede resultarnos ventajosa. La chica es un buen gancho en el que colgar nuestra ropa sucia. Necesito reflexionar sobre las posibilidades. De momento, continuad según las instrucciones originales. Estaremos en contacto. Y asegúrate de que Paul mantenga controlado su mal carácter.

—Muy bien, jefe, así lo haré —respondió Tony.

Ingersoll cortó la comunicación. Consultó de nuevo su reloj. Dos minutos. Hora de moverse. Se incorporó, se arregló la corbata y se alisó los pantalones. Después, echó un rápido vistazo a la habitación y se aseguró de que todo se encontrara en su lugar.

Fuera ya de su despacho, mientras caminaba por el pasillo, se puso a considerar las ventajas de implicar a Judy Carmody en la enmarañada red que estaba tejiendo. La idea no le desagradaba. Algo muy parecido a lo de Taiwan en el 2002. Cuanto más complicado, mejor.

Jerome Royce era bueno, todo un profesional. Lo que le faltaba en imaginación lo compensaba en años de experiencia como contratista independiente para la NSA y la CIA. Con la orientación de Ingersoll, Jerome, alias Tony Tuska, haría el trabajo.

Iba a echar de menos a Tony y a Paul. Habían trabajado para él durante casi veinte años en operaciones encubiertas de la NSA. Casi los consideraba unos amigos. Pero, en el mundo en que vivía, no quedaba lugar para los sentimientos.

El silencioso pasillo que conducía a la suite de Barrington estaba alfombrado en un tono marrón claro y tenía algunos muebles antiguos y varias pinturas del Oeste firmadas por Eigenhofer y Barna. El viejo multimillonario estaba obsesionado con la frontera. Una época en la que los hombres se tomaban la justicia por su mano. Pasó al lado de una sirvienta de mediana edad que estaba sacando el polvo. Levantó la mirada y le sonrió. Él correspondió con un gesto de cabeza.

Para Barrington, estar de campaña significaba tener seis personas de servicio en lugar de doce.

Sacudiendo una mota de polvo de su chaqueta, golpeó dos veces la puerta de la suite del viejo. Tras esperar unos segundos, exactamente treinta minutos después de la llamada del millonario, entró. Gloria Simmons se encontraba sentada tras su enorme escritorio de cerezo, montando guardia frente a la puerta interior. En una pared había un póster enmarcado del Gran Cañón, y en la otra, justo enfrente, un gran acuario. Cerca de la segunda puerta había un dispensador de agua.

Mientras Ingersoll cruzaba la moqueta azul, Gloria levantó la mirada de un montón de informes. Aquella mujer era más que una simple secretaria. Era la asistente personal de Barrington y, como tal, llevaba la correspondencia del viejo: para volverse loca, un torrente de cartas de admiradores que llegaban a su oficina desde todas partes del mundo. Cuando hacía falta, también trataba con los periodistas pesados, y se ocupaba, asimismo, del papeleo rutinario de la finca.

Se había quedado mirándole con sus penetrantes ojos oscuros. No muy lejos de cumplir los treinta, aparentemente no usaba más maquillaje que una sombra de lápiz de labios, llevaba el pelo castaño claro recogido en un moño sobre la cabeza, vestía un traje de chaqueta y calzaba unos prácticos zapatos planos.

—¿Cómo está esta mañana, señor Ingersoll? —Gloria era todo negocios, fría y profesional.

—Muy bien, Gloria. Disfrutando del buen tiempo —respondió él, sonriente. Aquella había sido su broma secreta durante toda la semana. En el desierto, el tiempo no cambiaba nunca. Era siempre seco y caluroso.

—Difícil de decir en esta oficina —comentó ella, alargando casualmente la mano para coger un bloc de notas, en el que escribió algunas palabras—. Sin ventanas. Aire reciclado.

Giró el bloc hacia Ingersoll, de forma que este pudiera leer lo que acababa de escribir. Cuatro palabras: «Necesito hablar. En privado». La última estaba subrayada varias veces.

Ingersoll había leído el dossier de Gloria Simmons de la NSA.

Había luchado duro por aquella posición, superando a media docena de oponentes. Astuta y ambiciosa, no tenía más compromiso que con el dólar. Su lealtad para con Barrington no era más que superficial. Se preguntó de qué querría hablarle. Sólo había un modo de saberlo.

—Necesita salir un poco —le dijo—. A dar un paseo, para disfrutar de la naturaleza.

—Cierto —respondió ella—. Es lo mismo que me dice el señor Barrington. Aprender a apreciar este magnífico paisaje.

—Tendríamos que ir a dar un paseo —repitió, observando cómo Gloria desmenuzaba concienzudamente la nota—. A los dos nos vendría bien.

—Me parece una buena idea.

—Pásese por mi oficina cuando quiera —le propuso él.

—Lo haré —respondió—. Pero ahora será mejor que entre, el señor Barrington le está esperando y ya sabe lo impaciente que se pone.

—Desde luego —asintió él.

Pasó ante Gloria y empujó la puerta del santuario de Bradley Barrington. La habitación era enorme, un cuadrado de doce metros por doce, con un techo de cuatro metros y medio de altura. Casi tan grande como el ego de aquel viejo loco.

Como siempre que esperaba visita, el multimillonario estaba aguardando frente a un inmenso ventanal que cubría todo un lienzo de pared. Desde allí contemplaba el desierto. Al viejo le gustaba impresionar.

—Inspirador, ¿verdad Bob? —dijo Barrington sin volverse, mientras Ingersoll se iba acercando. El cristal térmico y ahumado reducía a una agradable luminosidad el fiero resplandor del sol—. La magnificencia de la naturaleza en toda su pureza.

A pesar de que a Ingersoll le importaban un pimiento los cactus, los lagartos y la arena, era demasiado astuto para mostrarse sincero.

—Una visión realmente notable, señor —declaró, repitiendo una frase que el viejo utilizaba a menudo en sus programas de vídeo.

—Es verdad —respondió Barrington. Luego se quedó en silencio un instante, como absorbiendo energía de la inmovilidad, aunque enseguida rompió el hechizo para instalarse en su sillón de piel tras el escritorio de roble cubierto de papeles. Nada importante, papeleo trivial. Barrington dejaba el verdadero trabajo para Gloria y los vicepresidentes de sus numerosas corporaciones. Él prefería dedicarse a dejar su huella en la sociedad.

Con un suspiro de alivio, se hundió en la comodidad de su sillón. Los años no habían sido misericordiosos con él. En sus tiempos, con su metro noventa y sus cien quilos, había sido todo músculo y acero. Sus marcadas facciones y abundante melena blanca se habían convertido en una imagen habitual de la campaña de captación de fondos para la derecha conservadora, allá en los años setenta y ochenta. Pero eso había sido antes de que una serie de ataques al corazón le convirtieran en un hombre enjuto y amargado.

La evolución del panorama político le había resultado igualmente hostil. Sus detractores se habían atrevido incluso a calificar de dementes sus diatribas en contra de la tecnología.

Además de sus queridas pinturas del Oeste, las paredes de su despacho estaban decoradas con fotos, todas ellas de él mismo con algún personaje famoso. La mayoría estaban dedicadas. Barrington estrechando la mano de Richard Nixon, susurrándole algo a Ronald Reagan, conversando con Pete Wilson, o de pie con Pat Robertson frente a la bandera estadounidense. Ni una sola fotografía del viejo con su familia, ni con su esposa, que había muerto hace tres años, ni con ninguno de sus dos hijos, hombres de negocios con éxito que, según los archivos de la NSA, no querían saber nada de la *vendetta* personal que lideraba su padre contra la sociedad moderna.

—Bueno Bob —preguntó Barrington—. A ver esas buenas noticias.

—Nada de qué preocuparse, señor —respondió Ingersoll—. La situación está controlada. La chica no representa ningún problema. Es una típica hacker, sin amigos ni familia. No podrá crearnos problemas. Y de hecho, hasta estoy contemplando la posibilidad de atribuirle toda la responsabilidad de nuestra operación. Es la cabeza de turco perfecta. Para cuando hayamos terminado, señor Barrington, los piratas informáticos serán tan populares como los violadores de niños.

—Perfecto —aprobó el anciano. Sus ojos se estrecharon—. ¿Y cómo va el chico? Y lo que es más importante, ¿acabará a tiempo?

—Ninguna duda a ese respecto, señor —respondió Ingersoll—. Sus amigos, los que le informaron acerca del muchacho, estaban en lo cierto. El chaval es un genio. El plan va según lo previsto, señor.

Barrington rió, emitiendo un sonido seco y más bien espeluznante.

—A ver quien cantará después de esto las alabanzas del dinero electrónico y del acceso sin límites a Internet.

Ingersoll sonrió sin decir nada. El viejo era un aburrimiento, pero necesario. Las operaciones encubiertas requerían fuentes financieras que no se pudieran detectar, fondos que nunca se pudieran relacionar con el gobierno. El caso de Irán-Contra lo había dejado bien claro. Tony, Paul, Greg y Harry no eran baratos. Además, cobraban la mitad por adelantado. Y Ernie Kaye y su pandilla de policías corruptos tampoco salían precisamente regalados.

El asesinato era caro.

¿Y por qué andar buscando los fondos necesarios para establecer miles de cuentas bancarias, cuando a Barrington le sobraban los recursos?

Por otro lado, la finca de Barrington ofrecía una base de operaciones segura. A nadie se le ocurriría sospechar que se pudiera estar realizando una operación de máximo secreto de la NSA precisamente allí.

Por lo tanto, tener que escuchar de vez en cuando las divagaciones del multimillonario era un precio pequeño a cambio de tantas ventajas.

11

Hacia el mediodía, Judy estaba dispuesta a telefonear a Steve Sánchez y decirle que aceptaría el trabajo que le ofrecía con dedicación exclusiva al precio que fuera. Lo único que le pediría sería un buen ordenador y tener cerca una máquina expendedora de chocolate Yoo-Hoo.

Sus ojos ardían de cansancio, la carretera ya no era más que una imagen borrosa. Había estado a punto de quedarse dormida sobre el volante un par de veces, y tuvo que sacudir los hombros contra el asiento para despertarse. En tres ocasiones el coche derrapó y casi se salió de la carretera. Le había faltado poco para acabar en un barranco cegador, donde el sol reverberaba con destellos blancos y naranjas.

Necesitaba desesperadamente comida. Y algo para beber. Y los dedos le dolían de estar todo el rato agarrada al volante.

Su viaje había comenzado con un sinuoso y precipitado descenso por las calles Hostetter, Capitol y Morrill, anchas avenidas bordeadas por pequeños bloques de apartamentos. Los suburbios de San José no diferían en absoluto de los de Los Ángeles o los de cualquier otra gran ciudad californiana. Calurosos y repletos de vida. El quince por ciento del país vivía en la larga y estrecha franja que mediaba entre San Francisco y San Diego. Millones de personas en busca de la buena vida, de la mina de oro.

Al principio le había preocupado que la vieja tartana que conducía pudiera llamar la atención. Pero no había nada que temer por aquellos aledaños. Se encontraba en el distrito lumpen.

Luego continuó hacia el este durante más o menos una hora,

para girar hacia el norte por la Oled Piedmont Road. El mapa que Grouch le había dibujado a toda prisa la llevó hacia las colinas, más allá de un enorme depósito de agua y, después de media docena de vueltas y revueltas, a través del área conocida como Poverty Ridge. Se había limitado a seguir el ritmo del tráfico, tratando de no llamar la atención y fijándose atentamente en las señalizaciones de las calles. Si se perdía, todo habría terminado. El coche que conducía era tan antiguo que ni siquiera disponía de navegador de a bordo.

Finalmente, con el estómago tan vacío como el depósito de gasolina, aparcó aquel trasto en un aparcamiento cercano a su destino: una cabaña de troncos medio escondida en el bosque, al pie de una empinada montaña. Si existía algún lugar sin dirección postal, tenía que ser aquél.

Con un último esfuerzo abrió la puerta del coche y casi se cayó al suelo. El aire allí era aún más frío que en Laguna Beach y olía a pino. En algún lugar, a su izquierda, gorgoteaba un arroyo. Las agujas de los pinos, mecidas por el viento, susurraban suavemente.

Cerró los ojos y se apoyó en el coche. Las piernas temblorosas amenazaban con no sostenerla más. Si se veía obligada a huir de nuevo, se entregaría y abandonaría definitivamente. Cualquier cosa por un poco de comida y descanso.

De nuevo un hombre de aspecto desastrado, aproximadamente de su misma edad, salió a buscarla, la alzó, y la ayudó a llegar a la cabaña y a que se sentara en el interior. Judy no estaba en condiciones de comprender nada. No se enteró del nombre ni de nada de lo que le dijo. Estaba demasiado ida.

Él la dejó descansando sobre un sofá con la tela tan ajada que le arañaba las piernas. El sol se filtraba por las cortinas de la ventana, proyectando un sinnúmero de redondeles luminosos sobre las paredes de troncos rústicos.

Se quedó profundamente dormida al instante.

Cuando despertó, las manchas luminosas de las paredes habían desaparecido. En su lugar, iluminaban la habitación una lámpara de pie y dos lamparillas de sobremesa. Círculos de luz sobre las paredes. Fuera todo estaba oscuro. Había caído la noche.

De la luz surgieron un par de caras, seguidas de sendos cuerpos.

Un chico y una chica, ambos aproximadamente de su edad. Se sentaron juntos en otro sofá idéntico al que ocupaba ella, separado de este por una mesita de café y un pequeño trecho de suelo de madera.

El muchacho era alto y delgado; probablemente pasaba del metro ochenta. Sus rodillas se elevaban desde el sofá, ocultando a la vista su cintura. Sus brazos eran también largos, y los puños desabrochados de su camisa le llegaban bastante más arriba de las muñecas. Lucía grandes patillas y una mata de pelo negro le caía en cascada sobre los hombros. Llevaba las varillas de las gafas fijadas con cinta adhesiva.

La chica le estaba murmurando algo al oído. Era pequeña; como mucho debía medir un metro cincuenta. Parecía que se hubiera cortado el pelo rubio con unas tijeras de podar, y vestía unos tejanos astrosos, varias tallas más grandes que la suya, y una camisa de hombre de franela verde.

Bueno, parecían gente de fiar. Nada de trajes de chaqueta con falda, ni de modas. Un par de tipos relajados a quienes les importaba un bledo lo que vestían.

Sin embargo, eran personas de carne y hueso. Extraños. Y Judy no se había portado bien con Grouch ni con Tarántula. Se había mostrado descortés con ella y tampoco había sido demasiado agradable con él. En lugar de eso, había salido zumbando del lugar, después de haberlos insultado a todos y ni siquiera les había dado las gracias.

Si hubiera algún modo de huir y esconderse, de recuperar la energía y la concentración.

Su estómago gruñía y se retorcía, como si tratara de nutrirse de sus propios intestinos. Tenía las mejillas y los hombros manchados de restos del tinte de pelo.

Una loca en fuga.

Se frotó los brazos, tratando de darse algo de calor. El frío de la montaña hacía que le temblaran las rodillas y le castañearan los dientes.

—Parece que no estás muy bien —rompió el silencio aquel chico. Su voz sonaba más suave de lo que había esperado.

Entonces se levantó la muchacha, con una mano sobre el hombro de él, y le dijo:

—Hola Judy, soy Bren. Él es Carl, mi marido. Justo antes de que lo pillaran, Grouch nos mandó un correo avisándonos de tu llegada. Aquí estarás a salvo, al menos durante un par de días. Estamos muy alejados de la circulación.

—Entonces... ¿sabéis quién soy?

Carl se incorporó y rodeó a Bren por la cintura con el brazo. Ambos estaban muy juntos, y temblando un poco. Hablaban en voz baja y suave. Parecían nerviosos, como si no estuvieran acostumbrados a tener compañía. Y le respondió:

—Eres Judy Carmody, la mujer acusada de asesinato. TerMight.

Acusada de asesinato. Parecía increíble.

—Entonces...

—Nada de que preocuparse. Confiamos en Grouch.

—Pero Grouch...

—Lo han pillado, ya lo sabemos —respondió Bren.

—No te preocupes —dijo Carl—. No tenemos conexión directa con Grouch. Nunca nos hemos visto en persona. Tan sólo a través de la red. Le damos consejos técnicos y él a nosotros. A menos que tengan poderes paranormales, la policía nunca dará contigo aquí.

Las únicas personas en las que Judy podía confiar era gente a la que nunca había visto. Personas de todo el mundo. Programadores e ingenieros que intercambiaban descubrimientos técnicos. Mientras hubiera corriente eléctrica y las líneas estuvieran abiertas, aquello era el país de las maravillas para todos.

Carl y Bren le recordaban a Grouch y Tarántula. Sólo que, en este caso, había algo diferente. Estos tenían nombres de verdad y no simples direcciones de correo electrónico. Vivían juntos, estaban casados. Nada de avatares ni disfraces para ocultar la persona que había detrás de las palabras.

—¿VileSpawn? —preguntó.

Carl se rió:

—Todavía no hemos conseguido entrar.

—Igual que Grouch —intervino Bren.

—¿Y vuestro equipo?

—En el dormitorio —respondió Carl—. Nosotros dormimos en el sofá.

—¡Qué más da! —dijo Bren, jugando con la media docena de pendientes que lucía en la oreja derecha—. Bueno, ya hablaremos después. Ahora lo mejor que puedes hacer es darte un buen baño. Carl te enseñará dónde está todo; te pones ropa limpia y comes algo. Y luego nos lo cuentas todo, ¿de acuerdo?

Evidentemente que sí. Por primera vez, desde que había salido de Sánchez Electronics, comenzaba a sentirse cómoda. Carl y Bren no trataban de engrasarle el ego, ni se explayaban sobre sus éxitos como hacker. No parecía que quisieran nada de ella.

—¿Puedo comer primero?

—¡Pues claro! Por supuesto. Perdona, Judy. —Los ojos de Bren parpadearon. Eran grises con manchas violeta, poco corrientes y muy hermosos.

—Yo lo haré. —Carl desapareció por el pasillo. Al fondo se encendió una luz. Se oyó el ruido de platos y el zumbido de una batidora. Al poco rato regresó.

Los tres se acomodaron en torno a la mesita de café, sentados en el suelo de madera. Carl había preparado pan rancio, queso Gouda y sopa de verduras caliente.

—Somos unos fanáticos de la vida sana —dijo él, como excusándose por el refrigerio.

Como si a Judy fuera a importarle lo que le dieran. En su estado, se hubiera comido sapos fritos si se los hubieran puesto delante. Pan rancio... ¡delicioso!

—Somos felices tal y como estamos. Ya sabes, el amor y todo eso —dijo Bren, acarciando la mejilla de Carl.

Judy casi se atraganta. De no ser por ella, sin duda que aquel par estarían revolcándose por el suelo, sin importarles un pimiento la comida.

Debían ser una pareja de recién casados. ¿Quién si no podía hablar de amor y todo eso en la actualidad? Por lo que Judy sabía, todo cuanto la gente hacía era trabajar y llegar a casa al final del día, medio muerta de cansancio, para desplomarse frente a los vídeos de la red o los equipos de música. Y los que no tenían pareja, como ella, para navegar por la red toda la noche.

—Creo que tomaré ese baño ahora —dijo, metiéndose un trozo de queso en la boca y tragándoselo entero.

Ambos la miraron e intercambiaron miradas el uno con el otro. A ella se le encogió el pecho. Otra vez aquella mirada, aquella vieja expresión que decía sin palabras, «mira qué idiota». O tal vez en aquella ocasión quisiera decir: «mira qué idiota», pero teñido también de compasión.

—No tengo tiempo que perder —añadió, con una voz que sonó áspera. Sus uñas negro y oro, medio despintadas, comenzaron a tamborilear sobre la mesa, delatando su nerviosismo. Se llevó las manos al regazo, bajo la mesa, donde Carl y Bren no pudieran verlas.

—El tiempo nunca se pierde, Judy —le contestó Bren—. Lo que pasa es que no siempre lo utilizamos de la mejor manera. Relájate. Todo va bien. Ahora ven conmigo y te ayudaré a que te pongas cómoda.

Compasión. Perdón. ¿Por qué no podía ser una persona normal? Decir lo adecuado en el momento oportuno, en lugar de conseguir que todo el mundo se sintiera incómodo en su presencia.

Bren la condujo por el pasillo hasta el dormitorio.

No había cama.

Ni mesitas de noche.

Pero sí una tonelada de equipo.

Tres mesas con monitores enormes, conectados a torres montadas a mano. Netpads por todas partes. Portátiles abiertos por el suelo. Dos impresoras. Cuatro grandes archivadores. Seis estanterías repletas hasta el techo de publicaciones técnicas sobre informática. Cables por doquier, enchufados a las paredes o entrando y saliendo de agujeros en el techo. Infinidad de conexiones de pared, indicadores de un abundante acceso para módem.

—Aquí es donde trabajamos. —Bren tiró de un pomo y se abrieron las puertas plegables de un armario empotrado—. Coge lo que quieras, Judy. Somos más o menos de la misma talla.

Dentro del armario vio cajas de PCs destripados, con algunas piezas desmontadas, probablemente para añadirlas a las máquinas que había sobre las mesas. Un montón de módems externos, cosas grandes y metálicas llenas de interruptores, una caja de puros repleta de chips de memoria, cajas vacías de software para gráficos y programas de animación, toneladas de aplicaciones para la red...

—Me refiero a la ropa —añadió Bren.

Ah, sí, la ropa.

Tras curiosear un poco, no tardó mucho en elegir un par de calzoncillos tipo bóxer de color rosa y una camisa rota de franela, que sacó de una caja con la etiqueta LavaTalk/C++. Trató de entablar conversación con ella y le preguntó:

—¿Tu historial?

—Licenciada en ciencias informáticas por Berkeley, luego algunos trabajos para graduados. Me aburría y lo dejé. Encontré a Carl y decidimos unirnos. Desde entonces estamos juntos.

Judy se incorporó, llevando consigo la ropa de Bren. Ahí tenía a una chica que se parecía mucho a ella, una maga de la red, una técnica. Pero ella tenía a Carl, algo con lo que Judy había soñado a menudo, una persona de carne y hueso con la que compartir el mundo. O simplemente con la que hablar... por decirlo de alguna manera, en tiempo real...

Alguien que la liberara de la cárcel de su mente, que la ayudara a abrirse, a emerger por fin. Por supuesto, había experimentado el aspecto físico de aquella necesidad, que se parecía mucho a tener hambre, un calambre o una jaqueca. Pero su cuerpo nunca había sentido lo bueno, el calor, el contacto...

¿Cómo sería que alguien te quisiera? ¿Que te mirara como si fueras hermosa, que te hablara como si no fueras un bicho raro, que te acariciara el pelo, que te cogiera de la mano?

Bren estaba tamborileando los dedos sobre uno de los ordenadores. Su mirada se dirigió a la puerta abierta.

—Bien, si te apetece bañarte ahora...

Ah, sí, el baño.

No. Lo que le apetecía era hablar con ella, preguntarle acerca de Carl.

Lo que de verdad quería saber era qué se sentía al estar enamorada, al ser amada, al experimentar el sexo. Pero eso eran cuestiones tabú. Nunca se debía hablar con nadie.

Pero entonces, ¿de qué podían hablar?

Su madre y sus tías murmuraban a menudo. Ella nunca. Y si había escuchado alguna conversación entre mujeres, cuando había ido de compras o en la playa, siempre las había oído hablar de hombres, de maquillajes y de cine. De lo gordas que se veían, del régimen que hacían, o de la ropa que se ponían para parecer más esbeltas.

Sabía que existían mujeres de negocios y empresarias, pero con esas aún tenía menos en común. Esa clase de mujeres eran sus clientas. Llevaban trajes de chaqueta y zapatos de tacón. Hablaban de viajes al extranjero, de decorar sus casas, o de las actividades extraescolares de sus hijos.

—¿Judy?

No servía para la charla, pero tampoco quería acabar como una informática chiflada. Ansiaba que se le pegara algo del aplomo de Bren. Anhelaba saber cómo conseguía ella ser a la vez una experta en ordenadores y una chica.

Bren sonrió, se encogió de hombros y se rindió.

—Bueno, ya sabes dónde está el baño. —Jugueteando con sus pendientes, se marchó en busca de Carl.

Judy se quedó sola de nuevo.

«El tiempo nunca se pierde. Lo que pasa es que no siempre lo utilizamos de la mejor manera.»

Por el pasillo llegaban risitas. Bren estaba utilizando su tiempo adecuadamente.

Cuando lo cruzó en dirección al baño, pudo vislumbrar a la pareja en el salón. Carl estaba tendido en el suelo, con Bren encima. Se estaban besando.

Judy se deslizó en el cuarto de baño y cerró suavemente la puerta. La bañera, con sus cuatro patas de latón y su grifo oxidado, la estaba esperando. Abrió el agua caliente. Un baño le sentaría bien. Le relajaría los músculos de los brazos, le aliviaría las manos y limpiaría la sangre seca de sus heridas.

Se desabrochó el top, se quitó los shorts mugrientos que llevaba y se sumergió en el agua caliente. Después de enjabonarse la maraña plastificada de su pelo y con los ojos cerrados, se sumergió en el agua por completo.

Mientras flotaba, se abandonó a un sueño conocido. Era temprano, por la mañana. Se encontraba en la playa y el sol estaba saliendo. El océano se fragmentaba en multitud de planos picasianos de rosa, azul y verde. Se hallaba desnuda y junto a ella había un hombre. El Hombre Sin Rostro. Por alguna razón, no conseguía sentir su piel. Tenía la cara pegada a su oreja derecha, de modo que no podía distinguir sus facciones.

Tanto el Hombre Sin Rostro como ella misma permanecían en silencio. Por más que repitiera el mismo sueño, nunca se decían una palabra. Pero él la deseaba, lo notaba.

Y ahora iba a poseerla. Podía sentir el ligero movimiento de su cuerpo, pero como si estuviera alejada de la escena, observando en la distancia aquella sensación.

Y entonces...

Como de costumbre, el sueño se esfumó. El Hombre Sin Rostro se diluyó en el agua de la bañera.

Trató de activarlo de nuevo, de capturar el momento y avanzar un poquito más.

Pero, como siempre le sucedía, el momento se había perdido y no conseguía recuperarlo.

Patético.

Más le valía salir de la bañera.

Se hizo un moño con el pelo y se miró al espejo del lavabo. Su cabello ya no tenía aquel color verdoso-amarillento. Era un tinte barato y se había ido con el primer lavado. Buenas noticias ¿O acaso sería otro desastre?

¡Qué más daba! ¿A quién podía importarle? Había cosas más urgentes en las que pensar.

Esta vez no espió a Bren y a Carl al cruzar el pasillo para dirigirse al dormitorio.

Cerró la puerta y puso en marcha uno de los ordenadores. Después de echar un vistazo a las notas fijadas en la pared, encontró una clave de acceso falsa y entró en la red bajo el alias de CJSmith, de Deadwood, Idaho. Sacó su netpad y eligió un acceso de entre su repertorio. CJSmith se convirtió en Bill Jones de Los Banos.

Echó un vistazo a los foros de noticias en busca de detalles acerca de la muerte de Hailstorm. De vez en cuando le llegaban risitas y suspiros de la otra habitación.

Había que utilizar bien el tiempo.

Trató de concentrarse en lo que estaba haciendo. Ni una palabra de Hailstorm por ningún lado. Ni la más leve insinuación de que podría haber sido asesinado.

Cambiando de objetivo, trató de ver si había alguna noticia acerca de Griswald. Tal vez algún mensaje indicando dónde se encontraba. O por qué había desaparecido. Tras veinte minutos de búsqueda, acabó con las manos igualmente vacías. Al parecer, Griswald había desaparecido, pero a nadie parecía importarle demasiado.

El navegador de Internet era un invento confeccionado a partir del que utilizaba el noventa por ciento de los navegadores. Incorporaba algunos parches programados a mano que proporcionaban herramientas poderosas, tales como una combinación de motor de búsqueda y editor de código. El buscador/editor permitía desensamblar y depurar en línea el código fuente de numerosas aplicaciones: mundos de realidad virtual, ControlFreak e incluso LavaTalk, una de las últimas tecnologías en la red.

Bren y Carl eran realmente buenos. Era sorprendente que hubieran elegido vivir de forma tan miserable en medio de ninguna parte. Si hubieran puesto a la venta su programa de búsqueda, ahora serían ricos.

Judy entró en la página de Griswald en VileSpawn. Era uno de sus sitios preferidos. Allí encontró todo el viejo material del pirata: herramientas de volcado de memoria, rastreadores de archivos muertos y programas que remitían a Griswald la dirección de correo de cualquiea que entrase en su página. Pero sabía cómo evitar estos últimos. Utilizando falsos nombres de acceso e identidades mezcladas engañó a la página de Griswald.

Una vez la tuvo en pantalla, pulsó el icono que activaba el buscador/decodificador de Bren y Carl y abrió el código del agente buscador independiente. Quería ver cómo funcionaba.

Lo que había programado Bren era realmente un señor programa. Evidentemente, esa chica no era consciente del talento que tenía.

El agente trabajaba en la sombra, rastreando la red en busca de combinaciones de palabras clave y exhibiendo los resultados con vínculos de hipertexto y breves anotaciones sobre los sitios detectados.

Su inteligencia artificial le permitía eliminar automáticamente aquellos sitios que presentaran escasa probabilidad de dar en la diana. Analizaba patrones de hallazgo y buscaba en los sitios visitados por los hackers conocidos. Muy útil.

Tecleó «Griswald y/o Fuego», el nombre de Griswald y el alias que utilizaba para penetrar.

La pantalla respondió:

Buscando

Mientras esperaba, descargó el código del agente buscador independiente a su propio netpad. Valía la pena tener a mano una herramienta como aquella.

Luego cargó algunos de sus programas a la máquina de Bren y Carl. Uno servía para escarbar en los archivos de la red de bajo nivel, y extraía las localizaciones de sitios web que hubieran sido previamente visitados por el buscador. Era su propia versión del rastreador de archivos muertos de Griswald sólo que, en este caso, husmeaba rutas en la red a partir de archivos ocultos.

Mientras el buscador seguía trabajando, activó su propio rastreador y descubrió que Bren y Carl eran visitantes asiduos de un servidor privado llamado dan_land.com. Introdujo la contraseña de Bren en el desencriptador de su netpad y entró en dan_land.com. a través de su propio buscador. Se trataba de una especie de restaurante de realidad virtual. El menú incluía más de veinte platos distintos de perritos calientes al chile. No dejaba de ser curioso que Bren y Carl visitaran a menudo aquel lugar, siendo como eran unos fanáticos de la vida sana. ¿Qué podía resultarles a ellos más repugnante que unos perritos calientes al chile?

En el ordenador de sobremesa volvió a la página web de Griswald y esperó. Los colores del buscador se fundieron en un protector de pantalla de pájaros tropicales fosforescentes.

La espera la estaba volviendo loca. No podía quedarse allí eternamente, ocultándose de la policía. Tenía que descubrir por qué Tony Tuska y Paul Smith habían tratado de asesinarla. Por qué le habían tendido una trampa. Y lo más importante de todo, demostrar que eran culpables y conseguir que pagaran por lo que habían hecho.

Tenían que devolver el coche de alquiler en San José el viernes por la mañana temprano. Ya era bien entrada la noche del miércoles. De hecho, se podía decir que ya era jueves. Tuska y Smith tenían que llegar a la ciudad en menos de veinticuatro horas. Quizá ya estuvieran allí, buscando a Griswald, planeando asesinarle y hacer que pareciera otro suicidio.

Demasiadas incógnitas y muy pocas pistas.

Trev. Pobre chico. Lo único que había hecho en su vida era pintar y contar chistes malos. Y por culpa de ella, ahora estaba muerto.

El ordenador emitió un pitido. Los agentes independientes estaban informando:

```
Búsqueda completada
```

Dos coincidencias con Griswald y con Fuego:

```
Central Intelligence Agency. Intranet
privada.
URL:
http://13.555.44.5/~private/NSA/personnel.h
tml.

Networks: Paquetes de encabezamiento RDSI.
No URL.
Secuencia cifrada Fuego encontrada en el
destino de paquetes desde 99.555.12.3,
88.555.77.6, etc.
```

¡Uf! ¿Cómo demonios podía el buscador haber penetrado en la red privada de la CIA, en los archivos personales de la Agencia Nacional de Seguridad? ¿Y de qué forma podía descubrir secuencias cifradas dentro de paquetes de encabezamiento en la red?

Y lo que todavía era más importante, había dado con una entrada que se remontaba al día anterior. Eso sólo podía significar que, o bien Griswald seguía en línea, o que alguien más estaba utilizando sus programas. Ella sabía bien que la segunda posibilidad era extremadamente remota.

Interesante que el buscador hubiera conseguido localizar la dirección de Internet de Griswald, su base de partida para navegar. Debía estar generando constantemente códigos de identificación aleatorios y muy falsos, o bien navegando vía una serie de sitios anónimos y extremadamente ocultos. Cosa que ella hacía habitualmente.

De la habitación contigua le llegaron más gritos: Bren y Carl, sumergidos en su propio mundo, permanecían ajenos a lo que habían creado y a su valor, perdidos en algún paraíso blandengue y sin sentido.

Pero por lo que a Judy concernía, el amor carecía sin duda de cualquier sentido. Era algo efímero. Su madre había perdido a su marido, y ella no había confiado nunca en nadie lo suficiente como para permitirle aproximarse tanto.

Cierto, escuchar aquellos sonidos la llenaba de tristeza. Parte de ella deseaba conocer cómo era eso de ser amada, aun a sabiendas de que no duraría eternamente. Estaba cansada del Hombre Sin Rostro.

Pero aquellos pensamientos no eran propios de ella, al menos no en esos momentos. La entorpecían. La volvían más lenta. Más le valía concentrarse en el trabajo, siempre el trabajo, y seguir adelante.

Tenía que descubrir el motivo que se ocultaba tras la muerte de Trev. Averiguar por qué Griswald había desaparecido de la escena. Y lo más importante que todo, salvarse a sí misma.

Sus dedos reposaron sobre el teclado. La luz de la lamparilla de sobremesa reflejaba un tinte azulado sobre la pantalla, muy cómodo para la vista.

No había forma de que pudiera penetrar en la red interna de la CIA, pero le bastaba con saber que Griswald lo había conseguido. Griswald siempre había estado curioseando en lugares prohibidos. Era agradable saber que seguía en activo. Ahora, la cuestión era cómo establecer contacto con él.

La segunda pista, los paquetes de encabezamiento para la red, no le servía de gran cosa. Con paquetes de encabezamiento defectuosos, sus destinos redirigidos a localizaciones falsas, todas las conexiones RDSI de alta velocidad en el área en la que estuvieran localizados los procesadores 99.555.12.3 y 88.555.77.6 se vendrían abajo. Cuando el hardware de RDSI analizaba paquetes con destinos incorrectos, no sólo borraba los paquetes de encabezamiento, sino también todos los paquetes de datos asociados. No había ninguna razón para que Griswald trasteara con las líneas RDSI. Excepto, tal vez, como indicación para que alguien como ella supiera que seguía en escena.

—Bueno, ¿qué estás haciendo? —inquirió una voz suave. Judy se volvió, sobresaltada.

«¡Dios!»

Sólo era Bren.

—Estoy... estoy tratando de encontrar pistas sobre alguien que figuraba el otro día como desaparecido en VileSpawn. —El corazón le latía alocadamente. Sus dedos temblaban. Se sentó sobre las manos, tratando de infundirles algo de calor.

Bren estaba hecha unos zorros, aún más desaliñada que antes. Llevaba la camisa de franela desabrochada por tres sitios y le faltaba un pendiente, pero sonreía y, bajo el efecto suave de la bombilla azul, sus ojos emitían un profundo fulgor violeta. Rió.

—Sí, Griswald. Carl y yo fuimos quienes pusimos ese mensaje acerca de él en VileSpawn.

—Pero... VileSpawn... Me dijisteis que...

—Cierto, te dijimos que aún no habíamos conseguido penetrar en VileSpawn, pero tenemos amigos ¿sabes? ¿Has oído hablar de symbiont@nonoland?

Symbiont era muy reservado, raramente enviaba algo a VileSpawn.

—Una vez —respondió Judy.

—Fue compañero nuestro en la escuela.

—¡Caramba! ¿Por qué no me lo has dicho antes?

—¿El qué?

—Lo de Griswald.

—No se me ocurrió que pudieras estar buscando a Cal... Es el verdadero nombre de Griswald, Cal Nikonchik. Tampoco nos lo has preguntado. Carl y yo pensábamos que estabas estudiando los informes de la policía sobre los... bueno, sobre los asesinatos, o simplemente, tratando de aclarar tus ideas. Por eso hemos supuesto que sería mejor dejarte un poco tranquila.

¿Tranquilidad? Lo que ella necesitaba era toda la ayuda que pudiera conseguir.

Se levantó de la silla y colocó una mano sobre el hombro de Bren y casi sacudiéndola, le dijo:

—Me persiguen dos asesinos. Probablemente llegarán a San José mañana, buscando a Griswald.

—¿De verdad?

Bren parecía confundida.

—Tengo que encontrarle, ¿entiendes? Lo van a matar.

—No creo que la desaparición de Griswald tenga nada que ver contigo, Judy —dijo Bren—. En realidad, sólo pusimos ese anuncio porque Dan no dejaba de darnos la lata pidiéndonos ayuda. Lo hicimos para quitárnoslo de encima.

—¿Y quién es ese Dan?

—Dan Nikonchik, el hermano mayor de Griswald. Regenta un restaurante grasiento llamado Dan's DiskWorld en los arrabales de San José. Sirve perritos de chile en platos que imitan discos de ordenador antiguo. Le va muy bien con la gente de Silicon Valley. Griswald le lleva las cuentas y su página web. El chaval es un genio en cuestiones financieras. En realidad, Dan se muestra demasiado protector con Griswald. Después de que murieran sus padres, se encargó de él durante diez años. Sus intenciones son buenas, pero a Griswald le vuelve loco. Carl y yo estamos seguros de que el chico sólo se ha escapado para librarse de su hermano. Pero Dan no lo acepta. No deja de repetir que a su hermano lo han raptado y otras cosas igual de descabelladas.

Noticias de Griswald. Su verdadero nombre es Cal Nikonchik. El de su hermano, Dan. Judy había dado con personas que conocían a Griswald. Su mente pasó al modo TerMight. Las palabras comenzaron a fluir de su boca.

—No tan descabellado —contestó—. Si está realmente tan preocupado, ¿por qué no recurre ese tal Dan a la policía?

—Buena pregunta —dijo Bren—. No estamos muy seguros. Dan no se fía de las autoridades en general. Sus padres eran hippies, y opinaban que el gobierno estaba en manos de chorizos. De todos modos, Dan no habla demasiado con nosotros. Cuestión de incompatibilidad de caracteres.

Bren le echó una mirada de cintura para abajo. Ella se sonrojó. Debía parecer una aparición con aquellos pantalones tan largos. Pero la chica la tranquilizó:

—¿Quieres quedarte con la ropa, Judy? Te sienta muy bien.

No había tiempo para esa clase de conversación. No había tiempo para ser Judy. Sólo TerMight. Estaba cerca de encontrar a Griswald, lo sentía en los huesos.

—¿Crees que podría verme con Dan, o me entregaría a la policía?

Bren se acomodó en la silla arreglándose la camisa para ocultar su piel desnuda.

—Dan es un perfecto gilipollas. Llamativo, arrogante y ordinario. Pero quiere mucho a su hermano. No creo que hiciera nada que pudiera perjudicarte, si llegara a pensar que eres la clave para encontrarle. Haría cualquier cosa por Griswald. Debido al fuego.

—¿Cómo dices?

La palabra clave de Griswald era «Fuego».

—Todo tiene una explicación, Judy. La casa de Dan y Cal ardió cuando ellos eran pequeños. Vivían en una comuna naturista con sus padres medio tarados. Un buen día, alguien de la comuna encendió un porro por el extremo equivocado y bang, todo se convirtió en humo. —Bren dudó unos instantes pero prosiguió—: Los padres murieron, se quemaron vivos. Dan sacó a Cal de las llamas y trató de hacer lo mismo con sus padres, pero no llegó a tiempo. A eso se debe que adoptara una actitud tan protectora. Le aterroriza la idea de perder a Cal.

Llamativo, arrogante y ordinario. Justo la clase de persona que ella despreciaba. Pero ¿quién podía saber más acerca de Griswald que su propio hermano? Tal vez podría confiar en él.

O mejor dicho, quizá no le quedara otra opción.

Judy inclinó la lamparilla para que no se reflejara tanto sobre la pantalla y se encaró a Bren. Con las ideas claras, TerMight sabría qué hacer.

—Tengo que trabajar un poco más —le dijo—. Luego necesitaré dormir un rato.

—No hay problema —respondió Bren, se levantó y se dirigió a la puerta—. Hay un saco en el armario. Es donde duerme Carl cuando discutimos. Llama si necesitas algo.

La puerta se cerró tras ella y, pasados unos minutos, volvieron a escucharse risitas de fondo. Judy volvió a su netpad, esta vez para traspasar al ordenador de Bren algunas de sus herramientas más eficaces: el código del servidor de archivos de la CIA obtenido por ingeniería inversa. No le gustaba nada penetrar allí, pero en algunas ocasiones había que correr riesgos.

Tenía que asumir la identidad de Griswald. Era demasiado listo para emplear una contraseña que cualquier aficionado pudiera descifrar con métodos corrientes. Nada de eso. Encontraría el identificador de usuario que realmente utilizaba Griswald, en lugar de algún estúpido listado en un archivo de claves.

Utilizando llamadas que penetraban directamente en el sistema de archivos descubrió un archivo binario creado por Fuego tan sólo la noche anterior. Pero no pudo leerlo; todo él estaba en código binario.

«Así que ocultando archivos de texto dentro de códigos binarios. Empleando criptografía para enviar mensajes ocultos. Muy bien.»

Disponía del programa adecuado para habérselas con aquello. Aplicando su propio programa, cortó el marcador de final de archivo de la mitad del archivo y pegó todo lo que venía después de él en un archivo temporal.

Ahí estaba, un texto insertado justo después del archivo binario: la palabra Fuego, seguida de la clave de acceso de Griswald.

Por unos instantes, se sintió como mareada, no podía seguir tecleando. Se había hecho con la clave secreta cifrada de Griswald. Era como si le estuviera hablando directamente a ella, a través de una especie de tecnolenguaje secreto. Seguro que lo había hecho con ese propósito. Para tranquilizar a alguien y asegurarle que se encontraba bien. Pero ¿a quién? ¿A Bren? ¿A Carl? ¿A su hermano Dan? ¡Qué más daba! Lo que importaba era que, al disponer de su clave, ahora podría mandarle un mensaje. Uno que seguro recibiría.

Entró en VileSpawn como Griswald y se introdujo en su cuenta privada. Luego utilizó un viejo editor de texto para insertar un mensaje:

```
Soy TerMight. Dime dónde estás y por qué
has desaparecido. Dime qué está pasando.
```

Husmeó en los archivos de Griswald. Allí había algo extraño. Algún tipo de programación genética.

Descargó aquella programación a su propio netpad. Luego cambió de Fuego a Agua la propiedad de los archivos y, bajo el nombre de TerMight, creó un directorio vacío y discreto.

Borró todas las pistas de entradas a los archivos de la red de la CIA, sin dejar ninguna huella que indicara su presencia allí. Luego hizo lo mismo con todas las entradas a VileSpawn que indicaran la visita de Griswald.

Satisfecha de estar por fin en camino de convertirse de nuevo en una mujer libre y dueña de su vida, entró en la red como Bill Jones de Los Banos.

12

—¿Has dormido bien? —le preguntó Bren, mientras servía el desayuno en la mesita de café. Otra vez queso gouda con tostadas y mermelada.

El saco de dormir le había resultado aceptablemente confortable, al menos después de sacar los cables, tornillos, tenazas y demás material que había debajo. El Hombre Sin Rostro había ocupado sus sueños toda la noche, una y otra vez la película de siempre, entremezclada con imágenes de Carl y Bren sobre el suelo del salón.

—Divinamente —mintió.

Del dormitorio provenía el sonido de un teclado. Carl ya estaba trabajando, programando una página web corporativa para un cliente al que nunca había visto.

El sol de la mañana cruzaba por entre las ramas de los pinos y penetraba suavemente por la ventana de la fachada principal. Era como polvo de hadas sobre el rostro de Bren.

—Yo no mucho —respondió ella—. Y como te habrás dado cuenta, Carl es un tipo trabajador.

¿Tal vez un chiste entre chicas? ¿Qué quería decir Bren? Que Carl trabajaba duro programando páginas web, o que trabajaba duro haciendo…

Fuera sonaron las ruedas de un coche sobre la gravilla del patio. Se oyó un portazo y luego una maldición.

—Ahí está Dan —dijo Bren, acercándose a la ventana y mirando afuera—. Sí, puntual, el señor Nikonchik en toda su roñosa carne y hueso. —Su cabello, revuelto por lo que hubiera estado haciendo toda la noche, resplandecía a su alrededor como un halo dorado con reflejos rojizos.

Bren abrió la puerta delantera antes de que Dan Nikonchik tuviera tiempo de llamar. Este irrumpió precipitadamente en la habitación. Al lado de Bren, con su aspecto de estar en las nubes, sus ojos moteados de violeta y su piel tersa y blanca, Dan Nikonchik parecía más bien una gárgola.

La parte superior de su cuerpo parecía haber sido artificialmente estirada, debido a que sus piernas, aunque musculosas, eran manifiestamente cortas en relación con todo lo demás. Su rostro era rudo y su nariz demasiado achatada. Cabello y cejas rubios, no con el rubio dorado e impresionista de Bren, sino con un color más bien anodino y apagado, como de tinte. Sus ojillos negros y penetrantes escudriñaron la habitación, como si esperara que, de un momento a otro, fuera a aparecer de detrás de cualquier mueble algún loco con una sierra mecánica.

¿Aquello era el hermano de Griswald?

Entonces, ¿qué aspecto tendría el propio Griswald?

Después de todo, tal vez no fuera tan malo que Gris pensara que TerMight era un tío.

—Aquí estoy, Bren. ¿Qué es eso tan importante? ¿Y quién demonios es eso? —Hasta su voz era áspera. Puro papel de lija.

Sorbía café de una taza que traía del coche, con la inscripción: «Dan's Disk-World: Para el hombre que conduce duro».

Bren le indicó con la mano el sofá que había ante Judy.

—Siéntate, Dan.

Sin dejar de sorber su café se sentó, con los ojos aún inquietos.

—Te presento a Judy Carmody. TerMight en carne y hueso.

Bren parecía estar disfrutando con aquello, orgullosa de tener en casa a la mismísima TerMight y divertida de poder jugar con Dan Nikonchik. Se dejó caer en el sofá, junto a Judy y, al hundirse este bajo su peso, la elevó de repente, haciéndola caer a un lado.

Judy ahogó una carcajada. Bren la hacía sentir como una chiquilla. Saltó sobre su propio cojín, e hizo saltar a su vez a Bren.

Dan Nikonchik no se reía. Más bien las miraba ceñudo, particularmente a Judy.

—Así que esta es la gran TerMight ¿eh? Judy Carmody, asesina en serie, y ladrona de bancos, por añadidura.

Realmente tosco.

Bren se puso seria.

—Judy no es una asesina, ni tampoco una ladrona.

—Vale. Lo siento.

Dan no lo sentía en absoluto.

—Bren... —comenzó a decir Judy. Quería que aquel tipo se marchara inmediatamente.

Pero Bren la cortó:

—Te he pedido que vinieras, Dan, porque Judy puede ayudarte a encontrar a tu hermano. No ha matado a nadie ni ha robado un centavo. Además, cree que Cal está en peligro.

—¿TerMight tiene noticias de Cal? —Dejó el tazón en el suelo, se remangó algo los pantalones y se inclinó hacia delante, con las manos sobre las rodillas—. ¿Y qué sabe exactamente?

Judy cerró los ojos, tratando de imaginar que Dan era Héctor Rodríguez.

—TerMight conoce a Cal Nikonchik como Griswald. Lo conozco desde hace dos años. En línea, nada personal. Intercambiamos... —Judy abrió los ojos—, secretos técnicos.

—¡Maldita sea, Bren! —espetó Dan, levantándose con el rostro encendido por la emoción y los puños cerrados.

—Cálmate, Dan —le dijo esta suavemente.

—¿Que me calme? ¿Te has vuelto loca? Esta... esta tía intercambia secretos técnicos con mi hermano. ¡Lo sabe todo! Y por si fuera poco, la buscan por asesinato. No es de extrañar que Cal haya desaparecido. Seguro que se habrá liado de algún modo con esta... con esta mujer mayor, con esta asesina...

Nadie la había llamado nunca mujer mayor. Y toda esa palabrería acusándola de asesina...

Bren asió a Judy por el brazo, luego la soltó y se puso de pie, señalando con el dedo a Dan. Su cara ya no expresaba paz y tranquilidad. Estaba muy enfadada.

—¡Cállate de una vez, Dan! ¡Siéntate y deja de hacer comedia! No eres precisamente un angelito. Tu hermano pequeño te ha estado haciendo el trabajo sucio. Además, estoy segura de que le has pagado con cacahuetes. ¿Qué tal si nos dices, aquí y ahora, lo que le has pagado a Griswald por maquillar tu contabilidad, eh?

Judy parpadeó. ¿Contabilidad? ¿Cal le arreglaba a su hermano las cuentas?

—Escucha —dijo Dan en voz baja, caminando hacia la ventana, de espaldas a Bren y a Judy—. Le pago el alquiler y le doy dinero cada semana. Come siempre gratis en mi restaurante. Me cuido de Cal. A cambio de todo eso, él me ayuda con los papeles de Dan's Disk-World. Así que ¿qué hay de malo si diseña algún programa para mi negocio? ¿Y qué? ¡Es mi hermano!

—Tal vez deberías haberle dado algo más —intervino Bren.

—¿El qué? —preguntó Dan.

—Su libertad.

Dan meneó la cabeza.

—Cal es un soñador. Se pierde continuamente en el ciberespacio. Además, no es más que un niño. Necesita que me cuide de él. Por eso tengo que encontrarle cuanto antes.

Judy tenía que mantener el control de la conversación. De algún modo, con Bren de su parte, actuando como si Judy fuera la normal y Dan el bicho raro, se sentía reconfortada.

—¿Tienes alguna idea de por qué se ha marchado Cal? ¿Dejó alguna indicación sobre cuándo pensaba regresar?

—Nada —respondió Dan—. No es habitual en él salir sin llamarme antes al menos. Sabe que me preocupo.

Estaba respondiendo, le estaba hablando como si ella fuese una persona normal. Por fin estaba realmente controlando la conversación.

—Tal vez haya algo en su ordenador, alguna pista sobre sus planes. ¿Has buscado en sus archivos? ¿Mirado en sus correos electrónicos de la semana pasada?

—¿Yo? ¿Tengo pinta de fanático de la informática? Con Cal basta para toda la programación de la familia.

—Entonces deja que lo haga yo —dijo Judy—. Tal vez estemos haciendo una montaña de nada.

—¿Mirar tú en los archivos de Cal? —preguntó incrédulo

Dan—. Ni en un millón de años. Hay asuntos de negocios importantes en el ordenador de Cal, materia reservada. No puedo dejarte examinar todo eso. Lo siento. Además, ¿cómo sabría que puedo fiarme precisamente de ti? Lo único que sé de tu persona es que te buscan por un asesinato en Laguna. Y eso no es precisamente una recomendación de cinco estrellas, que digamos.

Judy no supo qué responder. Necesitaba ver los archivos de Cal. En ellos había algo ilegal, eso estaba quedando cada vez más claro. Tal vez algo relacionado con Tony Tuska y Paul Smith.

—Mira —prosiguió Dan—, seamos razonables. Bren dice que eres inocente. Supongamos que la creo. Tú me ayudas a encontrar a Cal y luego yo te ayudo a ti. Pero olvídate de esos archivos.

Una propuesta estúpida y egoísta. Ese hombre estaba acostumbrado a dar órdenes y a salirse con la suya. Decididamente, no apostaba por el compromiso.

Judy miró a Bren, que siempre parecía saber cómo actuar, aunque esta vez tan sólo se sonreía, deleitándose evidentemente ante el primer encuentro entre Judy y el hermano mayor de Cal Nikonchik. Uno por uno, Bren se sacó todos los pendientes y los fue dejando sobre la áspera superficie de la mesita de café. Luego se limpió los lóbulos con un algodón empapado en alcohol y acto seguido, se los volvió a colocar.

Judy miró pensativa los pequeños adornos. Una nota musical, un pajarillo, un colgante con la expresión lógica NOR, «tampoco».

Quería desembarazarse de Dan e ir sola en busca de Cal.

Hubiera querido que le perforaran las orejas, para poderse colgar ella también en cada maldito agujero un «tampoco».

Aun así, era esencial que se mantuviera centrada. Su vida dependía de ello y el tiempo apremiaba. Con un poco de mano dura, haría enmudecer a aquel tío ebrio de control. Podía odiarla tanto como quisiera. No importaba. Él no podía dejarla fuera de combate como Héctor Rodríguez o Steve Sánchez, cortándole sus ingresos financieros.

En el dormitorio, Carl canturreaba mientras seguía con la programación de la página web de su cliente. Rostros parlantes que explicaban cómo utilizar un sistema de informes de negocios.

Bren se colocó un pendiente más. Un pequeño autobús de oro, aplastado por ambos extremos, con una inscripción: MEMORY BUS.

—Judy, veo que puedes arreglártelas tú sola —dijo—. Tengo que ir a echarle una mano a Carl.

Cierto. Podía manejar a Dan Nikonchik. No era más que exceso de equipaje, un inútil, un babuino. Y lo estaba haciendo de maravilla. Y Bren, bueno Bren estaba más fresca que una lechuga.

En ese momento Dan le dijo:

—¿Qué ganaría con llevarte a casa de Cal?

—Soy TerMight y necesito su ordenador.

—Eres una chica.

—Soy TerMight.

—Buscada por asesinato.

¡Maldita sea! Aquel inútil no hacía más que girar en círculos. Duro de mollera. Estúpido.

—Alguien ha tratado de matarme a mí, señor Nikonchik, precisamente por ser TerMight y en lugar de eso se cargaron a mi conserje. Probablemente vayan también por tu hermano ¿Lo entiendes?

Dan asintió, lentamente, con la cabeza.

—Sí, supongo que sí. De acuerdo, mira en los archivos de Cal. Pero sólo lo indispensable, nada de curioseos inútiles. Te llevaré.

Judy suplicaba en su interior que Cal no fuese un payaso como su hermano. Habiendo crecido bajo el dominio de tamaño imbécil, no era de extrañar que se hubiera refugiado en la programación hasta convertirse en el gran Griswald, el mago del pirateo. Tampoco le extrañaba que Bren diera por sentado que Griswald se había fugado. Cualquiera desearía escapar de Dan Nikonchik.

Bueno, se serviría de aquel papanatas para entrar en casa de Cal y acceder a sus archivos informáticos, en busca de algún indicio que le revelara su paradero. Luego sonsacaría a Dan para saber qué aspecto tenía, cómo se vestía, conocer sus hábitos personales, etc. Y cuando hubiera terminado con él, lo dejaría tirado en su basurero de perritos al chile y a otra cosa.

—¿Dónde has dicho que está el apartamento…? —le preguntó.

—En el 1405 de West Spruce Drive. No tardaremos en llegar.

—¿Tienes la llave?

—Sí. Cal es mi hermano, un chaval, por el amor de Dios.

Judy se echó la bolsa con el portátil al hombro, y se metió el netpad en el bolsillo de la camisa de franela, por cierto muy bonita, con sus colores azul marino y verde, regalo de Bren.

—Muy bien, vámonos —dijo.

Siguió a Dan, y salió al aire fresco de la mañana. El coche era un reluciente Porsche rojo. No podía ser de otro modo, aunque se preguntó cómo se las apañaría para mantenerlo. Los tipos como él siempre llevaban coches ridículamente rápidos. Creen que los juguetes caros los hacen irresistibles. Todo basura machista, pero no era asunto suyo. Nada podía importarle menos.

—¿Qué es eso? —chilló Dan.

Judy le miró perpleja. Probablemente había descubierto una mancha de barro en sus zapatos.

Pero no, estaba señalando hacia el coche. Una larga raya, como hecha con un clavo, marcaba un surco plateado sobre el rojo brillante. La raya iba desde el guardabarros delantero hasta la parte trasera, cruzando toda la puerta.

—Pero ¿qué ha pasado? —chilló de nuevo—. ¿Quién ha tocado mi coche?

Como si Judy pudiera saberlo.

A Dan le temblaba el cuerpo. Su voz se convirtió en un susurro.

—Alguien va a pagar por esto.

—Mira, huellas de ruedas. —Judy señaló hacia la pista de tierra que iba desde la carretera hasta la cabaña—. Parece que alguien te ha encontrado, Dan. Tal vez incluso te han seguido y rayado tu coche por alguna razón. Pero ¿por qué? ¿Tiene algo que ver con la desaparición de tu hermano? ¿O conmigo? ¿Estás mezclado de algún modo en todo esto?

—¿De qué estás hablando?

Con mano temblorosa, abrió el panel de claves murmurando:

—Olvídalo. No tiene nada que ver con Cal.

Sin embargo, era evidente que sí lo tenía.

A Dan le temblaba la voz.

—No importa. Ahora espera un momento, el código de entrada siempre me da problemas.

Ya le interrogaría más adelante, cuando se hubiera calmado un poco. Mientras tanto se haría la ingenua. Por lo que sabía de él, incluso podía resultar peligroso.

—Ningún problema —dijo casualmente—. Sé por experiencia propia lo que es eso de tener problemas con las claves de acceso.

Por supuesto que lo sabía. Mientras permanecía allí de pie, mirando como Dan trataba de abrir el coche con su clave electrónica, los recuerdos la golpearon como puños: ella tratando de entrar en el coche de Tuska y Smith. Trev muerto, aún podía verle, caído en el rellano del apartamento, con el rostro ensangrentado. Y sus últimas palabras, conminándola a huir corriendo.

Miró al hermano de Cal y, de repente, sintió una oleada de compasión. Pobre tipo. Probablemente estaba loco de ansiedad. Su único hermano, al que había protegido durante tantos años, desaparecido. Tal vez muerto.

Sabía algo, no obstante. Y aun así...

Fuera lo que fuese en lo que Dan Nikonchik estuviera envuelto, no parecía que quisiera perjudicar a su hermano deliberadamente.

Con un chasquido, la cerradura se abrió por fin.

—Sube —le dijo—. Ya es hora de que nos pongamos a hacer de pequeños detectives.

Judy abrió la puerta y entró en el coche. En el interior, la consola de Internet zumbaba suavemente. Casi una docena de iconos resplandecían en la pantalla. El Porsche ofrecía control total al tacto. Subiéndose aún más la cinta de la funda de su portátil en el hombro, aseguró firmemente el ordenador a su costado y se acomodó en el asiento del copiloto. Este se movió debajo de ella, ajustándose automáticamente a su anatomía.

Recordaba cómo había acariciado Bren la mejilla de Carl. Calor humano, contacto, afecto. Ya era hora de probarlo por sí misma. Puso su mano sobre el hombro de Dan.

—Encontraré a Cal. Te lo prometo.

Pero Dan la miró espantado, como diciendo: «No me hables, no me toques, ¿qué demonios te pasa?».

Tal vez las personas sólo podían tocar a quienes les amaban. Tal vez tocar a alguien implicaba alguna clase de sexualidad o, en el caso de tratarse de otra chica, como le sucedió con Tarántula, simplemente no era correcto.

—¿Cómo sabes que no estoy pensando en entregarte a la policía? —le preguntó Dan, para provocarla. Decididamente, aquel tipo nunca paraba.

Un simple toque y se salía de sus casillas. Sin embargo, ella había conseguido hacerle callar antes y salirse con la suya. Tal vez lograra de nuevo. A Bren le había funcionado el estallido de enfado. Tal vez quedarse callada era lo menos indicado con aquel pájaro.

—Porque sin mí, tus posibilidades de encontrar a Cal son nulas —le respondió—. Además, tengo la sensación de que no te gustaría en absoluto tener a la policía husmeando en tus asuntos.

—Oye, sólo estaba bromeando —dijo Dan, a la vez que se ponía pálido—. ¿No puedes aceptar una broma?

Pulsó el icono de arranque y el motor rugió. En el tablero de a bordo cobró vida un holograma cúbico en 3-D, proyectando una imagen de unos diez centímetros de altura de un bombón en bikini. Respondiendo al sonido, la chica se meneaba hacia delante y hacia atrás con el gruñido del motor.

Judy se sentía como una perfecta estúpida, montada en un estúpido Porsche rojo con asientos de cuero negro, junto a un macho estúpido. Embutida en un par de calzoncillos bóxer de Carl y en la sobredimensionada camisa de franela de Bren, con el pelo alborotado y su rostro reflejando la preocupación y la falta de sueño, cansada de tanto concentrarse en pantallas de ordenadores.

—¿No te importa si pongo algo de música mientras circulamos? —Sin esperar una respuesta, Dan pulsó uno de los iconos de la consola y al instante los altavoces cobraron vida, al mismo tiempo que en la pantalla aparecía un vídeo de rock.

Pues sí, le importaba.

Irritada, se incorporó y alargando la mano, arrancó de cuajo el holograma y lo tiró al suelo del coche.

Dan se rió de ella. Metiendo la mano en uno de sus bolsillos, sacó de él unas gafas de sol y se las puso. Entonces, sin mediar una palabra más, apretó el acelerador. Escupiendo polvo y guijarros a su paso, el Porsche rojo salió rugiendo del aparcamiento.

13

Estuvieron escuchando aquella música atronadora, durante lo que a Judy se le antojó una eternidad. Finalmente, Dan la miró de reojo por detrás de sus gafas de sol y le preguntó:

—¿De verdad que nunca has visto a mi hermano en persona?

Giró el volante y el automóvil pasó zumbando cerca de un grupo de adolescentes boquiabiertos.

Judy no tuvo tiempo para ver más que una pincelada de cabellos rosa y púrpura, de ojos abiertos y ropa variopinta. Luego el coche dejó atrás restaurantes de sushi y de tacos, salones holográficos y tiendas de software. En el cielo aún flotaba algo de la bruma de última hora de la mañana, reminiscencia postrera del aire marino. De vez en cuando se cruzaban con algún coche que lucía placas exóticas como ELECTRO1, HWIZKID o SHEBANG.

Todos tratando de parecer más enrollados que los demás y sin conseguirlo.

A ella no le importaba. Nunca seguía la corriente ni le gustaba ir en manada. Esa era una de las razones por las que le había caído tan bien Griswald. Por sus correos, sabía que era como ella, tranquilo, reservado, y que se sentía incómodo con la gente llamativa.

Probablemente iría vestido con pantalones cortados y camisetas. Seguro que no necesitaba ningún coche reluciente ni gafas originales para proclamar su grandeza. Y con un hermano sabelotodo como Dan, debía de ser introvertido, y hasta patoso, por lo que programar le procuraba un reto y un estímulo. Era una anomalía en aquellos días hinchados de fatuidad, en que los departamentos de tecnología de la información producían graduados por millares, todos igual de indefensos ante el campo de batalla de la verdadera programación.

Seguro que tendría los hombros caídos, un cráneo grande para dar cabida a un gran cerebro y un montón de granos en la cara. Por alguna misteriosa razón, a Judy todo aquello la reconfortaba.

—¿Me has oído, Judy? ¿Nunca has visto a Cal? —insistió Dan, al mismo tiempo que sacaba el brazo y giraba de repente hacia una autovía, cortando el paso de otros tres coches.

Sonaron bocinas y relampaguearon faros. A él no parecía afectarle lo más mínimo. Actuaba como si fuera el rey de la carretera. Las leyes eran para los demás, no para Dan Nikonchik. Judy detestaba a los conductores como él, realmente los detestaba.

—No —respondió—. No tengo ni idea de qué aspecto tiene. Nadie de VileSpawn incluye archivos de imágenes. Nos interesa más el contenido que la forma. Por lo tanto, ¿te importaría decirme algo acerca de él? —le preguntó, pensando, esperando y rogando que no se pareciera en nada a él.

—Consola: sonido fuera. —A la orden de Dan, la música cesó de golpe, si bien la pantalla continuó mostrando el vídeo—. Abre la guantera. Tengo algunas fotos de él.

Judy hizo girar la manecilla de la pequeña portezuela y hurgó en su contenido. DVDs de música rock, como la que había estado sonando en la consola. Música basura, ruido sintético para unos tiempos hiperacelerados. Pastillas contra la halitosis de efecto garantizado para todo el día, una anilla grande de acero con toneladas de llaves y un paquete de condones.

Sin estrenar.

Y un anillo de boda de oro, decorado con lo que tenía el aspecto de tetraedros interconectados. Judy lo sacó de la guantera.

Al verlo, Dan retrocedió como si fuera a morderle. El coche aminoró bruscamente la marcha, de ciento cincuenta kilómetros por hora a menos de noventa. Tras ellos, sonó una bocina y un frenazo.

La cara de Dan estaba contraída. Sus nudillos blancos por la presión que ejercía sobre el volante.

—El anillo... el anillo de boda de mi madre.

—¿El mismo tipo que te rayó el coche?

—El anillo estaba en una caja fuerte —tartamudeó Dan—. En mi caja fuerte.

A Judy le dio un vuelco el corazón. Ya estaba hasta las narices.

—Muy bien, ahora habla, Dan. ¿Quién ha podido abrir tu caja fuerte, coger de ella el anillo de boda de tu madre y metértelo en la guantera del coche? ¿Y por qué razón? ¿Y qué me dices de la raya en el coche?

—Nada que te importe lo más mínimo.

—Te equivocas, sí que me importa. Estoy en este coche contigo y alguien te está siguiendo, dejándote mensajes. ¿Vas a decirme qué está pasando o no?

—Nada que tenga que ver contigo. Busca las fotos de Cal. Tenemos que encontrarle. Luego todo irá bien. —Dan echó un vistazo por el retrovisor—. ¡Dios mío, son ellos! —gritó.

¿Y ahora qué? Judy miró hacia atrás, por encima del hombro. Los seguía un destartalado minibús Volkswagen de color verde que como mínimo tenía cincuenta años de antigüedad. Al volante iba un anciano calvo con barba blanca. A su lado, una anciana con el pelo blanco recogido en un moño.

—¿Te asusta esa ruina? —Judy tuvo que esforzarse por reprimir la risa.

—Siempre vienen en un minibús verde.

—Pero ¿en ese minibús verde?

Dan volvió a mirar por el retrovisor y pareció relajarse un poco.

—Tal vez tengas razón. No parece que sean ellos. Me estoy poniendo nervioso. Tengo que calmarme. Busca la foto de mi hermano. Haz algo, por favor.

Judy suspiró. Aquel hombre no tenía remedio. Buscó de nuevo en la guantera y dio con dos fotografías, las dos del mismo tipo, una versión más alta y más delgada del propio Dan Nikonchik. Al igual que él, también era rubio. Se preguntó si sería el color original o teñido. A diferencia de Dan, Cal tenía intensos ojos azules. Realmente intensos, como si pudiera leerte la mente desde la misma fotografía. Los dedos largos y finos, y un par de brazos que le caían a los costados como si no supiera qué hacer con ellos ante la cámara. Ambas instantáneas habían sido tomadas en la playa. Llevaba tejanos y una camiseta. A su alrededor había chiquillos en bañador jugando a la pelota, madres con sombrero de playa leyendo revistas y muchachos en bañador de macho vigilando a chicas en bikinis de cordones.

Lo único sorprendente acerca de Cal Nikonchik era que parecía un niño. Un adolescente, de unos quince o dieciséis años a lo sumo, aunque ella siempre había supuesto que estaría en la mitad de la veintena. En la red sus palabras parecían de alguien mayor, como ella.

—Es joven —dijo Judy.

—Ya te lo he dicho. Mi hermano es un crío. Acaba de salir del colegio. No tiene más de diecisiete años. Soy su responsable legal.

—¿Y tú?

—Tengo veintiocho. Me convertí en su tutor cuando tenía aproximadamente la edad que él tiene ahora, rebasando por los pelos el mínimo legal.

Ya. Bren le había explicado lo del fuego.

Dos chavales, huérfanos, con el mayor tomando a su cargo la responsabilidad del más pequeño.

Para aquel Dan de dieciocho ocho años tuvo que ser una pesadilla encontrarse de repente en el papel de padre de un Cal de siete años. Judy pudo imaginárselo, tan joven, tras perder a sus padres en aquel incendio y tener que hacerse cargo de su hermano.

Pobre Dan, nunca tuvo la oportunidad de crecer. Se vio obligado a convertirse en adulto sin pasar por la adolescencia. Sin universidades, sin fiestas, sin noches locas con chicas. Sólo trabajar, trabajar y trabajar...

Lo mismo que le había ocurrido a ella, pero de forma distinta y mucho más terrible.

—Parece totalmente inofensivo ¿verdad? —dijo Dan.

Judy hubiera querido responder: «Sí, lo siento Dan». Pero tenía miedo de que sonara mal. Una cosa era manejar a un macho ebrio de control por el que no podía sentir el más mínimo respeto, alguien que ni tan sólo era su jefe, y otra muy distinta a alguien como... Dan.

Tenía los labios apretados y el ceño fruncido. Judy miró por la ventanilla. La carretera estaba colapsada y la gente parecía aburrida y frustrada.

Algunas cosas nunca cambiaban. Nadie era feliz. Exceptuando, tal vez, las personas como Bren y Carl, que habían huido de todo aquello y hecho su nido en el bosque.

Fuera lo que fuere lo que la gente hiciera para ganarse la vida, aunque tuvieran amantes, esposas, maridos, hijos, nunca estaban satisfechos. El obrero quería convertirse en oficinista. El oficinista controlarlo todo y a todos. Los gerentes querían ser vicepresidentes. Los vicepresidentes y los jefes de distrito, como Rodríguez, directores generales. Incluso Steve Sánchez, con todo su dinero, seguía luchando, empujando y machacando para ser más. Siempre hacia arriba en la escala social, nunca satisfechos. Sin detenerse un momento a contemplar el paisaje.

Al menos ella no se había dejado atrapar en aquella carrera de ratas. Su único objetivo era ser feliz. Como Bren y Carl.

—¡Maldición! —Dan pisó el freno a fondo, y consiguió detener el Porsche justo antes de estrellarse contra el coche que los precedía. El asiento inteligente de Judy avanzó con ella, sujetándole la espalda. Su cinturón de seguridad le apretó con más firmeza la cintura, y luego se aflojó de nuevo. Si Dan seguía conduciendo de aquel modo, los airbags se dispararían y los mandarían a los dos al asiento trasero.

Ella lo había hecho mucho mejor con aquella chatarra que aún llevaba el cambio de marchas en el suelo.

Sacó del estuche de su portátil la caja verde que Tarántula le había entregado al separarse precipitadamente. Era un artilugio bien conocido por todos los hackers, creado a partir de planos fácilmente accesibles vía descargas anónimas de la red. Con sólo darle a un interruptor, el color de los semáforos cambiaría.

Judy activó el aparato y a lo largo de toda la calle, hasta donde le alcanzaba la vista, los semáforos se pusieron en verde. Entonces le dijo a Dan:

—Voy a entrar en VileSpawn. Quién sabe, tal vez Cal haya contestado a mi mensaje.

—Seguro, cualquier cosa puede ayudar —respondió él.

Como se temía, no había señal de Griswald. Pero alguien había dejado algo para TerMight:

@>>>>——

Otra rosa negra marchita. Con horror creciente, leyó las palabras que aparecían debajo.

```
VileSpawn informa: Larabee muerto. Maestro
de hackers. El que mandó a su bien merecida
tumba al chip Clipper. Violador de códigos
cifrados, publicados luego por él en la
red. Enemigo de la autoridad. Muerto en un
incendio en Los Ángeles.
```

Larabee, un tipo al que Judy no conoció nunca personalmente, procedente de un nodo en algún lugar de la Costa Este, un héroe del submundo de los piratas informáticos, legendario por sus éxitos en la violación de códigos cifrados federales, cosa que hacía con tanta celeridad como los iban produciendo. Había desaparecido años antes, tras haber hecho las paces con el gobierno.

La rosa negra llevaba un día en la red. En su apartamento, Tony Tuska y Paul Smith habían hablado de un incendio provocado. Tenía la terrible sospecha de que la muerte de Larabee no había sido un accidente. Sólo alguien con acceso a información contenida en archivos confidenciales podía haber dado con él. Pero, ¿por qué?

¿Por qué estaba el gobierno asesinando a los hackers?

—¿Alguna noticia? —inquirió Dan.

—¿Qué quieres? —le respondió ella—. ¿La verdad o la mentira piadosa?

—Si está relacionado con la desaparición de Cal —dijo Dan—, me quedo con la verdad.

—Han muerto dos hackers —comenzó Judy—. Y de no haber sido por un tipo dulce e inocente llamado Trev, seríamos tres. —Durante los veinte minutos siguientes, se dedicó a poner a Dan al corriente de lo que había sucedido en los dos últimos días. No le ocultó nada, y hasta le describió la falsa alarma en el Laguna Savings.

Mientras hablara de hechos y obviara las cuestiones personales, todo iría bien. Las palabras fluían sin problemas. A cambio, quizás él le explicara lo de la raya en el coche y lo del anillo de boda de su madre.

Pero no lo hizo. Y en lugar de eso, le preguntó:

—¿Y tú crees que, de algún modo, Cal descubrió algo acerca de esos asesinatos y que por eso ha desaparecido? Por otro lado, tú no sabes por qué están matando a esa gente.

—Exacto —le respondió Judy—. Y tú, ¿qué opinas? ¿Te comentó Cal algo acerca de todo este asunto?

Dan meneó la cabeza.

—Te equivocas. Cal no hubiera huido. Si algún loco estuviera tras él o si hubiera tenido la más ligera sospecha de que corría algún peligro, me lo habría dicho. —Dan se detuvo, al parecer dudando de lo que iba a decir a continuación—: Tengo amigos, amigos influyentes. Le habrían mantenido a salvo.

No era una información demasiado reconfortante. A ella le hubiera gustado que le contara algo más acerca de sus «amigos».

Diez minutos más tarde, Dan aparcó el Porsche en algún lugar de San José, en una autovía atestada de ruinosos edificios de apartamentos y bares baratos que atravesaba el corazón de la ciudad. La acera estaba llena de vidrios rotos y latas de cerveza vacías. Los encargados del servicio de mantenimiento de la ciudad habían pasado de largo por allí.

Un entorno poco adecuado para alguien con el talento de Cal. Judy se preguntó dónde viviría Dan. Probablemente en algún condominio de moda, rodeado de césped impregnado de pesticidas y de estanques artificiales.

Dan le ordenó al vehículo que se detuviera. A su lado pasaban a toda velocidad los coches, en un fugaz desfile de color y ruido. Era la primera hora de la tarde y las únicas personas que se veían eran un par de borrachos tendidos frente a un bar, a media manzana de allí.

—No hay asesinos a la vista —dijo Dan, tomándola por el brazo—. Ni policías. Vamos. Echemos un vistazo dentro, a ver si puedes encontrar algo en el ordenador de Cal. Si estás en lo cierto y esos criminales andan tras mi hermano, preferiría no encontrarme con ellos.

Sorteando los montones de basura apilados en la acera, más allá de unos matorrales medio muertos, con flores que se secaban bajo el intenso sol, alcanzaron los dos peldaños que daban acceso a la entrada del edificio de apartamentos donde vivía Cal. A Judy todo aquello le recordaba un lugar de El Toro en el que había estado en una ocasión, hacía ya mucho tiempo.

Un vertedero.

La entrada carecía de sistema de identificación por vídeo. La puerta del vestíbulo no tenía cerradura, simplemente colgaba inerte de sus goznes. La abrió. En el interior, las baldosas del pavimento se veían sucias y rotas. Marrones y amarillas, probablemente compradas en algún saldo cuarenta años atrás por el propietario de la finca. Muchas de ellas habían desaparecido y los huecos habían sido rellenados con cemento barato. Las paredes hacían juego con el suelo, yeso blanco cubierto de polvo y hollín negro. Del techo colgaba un cable, de cuyo extremo inferior pendía una solitaria bombilla.

Trev habría adecentado todo aquello. Lo habría limpiado, remendado y pintado.

¿Cuántos más tendrían que morir? Trev, Hailstorm y ahora Larabee. Estaba segura de que Tuska y Smith seguían tras ella. Pero, ¿por qué? ¿A quién podía beneficiar que murieran hackers? ¿De qué manera estaba Cal implicado en todo aquello? Nada parecía tener sentido.

A su izquierda había una hilera de diez buzones, cada uno con un timbre debajo. La mitad estaban abiertos, rebosantes de correspondencia atrasada y folletos de publicidad. Encontró el de Cal, el número 2B.

Después de todo, tal vez ni siquiera hubiera necesitado que Dan le diera la llave del apartamento de Cal. Penetrar en un lugar como ese era coser y cantar.

Dan había recorrido ya la mitad del vestíbulo, y en esos momentos pasaba bajo un arco marrón y amarillo, después del cual reinaba la oscuridad. Ella avanzó tras él, y su vello se erizó al pensar que en cualquier instante se abriría una puerta y saldría por ella Smith, profiriendo obscenidades y apretando el gatillo.

El arco separaba la parte frontal del edificio, en la que estaban los apartamentos con la letra A, de la parte trasera donde se hallaban los de la letra B.

—Ahí está. La guarida del hermanito. El número 2B. —Dan introdujo la llave en la cerradura y la puerta se abrió.

Pobre Cal. Aquel lugar era realmente una pocilga. Una pequeña habitación con un camastro, dos sillas de acero y una mesa repleta de equipo informático. Moqueta industrial gris, delgada y mugrienta. En un rincón pudo distinguir un fregadero, un microondas y un pequeño frigorífico. Una puerta entreabierta daba acceso al baño. Receloso, Dan la abrió del todo y encendió la luz. El baño estaba vacío.

—Un lugar horrible, pero no veo nada fuera de lo normal —dijo Judy.

—Su ropa no está —dijo Dan—. La apila siempre en el suelo junto a la cama. Y tampoco la bolsa de la lavandería.

Una sábana azul arrugada cubría a medias la cama... o mejor dicho, el camastro. No había manta. Sólo una almohada de niño, con el nombre de Cal bordado en la funda.

Deprimente.

De la pared de detrás del camastro pendían dos pósters. Uno con la imagen a tamaño natural de una morenaza en bikini. Llevaba una pistola en cada mano.

—Mistie Lane —dijo Dan, con una risa áspera—. La estrella de televisión favorita de Cal. La protagonista de *Beach Babe, detective privada*. Cargada y lista para la acción. Vaya pedazo de mujer, ¿eh?

—Siempre que te exciten la liposucción y la cirugía estética —respondió Judy.

—Ni siquiera es real —añadió Dan.

Una de estas criaturas creadas por uno mismo. Se podían descargar de centenares de sitios en toda la red. Mistie Lane y el Bombón Sonrosado de papá.

¿Acaso Judy era mejor, con su Hombre Sin Rostro? Era producto de su imaginación, no estaba en una pantalla, pero era igualmente irreal. El Hombre Sin Rostro no podía hacerle daño. Un seductor, una unidad física sin sustancia emocional. Ni tan sólo tenía que hablar con él. Y si alguna vez se decidiera a hacerlo, cosa poco probable, le respondería como ella quisiera. Podía pasar la película una y otra vez, toda la noche, hasta que sus reacciones fueran perfectas.

Así que esa era Mistie Lane: un par de tetas gigantes, como pasteles de puré de patata pegados a un palo anoréxico. Mistie Lane era un juguete para cerdos como Dan Nikonchik, para adolescentes como Cal o para hombres que nunca crecían, como su padre. La realidad virtual no iba más allá de la piel. Dentro no había nada. Puro vacío.

—¿Por qué os va tanto Mistie Lane? —le preguntó a Dan.

Él se rió.

—Porque es la mujer perfecta.

Estaba claro que Carl pensaba que Bren era una mujer perfecta. Y estaba viva, completa, en 3-D. Respondía, tenía emociones, cerebro.

—No lo entiendo —confesó Judy.

Dan le dedicó una mirada, como diciendo, «por supuesto que no lo entiendes, tú no eres una verdadera mujer».

A Judy no le gustaba que la miraran así, como un objeto en el escaparate. Con todo lo deleznable que era Dan, ni siquiera él la consideraba lo suficientemente buena. Tal vez todos los hombres tenían su propia clasificación de mujeres deseables, y consideraban a las demás como ella, una especie de animales sin género para trabajar y producir dinero. ¿Sería mejor ser una *playmate* hermosa con la cabeza hueca?

A Bren no le hacía falta elegir. Podía ser ambas cosas, una mujer deseable y un ser humano capaz de pensar, de experimentar emociones y de tener su propia inteligencia.

—Judy, tenemos que seguir.

Sobresaltada, le respondió quedamente.

—Sí.

—No quería decir... No sé cómo explicarlo... —Alargó la mano como para tocarla, pero la retiró antes de hacerlo.

—Está bien —suspiró Judy. Pero su voz la traicionaba. Ni Dan tenía por qué darle explicaciones sobre sus preferencias sexuales, ni ella quería conocerlas.

Se volvió hacia el otro póster. Un mapa del genoma humano. A ambos lados había hebras de ADN entrecruzadas. Alguien, probablemente el propio Cal, había trazado líneas con lápiz negro, uniendo genes con las hebras. El texto estaba escrito por completo en alemán.

—¿Alemán? —le preguntó a Dan.

Las facciones del rostro de Dan se suavizaron. Parecía aliviado de poder cambiar de tema.

—Cuando tenía doce años, Cal descubrió ese póster en la trastienda de una tienda de dietética; pertenecía a un tipo de Berlín que se había mudado a San José al acabar la Guerra Fría. Cal quedó fascinado por el diagrama y aquel hombre se lo regaló. Desde entonces lo ha conservado.

—¿Le interesa la genética humana?

—Ni idea —respondió Dan—. Nunca hablamos de ciencia. Para mí es como el japonés. —Y señalando el ordenador le dijo—: ¿Por qué no pones en práctica algo de tu magia? A ver si Cal ha dejado alguna pista de adónde se ha ido. O de por qué lo ha hecho.

Sin embargo, cuando arrancó la máquina, no apareció nada en pantalla. Absolutamente nada. El disco duro estaba muerto, el sistema no actuaba.

—Parece como si hubiera hecho un f parm, con 0:0 fff0 —dijo ella.

—¿Y eso qué demonios significa?

—En pocas palabras, que ha destruido su sistema.

Se quedaron mirándose el uno al otro, obviamente pensando lo mismo. ¿Lo había hecho Cal? Y de no ser así, ¿quién entonces?

14

En silencio, abandonaron la penumbra del apartamento de Cal, saliendo de nuevo al calor sofocante y a la contaminación que flotaba en el ambiente de San José.

Judy miró hacia la calle y hacia el bar, preguntándose si Tuska y Smith saldrían de un momento al otro de él, la descubrirían y dispararían sus armas contra ella.

Dan rodeó el Porsche, buscando nuevos daños. Luego levantó el capó y miró dentro del maletero. ¿Esperaba encontrar un cadáver? A Judy, su acción ya no le pareció tan ridícula.

—Vamos —le dijo, mientras ambos subían al coche—, haz un seguimiento de esos dos tipos, Tony Tuska y Paul Smith. A ver si puedes descubrir dónde están. Sigámosles la pista.

No parecía un mal plan. En cualquier caso, se sentiría mucho mejor sabiendo que Tuska y Smith no estaban en aquel bar.

Como ella les había robado el coche, probablemente lo habrían reemplazado por otro. Asintió mientras él maniobraba y se incorporaba al tráfico.

—Comprobaré todas las agencias de alquiler de coches en el aeropuerto de Los Ángeles. Y también todos los moteles del área. Normalmente te exigen el número de una tarjeta de crédito para reservar habitación. Y afortunadamente, yo tengo el número de una de las tarjetas de crédito de Tuska.

—¿Por qué no le sacas todo su dinero?

—Porque entonces, me encontraría a mí. De momento, puede que ni siquiera sospeche que tengo acceso a la red. Y quiero que siga así. Además, yo no hago esas cosas. Dime, ¿se ha servido Cal alguna vez de su ordenador para vengarse de alguien?

—Y yo qué sé —contestó Dan. Había adquirido el hábito de mirarla fijamente cuando hablaba con ella. Y a ciento veinte kilómetros por hora, ella hubiera preferido que prestara más atención a la carretera—. Como ya te he explicado, yo me ocupo de las ideas, y Cal de las cuestiones de alta tecnología.

—Bueno —dijo Judy—, si quieres un buen consejo, no te metas nunca con un hacker. Me refiero a alguien como tu hermano. O como yo.

—Y si es tan fácil, ¿por qué no fastidias a Tuska y a Smith?

—Porque no sé para quién trabajan. Y si sus jefes tienen la menor sospecha de dónde me encuentro, probablemente mandarán cien Tuskas y cien Smiths por mí. Si no fuera por eso, créeme que sería muy capaz de colgarles historias de poligamia, abuso de menores y enfermedad mental, y mandarlos una buena temporada a un sanatorio. Sería un placer llenarles de deudas hasta la coronilla, cargarlos de problemas con hacienda y colgarles el sambenito de fugitivos de la justicia.

Judy se iba calentando por momentos. Le resultaba fácil hablar de tecnología y de estrategia.

—Bueno, bueno, cálmate ¿vale? —Dan miró nervioso por el retrovisor. Buscando minibuses verdes, seguramente.

—Nunca pongas furioso a un programador —añadió ella—. Ni siquiera a un fulano como José Ferrents.

—¿Quién?

—Un programador del Laguna Savings. Hasta él puede arruinarte la vida. Y sin querer, además. Un día mandó al carajo miles de cuentas de personas y negocios en toda el área de Laguna Beach, mientras estaba tratando de arreglar un problema de seguridad. Un tipo bastante potable, listo y con la mejor intención del mundo, pero un error involuntario y ¡puff! Un programa lo destruye todo.

Judy volvió a concentrarse en la pantalla de su netpad. Como ya esperaba, no había ningún registro a nombre de Tuska o Smith en las agencias de alquiler de coches.

—El mundo entero está en la red. Un buen hacker puede penetrar en cualquier archivo, del gobierno o privado, local o nacional, para alterar o destruir la información y volver a salir sin dejar huella. Chupado.

Judy estaba lanzada.

—En diez minutos puedo endeudar tus tarjetas de crédito hasta el límite. Donar todo tu dinero a obras de caridad. Atribuirte un historial delictivo kilométrico, con tantos detalles que hasta tu mejor amigo se lo creería. Puedo echarte de tu casa, aunque hayas estado pagando la hipoteca durante años. Entrar tu coche en la relación de vehículos robados, invalidar tu permiso de conducir, cancelar tus servicios de teléfono, electricidad y comunicaciones. O declararte legalmente muerto y ejecutar tu herencia. Y todo eso no es más que la parte fácil.

—¿Y cualquiera puede hacer todo eso a partir del número de una tarjeta de crédito? —le preguntó Dan, que empezaba a ponerse verde.

—No, cualquiera no —respondió Judy—. Pero yo sí. Y Cal también.

—Demonios —exclamó Dan—. Vaya follón. Vaya maldito follón.

Judy le miró, intrigada.

—¿Qué estás murmurando? —le preguntó.

—Nada —respondió Dan—. Nada en absoluto. Simplemente me preguntaba cómo demonios he podido verme envuelto en todo esto. ¿Alguna novedad en tu búsqueda?

—Nada —dijo Judy, apagando el netpad—. Esos tipos no son tontos. Su identidad para crédito era tan falsa como un billete de tres dólares. Probablemente Tuska tenga docenas de ellas, completamente independientes e imposibles de rastrear, a menos que dediques varios días a la tarea. Y yo no dispongo de tanto tiempo. No si ya están en San José.

Con un repentino golpe de volante, Dan sacó el coche de la autovía para tomar una calle de un solo sentido, jalonada de árboles.

—¿Dónde estamos? —preguntó Judy—. Este no es el camino de vuelta a casa de Bren.

—En los bosques entre San José y Santa Cruz —respondió

Dan—. Vamos a hacer otra parada. Hay un tipo, un amigo íntimo de Cal, otro programador, que vive por aquí. Le llamé cuando empezaba a preocuparme y me dijo que no sabía nada, pero sé que no tiene una gran opinión de mí. Como Bren. Sin embargo, tal vez acepte hablar contigo.

El camino ascendía serpenteando por la montaña, girando a izquierda y derecha constantemente. Dan, evidentemente preocupado aún por lo que Judy le había dicho acerca de los piratas informáticos, ni siquiera se había molestado en aminorar la velocidad.

A Judy se le llenó la cabeza de una especie de aturdimiento. Algo que le ocurría siempre que olía a cuero. El coche dio un bandazo y ella salió proyectada hacia la derecha. Su brazo golpeó la manilla de la puerta y soltó un quejido.

—Lo siento —dijo Dan—. Iré más despacio.

—¿Podrías bajar la ventanilla, por favor?

—El coche tiene aire acondicionado. Si abro la ventanilla entrará el polvo.

—Si no la bajas, vomitaré —respondió Judy—. Tú eliges.

—Entendido —dijo Dan. Pulsó un icono de la consola para bajar la ventanilla del lado del acompañante.

A pesar del polvo, Judy aspiró con alivio el aire del campo. Su cabeza comenzó a aclararse. Si pudiera elegir, se iría a vivir al campo, como Bren. Lejos de las presiones y el estrés de la vida urbana, lejos de personas como Steve Sánchez, Héctor Rodríguez y Dan Nikonchik.

Dan metió el coche por un camino de grava que conducía a un ranchito solitario, medio oculto bajo los árboles. Le pidió al coche que volviera a subir la ventanilla y se parara. Introdujo dos veces su contraseña en la consola y, de repente, el aire se quedó inmóvil.

Judy observó la casita a través del parabrisas. En una ventana se veían unas cortinas floreadas, y otra tenía calcomanías de monstruos pegadas en los cristales. El amigo de Cal tenía niños. Al menos dos, un chico y una chica.

La puerta delantera de la casa se abrió de repente y el silencio del bosque se quebró. Un par de chavales, de unos cinco años de edad, salieron corriendo para desaparecer entre unos árboles cercanos.

Una niña pequeña que apenas sabía andar, trataba de seguirlos. Llevaba unos zapatitos blancos y un vestido plisado. Abrazaba una muñeca Raggedy Ann y balbuceaba pidiéndoles a sus hermanos que la esperaran.

Y ellos, como era natural, no lo hicieron.

—Como puedes comprobar, Jeremy tiene familia —dijo Dan—. Cal se pasa casi todas las vacaciones aquí. Él y Jeremy están muy unidos.

La puerta mosquitera se abrió de nuevo. Por ella salió una mujer rechoncha y fofa. Su rostro estaba enmarcado por un cabello castaño rizado. Calzaba zapatos negros planos y llevaba un vestido lacio, descolorido y anticuado, que le colgaba por debajo de las rodillas.

—¡Venid aquí chicos! Nos vamos a casa de la abuela enseguida.

La mujer atravesó el patio corriendo y atrapó a la chiquilla en sus brazos. La pequeña chilló y pataleó, pero lo único que consiguió fue que su madre la asiera aún más fuerte.

—¡Stevie! ¡George! ¡Regresad aquí ahora mismo!

Dan suspiró.

—Algunas cosas nunca cambian. Me recuerda mi infancia en la comuna. Nunca entenderé por qué le gusta a mi hermano estar con esta gente. —Abrió la portezuela del Porsche, salió al exterior y se alisó los pantalones.

La mujer levantó la vista, sorprendida.

—¡Vaya! ¡Si es Dan Nikonchik! Eso demuestra donde tengo la cabeza con estos críos. Ni siquiera me he dado cuenta de que tu reluciente máquina roja estaba en mi patio. —Sin dejar de agarrar a la niña, atravesó los pocos metros que la separaban del coche. Los chicos, Steve y George, reaparecieron y corrieron tras ella, riendo. Parecían gemelos: la misma altura, facciones casi idénticas y sonrisas igual de descaradas.

Judy abrió a su vez la puerta de su lado, luchando por ponerse en pie. Aún le dolía el cuerpo y tenía el brazo magullado del golpe que se había dado contra la parte interior de la puerta.

Señalándola con la mano, Dan le dijo:

—Judy, te presento a Natalie, la esposa de Jeremy.

Ambas mujeres intercambiaron saludos, y Natalie les explicó

que se iba con los niños a casa de la abuela para cenar juntos y celebrar su aniversario.

—Jeremy está dentro —añadió—, enchufado a su ordenador. Él se quedará en casa, trabajando.

Naturalmente.

Judy siguió a Dan al interior de la casa y a través del salón, atestado de juguetes y de ropa por plegar. La casa olía a cebolla y hamburguesa frita. De la cocina procedían sonidos acordes con los olores.

Fuera, Natalie siguió llamando a gritos a los niños que, al parecer, habían vuelto a desaparecer en el bosque. La pequeña seguía chillando. El ruido disminuyó, tal vez amortiguado por los árboles. Al parecer, Natalie había decidido ir a buscar a los chicos.

Judy no recordaba ninguna ocasión en que su madre se hubiera preocupado de lo que ella estuviera haciendo o de dónde estaba, excepto muy entrada la noche, cuando la oía teclear y le chillaba que se fuera a la cama.

Jeremy se encontraba en uno de los dormitorios de la parte trasera de la casa, y cuando Dan y ella entraron en la habitación se volvió; su rostro reflejaba sorpresa.

—Vaya, Dan. ¿Qué haces tú por aquí? ¿Alguna noticia de Griswald?

—Nada de nada —respondió este. Y con la mano, hizo un gesto hacia Judy.

—Jeremy Crane, te presento a Judy, una amiga. Me está ayudando a buscar a Cal.

Entonces se puso de pie. Alto y fuerte, vestía un peto vaquero y una camiseta azul descolorida. Se parecía más a la niña que a los chicos; cabello rizado castaño y un par de ojos grandes, marrones e inocentes. Pero, a diferencia de la pequeña, que hacía mucho ejercicio tratando de seguir a sus hermanos, él estaba tan gordo y fofo como su esposa.

—Encantado de conocerte —dijo, pasando por encima de una grabadora magneto-óptica Ipex de 14 gigabytes sobre la que reposaba un circuito VRAM High-Edge de 8 megabytes, del tamaño de una tarjeta de visita. Extendió la mano, rechoncha y blanca como un pastel de malvavisco.

—¿Conoces a Griswald?

—Tan sólo de VileSpawn —respondió ella.

—¿De veras? —preguntó Jeremy—. ¿Quién eres? Yo soy JC.

—TerMight —respondió ella, tras haber reconocido de inmediato el alias de Jeremy. Sonrió, y de repente se sintió más cómoda. Jeremy era como de la familia, alguien seguro. Pertenecía a su propio mundo.

—Así que TerMight es una chica —dijo Jeremy, sonriente—. ¿Lo sabe Griswald? —preguntó.

—No —respondió Judy—, pero me gustaría decírselo en persona. ¿Tienes idea de adónde puede haber ido, JC?

Jeremy meneó la cabeza.

—Ni idea. Como ya le dije a Dan, Griswald no se ha dejado ver desde hace más de una semana. Algo normal en él. Es así. Se obsesiona con algún problema y se olvida de todo lo demás hasta que lo resuelve.

—Sí —asintió Judy—. Sé exactamente a qué te refieres. Es la historia de mi vida. Sin embargo, en esta ocasión nos tememos que Griswald esté siendo perseguido por gente peligrosa. Es realmente necesario que le encontremos. Y pronto.

—¿Fanáticos antitecnología? —preguntó Jeremy—. Empeoran cada día que pasa. Los veo en las noticias de la noche, manifestándose en el valle. Los ordenadores son un peligro, Internet está destruyendo la intimidad, y toda la basura de costumbre. Tipos como ese loco de Barrington y su programa en Red-TV, hablando de cómo haría retroceder el reloj si pudiera, al mismo tiempo que se sirve del último grito en tecnología para lograr que su programa se vea en todo el país. ¡Menudo hipócrita está hecho!

—No sabemos por qué pueden estar persiguiendo a Griswald —dijo Judy.

—Lo siento —se lamentó Jeremy—, me gustaría ayudar, pero no sé absolutamente nada. Ahora bien, la última vez que le vi parecía ocultar algo.

En la pantalla destelló un icono rojo.

—Sí —dijo Jeremy, mirando a su ordenador—. Aquí JC.

Una voz áspera preguntó por Dan Nikonchik.

Sorprendido, Jeremy miró inquisitivamente a Dan.

—¿Cómo demonios saben que estoy aquí? —preguntó Dan sobresaltado. Cogiendo un par de auriculares de la mesa se los puso y le espetó al ordenador—. Privado.

Buena pregunta, se dijo Judy para sus adentros. Y si sabían dónde estaba Dan, también sabían donde estaba ella. Y si se trataba de esos amigos de Dan tan poco corrientes que tenían la capacidad de salvarle el pellejo a la gente, ¿por qué no estaban salvando los pellejos de Dan, de Cal y el suyo?

Dan farfulló:

—Sí, sí, entendido. El viernes. Ningún problema. Me ocuparé de ello.

A pesar de su curiosidad, la atención de Judy estaba cautivada por las imágenes que se sucedían en la pantalla del ordenador de Jeremy. En ella se podían ver videoclips de lo que parecían personas reales, sólo que sus caras y sus cuerpos cambiaban continuamente, alterando sus dimensiones y transformándose.

Junto al teclado vio un controlador multimedia y unos micrófonos del tipo empleado para interceptar líneas telefónicas. La pared de detrás del ordenador estaba forrada por un gran panel de madera, con un botón bajo de él. Una puerta corrediza. Al instante, las sospechas de Judy se desataron. Jeremy era un programador que utilizaba micrófonos y software para vídeo, y que alteraba las imágenes de la gente mediante clips grabados digitalmente. En definitiva, un operador de vigilancia.

Probablemente trabajaba para la policía. O para el gobierno. O tal vez para alguno de los amigos de Dan.

Este se quitó los auriculares.

—¿Y qué? —le preguntó Judy.

Dan se encogió de hombros.

—Mi corredor de apuestas. Aposté por el caballo equivocado.

¿Un corredor que daba con él allí para reclamarle una deuda? Sacudió la cabeza, y dio un paso atrás.

—No te creo, Dan. Estás mintiendo. ¿Qué me dices del minibús verde? ¿Y del anillo de boda? Quiero saber la verdad. Ya basta de tonterías.

—¡No te excites tanto! —respondió él, levantando las manos en señal de protesta—. No estoy mintiendo. Pregúntale a Jeremy. Él lo sabe. Me gustan las carreras. No hay nada de malo en ello. He tenido una mala racha y mi corredor quiere su dinero. Me está apretando las clavijas para que le pague.

—Es cierto que le gusta apostar, Judy —intervino Jeremy, encogiéndose de hombros—. Un hábito estúpido, pero nadie es perfecto.

Judy miró a Dan con desprecio.

—Maldito cerdo. Griswald viviendo en una pocilga mientras tú tiras el dinero en carreras de caballos.

Presa aún de la cólera, se volvió hacia Jeremy.

—¿Trabajas para la pasma, JC?

Los ojos de Jeremy se abrieron de par en par, y tras un instante se echó a reír.

—Ah, claro, mi equipo, ¿verdad? No. Nunca lo haría. Este montaje es mi gran proyecto. Algo en lo que estaba trabajando con Griswald. Progamación orientada a objetos. Ya sabes, cambiar diversas instancias de un mismo objeto, como cambiarles el rostro y todo eso.

Dan hizo una mueca de disgusto.

—Mientras vosotros dos charláis de ordenadores, voy a buscar algo para comer. ¿Te importa, Jeremy?

—En absoluto. Ya sabes dónde está la cocina.

Segundos más tarde, Judy oyó a Dan trastear en la cocina. Se abrieron y cerraron cajones y puertas de armarios y se oyó el ruido de platos. Cielos, aquel tipo era realmente ruidoso. Había esperado que en cuestiones culinarias fuera diferente. Por lo de ser dueño de un restaurante y esas cosas.

—No te preocupes por Griswald, TerMight —le dijo Jeremy en voz baja—. Desde que dejó la escuela estaba deseando librarse de su hermano. Libertad. Ya puedes entender por qué. Y estoy seguro de que eso es lo que ha sucedido.

—Puede que esté en apuros de verdad —contestó Judy.

—No lo creo —replicó Jeremy—. ¿Quién querría hacerle daño a Griswald? Es inofensivo.

Judy carecía de respuesta para aquello. No tenía explicaciones, sólo temores.

—En cualquier caso —prosiguió Jeremy, frotando algo pegajoso sobre la pantalla—, aquí tengo toneladas de equipo multimedia. Desarrollo software con fines legales. Principalmente, trabajo en la creación de entornos flexibles para la gente.

Aquello explicaba los micrófonos y el panel de la pared. Judy apretó el botón que había debajo. El panel se deslizó, revelando lo que ella ya se esperaba: un inmenso monitor.

—Toma. Ponte esto —le dijo Jeremy, mientras le tendía insistentemente un par de gafas de sol. Parecían bastante corrientes. Ella se las puso.

Entonces, dirigiéndose al ordenador, Jeremy le ordenó que pusiera en marcha «La Habitación». Le brillaban los ojos. Estaba orgulloso.

La pantalla cobró vida, mostrando la habitación en la que estaban. Había una imagen de Judy, pero todo lo demás, incluido el mobiliario, tomó aspecto de dibujos animados, tanto en el colorido como en las formas redondeadas. Por añadidura, Judy aparecía más llenita y su cabello estaba arreglado y tenía reflejos dorados. En la pantalla no llevaba las gafas de sol.

Parecía descansada y relajada.

Alargó la mano y vio cómo su doble en la pantalla hacía lo mismo.

—Población —ordenó Jeremy. Al instante, la pantalla se llenó de animales y seres extraterrestres de animación, así como de revoltosas burbujas de colores. Estaba fascinada. No podía apartar los ojos de allí.

Volvió a alargar la mano para tocar a una extraña y esponjosa criatura, que emitió unos gritos y le lamió la mano. Sintió la humedad de su lengua y el suave calor de su pelaje.

«Lo he sentido.»

Entonces la criatura dijo:

—Soy Dozong, del planeta Alphatrod. —Su voz era aguda y quebradiza.

Judy se rió y respondió sin pensar:

—Yo soy Judy, del planeta Perdido.

—¿Y dónde está ese planeta Perdido? Debe estar muy lejos de

Alphatrod. Pero yo sé tu verdadero nombre. Eres Judy Carmody y vienes de Pennsylvania, ¿verdad? Y eres programadora.

Aquella criatura le estaba hablando, estaba manteniendo con ella una verdadera conversación. Y no sólo eso, sabía cosas acerca de su persona.

Aquello no era simple realidad virtual. Era demasiado sofisticado para tratarse de juegos y diversiones.

—¿Quién te creó? ¿Cómo funcionas?

La criatura se pegó a ella, abrazando sus piernas con sus seis tentáculos. Eran suaves y cálidos, como el peluche que la había acompañado de pequeña en su cama las frías noches de invierno de Pennsylvania. Sin embargo, a diferencia de él, los tentáculos de Dozong tenían pulso.

¡Podía sentir los latidos del corazón de aquella cosa! ¡En seis partes distintas de sus piernas!

Judy se llevó las palmas de las manos a las mejillas y soltó una expresión de admiración.

—Sorprendida ¿verdad? —dijo Dozong—. Por eso te llevas las manos a las mejillas.

Fantástico, muy bueno. Además podía verla.

De repente, la pantalla se apagó y unas manos le quitaron las gafas. Era Jeremy.

—No está mal ¿eh?

Judy se lo quedó mirando, pasmada. Quería ponérselas de nuevo. Quería que Jeremy activara otra vez el programa y la devolviera al bienestar del país de Dozong. Sin duda, se trataba de la demostración de realidad digital más sorprendente que había presenciado jamás.

—Increíble —logró articular finalmente.

—Inteligencia artificial, vida artificial. Las criaturas de Griswald —dijo Jeremy—. Es su especialidad. Un verdadero genio en el tema. Fue él quien desarrolló la mayor parte de la programación. Una especie de rutina de vida artificial genética. Yo me dedico más bien al hardware. Construyo las cámaras, ensamblo micrófonos baratos, monto las CPUs y todo eso. Griswald y yo formamos un gran equipo. Cuando hayamos conseguido poner a punto todo esto, nos haremos ricos.

Judy asintió. El proyecto Dozong valía millones. Estaba a años luz de los garitos de «crea tu propia chica» en la red, donde los tíos pagaban por relacionarse un rato con bombones hechos a medida, como Mistie Lane. La vida artificial evolucionaba por sí misma, sin intervención humana ni reglas de programación estructuradas. Y Dozong venía además con sensores táctiles, incluidos probablemente en las gafas especiales, que alimentaban la piel del participante y desencadenaban transmisiones neuroquímicas al oído, a la vista y al olfato.

Dozong explicaba en parte la fascinación que Cal sentía por Mistie. Al menos, eso era lo Judy prefería pensar.

Sin embargo, estaba segura de que el proyecto Dozong no tenía relación alguna con su desaparición, ni con ella, ni con Larabee, ni con Hailstorm, ni con los asesinatos. Sencillamente, no encajaba.

Judy no conocía gran cosa de aquella tecnología tan sofisticada.

—¿Cómo funciona...?

Pero no pudo acabar de formular la pregunta, ya que por el pasillo escucharon fuertes pisadas y de inmediato apareció por la puerta la cabeza de Dan. Llevaba una bolsa de nachos, que estaba comiendo a manos llenas.

—Los he encontrado en el armario. Espero que no te importe, Jeremy.

Judy no lo podía creer. Entrar en casa de otra persona e irse a atiborrar a la cocina. Dan pareció darse cuenta de su perplejidad.

—Bueno, estaba hambriento —dijo, a la defensiva, lo que hizo caer unas migas desde sus labios. Y se metió otro puñado en la boca, masticando ruidosamente—. Esta mañana no he desayunado.

El monitor emitió un pitido. La voz de Bugs Bunny anunció:

—Hay alguien en la puerta principal, jefe.

—¿Dónde está Natalie? —preguntó Jeremy, con el ceño fruncido—. Normalmente es ella quien atiende a la puerta cuando estoy trabajando.

—Dijo que se iba a casa de la abuela —respondió Judy.

—Ah sí, lo había olvidado. Probablemente sea alguna entrega. Compro la mayor parte de mi equipo por Internet.

Dan se dejó caer en la silla de Jeremy, aprovechando que este iba a abrir la puerta.

—¿Te has enterado de algo interesante? —le preguntó a Judy mientras se limpiaba la grasa de las manos en las perneras de los pantalones.

«¿Aparte de que eres un patán?», pensó ella.

Y en voz alta, le respondió:

—De nada. Cal es brillante, pero las empresas no secuestran ni asesinan a los genios de la informática. Los contratan. Por ahí no vamos a ninguna parte.

—¡Qué demonios! —replicó él—. Había que intentarlo. Podemos regresar a casa de Bren y ver si se le ha ocurrido algo nuevo. Al menos, ahora podrás decirle que no me invento las cosas, que Cal está realmente en peligro.

—Muy bien —dijo Judy—. Te debe una excusa. En cierta medida.

Jeremy volvió a entrar en la habitación; llevaba en brazos una gran caja de cartón y los ojos le brillaban de excitación.

—Lo que me imaginaba. Los nuevos micrófonos para mi equipo. Los he estado esperando toda la semana.

Entonces los miró a ellos y les preguntó.

—¿Hay algo más que queráis saber?

Evidentemente, estaba impaciente por quedarse solo para deleitarse con sus nuevos juguetes.

Dan tomó a Judy por el codo y le dijo:

—Vámonos. Jeremy tiene trabajo y nosotros también. —La condujo hacia la puerta y por encima del hombro se despidió del amigo de su hermano diciéndole—: Gracias por el tiempo que nos has dedicado, Jeremy.

—De acuerdo —respondió este, sin dejar de buscar algo por entre el desorden de su mesa. Sacó un cortaplumas—. Ya conocéis el camino. Todo irá bien.

—En fin —comentó Dan, mientras caminaban por la hierba en dirección al coche—, esto ha sido una completa...

En ese momento, una explosión que rugió como un trueno ahogó sus palabras. De la puerta y las ventanas de la casa de Jeremy salieron lenguas de fuego y una oleada de viento tórrido pasó sobre ellos.

—¿Qué demonios? —gritó Dan tambaleándose, con el asombro más absoluto en el rostro.

—¡Dios mío, Jeremy!

Salió corriendo hacia la casa. Judy, con el corazón golpeándole el pecho como un martillo, corrió tras él.

No había forma de entrar allí. La explosión había arrancado de cuajo la puerta y hecho añicos los cristales de las ventanas. Dentro todo era un infierno. No cabía la menor posibilidad de que Jeremy estuviera vivo.

Con el rostro pálido, Dan permanecía inmóvil frente al edificio.

—¡Dios mío, Dios mío! —repetía una y otra vez, con la mirada fija en la pequeña casa.

En la distancia, se oyó el sonido del motor de un camión. Alguien estaba subiendo hacia allí. Sin embargo, no había transcurrido el tiempo suficiente para que la policía o los bomberos hubieran podido llegar. Judy, con el pensamiento disparado a toda velocidad, supo enseguida que aquello sólo podía tener una respuesta. Asiendo a Dan por el brazo, comenzó a tirar de él hacia el bosque.

—¿Qué estás haciendo? —preguntó Dan, tratando de librarse.

—Son ellos —le dijo Judy—, los asesinos ¿No lo entiendes? Vienen a comprobar el resultado de su obra. Y si nos encuentran aquí, también nos matarán.

15

Presas del pánico, ambos corrieron hacia el bosque. Judy respiraba con dificultad. Parecía que los pulmones le iban a estallar. Por sus ojos cruzaban puntos negros. Tras ellos, el fuego rugía y crepitaba, devorando ávidamente la construcción de madera.

—Agáchate —le dijo Dan, tirándose detrás de un gran pino y arrastrándola con él en su caída. Judy se desplomó sobre el suelo alfombrado de agujas de pino, sin sentir los pinchazos en brazos y piernas.

Tras ellos se oyó el golpe de una portezuela de camión.

Girando sobre sí misma, levantó ligeramente la cara. A menos de treinta metros, dos hombres estaban de pie delante de un vehículo marrón de reparto. Inmóviles, contemplaban cómo ardía la casa. Estaban hablando, pero el bramido del fuego le impidió entender sus palabras.

Judy emitió un gemido. Aunque aquellos hombres iban vestidos con uniformes marrones, los reconoció al instante. Eran Tony Tuska, con su cuerpo musculoso de matón, su barba negra, sus gafas de sol, su muñeca vendada y una tira de esparadrapo sobre la nariz, y Paul Smith, alto y delgado, con su cara huesuda, su expresión de pocos amigos y la mano enyesada, justo donde ella le había golpeado los dedos con el estuche de su ordenador portátil.

Cerró los ojos con fuerza, tratando de borrar de su mente el recuerdo de la mirada de Trev. Aquellos tipos eran unos asesinos. Primero Trev, ahora Jeremy. Sentía que dentro de ella crecía un grito que no iba a poder sofocar.

Un par de manos frías la asieron por los hombros; los dedos se le clavaban en la piel.

—No te dejes llevar por el pánico —susurró Dan, con los ojos dilatados por el miedo y la cara blanca como la cera—. Y no te levantes.

—Dan —le dijo ella, moviendo apenas los labios—. Son los dos tipos que mataron a Trev.

Sin pronunciar palabra, él asintió con la cabeza.

Smith se puso a mirar el Porsche rojo y, sonriendo, le dijo algo a Tuska. Ambos rieron. Evidentemente, creían que el coche pertenecía a Jeremy. Casa vieja, coche nuevo. El estilo de vida californiano.

Sin dejar de sonreír, subieron al camión de reparto. El motor arrancó y, segundos después, desaparecieron.

A Judy la invadió una oleada de alivio. Se abrazó a Dan, contenta de tener junto a ella la presencia sólida de su cuerpo. El brazo de él aún descansaba sobre su hombro. Durante unos instantes permanecieron en silencio. La tensión fue disminuyendo poco a poco.

—Tenemos que largarnos de aquí —dijo él—. Y rápido.

El miedo hizo retroceder a Judy.

—Aún no. Tal vez no se hayan ido. Tal vez estén esperando en el camino.

—Lo dudo —afirmó él, poniéndose en pie. Medio levantando y medio arrastrándola a ella, continuó—: No tardarán en venir los bomberos, y con ellos la policía. No podemos quedarnos aquí mucho tiempo.

—Podemos regresar a casa de Bren y de Carl —propuso Judy. Ahora Jeremy estaba muerto. El pobre y dulce Jeremy, un padre de familia que gozaba creando criaturas juguetonas como Dozong, simplemente para entretener a personas como ella—. Allí estaremos seguros.

Pero se equivocaba. Ningún lugar era ya seguro. Cuando encontraran el cuerpo de Jeremy, la policía contactaría con Natalie.

Pero ¿dónde estaba Natalie? ¿Dónde estaban los niños?

—Dan —dijo Judy—. ¿Cómo podremos saber que la familia de Jeremy, Natalie y los niños, están bien?

Él abrió la portezuela del acompañante y la hizo entrar.

—Porque los asesinos han vuelto después de la explosión, precisamente para comprobar el resultado. Natalie y los niños están a salvo, con la abuela en algún lugar. Pero —añadió, sentándose al volante—, aparte de eso, nada más irá bien esta tarde. La policía localizará a Natalie y ella les hablará de nuestra visita. Les hablará de ti. Y ya te lo puedes imaginar: nos colgarán la muerte de Jeremy. A ti y a mí. Ahora, los dos somos fugitivos.

Judy se quedó anonadada, reflexionando sobre lo que Dan le acababa de decir, mientras este dirigía el coche hacia la pista. Tenía razón. Natalie no había visto el camión de reparto, ni a Tuska ni a Smith. Sólo los había visto a ellos. Pobre Jeremy. Pobre Trev. No era justo. No era justo en absoluto.

El miedo se estaba convirtiendo en un sentimiento normal para ella. Tenía que resistir.

—Este coche es demasiado fácil de reconocer —dijo, mientras Dan conducía por la autovía—. Aunque altere los datos del registro, no debe haber demasiados Porsche rojos en San José. Tendremos que cambiarlo.

—Demonios —respondió Dan, sus manos aferraban el volante como si fuera a salir volando—, tienes razón, pero me repugna la idea de dejar esta joya abandonada en medio de la calle para que la policiía la destripe en busca de pistas.

—No hay más remedio —insistió Judy, recordando los problemas que había tenido la otra noche—. Apárcalo cerca de algún cajero automático. Así podrás retirar dinero. Tus cuentas no están bloqueadas como las mías. Saca todo lo que puedas. No tendremos otra oportunidad.

—La policía lo descubrirá enseguida.

—¿Y qué más da? —preguntó Judy—. Ya van cuatro muertos y seguimos sin tener ni idea de por qué. Y lo que aún es más importante, si no encontramos pronto a Cal, los muertos serán cinco.

Dan emitió un gruñido.

—¿Y cómo lo vamos a saber? Quizá ya esté muerto. Tal vez fue el primero al que mataron esos tipos.

—Está vivo —respondió Judy—. Lo sé. Ayer por la noche encontré la contraseña de Cal escondida en un archivo en la red. La acababa de introducir. No había ningún mensaje, pero sin duda se trataba de él.

—¿Y por qué demonios no me lo has dicho antes? —exclamó Dan, e irritado, pisó a fondo el acelerador. Por unos instantes Judy pensó que se empotrarían contra el camión de delante. Pero al final frenó, reduciendo de nuevo la velocidad—. Creo que tengo derecho a saberlo.

—Lo siento —contestó ella. Aunque, en realidad, no tenía excusa, así que no trató de improvisar ninguna—. Le puse un breve mensaje, preguntándole dónde se encuentra. Con suerte, me contestará.

—De acuerdo —respondió Dan—, pero hazme un favor, ¿quieres? No esperes otro día para hacérmelo saber.

Veinte minutos más tarde, con los bolsillos de Dan repletos de billetes de veinte dólares, subieron a un autobús que se dirigía al norte. Necesitaban otro coche, pero Judy sabía que no era prudente robarlo cerca de donde habían abandonado el Porsche. Cualquier policía avispado ataría cabos. Mejor no correr riesgos innecesarios.

16

Cal estaba sentado sobre el suelo de madera pulida de su habitación, con los dedos de los pies metidos bajo la alfombra y la cabeza ante la salida de aire acondicionado. Pasó la mano por la rejilla, saboreando el frescor que le corría brazos arriba y que, cuando le llegaba a los hombros, se había convertido ya en calor. Sus cabellos estaban empapados de sudor y se le pegaban a la espalda. Bajó la cabeza para que el chorro de aire helado le refrescara la cabellera.

Afortunadamente, Greg y Harry no se encontraban allí. Una hora antes, un mensajero los había llamado para una reunión en la casa grande. Cal esperaba que su jefe de la NSA tuviera mucho que decirles. Era la primera vez en mucho tiempo que se quedaba completamente solo. Y pensaba sacarle el máximo partido a la situación. Holgazanearía un rato, escucharía música en su nuevo lector de DVD y se refrescaría, por así decirlo.

Mientras paseaba las yemas de los dedos por las rendijas de la rejilla y sentía cómo el pelo le golpeaba el rostro se dio cuenta, con una risita irónica, que en San José nunca le habían pasado esas cosas por la cabeza.

Normalmente permanecía despierto todo el día y toda la noche, programando por el placer de programar y pirateando por el placer de piratear, para ser el mejor, el más listo, el único al que nadie consiguiera superar. Sin embargo, ahora, lo único que quería era dejar de programar, escapar de aquel bungalow y de aquel desierto, y regresar a la vieja y conocida realidad.

Gracias al nuevo lector que le había comprado el señor Ingersoll, estaba sonando su música favorita. Era el DVD que siempre escuchaba en casa, cuando navegaba como Griswald. Puro sonido digital, buen ritmo, material postecno. Realmente enrollado. Canciones como «Crackerjack Jive» o «Cursing Fibonacci: My Recursive Love».

En una de las hendiduras inferiores, los dedos de Cal toparon con algo plano y redondo. Apartándose el pelo de los ojos, miró a través de la rejilla. Había algo redondo allí. Apretó un poco y, al descubrir que se movía, tiró hasta extraerlo de la rejilla.

Era pequeño, parecía un micrófono espía de los de antes, un transmisor. Además estaba frío, como si no funcionara correctamente. Qué raro.

Siempre había imaginado que la habitación estaría controlada, pero nunca hubiera esperado encontrarse con una antigualla como aquella. El mejor modo de grabar sus palabras hubiera sido a través de algún software instalado en su propio ordenador. Aquellos tipos de la NSA eran penosos. Si de veras deseaban saber qué hacía, hasta podían espiarle a través de la pantalla del ordenador. Aunque tal vez el señor Ingersoll y sus secuaces temían, y con razón, que notaría rápidamente cualquier anomalía que tuviera el aparato.

Extrajo de su bolsillo un pedazo de la masilla limpiadora y envolvió con ella el transmisor. Luego lo arrojó con fuerza al suelo. Buen trabajo. Una hermosa fisura, como una píldora agrietada por la mitad. Acto seguido, volvió a introducir el artilugio en su escondite. El limpiador de amoníaco, junto con la grieta, lo silenciarían para siempre. No le gustaba que le espiasen. Las cosas ya estaban bastante mal en aquel rincón del desierto, con Greg y Harry soltándole a todas horas su aliento en el cogote.

Y estaba desperdiciando un tiempo precioso. No es que quisiera hacer nada en esos momentos, pero si realmente pretendía averiguar algo acerca de aquella guarida de la NSA, más le valía ponerse manos a la obra de inmediato. Quería encontrar respuestas a algunas preguntas que seguían inquietándole. Por ejemplo, ¿por qué estaba llevando a cabo la NSA aquella operación desde el desierto, en vez de hacerlo desde San José? Si lo que le preocupaba era el Departamento de Seguridad en Internet, el señor Ingersoll estaba completamente loco. El ISD podía buscar lo que quisiera, pero cuando él utilizaba su programa para navegar por la red, era invisible. Era imposible seguirle la pista.

Tenía que haber alguna otra razón para ocultarse en aquel remoto lugar. Dan le había hablado de Watergate, de Filegate y de Chinagate. Toda aquella operación vulneraba, muy probablemente, un montón de reglas gubernamentales. Como si a él le importara mucho. Había hecho cosas peores para su hermano sin cobrar un centavo.

Cuando aquel proyecto de la NSA estuviera acabado, nadaría en la abundancia. Y eso era lo único importante.

Sin embargo, no quería acabar con sus huesos en la cárcel por amor a su país. Él no era ningún héroe patriota al estilo cinematográfico. Quería asegurarse de que el señor Ingersoll estuviera jugando limpio con él. Ésa era la razón por la que se proponía inspeccionar la habitación de Greg y Harry.

Se cogió una coleta con una goma, apagó la música y salió de su habitación al corto pasillo que conducía a la parte trasera del bungalow. El sudor todavía le caía por el pelo y de allí al cuello y la camisa. Estaba demasiado nervioso para hacer de espía.

El decorado de la casita de invitados, aunque sencillo y coquetón, parecía antiséptico, amueblado con todas aquellas cosas que, incluso en el siglo XXI, las señoras ricas ponían en sus salones. De las paredes colgaban cuadros del Oeste, con cowboys cabalgando en el Pony Express. En un rincón del vestíbulo había un escritorio de estilo indeterminado, de caoba negro brillante con reflejos rojizos, tan pulido que deslumbraba.

Abrió los cajones. Nada. Todos vacíos. Encima del escritorio había un jarrón con rosas artificiales, pero que parecían de verdad. Tenían hasta falsas gotas de rocío sobre sus pétalos. Muy elegante. Y ridículo.

Si el señor Ingersoll quería que su guarida pareciera un hogar, había fracasado estrepitosamente. Para Cal, hogar significaba un alojamiento de una sola habitación en algún suburbio de San José, repleto de equipo informático, publicaciones sobre software y cables. Eso sí que era un hogar.

A la derecha estaba la puerta de la cocina y, a la izquierda, otra puerta daba acceso al dormitorio de Greg y Harry. Cal la empujó; estaba temblando. Nunca había entrado en la habitación de aquel par de pájaros. Era algo que quedaba estrictamente fuera de su alcance. Si lo atrapaban espiando allí...

Mejor no pensar en ello.

Dejó la puerta abierta de par en par. El resto de la casa estaba en silencio, de modo que si escuchaba el menor ruido, podría salir de allí a toda prisa, cerrar la puerta y colarse en la cocina. Con el calor que hacía, la excusa de que había ido a buscar una lata de refresco sería una coartada irrebatible.

Una vez dentro de la habitación, se dirigió con rapidez hacia la cómoda que compartían ambos hombres. Abrió el cajón superior: ropa interior, calcetines, dardos y unas bolitas negras. Hurgó en el segundo cajón. Unos Levi's marrones, dos pilas de camisas y poca cosa más. Finalmente, en el último, la foto de una mujer en ropa interior de encaje. Cuerpo delgado, poco pecho y cabello castaño largo. ¿Alguna de las chicas de Greg? En el dorso una dedicatoria: «Para Greg. Gracias por el trabajo sucio». La firma era una solitaria *G*.

En la rejilla del aire acondicionado había otro micrófono. Caliente. Definitivamente, ni Greg ni Harry habían instalado aquellos aparatos.

Con la frustración quemándole las entrañas, salió de la habitación y cerró la puerta. Entró en la cocina y cogió una lata de refresco. Mientras la abría, se dirigió al salón sin dejar de beber ni andar.

Acto seguido, se dejó caer en un sofá y reflexionó sobre qué paso daría a continuación. Por ahora, lo único que había conseguido averiguar era que Greg y Harry eran extremadamente pulcros. Y que toda la casa estaba plagada de micrófonos.

Tal vez pudiera escabullirse hasta la mansión y espiar por las ventanas. El último paso sería meterse en el dormitorio del señor Ingersoll. Si pudiera...

Su mente jugaba con planes descabellados y proyectos insensatos, pero, antes de que pudiera decidirse por alguno, escuchó voces masculinas. Se acercaban dos hombres riéndose. Greg y Harry habían regresado.

Apuró la lata de refresco, se escabulló rápidamente hacia su habitación y arrancó el ordenador. Apartó las cortinas, echó un vistazo al exterior, y efectivamente, vio que esos dos se encontraban a unos diez metros del bungalow. Con aquel calor no llevaban puestas las chaquetas, así que bajo sus axilas vio relucir sendas pistolas.

Los dedos de Cal apretaron con fuerza el limpiador de su bolsillo. Lo apretó. No le ayudaba demasiado a aliviar la tensión, pero era mejor que nada.

De nuevo concentrado en la pantalla, tocó el icono que activaba el programa de asalto a los bancos en modo descodificador. Abstraído, observó cómo actuaba frente a una base de datos simulada. Era un ejercicio sin sentido. No le quedaba más que arreglar un fallo en el programa antes de pasar a la acción real y sustraer el dinero.

El programa determinaba rápidamente qué bancos y qué empresas de la red estaban más maduros para ser atacados. Con la misma rapidez, ejecutaba retiradas de fondos que transfería de inmediato, a través de docenas de nodos distintos, a localizaciones secretas que serían designadas por el señor Ingersoll. Sin embargo, quedaba un problema por resolver.

Los cromosomas hijos no destruían a sus padres. Al menos, no con la suficiente rapidez para ocultar por completo la ruta laberíntica que el programa seguía para cada banco y cada empresa.

En ese momento, Greg abrió la puerta y entró en la habitación, con Harry pisándole los talones. Cal se volvió, tratando desesperadamente de aparentar tranquilidad. Sin embargo, los dedos no dejaban de temblarle sobre el teclado.

—Bueno, ¿cómo te va, Cal? —preguntó Greg. Tenía el rostro enrojecido, como si acabara de pasar un buen rato con alguno de sus bombones—. ¿Ya estás listo para el gran asalto?

—Todo va bien, muy bien —farfulló él—. Tengo que arreglar un solo fallo y estaré a punto. —Hizo una pausa—. ¿Y vuestra reunión? ¿Qué pasa? ¿Más presión de Washington?

Greg se rió, meneando lentamente la cabeza.

—Te imaginas demasiadas cosas, chico. Tú preocúpate sólo de terminar tu programa a tiempo. El señor Ingersoll ya está cansado de esperar. Todos lo estamos. Quiere resultados. Hoy es la gran noche.

Harry jugueteó con las puntas de su mostacho. Por alguna razón, a Cal le pareció aún más alto, más musculoso y más malvado de lo que recordaba.

—Escucha lo que te está diciendo, Nikonchik —le dijo Harry, arrastrando las palabras con su acento sureño—. El jefe es un hueso difícil de roer. Contigo se ha estado portando muy bien. Ya es hora de que te ganes el sueldo.

Greg se acomodó en el sillón de cuero frente a él, con los codos sobre los muslos y la barbilla apoyada en las manos.

—El jefe me ha preguntado si te estabas haciendo el loco, tratando de conseguir más dinero. Yo le he asegurado que no. Le he dicho que no eres tan tonto, ¿verdad? Mal asunto, tratar de extorsionar al gobierno de los Estados Unidos. Te puede hacer la vida muy difícil.

—No, no, no —respondió Cal, hundiendo los dedos en la pelota de limpiador que ocultaba en su bolsillo. El brazo derecho empezó a dolerle. Detestaba que le presionaran. Le recordaba a su hermano Dan, siempre dándole órdenes y tratando de dirigir su vida. Aunque sus intenciones fueran buenas, él necesitaba su libertad. Ya no era un niño.

Greg prosiguió:

—¿Sabes? Cualquier trabajo que se hace para la NSA está clasificado como máximo secreto. Este proyecto es un asunto muy serio, Cal. No es ningún juego. Y recuerda, el jefe lo sabe todo acerca de ese trabajo sucio que hiciste para tu hermano. Por eso te reclutamos a ti, y no a cualquier otro hacker. Está en tus manos, Cal. Contamos contigo para esta noche.

—Sí —añadió Harry—, Ingersoll está en la cuerda floja. No creas que porque le caigas bien dejará de presentar cargos contra ti. Una palabra al FBI acerca de ese restaurante y tanto tú como tu hermanito estaréis de mierda hasta las orejas. Concéntrate, chico. Nada de distracciones.

—Me he estado estrujando el cerebro para terminar este programa a tiempo —protestó él—. Dejad de presionarme. Estoy trabajando tan deprisa como puedo.

Comparada con Harry y Greg, la vieja señorita Morgan del Bonita High era un encanto. Todo lo que había que hacer para tenerla contenta era estar callado, hacer las redacciones y presentarse a los exámenes. El resto del tiempo podía dejar que su mente vagara libremente, concebir nuevas argucias informáticas e imaginar nuevos programas.

Echaba de menos a Jeremy, su mejor amigo, y a sus tres hijos. Extraordinarios. Siempre se sentía feliz cuando estaba con él.

No como Dan, que continuamente le estaba atosigando, comprobando que todo fuera bien, que comía como es debido, o preguntándole si se había visto con alguna chica. Él era la única familia que tenía, pero se esforzaba demasiado. No podía dejar de tratarle como al niño pequeño que rescató del incendio.

—Mira —dijo Greg—, ponte a trabajar de nuevo en el programa. Termínalo. El señor Ingersoll vendrá a visitarte más tarde. Si sabes lo que te conviene, tenlo listo antes de que el jefe aparezca por aquí.

A Cal no le gustaba lo más mínimo el modo en que Greg le estaba hablando. Aún le ponía más nervioso de lo que ya estaba.

En esta ocasión, ni siquiera le habían preguntado si quería un sándwich y un refresco, y con un seco «ya volveremos», le dejaron solo con su tarea. Los oyó entrar en su habitación, bromeando acerca de algo. Después el crujir de las camas. Esos dos tipos se lo tomaban con calma.

Bueno, muy pronto él también estaría en condiciones de hacer lo mismo. Le habrían pagado, iría a tumbarse a la playa y se habría convertido en un héroe.

Hizo girar su silla y se puso frente al ordenador. El programa genético podía esperar un poco más. Antes investigaría en los archivos de la finca, para buscar alguna pista acerca de quién estaba implicado en aquel proyecto; eso sólo le llevaría unos minutos. Además, a él siempre le habían fascinado los espías y la CIA. Muchas noches, como Griswald, había penetrado en los archivos de la agencia, simplemente para curiosear por ahí. Y lo cierto es que aquella operación le estaba inspirando cada vez más curiosidad.

Treinta segundos más tarde ya había entrado en el ordenador que el señor Ingersoll tenía en la mansión. Sirviéndose de una sencilla utilidad, realizó una búsqueda que detectaba y retiraba los archivos eliminados del disco duro de Ingersoll. Cualquier aficionado podía buscar y encontrar archivos borrados. En pantalla apareció una larga lista. Una vez más, se preguntó cómo podían aquellos agentes de la NSA ser tan patanes en lo relativo a la tecnología. Utilizaban programas, pero no tenían ni idea de cómo funcionaban.

Seleccionó un correo electrónico llamado *erniejudy*, que había sido eliminado recientemente. Lo restauró y lo envió a su propio ordenador. Una vez borrados los archivos de acceso del modo habitual, eliminó cualquier rastro de su entrada en el ordenador de Ingersoll.

El archivo *erniejudy* estaba cifrado, y cuando trató de abrirlo con un procesador de textos corriente en la pantalla apareció una serie de letras ininteligible.

Ningún problema.

A él le sobraban rutinas de descodificación. Aún estaba cursando primaria, poco después del incendio en que murieron sus padres, cuando descodificó el primer mensaje cifrado del gobierno.

Después, ya en secundaria, descubrió el código que Ingersoll aún estaba utilizando. Era increíble que la Agencia Nacional de Seguridad usara un método de cifrado tan desfasado. Sin duda alguna, el señor Ingersoll tenía que tener a su alcance versiones de criptografía mucho más avanzadas.

Después de todo, la NSA era el mayor usuario de criptografía de Estados Unidos. Sus funciones principales consistían en descifrar todas las comunicaciones foráneas en la red que pudieran representar algún riesgo para la seguridad nacional, así como impedir la expansión de la criptografía para otros usos. Todo en la NSA era máximo secreto.

Aún recordaba a la perfección el escándalo que se desató entre los fanáticos de la privacidad cuando el *New York Times* desveló que la NSA había introducido deliberadamente ventanas de inspección en el lenguaje Data Encryption Standard. Estas ventanas permitían a los vigilantes de la NSA descifrar cualquier mensaje privado cifrado en DES.

Por supuesto, el DES perdió toda su validez. Peter Krupland lo descifró en un día. Por lo tanto, era realmente sorprendente que la mayoría de los bancos importantes, como el propio Laguna Savings, lo siguieran utilizando, si bien en una versión más sofisticada.

Estando así las cosas, ver qué sistema de cifrado había elegido el señor Ingersoll le dejó perplejo.

Se trataba del Skipjack-Plus, una versión actualizada del algoritmo empleado en el antiguo chip Clipper. La NSA, temiendo que alguna potencia extranjera utilizara la criptografía en contra del país, trató durante años que todo el mundo se instalara un chip Clipper y entregara sus códigos de cifrado al gobierno. A la industria de la informática le había llevado años acabar con la costumbre de utilizar el Clipper y el Skipjack-Plus.

Un buen ejemplo de paranoia.

Entonces, ¿por qué diablos querría Ingersoll utilizar una criptografía que había quedado desfasada hacía ya casi un año?

Decidió que, por el momento, aquello no tenía importancia. Lo único que importaba era que podría leer sin problemas, en lenguaje común, el archivo codificado *erniejudy* de Ingersoll. Y el mensaje decía lo siguiente:

```
A: Ernie Kaye
De: Yo
Status: SÓLO PARA TUS OJOS
Asunto: Judith Carmody, alias TerMight
El material siguiente está clasificado como
MÁXIMO SECRETO según la Ley de 2004 de la
Agencia Nacional de Seguridad.
Objetivo: Judith Carmody, alias TerMight,
notable hacker y contratista informática
independiente, residente en el Área de Los
Ángeles. Bien conocida en la industria del
sector como una gran especialista en el
campo de la seguridad bancaria. Ha logrado
penetrar en todos los bancos importantes de
California del Sur, así como atravesar las
configuraciones de seguridad recomendadas
para criptografía y webmasters. Ha
descifrado el DES III, IDEA, One Time Pad,
PKP, Kerberos-A+, RIPEMQD-260, MD4, MD5,
```

MD6 y muchos otros algoritmos
criptográficos.
Residencia habitual: 6905 Laguna Crescent,
Apartamento 3-2, Laguna Beach California.
Lugares habituales: VileSpawn, boletín de
pirateo informático y servicio de noticias;
Sanchez Electronics, 1400 Digiton
Boulevard, Laguna Beach California.
Características físicas: Caucásica, metro
cincuenta y cinco de altura, peso
aproximado cuarenta kilos, pelo castaño
oscuro hasta la cintura, ojos color marrón
claro, no lleva gafas. Suele vestir shorts,
tops de bikini o camisetas. Vista
frecuentemente con patines de línea y un
ordenador portátil.
Antecedentes: Nacida y criada en la
Pennsylvania rural...

Atónito, tragó saliva, sin dejar de mirar a la pantalla. No podía dar crédito a sus ojos.

Para empezar, TerMight era una chica: Judy Carmody. Pero ahí había algo que le asustaba. El señor Ingersoll estaba interesado en Judy Carmody. Tenía un archivo completo sobre ella. De algún modo, TerMight estaba relacionada con el proyecto secreto que Cal estaba desarrollando.

Pero ¿cómo?

El informe era completamente aséptico, redactado en el característico estilo que utilizaba la NSA para describir perfiles. Hablaba de los padres de Judy, de su divorcio y de su conocida debilidad de carácter. Pero a Cal no le resultaba difícil imaginar las lagunas.

Solitaria, aislada. No era más que un texto, pero las palabras resonaban en su mente. Comprendía los sentimientos de Judy, sus emociones. No hacía falta demasiada imaginación. En TerMight se veía a sí mismo.

Pasó por encima varios párrafos dedicados a los hábitos cotidianos de Judy, a qué hora se levantaba, qué desayunaba, qué música escuchaba, sus alergias, sus proporciones físicas, etc.

Al final del archivo había otros, binarios y cifrados. Cal los descifró rápidamente, dado que estaban cifrados con el mismo algoritmo Skipjack-Plus. El primero de ellos contenía un juego completo de las huellas dactilares de Judy. El segundo, su perfil de ADN. El tercero y más interesante para Cal, una foto de ella, de la mismísima TerMight.

Efectivamente, era menuda y muy delgada. Con unos ojos enormes y muy inocentes para pertenecer a alguien llamado TerMight. Tenía una expresión salvaje, como la de un animal atrapado por el resplandor de unos faros. El pelo, largo y enmarañado, le llegaba realmente a la cintura. Llevaba patines en línea y estaba en un mirador, contemplando la arena y el océano. De su hombro pendía la funda de un ordenador portátil. No parecía saber que la estaban fotografiando. Más bien parecía estar perdida en sí misma, como soñando despierta en su próxima proeza informática. O tal vez pensando en lo que le iba a escribir a Griswald esa misma noche.

¡Ja! Vaya pensamiento más estúpido. ¡Si tenía casi la misma edad que Dan!

El trance de Cal se vio bruscamente interrumpido por el pitido del sistema de vídeo de la entrada. Por el pasillo sonaron pisadas apresuradas. Greg y Harry se dirigían al vestíbulo. Se oyó el ruido de la puerta principal al abrirse y cerrarse. Sólo podía ser el señor Ingersoll. Había llegado antes de lo que esperaba.

Sus dedos se apresuraron a colocarse sobre el teclado. Le bullía la mente. Ingersoll venía a verle a él. Más le valía ocultar el archivo de TerMight, sacar a la pantalla su programa genético y simular que estaba trabajando.

Pero en ese momento se dio cuenta de que en la fotografía de Carmody había una pequeña mancha. Un archivo oculto en una fotografía cifrada. Tenía que descubrir qué contenía.

En el vestíbulo se oían voces. Más pasos, esta vez en el pasillo.

Una vez más, el descodificador de Skipjack-Plus cumplió con su cometido.

Sonó un cortés golpe en la puerta y, mientras Cal trataba aún de balbucear una respuesta, esta se abrió. Allí, de pie bajo el dintel, estaba Bob Ingersoll en persona, y él aún no había conseguido leer el mensaje.

Con el leve movimiento de un dedo, envió el archivo secreto al directorio más profundo de su disco duro. Sin embargo, las palabras que había conseguido leer en el último instante no dejaban de arder en su mente como el fuego:

```
Carmody representa una seria amenaza para
el proyecto. Asegúrate de que no
interfiera. Utiliza cualquier medio que sea
necesario.
```

17

Exactamente a las tres de la tarde, Ingersoll se plantó ante la entrada principal de la casa de invitados y pulsó el videoportero. Harry abrió la puerta casi al instante. Él sonrió para sus adentros; sus socios sabían que nunca llegaba tarde.

—Harry, Greg —saludó a los dos agentes, mientras entraba en el vestíbulo—. ¿Habéis hablado con nuestro amiguito Calvin?

—Sí, señor. —Harry se atusó el mostacho y sonrió maliciosamente—. Le hemos metido el miedo en el cuerpo. No creo que ese palillo vuelva a crearle problemas.

—Me alegro oírlo. —El acento sureño de Harry Barton le irritaba sobremanera. Le parecía una incongruencia que un matón como ese se expresara con frases tan lentas y retorcidas. La actitud petulante de aquel grandullón le atacaba también a los nervios. Además, estaba harto de soportar aquellos broches de vaquero color turquesa y aquellos corbatines de cordel.

Harry no era más que un bruto y un zafio, aunque le proporcionaba a la operación los músculos que necesitaba. Una vez que Tony y Paul hubieran completado su misión en San José, lo enviaría a reunirse con ellos en su hotel para entregarles el resto del dinero. Se trataba de un procedimiento estándar en las operaciones en las que intervenían contratistas independientes. Sólo que, en esta ocasión, había modificado ligeramente la rutina. En lugar de billetes, Harry llevaría un arma, ya que como rezaba el dicho, «los muertos no hablan».

Y en cuanto a Ernie Kaye, le aguardaba la misma suerte. Ingersoll le había prometido a Harry la parte que le correspondía a cada uno de ellos, aunque tampoco pensaba cumplir aquella promesa. Poner en el equipo a Harry Barton había sido todo un reto. Despedirlo sería mucho más sencillo. Una vez desembarazado de sus tres operativos, no había razón alguna para pagar a su asesino.

Por muy duro que fuese, ni Harry Barton resistiría una bala en la nuca.

Los muchos años que llevaba en la NSA le habían enseñado las reglas de todos los juegos. Su héroe era Ollie North. Pero el viejo Ollie había decidido jugar limpio hasta el final, y así le había ido. Él sabía bien que sólo los tipos realmente duros, capaces de apostar fuerte, conseguían ganar.

Que se quedaran los anillos de oro y rubíes, y también la patética paga de jubilación por una vida entera al servicio del gobierno.

¡Por toda una maldita vida!

Casado con dos mujeres a las que sólo les importaba el dinero, a lo único que se había sentido realmente unido era a su trabajo, su gobierno y su causa.

Ingersoll tenía contactos y experiencia para hacer lo que quisiera.

Frío, siempre frío. Y tranquilo. Sin perder nunca el control.

Y bien pronto, muy rico. Estaría rodeado de mujeres como sus ex esposas, sólo que esta vez no necesitaría casarse con ellas.

Sería el héroe de Ollie North.

—¿Y tú que opinas, Greg? ¿Coincides con Harry en que Calvin ya está listo para hacer el trabajo hoy? —Aunque Ingersoll pensaba que a Greg Larson le gustaban demasiado las mujeres, sabía que era un tipo astuto y valoraba sus opiniones—. ¿No sospecha nada?

—Creo que lo hará, señor —respondió Greg—, pero no hay que subestimarle. No es muy bueno relacionándose con la gente, pero ese programa que diseñó para su hermano no era precisamente para que lo usara el club social de la iglesia del barrio. Apostaría a que sabe más de lo que creemos.

—¿Y qué más da? —preguntó despectivamente Harry—. Greg sobrestima demasiado a esa mierdecilla. Ese chico se asusta de su propia sombra. Cuatro bofetadas y acabará el trabajo volando.

—Demasiado peligroso —objetó Ingersoll—. Hemos invertido mucho tiempo y esfuerzos en esta operación, por no hablar de dinero. Todo depende de que el programa de Cal funcione exactamente según lo previsto. Él es la única persona insustituible del equipo. Sin sus habilidades no iremos a ninguna parte. Y eso quiere decir que nada de violencia. —Ingersoll se detuvo y recalcó ese punto—. ¿Entendido Harry?

—Usted toma las decisiones —respondió aquel patán—. Yo sólo cumplo órdenes.

Ingersoll asintió. Efectivamente, él era el jefe. Todos los demás no eran más que ayudantes a sueldo. El plan le pertenecía por completo. Y el botín también.

—Creo que hablaré con él —dijo, arreglándose la corbata y alisándose el pelo.

Llamó a la puerta de la habitación de Cal y, sin esperar respuesta, giró la manilla y entró. Como de costumbre, el chico estaba encorvado ante el ordenador, con la mirada fija en la pantalla. Sobresaltado, el muchacho levantó la cabeza y pulsó la tecla que dejaba la pantalla en blanco. Probablemente estaría perdiendo el tiempo con aquellas estúpidas fotografías de publicidad del bombón virtual al que adoraba. Podía ser todo lo brillante que se quisiera, pero no era más que un adolescente estúpido.

A principios de aquella semana, el ensayo general con el Laguna Savings había funcionado a la perfección. Esa misma noche, el último hacker que podría interferir con el robo sería asesinado. Ya era hora de actuar, antes de que alguien del ISD comenzara a investigar aquellos asesinatos. El viejo había abierto el camino, había puesto los millones que se necesitaban para abrir cuentas en todo el mundo. Había que empezar a cosechar.

Cal sólo necesitaba un empujoncito final.

—Me alegro de verte, Calvin —dijo Ingersoll, acomodándose en el sillón de cuero negro—. ¿Listo para la gran noche?

—Casi —respondió él, sus dedos tamborileaban nerviosamente sobre el borde del teclado—. Estoy avanzando. Pero me está llevando más tiempo de lo que esperaba, aunque ya casi he terminado.

—¿Tienes el programa definitivo? El asalto está previsto para la medianoche.

—Casi —repitió Cal, hundiéndose un poco más en su silla—. Hay una pequeña sección que me está dando algunos problemas. Pero nada de qué preocuparse.

Ingersoll frunció el ceño. Había llegado el momento de sacar el látigo.

—No me gusta oírte decir eso, Calvin —espetó, a la vez que se inclinaba hacia delante y apoyaba los brazos en las rodillas—. Harry y Greg me han asegurado que estabas listo. Conoces el plazo. Hace días que lo sabes. Está previsto que hoy lancemos la primera ronda. ¿Y me estás diciendo que no va a ser posible?

Para imprimirle un mayor dramatismo a la escena, Ingersoll se puso bruscamente de pie y empezó a andar por la habitación.

—¡Maldita sea! ¡Maldita sea! Tendría que haberles hecho caso. Todos en la agencia me decían que estaba loco por creer que un chaval, un crío sin título de programador, podría hacer el trabajo de un hombre.

Apoyando las manos en el improvisado escritorio, fijó sus ojos en los de Cal.

—Se ha acabado. Todo el maldito proyecto está liquidado. Te lo has cargado, Calvin. Has perdido demasiado tiempo tonteando en la red en lugar de trabajar. Es culpa mía, por haber confiado en que harías lo que fuera necesario.

—Yo... yo —comenzó a balbucear Cal, pero Ingersoll no estaba dispuesto a darle la menor oportunidad de intervenir.

—Demasiado tarde para excusas. —Se puso a hablar deprisa, para inquietar todavía más a Cal—. He estado sometido a la presión constante de los que me pedían que siguiera y los que me pedían que abandonara. El Departamento de Seguridad de Internet ha estado tratando de cancelar este proyecto desde que el comité lo aprobó. Estos sabihondos hijos de perra se niegan a reconocer que sus medidas de seguridad no sirven para nada. Y ahora, gracias a tu incompetencia, van a ganar. Y más pronto o más tarde, cuando el Frente Urbano, las Tríadas chinas o algún grupo de fanáticos haga añicos nuestro sistema bancario, quien perderá será el pueblo estadounidense.

—Pero... —Cal estaba a punto de echarse a llorar, pero aun así, no iba a permitir que le interrumpiera.

—Durante años he luchado por este proyecto, que demostraría sin la menor sombra de duda cuán vulnerables éramos, somos, ante un ataque terrorista. Hasta ahora, nunca había pasado de la simple planificación. Nadie estaba dispuesto a creer que la amenaza fuera cierta. Me acusaban de ver fantasmas por todas partes. Cierto, había habido algunos pequeños atracos aquí y allá, pero nada importante. Además, a los delincuentes no tardaban en cogerlos. No tenían pruebas, nada en concreto.

En ese momento, apuntó a Cal con un dedo acusador.

—Pero un buen día, mientras hacía comprobaciones rutinarias sobre el blanqueo de dinero en San José, una de mis fuentes dio con tu programa. El programa que habías diseñado para el comedero de basura de tu hermano. Un método indetectable para filtrar enormes sumas de dinero, de forma anónima, a bancos y más bancos por todo el país. Os podía haber hecho arrestar a los dos por delincuentes. Os podía haber encerrado y tirado la llave al mar. Pero no, no lo hice, y en lugar de eso te ofrecí un trabajo. Una oportunidad única. Conseguí que el comité aprobara el proyecto y te puse muy arriba en la nómina de la NSA. Todo lo que te pedía era que modificaras tu código genético lo suficiente para demostrar que yo estaba en lo cierto. Para demostrar al mundo que Bob Ingersoll no luchaba contra molinos de viento. Que mis inquietudes acerca de la seguridad de Internet eran legítimas. Y ahora, a punto de cumplirse el plazo, me dices ¡que el trabajo no está terminado!

Ingersoll meneó lentamente la cabeza.

—Lo que más me duele —declaró—, es haber tenido una fe ciega en ti. Ningún otro hacker valía para este trabajo. Ni TerMight, ni Larebee, ni tan sólo Mercy. Les faltaba la visión adecuada, carecían de las herramientas indicadas. Tu código genético era la clave del éxito. Pero no está acabado y ya no nos queda más tiempo.

—¡Nos queda tiempo! —exclamó Cal, con voz temblorosa pero, al mismo tiempo, sorprendentemente potente. De su bolsillo extrajo la pequeña pelota de limpiador y la estrujó entre sus dedos, como si sacara fuerza de aquel material gomoso—. Aún faltan horas para el plazo límite. El programa está casi listo. Antes de medianoche lo tendré a punto. No se olvide de que soy Griswald. Mercy, Larabee y todos los demás acuden a mí para pedirme consejo y no al revés. Tal vez me haya puesto un poco nervioso, pero soy el mejor. Lo sé, Dan lo sabe y usted también. Y después de medianoche, el resto del mundo también lo sabrá.

Cal pasó el limpiador por la pantalla.

—Nada me importa menos que el ISD y la NSA. A ninguno de ustedes les preocupa lo más mínimo el pueblo de Estados Unidos. No es eso de lo que va este asalto. Mi hermano me enseñó la verdad acerca de las operaciones encubiertas. Esta operación no es más que una lucha de poder, una pugna entre departamentos. El resto de su discurso patriótico es pura comedia.

—¡Vaya! No eres tan ingenuo como pensaba —dijo Ingersoll, agradeciendo en su fuero interno todas aquellas manías persecutorias de los hippies—. Tendría que haberme dado cuenta de que acabarías percatándote de la verdadera razón de mi proyecto. Este año revolotean cortes presupuestarios. Uno de los dos, el ISD o la NSA, notará el filo de las tijeras. Tu programa decidirá quién gana y quién pierde.

—¡Claro! —dijo Cal, en tono sarcástico—, Griswald al rescate. Salvo el negocio de Dan y a usted le aseguro la jubilación, pero ¿cuándo recibiré yo mi parte?

—Seiscientos dólares a la hora no es un mal comienzo, Calvin —replicó Ingersoll, riendo—. Y una vez que el proyecto salte a la primera plana de los periódicos y a la televisión, serás famoso. Las empresas se pelearán por obtener tus servicios. Las emisoras por cable probablemente querrán hacer una película de ti. Esta operación es la oportunidad de tu vida.

—Lo haré —afirmó Cal—. Se lo aseguro.

—¿Tendrás el programa listo para medianoche? —preguntó Ingersoll—. ¿Estás seguro?

—Sí señor. Mil millones de dólares, limpios, como en la prueba con el Laguna Savings, depositados donde quiera. Dinero esfumado, indetectable. Como le prometí.

—Bien —asintió Ingersoll con satisfacción—. Perfecto.

Se dirigió a la puerta, y cuando ya tenía la mano en el pomo y estaba a punto de abrirla, se acordó de la advertencia de Greg. Entonces se volvió hacia Cal y le dijo:

—¿Nunca te has preguntado la verdadera razón por la que nos ocultamos aquí, en medio de la nada? —Al ver la sorpresa del muchacho sonrió para sus adentros. Bingo—. Porque en el desierto nadie puede pillarte por sorpresa. Es la guerra, Calvin, lisa y llanamente. La guerra entre la NSA y el ISD. Esos payasos están aterrorizados con esta operación. Olvida las reglas. Harán cualquier cosa para detenernos, incluso sabotear nuestras líneas telefónicas, destruir nuestro equipo o asaltar nuestra base de operaciones. Son unos perfectos hijos de perra. Por eso están aquí Harry y Greg. Para igualar un poco las fuerzas.

—Claro, claro —contestó Cal—. Ya me imaginaba que se trataba de algo así.

—A trabajar, Cal. Acaba esos detalles que te quedan. Le diré a Greg que te prepare algo para cenar. Volveré más tarde a comprobar los resultados.

Abrió la puerta y salió al vestíbulo. Harry y Greg estaban sentados en el sofá, aguardando. Se llevó un dedo a los labios, y les hizo seña para que le siguieran afuera.

—He estado reflexionando acerca de nuestro patrono —dijo en voz baja, de pie frente a la entrada principal—. El viejo es un hijoputa desconfiado. No me extrañaría que la casa tuviera micrófonos y que hubiera cámaras en la habitación de Cal. Echad un vistazo cuando podáis, a ver qué hay. Arrancad todo lo que encontréis. Falta poco para que acabemos y no quiero que nadie sepa demasiado. No es que pudieran hacer gran cosa con la información, pero ¿quién sabe? Nunca está de más un poco de precaución.

—¿Y qué hay de Nikonchik? —preguntó con malicia Harry.

—Calvin se portará bien —respondió Ingersoll—. Greg, llévale un sándwich y una bebida un poco más tarde. Luego dejadle trabajar. Nada de interrupciones. Y no más amenazas. Volveré luego.

Miró su reloj y añadió:

—Es hora de comprobar cómo les va a Tony y a Paul. Caballeros, os veré más tarde.

18

Poco después, alguien llamó a la puerta.

Ingersoll frunció el ceño. Pasaban escasos minutos de las cuatro de la tarde. No esperaba a nadie. No tenía ninguna cita, aparte de la visita más tarde a la casa de invitados.

Barrington se estaba impacientando. Empujaba, quería ver algún dividendo de su inversión. Aquella noche llegaría la hora de los resultados concretos. Mil millones de dólares deberían contentar al viejo loco.

—Pase —dijo Ingersoll. Probablemente se trataría de la criada. O de alguno de los satélites del viejo, con noticias sobre algún cambio de planes para la cena. El anciano vivía como un rey, con un estilo de vida que Ingersoll sería muy capaz de apreciar.

—Hola, señor Ingersoll —dijo Gloria Simmons, abriendo la puerta a medias y colándose dentro. Vestía una falda marrón, blusa de algodón beige y mocasines azul marino. Era la imagen perfecta de la chica estadounidense. Gloria la norteamericana, la chica de la puerta de al lado. El pensamiento le hizo sonreír.

Los ojos oscuros de Gloria brillaron con fría inteligencia.

—¿De qué se ríe?

Ingersoll le recorrió el cuerpo con la mirada, deteniéndose descaradamente en los lugares adecuados. Ella respondió estremeciéndose, como correspondía.

—Por nada en particular. Simplemente me alegra verla. Está usted muy atractiva vestida con algo distinto a esos trajes de ejecutiva.

Gloria sonrió.

—Vaya, gracias. Es agradable que alguien se dé cuenta.

Se instaló en la mullida butaca color burdeos que había frente al escritorio y cruzó las piernas. Su falda subió por encima de las rodillas, pero no hizo el menor gesto para arreglársela.

Estaba claro que Gloria Simmons había ido allí en pie de guerra.

Sus piernas eran firmes, musculosas y estaban bronceadas. Al ver que él se las estaba admirando, levantó un pie y se masajeó el tobillo.

No cabía duda alguna, esa mujer era una experta en manipulación, pero a él no podía engañarle. El sexo no era para ella más que una moneda de cambio, nada más. Por lo que había visto y oído acerca de ella, lo único que la excitaba era el dinero. Probablemente Barrington habría hablado más de la cuenta, le habría contado algo sobre la operación y ahora ella también quería estar en el ajo. Pero ¿qué tendría para ofrecer a cambio?

—¿Y qué es lo que la trae a mi humilde oficina, Gloria? ¿Un mensaje de su jefe tal vez?

Gloria descruzó las piernas, se levantó y, lentamente, anduvo hasta el gran ventanal, al otro extremo de la habitación. De espaldas a él, corrió las cortinas verdes.

—Tanto resplandor me molesta. Prefiero la penumbra, es más íntimo. —Con las cortinas a medio cerrar le miró por encima del hombro, sonriendo. Luego las cerró del todo. Disimuladamente, dirigió la mirada repetidamente a un punto situado sobre uno de los cuadros de Remington—. Después de todo, ayer no fuimos a dar ese paseo para disfrutar de la naturaleza.

Él asintió con la cabeza. La habitación estaba monitorizada. Y no sólo por lo que respectaba al sonido, sino también a la imagen. Normal.

—Lo siento —respondió—. Estuve tan ocupado el resto del día que me olvidé por completo.

Dudaba de que, en condiciones normales, a Gloria se la pudiera comprar. Barrington le pagaba espléndidamente. Por lo tanto, el hecho de que hubiera venido a visitarle significaba que tenía una idea aproximada de cuánto dinero se barajaba en ese proyecto. Era una pena que el viejo carcamal hubiera largado más de la cuenta. Pero nada que no se pudiera arreglar.

Aun así, Gloria no tenía un pelo de tonta. Al parecer, sabía algo que a su entender valía un buen montón de dinero, y él quería averiguar de qué se trataba.

—He pensado que tal vez podríamos salir ahora. Es mi momento de descanso de la tarde. Y el ejercicio mantiene el cuerpo en forma, ¿sabe?

Dejando de lado el sillón burdeos, Gloria se sentó directamente en el escritorio, cruzó de nuevo las piernas y comenzó a balancearlas. Esta vez, la falda se le subió hasta la mitad de sus muslos bronceados. A Ingersoll le corría una gota de sudor frío por la espalda.

Buena actuación. Mejor que la de algunas agentes de campo que utilizaba. Pero no le tentaba. Nadie en el mundo valía tanto como para arriesgar lo que allí estaba en juego.

Sin embargo, decidió seguirle la corriente un poco más. Se estiró, levantó los brazos por encima de la cabeza, se ajustó los pantalones y se remetió la camisa bajo el cinturón. Luego se arregló la corbata. Décadas de levantar pesas y hacer jogging le habían mantenido en una condición física óptima.

—A mí también me vendría bien un descanso —dijo—, aunque salir a dar un paseo no es precisamente la idea que yo tengo de hacer ejercicio.

—La mía tampoco —respondió ella— pero ¿qué otra cosa podemos hacer?

La respuesta estaba implícita.

—Yo me mantengo en forma con largas tablas de ejercicios —respondió él—. Cuando tengamos más tiempo —añadió—, podríamos practicarlas juntos.

—Me parece una excelente idea —contestó ella—. Y que sea pronto.

—¿Lista para ese paseo? —le preguntó. Flirtear con Gloria estaba muy bien para los micrófonos, pero lo cierto era que se sentiría más seguro durmiendo con una serpiente de cascabel.

—Lista —respondió ella.

—No puedo ausentarme más de media hora —dijo él, abriendo la puerta de su oficina. Y ya en el pasillo añadió—: Tengo que acabar unos informes antes de la cena.

—El mirador es muy agradable a esta hora de la tarde —replicó Gloria, pasando su brazo bajo el de él y acercándole a ella, de modo que su pecho estuviera apretado a su bíceps—. Está cerca y es tranquilo. ¿Le parece bien?

—Perfecto —respondió Ingersoll. El viejo edificio de madera estaba en el lado norte de la finca, lejos de la casa de invitados. Allí no habría ninguna posibilidad de que Cal la viera, lo cual constituía una sabia precaución—. Adelante, estoy en sus manos.

Gloria se rió, con una risa profunda y sensual, pero no respondió nada.

Al salir afuera, el calor los envolvió de inmediato. El mirador se encontraba a unos ciento cincuenta metros del edificio principal, en medio de un sorprendente jardín de flores. El camino estaba indicado por sendas hileras de guijarros grises. A ambos lados del mismo, la maleza del desierto se manifestaba en todo su esplendor: cactus de toda clase, arbustos de pinchos y plantas grasas en flor.

Para amortiguar el resplandor, Ingersoll se puso unas gafas de sol. Aunque normalmente solía andar con paso rápido y firme, en esta ocasión dejó que su acompañante marcara el ritmo. Ella no parecía tener prisa. Iba despacio, apretando firmemente su brazo contra el suyo. De vez en cuando, su cadera frotaba la de él.

A unos treinta metros de la casa, Gloria apoyó la cabeza sobre la parte superior del brazo de Ingersoll.

—Su oficina está vigilada —dijo quedamente—. El viejo graba todo lo que usted dice.

—Cuénteme algo que yo no sepa —replicó él—. Una cámara de vídeo sobre el cuadro de Remington. ¿Hay más?

Gloria se rió, y le miró con sus grandes ojos marrones.

—Vaya, ¿quién es aquí el paranoico?

—¿Hay algo más? —insistió Ingersoll, con voz firme a pesar de su proximidad.

—No —respondió Gloria—. Demasiado esfuerzo para lo que hay que ver. La única habitación de la mansión donde quería poner dos cámaras es en mi dormitorio —y riéndose, añadió—: Pero le dije que no me pagaba lo suficiente para tanto privilegio.

—La cinta se fundiría —replicó él, bromeando sólo a medias.

—El viejo no utiliza cintas —replicó Gloria. Todo indicio de juego sexual había desaparecido de ella. Nada más que negocios—. Prefiere las imágenes digitales. Así puede jugar con ellas, sacar primeros planos.

—Me sorprende. Creía que su jefe detestaba la tecnología moderna ¿O es que las cámaras de vídeo no cuentan?

—Cuando uno se encuentra en una posición como la suya —contestó Gloria—, no necesita ser coherente.

Ingersoll se apartó de ella. Hablar de vídeos le ponía nervioso. Si no se equivocaba, ella misma debía llevar en alguna parte un micrófono. Podría estar registrando toda su conversación, o grabando para Barrington hasta el más insignificante matiz de la expresión de Ingersoll. Todo aquel episodio podía muy bien ser una trampa, urdida por el viejo para comprobar si Ingersoll trataba de traicionarle.

Al parecer, Gloria intuyó lo que estaba pensando. Le tomó una mano, y él sintió subir por su brazo una oleada de calor.

—No llevo ningún artilugio, si es eso lo que está pensando —le dijo—. Si lo desea, puede cachearme.

—Tentador —replicó Ingersoll—, pero es usted quien quería hablar conmigo, así que hable.

—No se fía de mí —dijo ella, apretando sus dos manos sobre la de él.

Ingersoll apartó la mano y soltó una carcajada.

—No me fío de nadie, ni de mí mismo.

—Podría ganarme su confianza —dijo ella, echando a andar de nuevo. De vez en cuando le miraba inquisitiva, tratando de adivinar sus reacciones—. Al viejo carcamal le gusta pavonearse. Me cuenta cosas. Conozco sus secretos.

—Suena muy interesante —la animó Ingersoll—. Siga hablando, la escucho.

—La información vale dinero —dijo Gloria—, y yo tengo gustos muy caros.

Tomó el desvío hacia el mirador, pasando junto a los cactus en flor que llegaban hasta el mismo borde del camino; Ingersoll siguió sus pasos. Un lagarto que estaba tomando un baño de sol sobre una piedra los miró con insolencia.

—Creo que podríamos llegar a un acuerdo aceptable para ambas partes —declaró Ingersoll. Se estaba divirtiendo con aquella conversación. Gloria era exquisitamente directa.

—Cuanto más gano, más gasto. No lo entiendo.

—Un mal que afecta a muchos —replicó él—. Pero hay una vacuna.

—¿De veras? —preguntó Gloria, instalándose en un banco en el perímetro del jardín de flores, lejos aún del mirador. Él se sentó junto a ella. Capullos de rosa a medio abrir relucían con el rocío artificial que los aspersores enterrados habían depositado sobre sus pétalos, mientras las parras en flor se entrelazaban con las vigas de la pérgola en arco. Una culebra asomó por entre los matorrales y, tras echarles un apresurado vistazo, desapareció.

—¿Y qué medicina me recomienda, señor Ingersoll?

El sol del final de la tarde seguía ardiendo. Incluso el banco de madera estaba caliente. Él se secó una fina película de sudor de la frente.

—Una infusión de fondos masiva —respondió—. Suficiente dinero para hacerla más rica de lo que jamás habría podido soñar.

—Eso no es posible. Tengo sueños muy vívidos.

—Me lo imagino —replicó él—, pero no estoy exagerando.

—El mirador está monitorizado —dijo Gloria—, al igual que la casa de invitados. Cada vez que va por allí, en la oficina escuchan todo lo que dice.

—No me sorprende —respondió él—, pero es bueno saberlo. ¿También hay cámaras de vídeo en otras zonas de la casa?

Gloria se recogió el pelo por encima de la cabeza, arqueó la espalda y lo soltó. Luego cruzó las piernas y se las acarició con sus largos dedos. Se quedó mirando al horizonte, allí donde las colinas se elevaban más allá de la arena interminable, como tratando de tocar el cielo.

—¿Cuánto dinero? —preguntó ella, sonriendo.

—Esta clase de información no vale nada —respondió Ingersoll—. Puedo poner a Greg y a Harry a registrar la casa cuando quiera. Si esto es todo lo que tiene para ofrecerme, podemos regresar ahora mismo.

—¿Por qué le preocupan tanto las cámaras? Las imágenes digitalizadas no se admiten como prueba en un juicio. Demasiado fáciles de alterar. Como el audio. Ya nada es real.

—Me importan un bledo los tribunales —replicó Ingersoll—. Pero si hay alguien mirando por encima de mi hombro en la casa de invitados, me gustaría saberlo. Hoy.

—¿Teme que alguien le robe sus técnicas secretas? —preguntó Gloria con sarcasmo.

—Exacto —replicó él—. Este proyecto tiene unos objetivos muy bien definidos. El gobierno no puede arriesgarse a que alguien trate de duplicar los resultados de aquí a unos meses. Eso provocaría el desastre.

—¿Y si yo le digo que ese es precisamente el plan de Barrington? Se está preparando para engañarle.

—Nunca se atrevería a hacerlo —replicó Ingersoll—. Nadie juega con la NSA. Ni siquiera su jefe.

—Subestima al viejo. Odia Internet. Haría cualquier cosa por hundirla. Cualquier cosa.

—Mis superiores opinan lo mismo —dijo él— y con razón. La red, con todos sus agujeros de seguridad, es un presagio de ruina para nuestro país. En la NSA tenemos todos los datos. Durante años, la mitad de los ataques a los ordenadores de Defensa han procedido de países supuestamente amigos, que aun así trataban de violar nuestros códigos de cifrado y descubrir nuestras claves de seguridad. Nos enfrentamos a una guerra total, económica, financiera y social, que se disputará enteramente por ordenador. Si no se pone la red bajo el control del gobierno, nuestro país se encaminará directamente al infierno. Nada será secreto: ni las comunicaciones militares ni las órdenes del Presidente, nada.

—Ya me conozco el discurso —le interrumpió Gloria—. En realidad, lo he oído un montón de veces. Es la obsesión de Barrington. Por eso le paga un buen dinero a uno de los operativos de su equipo para que le cuente sus secretos.

¡Maldición! No podía fiarse ni de su propia gente, hombres bien pagados a cambio de lealtad. Sus ex esposas le habían estrujado como un limón. La NSA se había reído de él. Todo cuanto había conseguido de ella había sido mucho trabajo y un montón de mentiras... ¡Ah, sí! Y un anillo de oro con un rubí. No parecía mucho a cambio de toda una vida de leales servicios.

—Está mintiendo.

—¿De veras? —le preguntó ella—. Ya sabe cómo es Barrington. Por eso ha salido a pasear conmigo. Con mil millones de dólares en juego, se puede comprar a cualquiera.

—Mil millones —repitió Ingersoll. Aquello era mucho peor de lo que se había imaginado—. ¿Qué sabe en concreto de todo este asunto? —le preguntó.

—En palabras del viejo Bradley Barrington —dijo Gloria—, hoy el mundo recibirá una lección que difícilmente podrá olvidar. Descubrirá los peligros de un red sin reglas. Y eso no será más que el principio.

—¿Quién es el traidor? —preguntó Ingersoll—. ¿Greg, Harry? ¿Ese hijo de perra de Paul?

—Usted ha dicho que había más dinero del que yo me podría imaginar —le contestó Gloria con ojos relucientes. A ella le importaban un bledo la seguridad o la red—. ¿Cuánto?

—El diez por ciento. Cien millones libres de impuestos. Harían maravillas con sus sueños.

Por unos instantes, Gloria se quedó sin respiración. Y entonces le dijo:

—Harry, Harry Barton. Él es el traidor. Él es quien ha estado haciendo planes con el viejo.

—Maldito hijo de perra —masculló Ingersoll—. Ese hombre y sus estúpidas corbatas de vaquero. No me extraña. Es un cerdo codicioso. ¿Cuál es el plan? ¿Y cuándo lo llevarán a la práctica?

—No lo sé —respondió ella—. Barrington no me ha dicho nada al respecto y no quiero mostrarme demasiado curiosa. No desearía despertar sus sospechas.

—Pues si quiere su dinero —le espetó Ingersoll—, más vale que se entere y pronto. Tengo que saberlo antes de esta noche ¿Entendido?

—Lo sabrá. Por cien mil dólares lo averiguaré. Barrington me lo contará —y con una falsa sonrisa añadió—: Si soy lo suficientemente dulce con él me lo contará todo.

—Harry —murmuró Ingersoll. Ese arrogante hijo de puta. Trabajando en secreto para el viejo. Aunque no le sorprendía lo más mínimo: como cualquier operativo, Barton estaba en aquello por dinero.

Podía haber sido peor. De todos modos, siempre había planeado librarse de Harry. Aquella noticia no significaría más que un pequeño cambio en sus planes. Un buen agente sabía sacar partido de las circunstancias cambiantes. Y él era el mejor.

—Haga lo que sea necesario —dijo Ingersoll—, pero averígüelo antes de esta noche.

19

Primero, el Velux Plus robado. Luego el cacharro de Grouch. Después el Porsche rojo. Y ahora, por si fuera poco, ese autobús en el que iba montada junto a Dan y que los llevaría de San José a los suburbios del norte.

Era jueves por la tarde, llevaba varios días en la carretera y ya estaba harta de todo aquello. Huyendo constantemente, temiendo por su vida y tratando de salvar a alguien a quien ni siquiera conocía en persona. Una vez que hubiera terminado aquella pesadilla, que eso era posible, trabajar para Steve Sánchez le parecería unas vacaciones.

El autobús no iba demasiado lleno. Media docena de hombres exhaustos, embutidos en mugrientos tejanos, que volvían a casa después de hacer algún turno raro en algún lugar. El conductor parecía aburrido y sólo de vez en cuando se dignaba echar un vistazo por el retrovisor.

El asiento de vinilo estaba desgarrado, las paredes llenas de pintadas y el suelo poblado de pañuelos sucios y demás porquerías. Al otro lado de las ventanillas, mugrientas y rayadas con las siglas de algunas bandas callejeras, desfilaban casas que más bien parecían chozas.

El autobús era viejo y olía a combustible. Una antigua chatarra azul, comprada como saldo a alguna empresa desaparecida, al igual que todos los autobuses de aquellos tiempos.

En ese tipo de vehículos sólo se aceptaba dinero en efectivo. Nada de tarjetas digitales. Judy y Dan, desaliñados, agotados y oliendo a leche agria de una semana, encajaban a la perfección con el resto del pasaje.

Sentada en la parte posterior y tratando de pasar desapercibida, Judy utilizó su netpad para ponerse al corriente de los últimos informes policiales. Aunque era muy pequeño, con ese aparato corría el riesgo de llamar la atención.

—El fuego está apagado —le dijo a Dan—. La policía ha encontrado a Natalie y ella les ha explicado lo de nuestra visita. Están buscando el Porsche. Ni palabra de la muerte de Jeremy. La pasma guarda discreción sobre el asunto. Tampoco han dicho nada del asesinato en las noticias, ni en VileSpawn.

—Estupendo —dijo Dan—. Además, he perdido de vista a esos fulanos que me estaban siguiendo. Tan pronto como la policía encuentre el Porsche y sepan que has estado en él, lo someterán a un chequeo de ADN. Entonces, además de buscarme por el asesinato de Jeremy, también me perseguirán por ayudar a una fugitiva. No tardarán en aparecer en mi restaurante para buscar pistas. Vaya reclamo publicitario: «Cómprele sus perritos de chile a Dan Nikonchik, el incendiario».

—¡Tu restaurante! —exclamó Judy—. ¿Por qué no se me habrá ocurrido antes? Dan, seguro que el programa de Cal aún sigue allí ¿verdad? Llevas las cuentas del establecimiento con él. Tengo que verlo.

—¿Por qué?

—Tuska y Smith se encuentran en San José. Los hackers están muriendo asesinados. Cal ha desaparecido. Su programa también, borrado de su ordenador. Estoy convencida de que todo esto no es una mera coincidencia. No es una gran pista, pero es mejor que nada. De algún modo ese programa está relacionado con los asesinatos. Estoy segura.

Dan meneó la cabeza.

—Olvídalo. Llevo utilizando el programa de Cal desde hace años. Y ahora de repente ¿por qué iba a convertirse en algo tan importante?

—Dímelo tú —respondió Judy.

—No tengo ni idea de lo que me estás hablando —replicó él.

—Tiene que haber alguna relación —volvió a insistir Judy, guardando de nuevo su equipo—. Estoy segura. Por eso desapareció Cal. Por eso destruyó su sistema informático antes de desaparecer. Si no fue él ¿quién entonces? El programa es la respuesta. Tengo que verlo. Tengo que examinarlo. Tenemos que ir a tu restaurante.

—Demasiado tarde —replicó Dan—. Como te acabo de explicar, probablemente la policía ya se encuentre en el local, y seguro que estarían encantados de vernos aparecer por allí.

—No hace falta que vayamos personalmente —dijo Judy—. Tu guarida está conectada a Internet. Utilizaré el netpad para introducirme y llevarme el programa.

—¿Puedes hacerlo? —preguntó Dan, incrédulo.

—Hay pocas cosas que yo no pueda hacer con un ordenador. Nos bajamos en la próxima parada. Necesito algo de intimidad.

BIENVENIDOS A LA URBANIZACIÓN SUNSHINE, podía leerse en un panel frente a una calle cubierta con casitas prefabricadas, de una y dos plantas de altura y amontonadas unas junto a las otras. Unas manzanas más abajo, un par de torres parduscas que apuntaban al cielo emitían un humo oscuro.

—La parada perfecta —dijo Dan, al tiempo que se levantaba del asiento para tocar el timbre—. Sector obrero. En esa fábrica reciclan la basura que recogen en San José y en los núcleos urbanos de los alrededores. Funciona las veinticuatro horas del día. El lugar ideal para hacernos con un nuevo vehículo. ¿Lista para dar un paseo?

Judy le siguió por el pasillo y se vio impelida hacia delante cuando se detuvo por fin soltando un sonoro y humeante eructo.

Tres hombres se levantaron y los siguieron. Dan miró hacia atrás, nervioso, por encima del hombro.

—Vamos Judy, date prisa —murmuró quedamente—. Uno de esos tipos no me gusta nada.

Ella no se molestó siquiera en mirar atrás. Dan se estaba poniendo paranoico de nuevo.

Un vez en la acera tuvo que hacer una pausa para recuperarse un poco; estaba mareada. Ante ella se elevaba un edificio cerrado con tablas y rodeado de desperdicios. Cerca de aquella ruina se alzaba una cabina telefónica en precario equilibrio. No le hubiera sorprendido ver alguna prostituta o algún borracho apoyados en ella. Pero estaba vacía.

Junto a ella, había otro edificio abandonado, este con un letrero clavado en la puerta que rezaba PESCADO. ¿Pescado para comer? ¿Pescado para carnaza? ¡Qué más daba!

El cielo estaba oculto por una neblina pestilente que quemaba los ojos y la nariz. Olía vagamente a letrina, lo cual le recordó la fábrica de ladrillos de su Pennsylvania natal. El sol trataba de penetrar entre la bruma, convirtiéndola en relucientes nubes de colores.

Del autobús bajaron dos hombres más, que pasaron por su lado camino del Sylvie´s Bar, algunas ruinas más abajo.

Un tercer hombre bajó lentamente del vehículo. Era alto y fornido, de cabello castaño claro y ojos vacíos, como un par de agujeros de bala, y rostro marcado. Al acercarse a ellos, introdujo rápidamente una mano en su bolsillo.

—Dan —susurró Judy.

Pero este se volvió demasiado tarde. El hombre sacó la mano del bolsillo, le lanzó a Judy un paquete envuelto en papel de estraza y le largó un puñetazo a Dan.

El golpe aterrizó sólidamente en su mejilla izquierda, y le hizo caer al suelo con los ojos muy abiertos.

—Un regalo para tu amiguito —le dijo con calma aquel tipo—. Dile que solucione lo del dinero para el viernes. No habrá más advertencias. Si no es capaz de ocuparse de su hermano, alguien lo hará por él. —Se dio la vuelta y se despidió propinándole a Dan una patada en las costillas.

Este soltó un grito de dolor y rodó de costado, llevándose las manos al estómago. La cara le estaba sangrando.

Un minibús verde y destartalado, pero no Volkswagen, salió de la misma esquina por la que los borrachines estaban entrando en Syilvie's y frenó, chirriando, a la altura de la parada del autobús. El tipo le propinó a Dan otra patada y le dijo a Judy:

—Dile que esperamos que todo vuelva a la normalidad mañana a más tardar. —Tras lo cual subió al minibús verde.

Ese era el vehículo por el que se había estado preocupando Dan en la autovía. Pero en esta ocasión era real.

Judy soltó el paquete, que cayó al suelo emitiendo un ruido de cristales rotos.

Dan estaba encogido como una pelota, gimiendo de dolor. Ella se agachó junto a él. El ojo izquierdo se le estaba hinchando y tomando una tonalidad púrpura. De la parte superior de la mejilla manaba la sangre, que le resbalaba por la barbilla y caía sobre la acera.

Primero le ayudó a sentarse y luego a apoyarse en el poste de la parada del autobús. Estaba oxidado y pintarrajeado.

—No tengo nada roto —anunció Dan, tratando débilmente de sonreír. Sacudió la cabeza como para aclarársela y, haciendo una mueca de dolor, se agarró el estómago—. Me ha pegado fuerte, pero sólo ha sido un aviso, sin intención de hacerme daño.

—¿Sólo un aviso? ¡Mírate, hombre! ¿Qué está pasando, Dan? Y no me digas que era tu corredor de apuestas. ¿Quiénes son esos tipos?

—Era el minibús verde ¿verdad?

—El minibús —respondió ella—, sí.

—¡Dios, cómo duele! Necesito algo para detener la hinchazón, tal vez hielo —dijo Dan, tratando de incorporarse y agarrándose a ella para conseguirlo. Casi la hizo caer. Judy no estaba hecha para esa clase de esfuerzos.

—Dan, tienes que explicarme lo de ese paquete, lo de esos tipos.

—Ahora no, luego te lo explico. No tiene nada que ver con tus problemas, te lo juro. Luego ¿vale? —Hizo una pausa y preguntó—: ¿Paquete? ¿Qué paquete?

Judy lo recogió del suelo y se lo alcanzó.

—Este paquete. Dijo que era un ensayo, una advertencia de que más te valía arreglar las cosas, o de lo contrario... Y algo acerca de que te cuidaras del dinero para el viernes. Y de que si tú no puedes manejar a tu hermano, alguien lo hará en tu lugar.

—¡Maldita sea...! —Dan se arrastró hasta la tienda de pescado y se apoyó en ella. Las tablas cedieron bajo su peso.

Judy se sentó a su lado, procurando que sus piernas no tocaran la basura ni la mugre.

—Quiero la verdad, Dan. No más mentiras.

—¿Cómo demonios me habrán encontrado? —murmuró él, sin

prestarle la menor atención. Abrió el paquete, que estaba cerrado con algunas tiras de cinta adhesiva. Del interior cayeron sobre sus piernas trozos de un plato de cerámica roto. Los apartó, mandándolos a hacer compañía al resto de basura apilada contra la pared. Envases de zumo de naranja medio podridos, botellas de cerveza, paquetes de tabaco, trapos...

—Es de tu casa ¿verdad?

—Si —respondió Dan, soltando de repente una carcajada—. Sutil ¿eh? Muy sutil.

—Quédate aquí. Iré a buscar hielo. Luego hablaremos.

Dan asintió con la cabeza y comenzó a reírse quedamente. ¿Estaría perdiendo la razón?

Judy lo dejó en compañía de su ordenador portátil y se dirigió hacia el bar. Ya no era ella, ni tampoco TerMight. Tenía que cuidar de Dan, tenía que encontrar a Cal, tenía que sobrevivir. Eso era lo único que importaba.

Se había teñido el pelo de verde, algo que antes ni siquiera se le habría pasado por la cabeza; había escapado de Tony Tuska y Paul Smith, un par de asesinos profesionales, y había manejado a Dan Nikonchik durante lo que le parecía varios siglos. Por lo tanto, podía hacer cualquier cosa. Por muy asustada que estuviese, se las arreglaría.

En el bar todo era penumbra y humo de tabaco. Los dos tipos del autobús estaban sentados en sendos taburetes, solos, en un extremo de la barra, que serpenteaba en una especie de semicírculo sobre un suelo de baldosas oscuras. Tras la barra había una mujer, sentada igualmente en un taburete. Le echó unos cuarenta años. Pelo rubio y quebradizo, enrollado en rulos y sujetos con pinzas de color rosa. Sorbía de un vaso y, justo en el momento en que ella entró, se echó a reír de algo que había dicho uno de los hombres.

Todos volvieron la vista hacia Judy. A juzgar por sus reacciones, no debían estar demasiado acostumbrados a ver extraños por allí. Además, su aspecto no tenía nada que ver con el de la clientela habitual.

Los hombres la repasaron con la mirada.

«Carne cruda —pensó ella—. Cerdos.»

Se concentró en la rubia.

—¿Qué va a ser? —le preguntó, en un tono de voz que daba a

entender bien a las claras que sabía que no había entrado precisamente para pedir una bebida.

—Hielo —respondió Judy— y un trapo limpio, si puede ser.

—¡Escuchad eso! —exclamó la camarera, lanzándoles una mirada sarcástica a los dos tipos—. La señorita quiere hielo y un trapo limpio.

—Pagaré.

—Sí, claro, ¿con qué? —preguntó desafiadora la rubia.

Los hombres se rieron y soltaron alguna ordinariez.

Dan tenía dinero. Pero si volvía adonde él estaba y regresaba con unos cuantos billetes, estaban listos. Judy le mostró una de las tarjetas de la pomada hemorroidal.

—Tengo una digicard de diez pavos.

La mujer cogió la tarjeta con sus dedos terminados en unas uñas postizas, largas, pintadas de rosa intenso y con las puntas cuadradas. Leyó el anuncio impreso en la tarjeta.

—¿Con que hemorroides, eh? Muy bien, golfa —dijo con aspereza, pero algo más relajada. La tarjeta era robada, y eso la convertía en una persona de confianza—. De acuerdo, te traeré algo de hielo guapa, pero nada de trapos limpios. Aquí no tenemos de eso.

Se alejó de la barra, se levantó la minifalda y se metió la tarjeta en una bolsita atada a sus bragas. Pequeña y negra, contenía otras ganadas con el duro trabajo diario.

«Es algo que me ocurre todos los días. Calma. No pasa nada», se dijo Judy para sus adentros.

—Si tienes otra tarjeta, te traigo un trapo.

—¿Y media? —respondió ella, tratando de mantener la calma—. Es todo lo que me queda.

—Un tarjeta entera, un trapo. Ése es el trato.

—Pero tengo que comer —protestó Judy—. Media tarjeta por el trapo. Vamos.

Aquellos tipos se lo estaban pasando en grande con aquel espectáculo gratuito.

—Oye —le dijo uno de ellos—, ven aquí. Hazme alguna cosita y gánate el trapo. ¿Qué me dices?

—Déjala, Crank —saltó la rubia—. La chavala es jovencita, déjala en paz. Y tú —le dijo a ella, señalándola con la uña—, dame esa tarjeta, coge tu trapo y sal pitando de aquí. No sé si podré mantener a raya a Crank. Cuando se pone caliente no hay quien lo pare, ya me entiendes, ¿no?

Judy le alargó la tarjeta y la mujer hurgó debajo de la barra. Un momento después, con el hielo y un trapo grasiento en la mano, salió por la puerta de aquel antro.

Encontró a Dan tal como lo había dejado, apoyado en aquellas ruinas. La sangre se le estaba secando en la cara. El hielo se fundía al sol y el trapo estaba empapado de agua. Al menos podría limpiarse la sangre de la mejilla y de la mandíbula.

—Bien —le dijo Judy—, adelante, habla.

—Más tarde —respondió él—. Te lo juro. Luego te lo cuento, pero ahora no. Cuando estemos a salvo. La pasma nos va a la zaga y no podemos quedarnos aquí charlando.

»¿Cómo me habrán encontrado? —continuó—. ¿Cómo han podido seguirme el rastro en ese maldito autobús?

—Una buena pregunta —respondió Judy—, que requiere una buena respuesta. Cuando todo lo demás no funciona, hay que probar con lo obvio.

Alargando la mano, sacó del bolsillo de la chaqueta de Dan sus gafas de sol de diseño.

—¡Eh! —gritó este cuando, sin pestañear, Judy las partió en dos.

—Cállate —le espetó ella, señalando el minúsculo microchip alojado en el puente—. Trabajo en seguridad ¿recuerdas? Tus amigos no se fían mucho de ti. Seguro que te han estado controlando desde hace tiempo. Y el Porsche también debe estar cargado.

—¡Mierda! —masculló él—. Esos hijos de perra...

—¿Estás seguro de que esos tipos no tienen nada que ver con la desaparición de Cal?

—Absolutamente —replicó él—. Necesitan que regrese cuanto antes. Y lo quieren vivo. No me matan porque saben que soy la única persona capaz de averiguar dónde se encuentra. Te juro que te lo contaré todo cuando estemos en un lugar seguro.

«Encontrar un sitio así —se dijo Judy para sus adentros, mientras comenzaban a andar— no va a ser tan fácil.»

20

La planta de reciclaje, unas cuantas calles más abajo del bar de Silvie, parecía un elefante azul con varias trompas apuntando al cielo. Era enorme, ocupaba el espacio de cuatro manzanas. Cada pocos minutos entraba en ella un camión cargado de basura, lleno de carnaza para la bestia, y descargaba en sus entrañas el correspondiente sacrificio de papel, cristal y plástico para tratar de satisfacer el inagotable apetito del monstruo.

Probablemente los que trabajaban en el elefante azul habrían absorbido ya las suficientes dioxinas como para morirse varias veces. Una jornada en aquel lugar equivalía a fumarse cuatro paquetes al día durante un mes de los infectos cigarrillos aprobados por la FDA.

En el aparcamiento de la fábrica no había demasiados coches, ni cercas ni guardias. No era precisamente un objetivo apetecible para los ladrones de coches, habida cuenta del lamentable estado en que se encontraban la mayoría de los vehículos estacionados allí. Y aunque entre ellos había alguna que otra camioneta descubierta de grandes ruedas, incluso estas parecía que se iban a desmontar de un momento a otro.

Dan señaló uno que tenía mejor pinta que los demás.

—Cojamos ese. Parece el mejor.

«De acuerdo. Vamos allá», se dijo Judy, suspirando mientras abría su netpad y activaba su programa secreto de apertura de vehículos. Pulsó el icono correspondiente a DESBLOQUEAR. Un destello de *ping radio=1 dimensión=m* y en la pantalla apareció el código de apertura de la puerta del coche. El icono desapareció de la pantalla y las cerraduras se abrieron. Al menos, en esta ocasión no había nadie disparándole.

El interior del vehículo olía a alcohol rancio. El asiento delantero estaba lleno de periódicos atrasados, muchos de ellos abiertos por las páginas dedicadas a las carreras de caballos.

Se dejó caer en el asiento del pasajero, y con una pulsación en el teclado puso el motor en marcha, y también la radio que atronó en el interior del coche con una canción de la lista de éxitos. Inmediatamente propinó un manotazo a los controles de aquel aparato infernal y lo hizo callar de golpe. Le dirigió una sonrisa a Dan, y este, sin dejar de pisar el acelerador, se la devolvió.

Era agradable eso de sonreírle a alguien sin que te insultaran por ello. Tan agradable como cuando en el bosque, junto a la casa de Jeremy, Dan la había protegido con su propio cuerpo. Cualquier pretexto le valía para tocarla, aunque fuera sólo un poquito: la agarraba por el codo, la guiaba hacia aquí o hacia allá, y un largo etcétera.

Lástima que Dan Nikonchik tuviera tan mal genio, fuera tan adicto a las chicas bombón y tan físicamente... bueno, tan repugnante. Porque por muy extraño que pudiera parecer, comenzaba a sentirse cómoda con él.

Puso una mano sobre su hombro. Y en esta ocasión, él no la miró alarmado.

—Vamos —le dijo—, pongamos esta cosa en la carretera. Cambiaré los números de registro del coche y programaré el encendido para que responda a tu tacto.

—Próxima parada, a comer —respondió Dan, sacando el coche del aparcamiento de la fábrica y del humo tóxico.

Judy abrió el netpad y ejecutó el programa de comunicación inalámbrica. Alta velocidad y tecnología punta: un enlace digital móvil para transmisión de datos que husmearía buscando las frecuencias de voz y colaría paquetes de datos en canales vacíos. Cifrado, vaya proeza, y supuestamente seguro, era el mismo método que los polis habían utilizado para seguir el rastro del automóvil de alquiler que había tomado prestado a Tony Tuska y Paul Smith.

—Hecho —dijo Judy—. El coche ya es seguro. Ahora entraré en el ordenador de tu garito y sacaré de allí los archivos de Cal.

El vehículo subió por una pista de tierra colina arriba, con unas montañas gigantescas al fondo. El aire polvoriento formaba remolinos por todas partes, por encima de las piedras y los arbustos. La niebla se había levantado y el aire de nuevo era limpio. Judy bajó manualmente la ventanilla y se sintió mucho mejor. Otra vez despierta.

Tomaron una curva dejando una nube de polvo tras de sí. Dan giró el volante con una mano, mientras con la otra se apartaba el pelo de la cara. Por debajo de ellos, la pendiente caía abruptamente hasta acabar en un fondo rocoso, mucho más abajo.

El coche comenzó a descender por el otro lado de la colina, siguiendo la pista serpenteante. Poco a poco fueron apareciendo cabañas de troncos y luego una carretera asfaltada. Fueron dejando atrás edificios blancos destartalados, con descoloridos rótulos que anunciaban la venta de leche fresca y verduras. Algunos hombres, embutidos en tejanos ajustados y tocados con sombreros de vaquero, holgazaneaban por las afueras de San Pueblo's Eats. Ninguno les prestó la menor atención, sólo una mirada casual. Probablemente no era el primer cacharro con ruedas que veían pasar por allí.

En la entrada del pueblo, Dan metió el coche en el aparcamiento de un supermercado. En cualquier lugar de California podías encontrar un establecimiento de la cadena Ven. Allí nadie se daría cuenta de su presencia, aunque dejaran el coche aparcado media hora o más.

En la puerta del supermercado se podía leer un letrero que decía: SE ACEPTA METÁLICO.

—¿Aún te queda dinero, verdad? —le preguntó a Dan.

—Sí, suficiente para comprar un poco de comida, hielo y un antiséptico. Pero no quiero gastar demasiado. Cuando se nos acabe no habrá más.

En uno de los escaparates había una gran imagen de cartón de la misma chica virtual que Cal tenía en su apartamento. Mistie Lane, vestida, por decirlo de algún modo, con un minúsculo bikini naranja y portando una pistola en cada mano. Escrito en grandes letras sobre su prominente busto podía leerse: BEACH BABE, DETECTIVE PRIVADA. JUEVES A LAS OCHO, EN EL CANAL 36.

Al ver la expresión de Judy, Dan hizo una mueca. Parecía cansado. Su ojo izquierdo no era más que una fina rendija blanca que asomaba entre dos hinchados párpados color púrpura. Se limpió el sudor de la frente con el dorso de la mano.

—Cal y yo siempre veíamos juntos ese vídeo, cada semana. Es una de las pocas cosas que hacíamos juntos. En realidad no significaba nada, simple distracción. Cuando el jueves de la semana pasada no se presentó, supe que le había ocurrido algo. Me cuesta creer que sólo hayan pasado ocho días desde entonces. Parece una eternidad.

Llevaba los pantalones arrugados y la camisa amarilla parecía marrón de tanta suciedad y sangre seca. Sacó el dinero del bolsillo, metió dos billetes de veinte dólares en el billetero y ocultó el resto bajo el asiento.

No había razón alguna para seguir hablando de Mistie Lane. Judy se concentró en la pantalla de su netpad.

```
Bienvenido a dan-land.com
Contraseña:
```

Entró como Griswald, usando su contraseña. Sin apartar la mirada de la pantalla, dijo:

—Para mí algo sencillo, Dan. Con un trozo de pan me conformo. Nada de chips ni porquerías de esas. Y agua embotellada. Sin burbujas.

—De acuerdo —respondió él.

Encontró el directorio de Griswald y vio que había en él varios archivos repletos de código genético. Cada archivo estaba precedido por las siglas DNS. ¿Tendría algo que ver con Domain Name Server? Así era como las empresas se registraban para tener sus direcciones en la red. Pero ¿qué relación tenía aquello con la programación genética?

Fuera lo que fuera, lo descargó todo en su netpad.

En pantalla apareció la ventana de descarga:

```
Descargando DNS1015...1%...5%
```

—Esto tardará unos cinco minutos —dijo, apretándose los ojos con las palmas de las manos. Necesitaba un descanso. Necesitaba relajarse, pero no había tiempo. No con Tuska y Smith pisándoles los talones.

—Estaré de vuelta antes —le aseguró Dan, bajando del coche.

Judy observó cómo rodeaba el vehículo y cruzaba el aparcamiento en dirección al establecimiento, como si dispusiera de todo el tiempo del mundo. Tal vez no supiera nada de ordenadores, pero no cabía duda que conocía bastante bien la naturaleza humana. Todo el mundo se fijaría en un hombre que iba con prisas.

```
Descargando DNS1015... 25%...17%...
```

Con el netpad junto a ella en el asiento, se acomodó sobre la destrozada tapicería. Algo de lo que había dicho Dan la había inquietado, pero no conseguía recordar qué. No podía tratarse de nada relativo a Mistie Lane...

Cuando regresó con una bolsa llena de comida, la descarga se había completado satisfactoriamente: algunos archivos de encabezado que contenían definiciones y código que Cal utilizaba repetidamente, más todo un cargamento de archivos fuente. Judy, aunque tenía los ojos abiertos, ni le respondió cuando él depositó la bolsa entre los dos y se acomodó en el asiento del conductor. Su mente divagaba sin concentrarse en nada en concreto.

—Hora de masticar —dijo él, y sacó de la bolsa un paquete de chips. Rizos de patata picantes, estilo mexicano. Lo abrió y se metió un puñado de patatas en la boca. Al instante sus labios se tiñeron de polvo rojo, supuestamente pimiento y chile.

A ella le dio una rebanada de pan. Judy rompió un pedazo y se lo metió en la boca, masticando lentamente.

—Gracias ¿Algo para beber?

—Agua pura de manantial para ti —respondió Dan, pasándole una botella de agua fría. Cola para mí.

Judy se bebió media botella de un trago. Estaba más seca que el desierto. Después comió otro pedazo de pan.

—¿Te encuentras mejor? —le preguntó él, y mordió un trozo de gelatina de buey. Sin duda sus gustos alimenticios eran de lo peor—. ¿Has conseguido todo el programa?

—Sí a las dos preguntas —respondió Judy. Dan era un plomo y un payaso, pero ni mucho menos tan terrible como le había parecido al principio—. Me encuentro mejor, gracias. ¿Qué tal si ahora me cuentas lo tuyo?

Después de meterse dentro de la boca el último pedazo de carne, hurgó dentro de la bolsa y sacó un bote de algo llamado El Curalotodo del doctor Reynolds. Probablemente, ese doctor Reynolds fuera el mismo tipo que el doctor Frond de la pomada hemorroidal: ni el uno ni el otro existían realmente. Abrió la tapa, metió los dedos dentro y se embadurnó la mejilla con una pasta amarillenta.

—También he traído una bolsa de hielo, por si acaso. —Puso el motor en marcha y lo dejó girar al ralentí mientras terminaba de masticar.

Judy miró de nuevo la Mistie Lane de cartón, tratando desesperadamente de sacar de ella alguna verdad oculta. No es que aquel diminuto bikini pudiera ocultar gran cosa. Sobre él no cabía más que una pequeña parte del texto: JUEVES A LAS OCHO.

—Dan, ¿cuándo le pediste a Bren que pusiera el mensaje en VileSpawn, por si alguien tenía alguna información acerca de Griswald?

—El viernes por la mañana, después de que Cal no se presentara para ver el programa de Mistie. Aunque el amigo de Bren no lo puso hasta el lunes.

—De modo que lleva desaparecido más de una semana —dijo Judy—. Hailstorm murió el domingo, cuatro días después de que Cal se esfumara. Tu hermano desapareció antes de que comenzaran los asesinatos.

—Tal vez alguien le amenazara. ¿Tuska y Smith, quizá?

—¿Y por qué sólo a Cal? Con los demás no lo hicieron. Al menos conmigo no. Y Jeremy tampoco mencionó nada relativo a una amenaza. Además, esos dos intentan que las muertes parezcan suicidios. Está claro que no quieren llamar la atención.

Judy buscaba en vano una respuesta, aunque sabía que estaba cerca de encontrarla.

—Tal vez la desaparición de Cal no esté vinculada con esas

muertes. Tal vez Bren tenga razón y Cal simplemente se haya ido por que sí.

—¿Una coincidencia? —preguntó Dan—. ¿Recuerdas lo que me dijiste al respecto? Mi hermano desaparece sin dar ninguna explicación, borra su ordenador y se esfuma. No me dice nada, a pesar de que sabe que me pondré enfermo de ansiedad. Unos días después, un par de maníacos comienzan a asesinar a los demás hackers de elite de la costa. No sé a ti, pero a mí me huele mal.

—Paul Smith le dijo a Trev que por desgracia yo era demasiado lista —dijo Judy, echándose a temblar—. Ésa fue la razón por la que Tuska vino por mí. Soy una hacker, Dan. Manejo sistemas de seguridad para la red. No soy una amenaza para nadie, a menos que alguien esté preparando una operación tan gigantesca, tan espectacular, que no haya forma de que yo no me dé cuenta de ello. Y como no soy una delincuente, ese alguien debe temer que yo pueda interferir en sus planes.

—¿Qué quieres decir? —preguntó Dan.

—Tuska y Smith están asesinando a los hackers de elite por precaución, Dan —respondió Judy, a sabiendas de que había dado en el clavo—. Este es el motivo por el que han matado a Hailstorm, Larabee y Jeremy. Los asesinos buscan seguridad, garantía de que nadie entorpecerá sus grandes planes.

—Pero ¿qué me dices de Cal? Desapareció antes de que comenzaran los asesinatos.

—Lo sé —respondió Judy—. ¿No lo entiendes, Dan? Cal es la clave, el catalizador. Cuando él desaparece comienzan las muertes. No antes. Sólo hay una explicación a eso. Quienquiera que está empleando a Tuska y a Smith tiene a Cal... y a su programa. ¡Cal no es el objetivo de esas muertes, sino la causa!

21

Dan rompió el silencio.

—Cal no es un criminal, Judy. Nunca haría nada que pudiera perjudicar a nadie, y menos a Jeremy.

—Es muy probable que Cal no sepa nada de esos asesinatos —dijo Judy—. Seguramente, alguien lo tiene oculto en alguna parte. Tal vez hasta se trate de la CIA o de la NSA, y le estén soltando algún rollo sobre la seguridad nacional y todo eso, manteniéndole apartado mientras la fiesta se celebra en otra parte.

—Judy, ¿hay algún otro hacker de primera en San José? ¿Qué me dices de Bren y Carl? Tal vez Tony Tuska y Paul Smith aún no hayan concluido su trabajo.

Un escalofrío la recorrió de pies a cabeza. No había caído en eso. ¿Quién quedaba? ¿Quién sería el siguiente?

—Mercy —susurró Judy—. Vive aquí, en San José. Es una fiera, Dan. Trabajé con ella hace un año en un proyecto de Sánchez, un asunto importante de seguridad bancaria. Bren y Carl son buenos, pero no se dedican al verdadero pirateo, a meterse dentro de las cuentas de otros y cosas así. Mercy es la única que queda por aquí... aparte de mí, claro. Tengo que llamarla, tengo que avisarla de que Tuska y Smith van por ella.

Extrajo la caja azul del estuche de su portátil. Se parecía mucho a la caja verde que había utilizado para cambiar los semáforos, pero esta llevaba un paquete de circuitos muy útiles para ocultar el lugar desde el que se llamaba. Para ello se empleaba un bucle entre dos números de teléfono utilizados por las compañías telefónicas para hacer pruebas..., y también por los hackers que querían hablar con garantía absoluta de privacidad.

Cualquiera podía construirse una caja de aquellas. En la red había planos para cientos de circuitos distintos, gratis para quien quisiera descargarlos.

Sólo con tocar uno de los iconos de la pantalla de su netpad, Judy marcó uno de los números de Mercy.

Se preguntaba qué le diría. Hacía meses que no hablaban y temía que lo que fuera a contarle le sonara ridículo. Nadie asesinaba por un programa. Pero fuese como fuese, tenía que convencerla de que le estaba contando la verdad.

El teléfono sonó una sola vez y luego pasó a contestador.

Entonces escucharon la voz de Mercy, casi inaudible. La muchacha no era muy habladora: «Sí, soy yo, deja tu mensaje. Ya te llamaré».

Si ya era todo un problema hablar con Mercy directamente por teléfono, cómo iba a dejarle en el contestador un mensaje que no pareciera absolutamente descabellado. Finalmente y mientras Judy se debatía por encontrar las palabras adecuadas, sonó el fatídico pitido.

—Mmm, sí, hola, qué tal, Mercy. Soy Judy Carmody. TerMight. Tal vez hayas visto las noticias. Ya sé que te va a parecer una locura, pero tienes que creerme. Alguien está asesinando hackers y tratando de cargarme a mí las culpas. Quizá tú seas su próximo objetivo. Estaré ahí tan pronto como pueda. Mantén la calma y vigila por si vienen un par de matones. Son unos asesinos. No te creas sus excusas, aunque te muestren sus credenciales. Créeme, por favor. Te llamaré más tarde. Déjame un mensaje en tu contestador si puedes.

Bueno, sonaba realmente estúpido, pero Mercy no era una adolescente ingenua. Trabajando en seguridad informática, había tenido ocasión de tratar con una buena colección de sinvergüenzas. Aun así, seguro que le costaría creer que alguien iba por ahí asesinando programadores. Lo mejor sería tratar de encontrarla lo antes posible.

—Entra en la Cinco, Dan. Dirígete al noroeste, hacia San Francisco. Mercy vive en los suburbios. Mientras tanto yo llamaré a Bren, por si acaso. Tal vez pueda ayudarnos.

Un momento después sonaba el teléfono, y una voz conocida respondía a la llamada.

—Hola, soy Bren.

—Bren, soy Judy. ¿Tienes conectada la bombonera de cromo? —La bombonera de cromo era un dispositivo que impedía al FBI o a la policía grabar las conversaciones sobre líneas de módem.

—Claro que sí, ¿crees que estoy loca? ¿Dónde estás? ¿En el tugurio de Dan?

—No. No conseguimos llegar allí. —Judy calló un instante, considerando qué podía contarle—. Escucha, no puedo revelarte los detalles. Las cosas se han salido de madre. Jeremy, el amigo de Cal, está muerto. La policía cree que Dan y yo estamos implicados. No hay forma de que podamos regresar allí. Manténte alerta, desconfía de cualquier desconocido. De esos dos tipos, los que mataron a Trev y a Jeremy. Pensamos que van tras Mercy. ¿Puedes avisarla? Tengo que estar segura de que no corre peligro. Luego Dan y yo buscaremos un lugar donde ocultarnos.

En pocas palabras, le explicó a Bren lo que había sucedido y lo que ella pensaba al respecto. Luego le describió a Tuska y Smith con todo detalle.

Bren dijo que trataría de contactar con Mercy y que después le mandaría un correo electrónico cifrado.

Tardó cinco minutos en llegarle. Una mezcla de noticias malas y buenas. Lo leyó en voz alta.

—«He tratado de contactar con Mercy, pero no lo he conseguido. Debe estar fuera de casa. Seguiré probando. También he mirado las noticias. Dan y tú aparecéis en todas partes, os buscan para interrogaros, aunque la CBS de Los Ángeles ha dicho que hay un posible testigo del asesinato de Trev LeFontaine, así que ahora sólo eres sospechosa, y no una asesina como antes. Tal vez la trampa se esté empezando a desmoronar. Te sugiero que te quedes fuera de circulación unos días más. Escóndete.»

—Un gran consejo —comentó Dan con ironía—. Escondernos. ¿Y también te dice dónde?

—Pues sí, Dan, lo dice —respondió Judy—. Déjame terminar. «Hay una cabaña al suroeste de San José, cerca del parque de Redwoods, en la ladera Oeste. Los propietarios la abandonaron. Carl y yo vamos allí a descansar después de algún trabajo importante. Fuera de la circulación, lejos del mundanal ruido. La policía nunca os encontrará allí.»

El resto del mensaje consistía en indicaciones detalladas sobre cómo llegar hasta allí.

Dan parecía realmente complicado.

—Un lugar donde descansar y descifrar el programa de Cal.

—Primero tenemos que pasar por casa de Mercy —dijo Judy.

¿Dónde estaba Mercy? ¿Trabajando sola en algún cubículo de alguna oficina mal iluminada en Silicon Valley? ¿O sola, en algún lugar donde Tuska y Smith podrían entrar y asesinarla?

Aún en la red, entró en el sitio del MpWizard y tecleó la dirección de Mercy. En unos pocos segundos, el ordenador mostró en pantalla el camino más rápido para llegar a su casa. El tiempo estimado del recorrido era de cuarenta y cinco minutos, sin contar con el tráfico de las horas punta.

¿Acabaría muriendo Mercy por culpa de un atasco?

No, porque probablemente Tony Tuska y Paul Smith también quedarían atrapados en él. Mientras el coche avanzaba lentamente, volvió a concentrarse en el problema del programa de Cal.

—¿Has sacado algo en claro? —le preguntó Dan.

Judy estaba mirando fijamente a la pantalla. Jeroglíficos. El programa del restaurante era una versión más compleja del que Judy había descargado desde VileSpawn. Material extraño, algún tipo de programación genética, escrita en un lenguaje que no comprendía. ¿Cómo podría encontrarle algún sentido a todo aquello?

—Es como intentar comprender una conversación con doble sentido. No se entiende ni una sola palabra.

Letras blancas sobre fondo azul: el programa de Cal. Sólo palabras, algo que descifrar. Nada más que eso.

Palabras.

Una estructura de nodos de asignación dinámica, diseñada para proporcionar tantos vínculos como el programa necesitara. Pero ¿vínculos a qué? ¿A registros de crédito? ¿A transferencias de acciones?

Rutas bancarias.

El Laguna Savings. Alguien había penetrado en su sitio web. El lunes pasado. Un día después de la desaparición de Cal. Tal vez aquello había sucedido realmente. Una prueba. Un buen programador siempre probaba su programa antes de ponerlo a trabajar.

Cada estructura de nodos de rutas bancarias estaba creada dentro de un objeto orientado a una función. Cada objeto hacía algo, pero ¿qué?

Judy observó de nuevo el programa.

Cada objeto analizaba patrones, tendencias. Cada objeto incluía una compleja disposición de bits, dispuestos de forma casi idéntica a un archivo de imágenes. Y cada objeto suprimía, es decir, asesinaba, los objetos creados antes.

La frustración de Judy crecía por momentos.

—¿Qué demonios ha estado haciendo tu hermano?

—No lo sé, pero fuera lo que fuera mata a gente.

—Un programa no puede matar a nadie.

—Este sí.

Estaban circulando con una lentitud exasperante por la zona residencial, limpia y tranquila, del vecindario de Mercy, ante los bungalows de hormigón prefabricados, una tenue iluminación en las ventanas. Seguro que sus moradores estaban viendo la televisión, ajenos a todo.

Con el lento caer de la noche, la oscuridad se cernió sobre ellos como un negro presagio y Judy empezó a ver peligros por todas partes: entre los matorrales de un verde cada vez más oscuro, acechando tras un inocente matorral de flores rosas y púrpura, ocultos en cada sombra.

El aire se estaba poniendo fresco y empezaba a caer una fina niebla helada. A pesar de estar bien abrigada con la camisa de franela de Bren, no pudo evitar un escalofrío.

—Hemos llegado —anunció Dan, entrando con el coche en un pequeño camino particular. Justo enfrente se alzaba un garaje típicamente norteamericano: puerta color marrón, paredes de hormigón gris oscuro y tejado de pizarrilla. A lo largo de una de las paredes laterales del garaje había un pasillo semicubierto por cipreses que conducía hasta la entrada principal de la casa. Junto a los cipreses podía verse una pequeña ventana.

Todo a oscuras. Mercy no debía haber llegado aún a casa. O bien ya estaba muerta.

Dan la ayudó a salir del coche y luego pasó un brazo por el de ella, conduciéndola con rapidez hasta la puerta principal.

—Una pareja de amigos —susurró— de visita, por si los vecinos están mirando.

Llamó a la puerta. Nada. Probó la manecilla. Cerrada. Dejó a Judy frente a la puerta, y pasó por debajo de los cipreses para atisbar por la pequeña ventana.

—Nada —murmuró—. Parece que hemos llegado antes que ella. No quiero que nadie nos vea. Vamos.

La llevó a un lado de la casa, corrió el cerrojo de la verja del jardín y ambos se colaron hacia el patio posterior, que permanecía a oscuras. Los árboles estaban cargados de fruta. Bajo sus pies crujían ramas caídas. Pasaron junto a una hilera de cerezos que exhalaban un delicioso perfume. Judy alargó la mano para coger una cereza.

—No te comas eso —le advirtió Dan, tomándola de la mano—. No están maduras. Después te dolerá la barriga.

Ella dejó caer la mano y le contestó.

—Te lo enseñaron en la comuna ¿verdad?

—Exacto —respondió Dan.

El patio posterior de Mercy quedaba oculto a los vecinos gracias a una maciza valla de planchas de madera de un metro y medio de altura. La hacker apreciaba la intimidad. Desde algún lugar del otro lado de la valla, un perro se puso a ladrar.

Dan tiró de Judy por el codo hacia la puerta posterior de la casa. A Judy le faltó poco para caerse al suelo después de tropezar con una manguera. Los batientes de la balconera que daba al patio no se abrían. Él los sacudió con frustración. Aunque consiguió que se movieran un poco, una cuña de madera que había en el interior les impedía deslizarse.

Un lagarto que aún no se había retirado a descansar los miró perplejo desde el pavimento de cemento del patio. Lo mismo hicieron un par de relucientes ojos gatunos al final de la valla. El perro seguía ladrando, pero con más intensidad. Aquel atardecer estaba empeorando por momentos.

Mascullando una maldición en voz baja, Dan la condujo hasta una pequeña ventana que daba al patio.

Judy miró hacia atrás, por encima del hombro, a los ojos del gato, esperando oír otra maldición en cuanto Dan se encontrara que de nuevo no podía entrar. Pero no fue así, y en lugar de eso silbó quedamente de asombro. Judy se volvió y vio lo mismo que él. La sangre se le heló en las venas.

El cristal de la ventana estaba roto. Sobre el cemento, algunos fragmentos reflejaban la blanca luz de la luna.

—Ya han estado aquí —le susurró él.

No. Tenían que salvar a Mercy. Tenían que salvar a alguien.

A Judy se le agolpó de pronto la sangre en la cabeza.

Su pelo dorado, sus cálidos ojos azules, su risa. Ese cuerpo menudo, ligero y siempre en movimiento. Toda aquella energía. ¿Mercy?

—Quédate aquí. Voy a echar un vistazo al otro lado de la casa —dijo Dan agachándose y desapareciendo bajo unas ramas de azalea. Ella miró de nuevo hacia el gato. ¿Acaso aquel animal habría visto u oído algo?

Dan regresó.

—Hay otra puerta, ven —anunció, y tiró de ella de nuevo, esta vez para doblar una esquina y tomar un estrecho pasillo junto a la casa que llevaba hasta una puerta de madera; estaba abierta unos centímetros.

Mostrándose un poco más precavido, se quitó la camisa, se envolvió la mano con ella y empujó la puerta justo lo necesario para pasar por el resquicio sin que sus cuerpos rozaran la madera.

—No toques nada —le advirtió Dan—. No debemos dejar huellas. Ni restos de ADN.

Se estremeció y entró con él en el dormitorio de Mercy. Tres ordenadores, ninguno en marcha. Era evidente que los intrusos no habían ido allí a por el equipo. La cama estaba intacta, con el batín de ella pulcramente plegado sobre la almohada. En la mesita de noche parpadeaba la luz roja del contestador. Mercy no había escuchado los mensajes. Tenía que tratarse del de Judy y de los de Bren. Ninguno recibido aún. Tal vez no había vuelto a casa.

Dan, con la mano envuelta todavía en la manga de su camisa, encendió la lámpara de la mesita de noche. Entró en el baño y descorrió la cortina de la ducha.

—Nada —dijo.

No se oía nada, excepto el tic-tac de un reloj en alguna parte.

Muy despacio, se adentraron por el oscuro pasillo. En el salón había un sofá bastante desgastado, algunas mesillas con lámparas de mesa y pósters en las paredes. Sobre la mesa, una colección de piezas de ordenador. Judy apenas se fijó en ellas. Tal vez Tuska y Smith habían entrado y se habían ido sin dar con Mercy.

Pasaron bajo un arco del que colgaban desde una estantería clavada a la pared en lo alto, unas hojas de parra.

Poco a poco se iban acercado al tic-tac del reloj. Dan accionó de repente el interruptor de la luz. Baldosas blancas, cocina de acero y allí, en el suelo, en el suelo...

Mercy, con el pelo rubio empapado de sangre. Los ojos azules helados y sin expresión. Yacía de costado, con los brazos extendidos en un charco oscuro sobre el suelo de la cocina. De la espalda sobresalía el mango de un cuchillo.

Dan cayó de rodillas, llorando sobre el suelo de la cocina con el rostro oculto entre las manos.

—No puede ser, no puede ser —no dejaba de repetir sollozando.

El cuchillo. Judy estaba como clavada bajo el arco, petrificada. El corazón le martilleaba los oídos. El cuchillo que Mercy tenía clavado en la espalda era suyo. Lo habían cogido de la cocina de su casa.

—Tenemos que largarnos de aquí —dijo Dan, tambaleándose mientras se ponía de pie—. La poli llegará de un momento a otro, y si nos cogen aquí estamos listos.

—El... el cuchillo... —balbuceó Judy, teniendo que hacer un esfuerzo sobrehumano para articular cada palabra—. Es mío. Han utilizado un cuchillo de mi casa.

Con la camisa, Dan secó sus lágrimas del suelo y luego frotó el mango del cuchillo. Le temblaba la voz.

—Borro tus huellas. Es lo único que podemos hacer. No podemos hacer desaparecer el arma del crimen.

—¿Por qué? ¿Por qué? —Judy no lograba pensar con claridad. Con el rostro tenso y absorto, él se incorporó.

—Judy, si la policía nos coge con el cuchillo encima, estamos perdidos. De simples implicados pasaríamos a convertirnos en claros sospechosos.

Fuera, el perro había empezado a ladrar de nuevo. Se oyó la voz de un hombre y el ruido de una puerta corredera al cerrarse. Dan volvió la cabeza, mirando en todas direcciones.

—Es hora de largarse. No hay nada que podamos hacer ya por ella.

Agarrados con fuerza el uno al otro salieron de nuevo al patio por la puerta entreabierta. Otra vez a huir. Y como si llorara la muerte de Mercy, el perro se echó a aullar. O tal vez les estaría advirtiendo de que ellos iban a ser los siguientes.

22

La cena se servía habitualmente a las siete de la tarde en el comedor de la casa grande. Sin embargo, aquel día, a tan sólo cinco horas del punto culminante de su proyecto, Ingersoll había preferido cenar solo. Presentó sus excusas por teléfono a Barrington, aduciendo que la solución de algunos detalles de última hora requería su atención; al viejo no pareció importarle demasiado. Lo único que le interesaba era el dinero. Y destruir la red.

Sentado en su oficina, y descalzo, se puso a mordisquear un sándwich de rosbif mientras revisaba números de cuentas bancarias en el extranjero. La semana pasada había abierto más de quinientas cuentas, cada una con varios millones de dólares, en entidades que no hacían preguntas acerca de la procedencia del dinero. Según los archivos de la NSA, la mayoría de ellas servían como tapadera para movimientos de capital del mundo de la droga y del crimen organizado. A él aquello le tenía sin cuidado.

Una vez depositado, el dinero de la operación de esa noche sólo podría ser retirado por medio de una clave digital. Y él era el único que la conocía.

Tras activar el distorsionador y el modificador de voz, pulsó el icono correspondiente a TELÉFONO y marcó el número del hotel donde se alojaban sus tres agentes. Como el asalto estaba previsto para esa misma noche, quería estar seguro de que no iba a producirse ninguna interferencia desde el exterior.

Tres llamadas.

—Roy Reed al habla.

—Hola Roy —dijo Ingersoll—. ¿Cómo va el trabajo?

—Exactamente según lo previsto, señor —respondió Tuska—. Paul y yo hemos completado la última parte del programa esta misma tarde. Hemos utilizado las herramientas adecuadas, según las instrucciones.

—Me alegra saberlo —respondió Ingersoll. Aunque no había motivos para suponer que la policía tuviera pinchada la línea, la discreción nunca estaba de más—. Cualquier cosa que contribuya a enturbiar las aguas ayudará. En ocasiones como esta, cuanta más confusión mejor.

—Sin embargo, no hay ningún motivo —señaló Tuska—. Es el ingrediente que falta.

—Buena observación —replicó Ingersoll—. Me ocuparé de eso esta misma tarde. Mientras tanto, ¿alguna noticia de nuestra amiguita? De la que te rompió la nariz.

—No la hemos visto —respondió Tony—, pero según me han informado, hoy hemos estado más cerca de ella de lo que creíamos. Paul está furioso porque hubiera querido quedarse a echar un vistazo por los alrededores. Le he recordado que no nos sobraba el tiempo, y que no teníamos ninguna razón para sospechar que anduviera por allí. Lo entiende, pero sigue ansioso por saludarla.

—Parece que se ha obsesionado con ella —comentó Ingersoll.

—El yeso de su mano se la recuerda a cada instante —observó Tuska—. Paul es un buen profesional, señor, pero le gustaría igualar el marcador.

—De acuerdo, pero su actitud no me entusiasma —respondió Ingersoll—. Sin embargo, no me opongo a que se mantenga firme en su objetivo. Estaría dispuesto a subir vuestros honorarios un veinte por ciento si mañana por la mañana habéis logrado eliminar ese problema.

—¿Un veinte por ciento? —preguntó Tony—. Es una cantidad sustancial, señor.

Ingersoll les había prometido dos millones de dólares a cada uno por eliminar cinco hackers sin levantar sospechas. Por lo tanto, el veinte por ciento serían cuatrocientos mil dólares más para cada uno, sólo por eliminar a una especialista en seguridad que, hasta el momento, había conseguido eludirlos.

—Me siento generoso, Tony —respondió Ingersoll—. Pero quiero resultados.

—Los tendrá —le aseguró Tuska—. Ayer vino Ernie con nosotros, como usted dijo. Ha estado tirando de algunos hilos y llamando a algunas puertas. No tardará en dar con alguna pista.

—Llámame cuando esté hecho —ordenó Ingersoll—, a la hora que sea. Estaré esperando despierto.

—Así lo haré —asintió Tuska.

Un suave bip informó a Ingersoll de que alguien se acercaba a la puerta. Estaba seguro de saber quién era.

—Harry se reunirá con vosotros mañana —le dijo a Tony—, como estaba previsto.

—Tengo muchas ganas de verlo.

—Buenas noches, Tony —dijo Ingersoll, dando por terminada la comunicación—. Y buena suerte.

Desconectó la línea telefónica y se levantó. Harry Barton debía encontrarse con Tony, Paul y Ernie al día siguiente por la tarde, en el aparcamiento del aeropuerto. Pero, en vez del dinero en metálico, lo que les entregaría sería otro tipo de retribución. Por eso le había resultado tan fácil mostrarse generoso.

Como se había imaginado, al abrir la puerta se encontró con Gloria Simmons. Sin pronunciar palabra, le indicó con un gesto que esperara en el pasillo.

—Un momento —dijo en voz alta—, voy por la bandeja.

Regresó a su escritorio y cogió la bandeja con los restos de su cena. Chocaba ver un sándwich de rosbif y una bolsa de patatas fritas en una bandeja de porcelana pintada a mano. Estaba tan fuera de lugar como la cubertería de plata sobredorada que había utilizado para extender la mostaza y el ketchup sobre el sándwich, o la copa de cristal tallado en la que se había tomado la cocacola. Sin duda a Barrington le sobraba el dinero, y él estaba deseando saber cómo se sentía uno nadando en la abundancia.

Con la bandeja en la mano, se volvió, chocó con la silla y cayó sobre una rodilla; el contenido de la bandeja se desparramó por el suelo.

—¡Maldita sea! —exclamó para los micrófonos, al mismo tiempo que introducía el tenedor en el enchufe de detrás de la mesa, sirviéndose para ello del tacón de goma de su zapato. Hubo un sonoro estallido y la habitación quedó a oscuras.

—Entre —le dijo a Gloria, llevándola hacia el interior de la oficina en tinieblas. Cerró la puerta tras ella y echó el pestillo. Con las cortinas abiertas, a esa hora de la tarde no le hacía falta tener la luz encendida.

—Su jefe necesita sustituir los fusibles —le dijo a Gloria, acomodándose de nuevo en su butaca—. Los micros y la cámara están fuera de juego. Disponemos de entre cinco y diez minutos antes de que venga alguien a averiguar qué es lo que pasa. ¿Ha conseguido que Barrington le hable de sus planes?

Gloria se instaló en la butaca de enfrente. Llevaba puestas la misma falda y la misma blusa de la tarde anterior. Estaban arrugadas. Él no le preguntó nada al respecto, y ella tampoco le dio ninguna explicación. Nada de juegos de seducción en esta ocasión. Nada de grandes sonrisas ni de jugar con el pelo. Directa al grano.

—Afuera me prometió que me contaría los detalles de la operación de esta noche.

—Y un cuerno le prometí —respondió Ingersoll—. ¿Ha descubierto algo acerca de Harry?

—Claro —contestó ella—. Le dije que lo haría y lo he hecho. Maldito cerdo. Se supone que Harry sacará una copia del software de Cal, pero no esta noche. A Barrington le preocupa que aún pueda haber algún fallo en el programa. Quiere esperar a la versión definitiva, a la segunda vuelta.

Ningún problema. Nunca habría una copia en disco del programa de Cal. Era una estupidez... Ingersoll tenía copia de seguridad de todo el software de Cal en el servidor de su misma oficina. ¿Para qué querría Barrington un disco?

Aun así, el viejo le podría causar problemas si no lo vigilaba de cerca. Más le valdría tener a Gloria de su parte hasta después del primer gran golpe. Cuanto más supiera acerca del proyecto, más atenta estaría a las acciones de su jefe, para asegurarse de que no hiciera nada que pudiera comprometer el éxito de la acción. Gloria quería su dinero.

—La mayoría de la gente de la Agencia piensa que soy un paranoico —le confesó Ingersoll. Tenía que ser breve—. Demasiado suspicaz con las nuevas tecnologías. Afortunadamente, mi superior no opina lo mismo. Se da perfecta cuenta de que la red es una bomba atómica siempre a punto de estallar. Cuando fui a verle con el programa de Nikonchik, me autorizó a llevar a cabo esta operación encubierta. Ya es hora de despertar al presidente y al Congreso antes de que sea demasiado tarde.

—Robando mil millones de dólares —dijo Gloria.

—Eso para empezar —respondió Ingersoll—. Lo de esta noche no es más que el ensayo general. Con la programación genética de Nikonchik, voy a sustraer mil millones de dólares de bancos de todo el país. El dinero será transferido a lo largo de una intrincada red de rutas, pasando cada transferencia a través de cientos, de tal vez un millar de nodos informáticos, hasta cuentas secretas en bancos de la red, casas de cambio y firmas de inversiones. Todo este dinero será para mí, como pago por los años de fiel servicio que le he prestado a mi país. El diez por ciento era para Barrington, por prestarnos su rancho y su dinero, pero ni un centavo más, y ahora que conozco su doble juego, usted se quedará con la parte del viejo.

Gloria se le quedó mirando hipnotizada.

—Nunca hubiera imaginado que el gobierno fuera tan generoso. Ni siquiera tratándose de operaciones secretas.

—Lo que mi jefe no sepa no puede hacerle daño —replicó Ingersoll—. El segundo golpe tendrá lugar el fin de semana que viene, cuando esté seguro de que el programa cumple con todas las expectativas. Como en cualquier plan, hay que proceder con prudencia, un paso después de otro.

—¿Y la cantidad final? —preguntó Gloria—, ¿cuál es?

—Cincuenta mil millones de dólares.

Gloria se hundió aún más en la butaca, con los ojos muy abiertos.

—Cincuenta mil millones de dólares —repitió lentamente, como si recitara una plegaria—. Es mucho dinero.

—Sólo un par de nuevos bombarderos Stealth para la fuerza aérea —replicó Ingersoll—. O un nuevo destructor para la armada. Dentro del plan general, no es gran cosa. El público no se entera cuando se malgastan mil millones de dólares en un sistema de armamento que no funciona. O cuando un sistema de satélites se pasa unos cuantos centenares de millones de dólares del presupuesto previsto. Eso no impresiona a nadie. Pero yo voy a acabar con todo eso. Voy a convertirlo en algo personal.

»Además, lo que hace que mi plan sea tan eficaz es que voy a llevarme el dinero del sistema bancario de Estados Unidos. De repente, una buena mañana, dentro de unos días, miles de personas de todo el país amanecerán con sus cuentas corrientes vacías, a cero. Las empresas se encontrarán sin recursos, con sus reservas digitales esfumadas. De la noche a la mañana, miles de millones de dólares desaparecerán sin dejar huella. Será un gran golpe para el sistema.

»El pánico recorrerá el país como un maremoto. Imagínese el crac de 1929 multiplicado por veinte y magnificado por los medios de comunicación actuales, con su afición a los titulares sensacionalistas. ¡Menudo circo! Titulares de prensa, reportajes especiales en televisión, miles de rumores en la red. Habrá histeria colectiva, tal vez incluso pánico bancario, cuando la gente se dé cuenta de que los ahorros de su vida son tan vulnerables. Si ha sucedido una vez, puede volver a suceder.

—El viejo ha estado hablando de eso durante años —dijo Gloria—, pero todos creen que está zumbado.

Ingersoll sonrió.

—Barrington quiere alertar a la nación sobre los peligros de la tecnología. Después del próximo fin de semana, sus palabras serán la Biblia. Esto convertirá a un montón de gente. El Congreso, el presidente, los medios de comunicación, todos exigirán respuestas inmediatas del ISD, de la NSA, del FBI, de la CIA. Vamos a presenciar la caza del hombre más grande y más intensa de la historia de Estados Unidos. La caza de brujas que acabará con todas las cazas de brujas.

Gloria frunció el ceño.

—¿Y que pasará cuando los politicastros descubran que detrás del desastre está la NSA, una agencia gubernamental? Le crucificarán.

Sonaba casi como si le importara realmente. Pero ella no era de las que se preocupaba por nadie. Ingersoll sabía bien que en lo único que estaba pensando era en sí misma. Y en el dinero, por supuesto.

—Ahí reside precisamente la belleza de toda esta operación —respondió él. No quedará evidencia alguna que vincule el robo conmigo, con Barrington ni con la NSA. Ni el menor indicio. En el mejor de los casos, el Internet Security Department, trabajando día y noche con sus mejores programadores, descubrirá algunos fragmentos de programa que lo conducirá a un par de hackers. Dos programadores de elite, imposibles de encontrar. Ellos, y no nosotros, serán quienes carguen con las culpas del desastre.

—¿Dos? —preguntó Gloria—. Ese chico, Nikonchik, es uno, pero ¿quién es el otro?

—Una jovencita llamada Judy Carmody, alias TerMight. Es el chivo expiatorio perfecto. Una programadora brillante y sin escrúpulos, con fama de rebelde. Tiene todos los puntos para ser un perfil de alto riesgo en el ISD. Para nosotros el dinero y para ella la culpa.

—Pero ¿y si la detienen? ¿Y si la interrogan y demuestra su inocencia? —objetó Gloria, siempre práctica—. ¿Qué pasará entonces?

—Después de este golpe —respondió Ingersoll— Judy Carmody y Cal Nikonchik desaparecerán de la faz de la Tierra. Esfumados, desaparecidos; lo único que quedará de ellos serán las fotos que aparezcan en las publicaciones especializadas en escándalos.

23

Cal echó una ojeada al reloj que aparecía en la esquina de la pantalla de su ordenador. Las nueve. Listo, había acabado el programa con tres horas de antelación. Ya le había dicho al señor Ingersoll que no habría ningún problema. Y así había sido. El golpe tendría lugar a medianoche. Mil millones de dólares desviados a cuentas bancarias en todo el mundo. Imposibles de detectar.

Con un suspiro de alivio, se acomodó en su silla y observó cómo su programa cruzaba la red.

```
Cosworth's Tradex
/Usauto/cuentas/1487a96042...
Importe retirado: $14.683,43
Banco de Nueva Zelanda
/Tradex/débitos/cuenta0143019...
Importe transferido a través de nodo:
$14.683,43
```

El programa estaba funcionando a la perfección, pirateando millones de dólares de cuentas de todo el mundo, de cuentas personales de la gente, de cuentas de grandes empresas, de compañías de comercio, de fondos de inversión, incluso de la reserva federal.

Era bastante ingenioso. Había desarrollado aquel sistema para manejar los oscuros negocios del restaurante de su hermano. Por supuesto, Dan nunca movía sumas tan elevadas pero, en el fondo, el método era muy parecido: comenzar en un nodo principal, como por ejemplo, el ordenador que tenía aquí, en el rancho. Ejecutar un programa que creara los dos primeros objetos, los cromosomas progenitores, y luego sentarse a ver cómo hacían su trabajo.

Cada cromosoma digital incorporaba tanto programación como datos. El programa hacía que los cromosomas se combinaran intercambiando fragmentos genéticos en busca de la ruta óptima, en este caso una ruta bien oculta en la red. Luego, después de que los cromosomas progenitores hubieran creado su descendencia, el programa de esta se ejecutaría y lo primero que haría cada nuevo cromosoma sería destruir a sus progenitores, eliminarlos por completo. No quedaría ni el menor rastro de que alguna vez hubieran existido.

Al ejecutarse la programación de los cromosomas objeto, estos saltaban de un nodo al siguiente siguiendo rutas incrementalmente ideales por las que sustraer fondos y ocultarlos.

Vida artificial.

Aquello hacía que los ladrones y policías de antaño parecieran niños jugando con pistolas de juguete. Era un robo con estilo.

Se agachó para coger del suelo la botella de dos litros de ginger ale. Echó un trago. Se acabaron las preocupaciones. El programa estaba listo.

Satisfecho de haber eliminado cualquier fallo en él, pulsó el icono REINICIAR.

En pantalla apareció:

```
Banco de Nueva Zelanda
/Tradex/débitos/cuenta0143019...
Importe retornado a través de nodo:
$14.683,43
Cosworth's Tradex
/Usauto/cuentas/1487a96042...
Importe sumado: $14.683,43
```

En unos instantes, todas las cuentas quedarían restauradas a su saldo anterior. Todas las huellas de lo que había sucedido desaparecerían. Los cromosomas se habrían destruido unos a otros, llegando hasta el nivel inicial, el de los cromosomas progenitores que los habían creado.

El trabajo duro había terminado. Todo cuanto quedaba por hacer era dar el golpe esa noche, comprobar los resultados y, una vez que el señor Ingersoll estuviera convencido de que todo funcionaba según sus deseos, preparar el programa para un segundo golpe el sábado por la noche.

Aquella sería la demostración que contaría realmente, el mayor robo jamás cometido. Todos los peces gordos de la NSA y del ISD estarían presentes. Allí tendría por fin la oportunidad de lucirse. Sacar cincuenta mil millones de dólares del sistema bancario internacional, colocarlos en cuentas seguras repartidas por todo el globo, y volverlos a reintegrar de nuevo de donde los hubiera sacado. Después de aquello, nadie dudaría del poder de su programa e Ingersoll demostraría que estaba en lo cierto, alertando así a todos sobre la falta de seguridad de Internet, y él volvería a casa convertido en un héroe.

A casa. Al buen viejo San José, con sus eternos cuarenta grados a la sombra. Podría comer tantas hamburguesas y tantos tacos como quisiera.

Comida grasienta. A esas alturas, Dan estaría probablemente loco de ansiedad, preguntándose sin cesar qué le había ocurrido. Aquel pensamiento le hizo sentir cierto remordimiento por no haberle avisado. Pero no había podido elegir. El señor Ingersoll se lo había dejado bien claro, ningún contacto con el mundo exterior. Y la palabra del agente de la NSA era ley.

Además, tampoco le vendría mal a su hermano darse cuenta de que él ya no era un niño. Tenía que comprender de una vez por todas que no iba a pasarse toda la vida controlándolo. Él ansiaba liberarse de una vez, y aquel trabajo le había ofrecido una oportunidad real de echar a andar por sí solo.

Algún día Dan lo entendería. Confiaba en que no le resultara demasiado doloroso.

El programa, rápido como el rayo e imposible de detener, era una obra maestra, nacida de su ingenio y de su interés por la ingeniería genética. No había mentido al decirle al señor Ingersoll que ningún otro programador podría haberlo diseñado. Ni Hailstorm, ni TerMight...

TerMight, Judy Carmody. En sus prisas por terminar el programa, había olvidado por completo el misterioso mensaje que el señor Ingersoll le había enviado a alguien llamado Ernie, para que se asegurara de que Judy Carmody no pudiera interferir aquella noche. Mientras limpiaba el monitor con su pelota verde, reflexionó sobre cómo podía estar relacionado todo aquello con TerMight.

¿La habría contratado el ISD para intentar echar abajo su trabajo? Cuanto más consideraba aquella idea, más plausible le parecía. Después de reflexionar un poco, se acordó de un correo electrónico de TerMight en el que esta describía el trabajo de seguridad que había hecho para el Laguna Savings, el mismo banco que Cal había utilizado para la prueba preliminar de su programa genético hacía tan sólo unos días. Si seguridad bancaria había detectado su incursión, no era de extrañar que hubieran llamado a TerMight para que investigara.

Cal meneó la cabeza. Qué coincidencia más sorprendente. Costaba creer que el trabajo más importante de su vida fuera a enfrentarle con una de sus mejores amistades en VileSpawn. Esperaba que TerMight no se sintiera demasiado dolida cuando le diera una buena paliza en su propio terreno.

Pero ¿quién podía ser ese tal Ernie? ¿Y para qué le habría mandado el señor Ingersoll el perfil NSA de TerMight? Aquella transmisión no tenía sentido. Sólo había un modo seguro de averiguarlo. Curioseando un poco.

Greg y Harry estaban en el salón, jugando a cartas y riendo por algo. Antes o después, el señor Ingersoll pasaría a hacer las últimas comprobaciones, para ver si todo estaba listo. Le quedaba un poco de tiempo, tiempo para él, para navegar por la red, para leer las noticias, para relajarse y jugar a detectives.

Entró en VileSpawn como Calvin y recibió el saludo de una rosa negra. Otro hacker muerto. Larabee, un tipo al que nunca había visto, pero del que había oído hablar mucho. Mala semana para los gurús del pirateo. Dos talentos de primera desaparecidos. Si hubiera sido supersticioso, estaría preocupado por el asalto de esa noche.

Pero él no creía en los malos augurios. El programa iba a funcionar de maravilla.

Entró en su directorio privado Griswald. Alguien había descargado su prototipo de programa genético. Una entrada, una lectura, una persona. En lugar de Fuego, el propietario del programa era ahora Agua. El intruso había descubierto su clave de acceso privada y la había utilizado. Alguien había estado en VileSpawn suplantando a Griswald.

Sería Jeremy. Sonrió para sus adentros. Si Jeremy sabía que él estaba bien, se lo diría a Dan. Después de todo, no tenía razón alguna para sentir remordimientos por no haber avisado a su hermano.

Leyó el sencillo mensaje. No era de Jeremy.

```
Soy TerMight. Dime dónde estás y por qué
has desaparecido. Dime qué está pasando.
```

Se rió para sus adentros. La relación de TerMight con todo aquello estaba bien clara. Obviamente, trabajaba para el ISD. Ya le había prevenido el señor Ingersoll. El Departamento de Seguridad de Internet quería detener aquella operación a toda costa, quería seguir manteniendo la ilusión de que el sistema bancario por Internet era seguro.

Incapaz de seguir la pista del señor Ingersoll y sospechando que Cal pudiera estar implicado, el ISD disparaba a ciegas. Le mandaban mensajes pidiéndole información, pensando que sería tan estúpido, tan increíblemente ingenuo, como para contestar sin pensárselo dos veces. Maldita sea, realmente tenían que considerarle un perfecto idiota.

No culpaba a TerMight por haberlo intentado. Probablemente estaría cobrando un buen pico del ISD. Había logrado descargar su prototipo de programa genético y mandarle un mensaje. Eso demostraba que estaba haciendo todo cuanto podía, que se estaba ganando el sueldo. Pero no significaba nada. En unas pocas horas, la operación de la NSA se desarrollaría según lo previsto. Y nadie en el mundo podría hacer nada para evitarlo.

Sin dejar de sonreír, tecleó una respuesta para TerMight:

09/14, 24:00, DNS, Banco de Maine, Fuego.

No había forma alguna de que pudiera impedir el asalto. Entonces, ¿por qué no permitirle presenciarlo? ¿Por qué no invitarla al espectáculo y deslumbrarla con su ingenio? No correría el menor peligro. En realidad, sería un placer saber que una de sus amistades en VileSpawn estaba siendo testigo de la entrada de Cal en el Templo de la Fama como pirata informático.

Salió de VileSpawn e introdujo el nombre de Judy Carmody en su buscador. En menos de un segundo, su filtro registró cuatrocientas diecisiete entradas con ese nombre. Una cantidad desmesurada para alguien que pretendía mantener en secreto su identidad. Tal vez hubiera alguna otra Judy Carmody en la red, alguien más famoso que TerMight. Una vista rápida de los primeros registros le confirmaría de quién se trataba.

Diez minutos más tarde, Cal emergía de un proceloso mar de informes, rumores y especulaciones con una sola cosa meridianamente clara.

Bob Ingersoll era un maldito bastardo.

Estaba dispuesto a hacer cualquier cosa para asegurarse el éxito de su proyecto. Incluso cargarle el muerto a la agente del ISD que trataba de descubrir sus manejos.

El monitor reflejaba toda la historia. Judy Carmody, especialista en seguridad bancaria, buscada para ser interrogada en relación con el asesinato del conserje del edificio de apartamentos donde ella vivía. Había huido de San José para ocultarse entre la comunidad de hackers. ¿Aún le estaría buscando? Lo dudaba. Tal vez el ISD le estuviera pagando una fortuna a Judy para detener el asalto pero, considerando lo sucio que había jugado el señor Ingersoll, se merecía hasta el último penique.

Sin duda alguna, TerMight era inocente de todo lo que se la acusaba. Aunque no la conocía más que de chatear con ella a través de la red, sabía que detestaba la violencia. Le resultaba imposible imaginar que hubiera asesinado a alguien. Era del todo absurdo. El único error de Judy era haberse alistado en el bando perdedor, en una guerra entre agencias gubernamentales de seguridad rivales.

Sin duda, una vez que se produjera el gran asalto el sábado por la noche y los jefazos del ISD reconocieran que el señor Ingersoll estaba en lo cierto, todas las acusaciones que pesaban sobre ella serían retiradas. Para cuando él estuviera de regreso en San José, Judy estaría libre de toda sospecha, con una disculpa formal por parte de la policía. Un lamentable caso de confusión de identidades en el sistema informático. Todo pulcramente explicado por el oficial a cargo de la investigación, el capitán Ernie Kaye.

Pero era repugnante, malintencionado, barriobajero y contrario a la ética. Lo sentía de veras por ella, pero no había nada que pudiera hacer por ayudarla. El señor Ingersoll era quien pagaba las facturas, y él quería el dinero. A TerMight la estaban persiguiendo por culpa del trabajo que hacía él, y él no era más que un engranaje de un importante proyecto de la NSA.

Además, tampoco era que Judy estuviese realmente en peligro. En el peor de los casos se pasaría unos días en la cárcel. Y con sus contactos en el ISD, tal vez ni siquiera eso. En cualquier caso, todo acabaría rápidamente.

Las risas en el salón cesaron de repente. Cal oyó abrirse la puerta de la casa de invitados y la voz de un tercer hombre. El señor Ingersoll había regresado para comprobar si el programa estaba listo. Por el pasillo sonaron pasos.

Greg. Harry. El señor Ingersoll.

No le quedaba tiempo para preocuparse por Judy.

El suelo ante la puerta de su habitación crujió. Seguro que al señor Ingersoll no le haría ninguna gracia encontrarle navegando por la red. Pero como no le daba tiempo para desconectar, se limitó a abortar el programa de comunicaciones. Con un parpadeo de indignación, este desapareció de la pantalla.

Ya lo arreglaría más tarde.

24

Judy y Dan circulaban a toda velocidad hacia el sur por la autovía de Saratoga, en dirección a la cabaña abandonada de Bren y Carl en las montañas. Mucho después de haber salido de San José y de nuevo en las inmediaciones de la costa, dejaron la autovía para adentrarse por una estrecha vía de servicio que subía serpenteando a través del bosque que cubría la ladera este. Al final, llegaron hasta la entrada de una pista de tierra, casi imperceptible entre la maleza, y se metieron por ella.

Sobre sus cabezas se unían las copas de los árboles, oscureciendo casi por completo el camino. Sirviéndose únicamente de las luces de posición, Dan tomó una serie de vueltas y revueltas, a medida que la pista iba ascendiendo hacia la cima de la montaña, hasta que el camino llegó a su fin. Ante ellos, en un claro semioculto en el corazón del bosque, se alzaba la cabaña que buscaban.

Aparcó el vehículo a unos diez metros de la casita. Judy le siguió, agachándose de vez en cuando para evitar las ramas bajas que le rozaban la cara con sus puntiagudas agujas. El aroma de los pinos le recordó a Jeremy y a su familia, el lugar donde habían vivido y lo que les había sucedido.

A esas alturas, Natalie ya debía saber que se había quedado viuda y probablemente, los niños también sabrían que no volverían a ver a su padre. En cuanto a la abuela, a la madre de Jeremy...

Había perdido a su hijo.

Y si no se daba prisa en encontrar a Cal Nikonchik, Dan también perdería a su hermano.

Todo el mundo estaba perdiendo demasiado.

Y todo por culpa de un programa.

Había que subir un par de escalones para entrar en el minúsculo porche que se abría ante la puerta de entrada. A ambos lados, enebros y tejos parecían disputarse la mejor posición. Las tablas y los troncos de cedro estaban agrietados y cubiertos de moho. Las placas del tejado apenas cubrían la mitad del porche. La pequeña ventana que había junto a la puerta estaba cubierta con algo oscuro y sucio.

Dan trató de girar el pomo. Nada.

—¿Te dijo Bren si la cabaña estaba cerrada con llave?

—No —respondió Judy, encogiéndose de hombros.

—Bueno, pues lo está. Así que o encontramos la llave o tendremos que echar esta maldita puerta abajo. —Escurriéndose entre la maleza y la fachada de la casa, Dan se acercó a la ventana y se encaramó en el alféizar, para hurgar sobre el dintel—. Nada —dijo, volviendo al porche.

De rodillas frente a la puerta, Judy metió la mano por debajo de esta y sus dedos tocaron algo duro y frío; estaba atado con algo.

La llave. Se incorporó y la balanceó sosteniéndola por la tira de cuero que hacía las veces de llavero.

—Igual que hacía mi madre en casa.

Dan la tomó, la hizo girar en la cerradura y empujó la puerta hacia dentro. Con un sonoro golpe, esta rebotó hacia delante. Evidentemente, había chocado con algo en el interior.

—Los millonarios del valle se hacen construir estas cosas para sus escapadas —explicó Dan—. Las utilizan para retirarse del mundanal ruido, y después de unos años se cansan y las abandonan. Entonces alguien como Bren y Carl se apodera de ellas. La policía ni siquiera toma nota, a menos que el propietario regrese y monte un cirio. El sitio parece bastante seguro.

Judy rió agriamente. ¿Cuándo se había sentido segura por última vez? El día que se había reunido con Steve Sánchez y Héctor Rodríguez por la tarde. ¿Y cuánto hacía de eso? Meses, años, décadas. Aquellas pocas jornadas le habían parecido toda una vida. Una vida de inseguridad.

¿Volvería a sentirse segura alguna vez? Lo dudaba. Para ella esa palabra ya no tenía sentido. Incluso en circunstancias normales, era sustituida constantemente por docenas de reglas y normas prácticas para evitar problemas:

Cierre su coche, ponga cerraduras en la puerta de su casa, no deje nada de valor en la playa, grabe números de identificación en todas sus pertenencias... aunque nada de todo aquello consiguiera realmente detener a los ladrones. Tenga cuidado con la gente irascible en los restaurantes de comida rápida, nunca discuta con otro conductor ni se adentre en barrios que no conozca, no abra correos electrónicos de procedencia desconocida, no vaya nunca solo por la noche, no dé nunca su verdadero nombre, cifre a varios niveles antes de utilizar su tarjeta digital en la red...

La seguridad era algo del pasado, que pertenecía a la era de las discotecas, de un pollo para cada cazuela, de los chips Pentium y de *Seinfeld*.

Pero por desgracia, poca gente hacía caso de las advertencias. Era como escuchar al papa de Roma; de acuerdo, escucho, obedezco, pero nadie seguía realmente las reglas. Además, ¿quién quiere pasarse el día atemorizado? Esas cosas sólo les ocurren a los demás.

Judy entró en la cabaña detrás de Dan. Palparon en la oscuridad, buscando una luz. Al final, su frente rozó un cordón. Tiró de él y se encendió una bombilla en el techo. Bajo aquella luz mortecina echaron un vistazo a lo que les rodeaba. Suelo de madera, paredes de madera, ningún elemento de decoración. La única ventana, en la fachada principal, estaba cubierta con papel embreado. Polvo por todas partes, sobre la mesa de roble del fondo, sobre la lámpara de pie, en el suelo...

—Aquí hace meses que no viene nadie. —Dan parecía un zombie, con los ojos hinchados y rojos, el pelo sucio y pegado a la frente, los pantalones hechos un asco y la camisa medio salida. Husmeó el aire—. Huele a... Me trae malos recuerdos de mi infancia en la comuna.

La puerta de entrada había golpeado contra una cómoda de pino. En el dintel había una luz de emergencia que funcionaba con pilas. El resto del mobiliario consistía en un sofá, viejo y deslucido, una mesa y una lámpara. Ni siquiera había un camastro, sólo un par de sacos de dormir bastante gastados.

—¿De dónde toman la electricidad aquí? —preguntó Judy, señalando la lámpara—. No he visto líneas eléctricas en el bosque.

Se sentó sobre la cómoda, con las piernas colgando por delante de los cajones y los fríos tiradores rozándole los tobillos. Le dolía la piel de la cara por los pinchazos y los arañazos de las ramas y las agujas de los pinos. Además, también se le habían abierto un par de arañazos antiguos. Se secó la sangre con el dorso de la mano, que después pasó por los calzoncillos de hombre que llevaba puestos.

—Necesitamos que entre un poco de aire —dijo—. ¿Crees que será seguro abrir la ventana?

—Claro —respondió Dan automáticamente. Sobre la mesa había una linterna. La cogió y se dirigió con ella hacia una puerta que había detrás del sofá—. Nadie sabe que estamos aquí. Abre la ventana. Enseguida vengo.

Y desapareció en la penumbra. Unos segundos más tarde, sonó un clic y la cabaña se llenó con el ruido de un motor. La lámpara de pie se iluminó. En el interior, el humo se mezcló con el polvo. Judy estornudó. Necesitaba respirar un poco de aire fresco.

Bajó de la cómoda y cruzó la habitación en dirección a la ventana. Trató de abrirla, pero no lo consiguió. Entonces abrió la puerta un poco, lo justo para sacar la cabeza fuera y aspirar el aire de la noche.

Detrás de ella oyó primero los pasos y luego la respiración de Dan. Se volvió y le dedicó una débil sonrisa.

—Sí, tienes toda la razón —intervino él, para responder a lo que ella estaba pensando—. No es una maravilla, pero mira qué he encontrado. —Además de la linterna, Dan llevaba en la mano una radio portátil—. Ahí al fondo, hay una cocina, por decirlo de algún modo, y también un baño. Bueno, o lo más parecido a eso. Más bien es un agujero sucio a ras de suelo, estilo campestre. Detrás de la puerta trasera he encontrado un generador portátil. No es nada del otro mundo, pero un poco de electricidad es mejor que nada. Ya podemos apagar la luz de emergencia. El trastero está lleno de latas de gasolina. No me extrañaría que este lugar fuera un depósito de combustible de la ruta clandestina.

—¿La ruta clandestina?

Dan se rió.

—Supongo que se tiene que haber nacido aquí para estar al corriente de eso. Trabajadores ilegales, procedentes de México. Hay una gran demanda de mano de obra barata en San Francisco y San José. Suben la costa en coche. No les gustan las estaciones de servicio, prefieren pasar inadvertidos, así que algunas personas como Bren y Carl montan lugares para repostar en medio de las montañas; sitios como este donde ocultar sus caravanas. Es una manera fácil de ganarse un dinero. Nada de qué preocuparse. No es el lugar más seguro del mundo, pero no deberíamos tener ningún problema mientras no vayamos por ahí encendiendo cerillas.

La ruta clandestina. Interesante. Desde que había salido de Sánchez Electronics, no había hecho más que circular por su propia ruta clandestina. La ruta de los piratas informáticos. Primero en casa de Grouch y Tarántula, donde se había hecho con el equipo que le permitía cambiar los semáforos a voluntad o suprimir las escuchas telefónicas. Luego en casa de Bren y Carl, donde había conseguido el buscador compacto de Internet y se había unido a Dan Nikonchik en la búsqueda de su hermano. Y ahora esto, una cabaña en la ruta ilegal de los trabajadores fugitivos y, al parecer, también de los programadores informáticos buscados por asesinato.

¿Qué vendría después?

Dan conectó la radio y del altavoz salió una rasposa música de rock. La recepción era deplorable. Con una mueca de disgusto, lo desconectó.

—Poca distracción vamos a tener —dijo.

—Ese generador apesta —protestó Judy, volviendo a la puerta de entrada. Cogió del suelo un pequeño trozo de madera, y lo introdujo entre la hoja y el marco. A través de la rendija penetró de inmediato una brisa fría que levantó una nube de polvo.

Volvió a instalarse sobre la cómoda.

—Te comportas como si estuvieras en tu casa, Dan. Es curioso, nunca te hubiera asociado con el tipo boy scout.

—¿Dónde está el boy scout? Seguro que no soy yo. Mis padres eran unos fanáticos de la naturaleza. Realmente creían en eso de construirse su propia casa, trabajar en su propio huerto, etcétera. Los primeros veinte años de mi vida me los pasé en un lugar como este, y aunque odié cada segundo que viví allí, aprendí lo indispensable para sobrevivir. Tenía que hacerlo.

Puso la radio portátil y la linterna sobre la mesa y se dejó caer en el sofá, haciendo caso omiso de la correspondiente nube de polvo que levantó.

—Vaya día. Estoy KO. Necesito comer algo. Y dormir un poco.

—Toma, come lo que quieras —le dijo Judy, alargándole la bolsa del supermercado que había cogido del coche junto con su portátil y su netpad. Aunque no había comido más que un poco de pan y agua, no tenía apetito. La tensión le había quitado incluso las escasas ganas de comer que tenía habitualmente.

—Todas las comodidades del hogar —observó Dan, y metiendo la mano en la bolsa, sacó de ella el pan y un paquete de mortadela ahumada. Se metió varios trozos en la boca y masticó con fruición.

Y suspirando de placer le dijo:

—¿Quieres un poco?

Judy negó con la cabeza, y se preguntó cómo era posible que Dan pudiera comer tanta basura. Probablemente la mortadela le recordaba sus perritos con chile.

—¿Por qué vendes perritos al chile? —le preguntó—. Quiero decir que, de entre todas las cosas que podrías vender, ¿por qué eso, precisamente?

Con los talones, Judy golpeaba suavemente los cajones de roble, la madera tenía un tacto suave y agradable, y esa sensación la ayudaba a mantenerse despierta.

Dan estaba tumbado en el sofá, con una pierna por encima del respaldo y la cabeza sobre uno de los el brazos. Su camisa y pantalones estaban cubiertos de migas. Sin dejar de masticar la miró, como pensando lo que le respondería. Pero decidió no hacerlo.

¿Qué importancia podían tener los perritos al chile en esos momentos?

Evitando obviamente la cuestión, tragó de nuevo, juntó cuatro trozos de pan y se los metió en la boca de una sola vez. Judy miró hacia otra parte. Verle meterse la comida en la boca de aquel modo, y cómo caían sobre él las migajas y su barbilla grasienta, la estaba poniendo enferma.

Inspeccionó visualmente las paredes. No había más que un enchufe, al que estaba conectada la lámpara de pie. No es que le importara demasiado. Tampoco pensaba confiar mucho en la energía que pudiera suministrarle un generador. Todavía le quedaba mucha carga en las baterías de su equipo. Todo lo que necesitaba ahora era algún lugar donde estirarse y ponerse cómoda.

Bajó de la cómoda, pasó por delante de Dan y fue en busca de uno de los sacos de dormir. Abrió la cremallera y lo tendió en el suelo, junto al sofá y bajo la lámpara de pie. Nada del otro mundo, pero mejor que echarse directamente en el suelo. Sentada en la posición del loto, abrió su portátil y lo puso en marcha. Ya era hora de ponerse a trabajar.

Allí, en medio de la nada, todo parecía tan tranquilo, tan en paz... Por fin podía dejar de pensar en robos y asesinatos. ¿Cómo podría suceder algo tan horrible en un lugar como aquel, en el que no vivía nadie?

Un pensamiento agradable, sin duda, pero poco realista. Además, desde hacía varios días se había visto obligada a enfrentarse a la realidad y a tratar directamente con ella.

El portátil emitió un suave pitido. Estaba listo, preparado para recibir sus órdenes. Desde su posición, no podía ver más que la parte superior de la cabeza de Dan, con su mata de pelo grasiento y rubio de raíces oscuras. Como si estuviera leyendo sus pensamientos, este se volvió y la miró a los ojos.

Judy bajó la mirada, tecleó su contraseña y recuperó el programa genético de Cal. Un archivo denominado DNS0923. Objetos cromosomáticos. Cada uno con una longitud variable de secuencias de caracteres. Cada secuencia estaba compuesta de cuatro partes: ruta, botín, fuente y dest.

—¿Qué es todo esto que tu hermano está haciendo en DNS?

Dan parpadeó.

—¿DNS? No tengo ni idea. Lo único que sé es lo que me dijo a mí: que nunca, bajo ninguna circunstancia, trasteara con esos archivos. Me dijo que estaban relacionados con el sistema de contabilidad que había creado para mi restaurante.

Judy meneó la cabeza. Tanto si quería como si no, ya era hora de que Dan Nikonchik le explicara toda la historia. El «más tarde» que le había dicho antes, se había convertido en «ahora mismo».

—Muy bien, Dan —le espetó—, ya basta. Aquí estamos seguros, así que cuéntame toda la historia. Déjate de rodeos. Eres la única persona que puede salvar a tu hermano. Ni yo, ni Bren, ni nadie más, sólo tú. Mañana puede ser demasiado tarde. Prometiste hacerlo, de modo que habla. Estoy esperando.

—¿Qué quieres saber?

—Todo. Todo lo concerniente a esos archivos DNS. ¿Por qué motivo un restaurante necesita un programa genético para llevar la contabilidad? ¿Cuál es el verdadero propósito de ese programa? ¿Quiénes son esos misteriosos tipejos que te andan siguiendo en minibuses verdes, atacándote y amenazándote? Nada de lo que pasa tiene sentido. —Judy le miró directamente a los ojos—. El material DNS es la razón por la que el gobierno ha reclutado a Cal. Hasta aquí no tengo ninguna duda. Apuesto a que alguien que trabaja en alguna de las agencias de seguridad nacional descubrió el programa y se dio cuenta de su potencial. Así es como comenzó todo este asunto y si quieres que se detenga, más vale que me digas toda la verdad. Absolutamente toda.

A Dan le temblaba un poco la voz.

—Me tiré diez años criando a Cal. No fue fácil. Nunca quise ser padre, pero no me quedó más remedio. Cal es la única familia que tengo. Es mi responsabilidad.

Se detuvo, como tratando de recobrar la compostura.

Judy se apoyó en el sofá, a pesar de que el polvo de los cojines amenazaba con asfixiarla.

—Dime todo lo que sepas, aunque te parezca que no viene al caso.

—Sí... Bueno... Cuando mis padres murieron en aquel incendio, me sentí... me sentí muy furioso. Que me dejaran así, sin haber vivido mi propia vida, y teniendo que arreglármelas por mi cuenta y además cuidar de Cal. Era tan patoso, tan tímido, tan retraído y tan reservado, que a veces le hubiera gritado.

Judy asintió, animándole a seguir.

—Judy, no sabía qué hacer. Cal y yo nos quedamos sin nada. Estuvimos dando tumbos por el Estado durante unos años, yo trabajando en lo que salía y él cada vez más enganchado a la informática. Un día, mientras trabajaba de camarero, escuché una conversación entre unos programadores; hablaban de lo mucho que les gustaban las pizzas, las hamburguesas, los refrescos y las patatas fritas. Todo pura grasa. Entonces hice algunas averiguaciones por mi cuenta. En Silicon Valley había gran cantidad de restaurantes de comida basura y algunos de comida sana, pero yo quería probar algo nuevo. Imaginé que si conseguía dar con alguna modalidad de comida rápida diferente, bueno... los programadores acudirían como moscas a mi establecimiento. Y así es como decidí abrir Dan's DiskWorld. Además —dijo, sonriendo agriamente—, fue una especie de venganza: servir basura frita después de haber crecido en una comuna repleta de fanáticos de la salud. El único problema era conseguir los fondos necesarios. Abrir un restaurante cuesta una pasta y pagar nuestros gastos se llevaba todo lo que yo era capaz de ganar.

»Probé con los bancos, pero nada. Sólo le prestan dinero a quien no lo necesita. Así que me dirigí a una de esas instituciones menos legales. Me prestaron el dinero, pero cuando el restaurante comenzó a tener éxito vinieron a recordarme el favor.

»Nada peligroso, me dijeron, sólo se trataba de lavar su dinero a través de mi negocio. No pude elegir, o cooperaba o...

—Muy bien, así que tu negocio sirve de tapadera para lavar el dinero de unos gángsters —dijo Judy—. Pero ¿qué tiene que ver el programa de Cal con todo eso?

—Al principio no fue demasiado difícil —prosiguió Dan—, porque los importes no eran elevados. Pero siguieron exigiéndome que canalizara sumas cada vez más altas. Todas las transacciones tenían que permanecer ocultas. Ni impuestos, ni huellas ni, por supuesto, nombres. Y como la mayoría de la gente usa tarjetas digitales para pagar sus facturas, se me hizo cada vez más difícil falsificar mis recibos. Si mantenía una doble contabilidad, el IRS acabaría descubriéndome y arrestándome por evasión de impuestos. Así que al final le expliqué a Cal lo que me estaba pasando. Quería que supiera la verdad, por si me ocurría algo. Me dijo que no me preocupara, que encontraría una solución.

—¿Cal creó ese programa, esos archivos DNS, para ocultar beneficios ilegales? —preguntó Judy.

—Exacto —respondió Dan—. El programa desvía los ingresos que llegan de mis socios anónimos, así como buena parte de mis propios ingresos, a cuentas repartidas por todo el país. El dinero simplemente se esfuma, desaparece por completo de los recibos del restaurante, para reaparecer después en cuentas fuera del Estado, sin ninguna pista que lo relacione ni con mi restaurante ni con los tiburones. Cada pocas semanas, él actualiza sus archivos. Por eso están tan nerviosos y me presionan tanto. Saben que Cal ha desaparecido. Sin él para manejar el programa, el dinero no puede moverse. Y en los últimos días se han puesto realmente impacientes.

Estaba claro que los tiburones de Dan no eran verdaderos profesionales, sino simples rufianes de pacotilla que habían encontrado una mina de oro en un joven y desesperado Dan Nikonchik. Sin duda, nada comparable a Tuska y Smith, o a quienes estuvieran reteniendo a Cal.

De repente, la mente de Judy se puso a funcionar por su cuenta: ruta, botín, fuente y dest, como abreviatura de «destino».

Cal se había inventado un programa que desviaba el dinero a bancos en toda la red, sin dejar rastro. Alguien había penetrado el lunes por la noche en las cuentas del Laguna Savings. Judy recordó de inmediato el póster en alemán del apartamento de Cal.

—Eso es, DNS —dijo.

—No te entiendo.

—Es una bromita de Cal. DNS son las iniciales de Internet Domain Name System, pero en alemán también lo son de ADN. Es una palabra muy larga que ahora no recuerdo. Cal la debió encontrar en el póster del mapa genético que hay en su apartamento.

—Bueno ¿y qué?

Judy se lo explicó.

—Cal ha estado utilizando un programa ADN, programación genética, para desviar ese dinero sucio que has estado recibiendo y enviarlo a bancos de todo el mundo sin que se pueda detectar. Utiliza esos objetos cromosómicos, sean lo que sean, para desviar el botín desde un nodo informático a otro, desde una localización DNS a otra. Sospecho que los cromosomas se reproducen en cada nodo, Dan. Saben cuánto dinero tienen que transferir, el botín. Únicamente conocen el último ordenador de la red que se lo ha enviado, la fuente. Y saben adónde tienen que enviar el botín, el destino.

»Sospecho que el programa de Cal tiene inteligencia artificial. Debe de ser alguna nueva modalidad de agente independiente capaz de encontrar la ruta general óptima para el dinero negro.

Dan asintió lentamente, al parecer sin acabar de entenderlo todo. A juzgar por su expresión, Judy podía imaginar lo que estaba pensando: «Vale, lo que tú digas. Al carajo con la informática. Quiero salir de esta. Y quiero recuperar a mi hermano».

Tal vez para Dan todo aquello no significaba nada, pero a ella le aclaraba cada vez más cosas.

Con algunas pequeñas modificaciones, con algunos cambios en las instrucciones básicas, el programa de Cal se podía utilizar para sustraer dinero de cualquier cuenta electrónica de la red, enviarlo a través de una maraña indescifrable de pasos y nodos, y depositarlo finalmente en un nuevo destino que únicamente conocería el usuario. Se trataba sin duda del escenario de robo más sofisticado jamás concebido. Y a menos que Judy consiguiera descifrar el programa genético y averiguar cómo funcionaba exactamente, no habría forma de detenerlo.

—Te lo explicaré más tarde —le dijo a Dan—. De momento, tengo que concentrarme.

—Lo que no consigo entender —reflexionó Dan en voz alta, mientras Judy se incorporaba—, es por qué está Cal colaborando con esos tipos del gobierno. ¿No se da cuenta de que son unos asesinos?

Judy meneó la cabeza.

—Claro que no. ¿Cómo puede saberlo? Estoy segura de que cree estar prestando un servicio vital al gobierno de su país. Además, probablemente le estén pagando muy bien. No hay razón alguna para que sospeche que los agentes para los que trabaja están matando a gente.

—Cal será joven, pero no es un ingenuo —dijo Dan—. Nuestros padres nos enseñaron a desconfiar de los políticos.

—Mucha gente desconfía de ellos —interpuso Judy—, lo cual

no quiere decir que los consideren unos asesinos. Cal no es un ingenuo, pero sí una persona normal.

Dejó a Dan en el sofá y regresó al saco de dormir y a su portátil. Unos minutos más tarde, él se dirigió de nuevo a la cocinita. Le oyó hurgar por los cajones, como había hecho en casa de Jeremy.

Siempre estaba hambriento.

Al poco rato regresó y se sentó de nuevo en el sofá. Le alargó a Judy un vaso de agua; él tenía otro igual.

—Embotellada —le dijo—. Limpia y pura, sin minerales.

Bebió con avidez, agradecida de tener algo que la ayudara a limpiar el polvo de su garganta. Luego se puso de nuevo a la tarea.

Todas las predicciones en contra de la red resultaban ciertas. Ella lo sabía desde hacía años. Y por lo que parecía, Cal también. No era que ninguno de los dos, ni tampoco sus amigos, fueran a hacer nada ilegal, pero si habían podido concebir el modo de robar a la gente a través de la red, ¿por qué no iba a hacerlo alguien con menos escrúpulos que ellos? Delincuentes que quisieran robar, derrocar el gobierno, arruinar a la gente. La privacidad en la red era pura ilusión. Cada bit de datos quedaba almacenado en algún lugar, en algún ordenador. Y a aquellas alturas, todos los ordenadores estaban conectados a la red.

La clave consistía en acceder a esos datos de un modo que nadie pudiera detectar.

Y Cal la había encontrado. Judy entendía su enfoque pero, más allá de la teoría, no tenía ni idea de cómo podía funcionar aquello.

Entró en VileSpawn utilizando la contraseña secreta de Griswald. Tal vez le hubiera dejado algún mensaje. Valía la pena probar.

Entró en el directorio Agua que ella misma había creado y vio un archivo nuevo. Muy simple, una sola línea.

```
09/14, 24:00, DNS, Banco de Maine, Fuego.
```

¿Qué demonios significaba aquello? Una fecha, un lugar, una hora... ¿la medianoche de hoy?

Algo iba a suceder, a las doce de aquella misma noche, en el portal del Banco de Maine. Algo relacionado con el programa genético de Cal, con sus archivos DNS. Judy levantó la cabeza de golpe.

—¿Qué hora es, Dan?

—¿... Qué? —Estaba dormitando. Miró su reloj—. Casi las once y media.

Judy había estado divagando, su mente había ido por libre durante unos quince minutos, tal vez más.

Se le estaba acabando el tiempo. Sólo le quedaba media hora para descifrar todo aquello.

25

La puerta de la habitación de Cal se abrió. El señor Ingersoll, con chaqueta y corbata tan impecables como de costumbre, entró en la estancia, seguido de Harry y Greg.

Los tres parecían huraños, preocupados.

—Bueno Calvin —comenzó a decir—, dame alguna buena noticia.

—El programa está listo —respondió él—, hace una hora que solucioné los últimos problemas. Todo está a punto. Las localizaciones de los bancos que vamos a probar están cargadas, al igual que las cuentas en las que quiere hacer los depósitos.

—¿Estás seguro de que el programa funciona a la perfección? —quiso saber Ingersoll.

—Hace unos minutos he hecho una prueba. Funciona de maravilla. Estamos dispuestos. La operación debería producirse sin el menor contratiempo.

—Excelente —respondió él—. Sabía que lo conseguirías. Nos ceñiremos a lo previsto originalmente. Hoy a medianoche la primera vuelta. La actividad bancaria estará al mínimo a esa hora. Pero debes estar preparado para tener compañía. El propietario de la finca quiere estar presente, y como hemos estado utilizando este lugar durante toda la semana, no he podido negarle ese capricho. Nada de qué preocuparse. El viejo no dirá una sola palabra. Además, es de toda confianza en lo que respecta a seguridad.

—Lo que usted diga —respondió Cal.

—Ahora tengo que volver a la casa grande —dijo Ingersoll—.

Espero una llamada importante. De Washington, por supuesto. Quieren que confirme el inicio de la operación esta noche.

Ésa era la razón por la cual no había podido encontrar ningún registro de llamadas telefónicas a la capital. Era perfectamente lógico. Las llamadas entrantes no quedaban registradas en el listado de la central de la casa, sólo en los registros de la propia compañía telefónica. La sede central de la NSA llamaba aquí, desviando probablemente las llamadas a través de varias ciudades y haciendo así imposible seguirles el rastro. De este modo, no quedaba prueba alguna de la relación entre la finca y el gobierno. El señor Ingersoll sabía lo que se hacía.

—Un poco antes de medianoche —le dijo a Cal—, volveré a presenciar cómo haces historia.

—Aquí estaré —respondió Cal.

El señor Ingersoll comenzó a dirigirse a la puerta pero se detuvo, como dudando.

—Ah, una última cuestión, Calvin. Ya sé que tu programa no deja el menor rastro de la identidad del usuario. Bueno, me gustaría que modificaras eso un poco. Quiero que, durante el asalto, dejes aquí y allá algunas huellas. No las tuyas, por supuesto. Le echaremos la culpa de toda la operación a otro hacker. Cuando regrese te daré toda la información que necesitas para hacerlo.

—¿De quién se trata? —preguntó Cal.

—De una jovencita que me ha estado causando muchos quebraderos de cabeza en los últimos días —respondió él.

—¿T-T-TerMight? —balbuceó Cal, y se calló justo a tiempo. Había estado a punto de decir Judy Carmody—. ¿Por el trabajo que hace para el ISD?

El señor Ingersoll pareció sorprendido. Con los párpados muy juntos le miró fijamente.

—Sí, TerMight —respondió lentamente, como sopesando cada palabra que pronunciaba—. ¿Cómo es que estás al corriente de su relación con el ISD?

—Bueno, trabaja para ellos desde hace mucho —mintió Cal, tratando de pensar a toda velocidad—. En muchas ocasiones ha dejado en VileSpawn algunos detalles sobre su trabajo con ellos.

—Ya veo —respondió el señor Ingersoll—. TerMight es a quien

han contratado para tratar de seguirte la pista. Afortunadamente no lo ha conseguido, pero me gustaría hacerla sufrir un poco. Nada serio, sólo darle un buen susto.

—TerMight es amiga mía —se lamentó Cal—. No quisiera ponerla en un aprieto.

—Entiendo. No dejes que eso te preocupe. Una vez que los detalles de la operación sean puestos en conocimiento del público, quedará libre de toda sospecha. Nada de peros, Calvin. Lo quiero así, ¿entendido?

—Sí, señor —respondió él—, entendido.

—Perfecto —dijo el señor Ingersoll—. Te veré a medianoche.

Se dio la vuelta y salió de la habitación, con Harry y Greg tras él. Ninguno de los dos había pronunciado ni una sola palabra. No eran más que matones a sueldo. El señor Ingersoll era quien mandaba allí.

Cal hizo una mueca de disgusto. Ingersoll era un maldito bastardo vengativo. Sirviéndose de aquel policía, Ernie Kaye, había conseguido colgarle un asesinato a Judy Carmody y ahora iba también a echarle las culpas del atraco electrónico. Sin duda, la inocencia de Judy quedaría fuera de toda duda en unos pocos días, pero aquello seguía pareciéndole una cochinada.

A pesar de sus modales fríos y calculadores, aquel hombre no dejaba de tener muy mala idea. Ese proyecto era la niña de sus ojos, la razón de su existencia, pero lo cierto era que una vez realizada la operación, él, como inventor del programa, acabaría acaparando toda la atención. Quizás eso no le gustara demasiado a aquel agente de la NSA, un pequeño detalle que podía acabar convirtiéndose en un peligro para él.

Por lo que sabía, Ingersoll era el único que estaba al corriente de que su hermano y él estaban implicados con delincuentes. Había prometido mantenerlo en secreto a condición de que se decidiera a colaborar, pero sólo tenía su palabra, nada más.

Aquello estaba empezando a preocuparle.

Necesitaba que la NSA le garantizase por escrito que nunca acusarían a Dan. Y estaba seguro de que el señor Ingersoll le proporcionaría ese documento si lo presionaba adecuadamente. Pero ¿qué podía utilizar como moneda de cambio?

La rapidez.

El agente de la NSA estaba obsesionado con la velocidad. Insistía en que el asalto principal, el de los cincuenta mil millones de dólares, tuviera lugar en fracciones de segundo. Quería que el programa actuara tan deprisa que las sustracciones no se pudieran detectar nunca. La velocidad era algo esencial en la demostración que quería hacer acerca de los peligros de Internet.

Tal y como lo tenía programado ahora, el asalto de prueba se produciría con una rapidez fulgurante. Pero si lo hiciera ir un poco más lento, quizá conseguiría regatear con él. Ingersoll no podría saber por qué la operación tardaba cinco minutos en vez de uno. De lo único que estaría seguro es de que tardaba demasiado.

Entonces él le prometería encontrar algún modo de que fuera más rápido, a cambio de una garantía de inmunidad por escrito.

Cal insertó en su programa un simple bucle, así el tiempo de la operación aumentaría en algunos minutos.

¿Y si a Ingersoll le daba igual la velocidad? Necesitaba algo más, otra carta que jugar en caso de necesidad. ¿Había algún otro aspecto del programa del que pudiera sacar partido?

Revisó mentalmente toda la operación. Después del primer asalto, informarían al ISD del éxito del experimento. Luego demostrarían la capacidad del programa con el golpe definitivo, en presencia de varios representantes del gobierno. Pero en esa segunda vuelta, el dinero sería reintegrado inmediatamente a sus lugares de origen. Luego no quedaría más que reintegrar asimismo los fondos de la primera ronda.

Esa iba a ser la parte más difícil. Por su propia naturaleza, el programa no listaría las cuentas de las que se habían retirado los fondos. Esa información debería ser confiada a otro programa de búsqueda que revisaría los registros de débitos de todos los bancos visitados. Sumamente delicado. Una vez identificadas las cuentas afectadas, se reintegrarían a ellas los fondos previamente sustraídos.

Si todo funcionaba según lo previsto, no se necesitarían más que unos pocos días para restituirlo todo. Cal sonrió maliciosamente para sus adentros. ¿Y si había algún pequeño problema con el sistema? Muchísimas personas, a la espera de ver sus fondos restituidos, exigirían la cabeza del responsable de la operación, y sin duda, el señor Ingersoll haría cualquier cosa para evitarlo. Firmaría lo que le pidieran.

Era un plan malicioso, pero considerando los métodos tan sucios que empleaba Ingersoll, no sentía el menor remordimiento. Tecleó a toda velocidad, y añadió una instrucción final a su programa.

Satisfecho de haber encontrado la clave del éxito, se echó atrás en la silla y cerró los ojos. Durante años, Dan le había protegido, se había preocupado de mantenerlo al margen de cualquier problema. Pues bien, ahora los papeles se habían invertido. Ahora era él quien salvaba a Dan, y nada menos que de la cárcel. A veces, la vida tenía cosas sorprendentes.

En la ventana sonó un suave golpe. Sorprendido, se dio la vuelta y vio una cara iluminada débilmente por la luz de la luna. Una cara de mujer, con un dedo sobre los labios diciéndole que guardara silencio.

¿Una chica? ¿Aquí, en la finca? ¿Quién podía ser?

Cal saltó de la silla, tumbándola al levantarse y cogiéndola al vuelo antes de que diera en el suelo. Descalzo, cruzó la distancia que le separaba de la ventana. De pie junto a la cortina, escudriñó la cara al otro lado del cristal.

No se trataba de una chica, sino de una mujer. Hermosa; el cabello castaño le caía en cascada hasta los hombros. Nunca la había visto. Claro que no. No tenía ni idea de que hubiera mujeres en la finca. Tenía que proceder de la mansión de arriba. ¿Tal vez una agente de la NSA? ¿O la novia del señor Ingersoll? No sabía qué pensar.

La mujer le indicó mediante gestos que abriera la ventana, al mismo tiempo que miraba por encima del hombro, como dispuesta a salir corriendo. Tenía miedo de alguien, pero ¿de quién?

Cal pensó en lo que debía hacer, dudó un instante y, al final, accionó el tirador para abrir un poco la ventana.

La mujer se acercó a la rendija y le dijo, susurrando:

—La cortina, chico. Corre la cortina.

¿Por qué no? ¿Qué daño podía hacerle? Además, era emocionante. Como en una película de espías.

Abrió la ventana de par en par, y la mujer dio un paso atrás para dejar espacio al batiente que se le venía encima.

Entonces pudo distinguirla con claridad. Era la mujer de la foto que había en la cómoda de Greg. La que había escrito: «Para Greg, con mi agradecimiento por el trabajo sucio». Era G.

—Date prisa —le susurró ella, mirando de nuevo por encima del hombro—. Sólo tengo un segundo. Alguien podría oírnos. El viejo se dará cuenta de que no estoy.

¿De qué estaba hablando? ¿Quién era el viejo? ¿El señor Ingersoll?

Cal desabotonó los pasadores que mantenían la cortina cerrada. Doce malditos pasadores. Sus dedos temblaban y sudaban tanto que apenas podía hacerlo.

—¡Date prisa! —le urgió ella.

Se apresuró, manoseando un poco más los botones.

—¿Eres Calvin Nikonchik, verdad? ¿El genio?

El genio. Por supuesto. Y el bufón de la corte, que se convertía en gelatina ante cualquier hembra. Le llamaba Calvin. Seguramente, el señor Ingersoll le habría hablado de él. El hombre de la NSA era el único que le llamaba por su nombre de pila completo.

Incapaz de articular palabra, asintió con la cabeza. Con los nervios a flor de piel, esperaba sentir en cualquier momento una mano sobre el hombro y escuchar a Harry gritándole.

—Escucha —le dijo la mujer—. Quiero que me hagas un gran favor. No me preguntes por qué. No hay tiempo para explicaciones. Simplemente, hazlo. Sea lo que sea lo que te haya prometido el señor Ingersoll por llevar a cabo esta operación, no basta. Sólo se preocupa de sí mismo, de nadie más. Ayúdame y no te arrepentirás. Juntos tú y yo podemos ser ricos, increíblemente ricos.

¿De qué diablos estaba hablando?

Cal consiguió desatar el último botón y dejó caer con cuidado la cortina hasta el suelo.

En la habitación de al lado se oyó la voz de Harry y la risa de Greg. Estaban charlando, pero no podía entender lo que decían.

El aire del desierto era frío por la noche. Bajo el alféizar, el acondicionador de aire zumbaba, tratando de hacer la competencia a la creciente brisa nocturna.

El cabello de la mujer flotaba en el viento, revoloteando alrededor de su rostro. Tenía la piel de gallina. Se estremeció de frío y se acercó a la ventana. Entonces extendió la mano y abrió los dedos.

—Coge esto, Calvin —dijo, tendiéndole algo pequeño y oscuro—. Utilízalo para grabarlo todo. Asegúrate de que nadie quede fuera de la escena, en particular Ingersoll. Le haremos sudar tinta.

Cal alargó la mano y tomó el objeto de la de ella.

La voz de la mujer bajó aún más de tono.

—Y recuerda, Calvin, grábalo todo. Hazlo por mí. Te aseguro que no te arrepentirás.

Con un gesto casi imperceptible, Cal asintió.

La mujer se volvió y desapareció en la noche, en la silenciosa oscuridad del desierto.

Cal puso otra vez la cortina como estaba antes, la ató y cerró la ventana. De vuelta a su silla de trabajo, inspeccionó el objeto que la misteriosa visitante le había entregado. Relucía sobre el tablero de contrachapado.

Era una DC109, una microcámara con un chip de audio incorporado. Lo último en videocámaras. Del mismo tipo que las que utilizaban él y Jeremy. Con ellas grababan a personas en la calle, y luego incorporaban esas filmaciones al ordenador de Jeremy jugando con las caras, con los cuerpos y con las escenas. Así habían conseguido crear mundos completamente nuevos. Con una cámara como aquella habían creado a Dozong y le habían dado vida.

Pero ¿por qué le había entregado aquella mujer una DC109? ¿Por qué quería que filmara el robo? Algo relacionado con un montón de dinero. No le veía ningún sentido, pero ¿qué mal podía haber en grabar la operación?

Echó un trago de ginger ale. Luego se quitó el reloj, desmontó la tapa posterior y colocó en su lugar la microcámara. La parte frontal del aparato tenía el aspecto de un reloj digital corriente. Volvió a ponerse el reloj y abrochó la correa. En cuanto el señor Ingersoll entrara en la habitación, presionaría disimuladamente el botón lateral e iniciaría la grabación.

Cal echó una ojeada al diminuto reloj de la esquina inferior de la pantalla de su ordenador. Las once y cuarenta minutos. Faltaban veinte minutos para la función.

Pulsó el icono que iniciaba el programa del robo. Una nueva pulsación, esta vez sobre el icono de ejecución, pondría en marcha la sustracción de mil millones de dólares.

La puerta se abrió. Cal dio un salto.

Era Harry con su sonrisa, su rudo acento sureño y su horrible cara.

—Prepárate Nikonchik. El señor Ingersoll y el viejo estarán aquí dentro de cinco minutos para presenciar el espectáculo. Hazlo bien, chico. Estoy harto de vivir en esta pocilga, haciéndote de niñera. Ya va siendo hora de cobrar.

—Estoy preparado —dijo Cal.

Había llegado el momento de demostrarle al mundo lo que Griswald era capaz de hacer.

26

A Judy le resbalaba el sudor por la frente y le escocía los arañazos, parcialmente cicatrizados, que se había hecho con las ramas de los pinos. Se secó la cara con la manga de la camisa de franela de Bren.

Quince minutos... no, doce, y Cal entraría en la red para ejecutar su mortífero programa: el primer robo a gran escala e imposible de detectar, lo nunca visto en la red. No tenía la menor idea del importe que sustraería, pero ya habían muerto cinco personas para garantizar el éxito de la operación. Tenía que tratarse de millones, de miles y miles de millones.

Con esta clase de apuestas en juego, los asesinos no iban a abandonar fácilmente. Ahora mismo debían de estar ahí afuera, en la oscuridad de la noche, tratando de dar con ella para asesinarla.

—Dan, Dan. Despierta —le dijo, sacudiéndole por el hombro.

Sobresaltado, este respondió balbuceando:

—¿Qu... qué?

—Levántate. Necesito que montes guardia.

Dan se incorporó hasta sentarse, y con los hombros y la cabeza caídos, y los ojos desenfocados respondió:

—¿Guardia? ¿Qué guardia?

—Ponte en la puerta, Dan, y si ves algo, aunque sea una pequeña luz, nos vamos de aquí zumbando.

Judy se levantó del suelo y tomando a Dan por los hombros lo sacudió con fuerza. Este levantó la cabeza bruscamente y la apartó.

—Pero ¿de qué me estás hablando? No podrán encontrarnos aquí. Estamos seguros.

Judy no tenía tiempo para perderlo en discusiones inútiles. Cogió el portátil y se encaminó hacia la cocina.

—No hay ningún lugar seguro —replicó—, y tú lo sabes. Monta guardia en la puerta. Ahora.

—La puerta... la puerta... la puerta —murmuró Dan, incorporándose y tambaleándose hacia ella. Se apoyó en el marco, escudriñó la noche a través de la estrecha rendija y dijo—: Nada, no veo absolutamente nada.

—Muy bien. Si ves que se mueve algo me avisas de inmediato y vienes volando a la cocina, ¿entendido?

Dan se apoyó en la cómoda de roble para mantenerse en pie.

—No te preocupes por mí —le dijo—, estaré bien. Sólo necesito despertarme del todo. No me había dado cuenta de que me había quedado dormido.

La cocinita tenía aproximadamente el mismo tamaño que un armario, con un minúsculo mostrador, algunas cacerolas y sartenes y un taburete medio roto. Judy acercó el taburete al mostrador y puso el portátil encima. Allí, el olor a gasolina y el ruido del generador eran mucho más intensos. La puerta trasera estaba un poco abierta y ella la cerró del todo, amortiguando así el ruido y cerrando el paso a los olores. Por un momento, se sintió tentada de apagar el generador, pero necesitaba las luces de la cocina, y aunque el aire estaba bastante enviciado, sobreviviría.

Echó una ojeada al reloj del ordenador. Dos minutos para la medianoche.

Dos minutos...

Tal vez Cal había enviado algún mensaje. Pero no tenía tiempo de comprobarlo. No quería correr el riesgo de perderse el asalto. Además no le hacía falta, tenía el netpad, y aunque Dan no sabía nada de ordenadores, le bastaría con saber mirar.

Con el netpad en la mano, salió a toda prisa hacia el salón. Dan seguía apoyado en el marco de la puerta de entrada, parpadeando insistentemente en su esfuerzo por mantener los ojos abiertos.

—¿Dan? ¿Ves algo?

Él volvió lentamente la cabeza hacia ella. Estaba lleno de mugre y la camisa se le pegaba al cuerpo. Su cabello parecía el mocho gastado de una fregona.

—No, nada —farfulló—. Ya te lo he dicho, aquí estamos seguros.

—Perfecto —respondió ella, poniendo en marcha su netpad. Entonces se lo encasquetó en las manos y le dijo—: En unos segundos, cualquier correo electrónico que me hayan enviado aparecerá en la pantalla. Compruébalo. No tienes más que leer lo que veas. Dudo que haya algo, pero no perderemos nada por comprobarlo. Tal vez Cal me ha dejado algún mensaje.

Volvió corriendo a la cocina, se encaramó de nuevo en el taburete roto, que amenazaba con romperse bajo su peso, y puso los dedos sobre el teclado, preparada para teclear.

Ya estoy lista, Cal. Vamos, chico, venga.

Entró como TerMight en Internet público y activó los gráficos. Como un observador anónimo, esperó en el directorio Trancor/holdings/89443010 del Banco de Maine.

Esperó.

Faltaban treinta segundos para la medianoche. Treinta segundos que se le hicieron eternos.

Cuando llegó el momento y Cal hizo su aparición en escena, le temblaba tanto todo el cuerpo que el taburete empezó a tambalearse sobre sus inestables patas. Se inclinó peligrosamente hacia la izquierda, se agarró al mostrador, lo derribó de una patada y se quedó de pie, inmóvil, ante la pantalla de su ordenador.

Allí, en lo más recóndito de una minúscula cocinita de una cabaña perdida en medio de la montaña, estaba ella, petrificada, sintiendo la noche a su alrededor y viendo cómo las letras blancas se tornaban azules y negras en la pantalla...

Aterrorizada, presenció cómo Griswald se mostraba en toda su magnificencia y asolaba el mundo.

```
Banco de Maine
/Trancor/Holdings/89443010...
Estatus actual: leer/escribir
Propiedad: Agua
```

Reserva federal
/tesorería/billetes/16a87600199...
Estatus actual: leer/escribir
Propiedad: TerMight

Hal's Hotspot of Girls
/gallery...
Estatus actual: leer/escribir
Propiedad: Agua

Cosworth's Tradex
/USauto/cuentas/1487a96042...
Estatus actual: leer/escribir
Propiedad: TerMight

Banco de Nueva Zelanda
/Tradex/debitos/cta0143019...
Estatus actual: leer/escribir
Propiedad: Agua

Cal estaba jugando a ser Dios en la red. No eran páginas web lo que estaba atacando, sino directorios protegidos, archivos seguros guardados en servidores de todo el mundo. Aunque un banco o un intermediario sólo tuviera uno conectado a la red, todos sus ordenadores estarían conectados a este. Y si alguien como Cal entraba en ese servidor, desde allí podría ir adonde quisiera, dispondría de acceso a todos y a cada uno de los ordenadores conectados a aquel servidor.

Y todos los ordenadores estaban automáticamente conectados a servidores. Así era desde hacía ya cinco años o más.

Cal no estaba borrando nada, al contrario, añadía una propiedad a cada uno de sus blancos, a cada uno de sus movimientos financieros en la red. Una propiedad que la señalaba a ella, a Judy Carmody, a TerMight, como la única responsable del atraco. Como la hacker que estaba acumulando una suma ingente de dinero, para mandarla acto seguido a... algún lugar.

Y no podía hacer absolutamente nada para impedirlo.

Tenía que concentrarse, mantener la calma, descifrar aquel maldito programa y detenerlo. Abrió su página de favoritos, saltó desde Internet público a través de varias barreras de protección y entró en tromba en la cuenta de superusuario de uno de los principales bancos en la red, el Banco de Lincoln/Manhattan.

Una vez allí, se coló en la intranet reservada del banco, a la que tan sólo tenían acceso algunos ejecutivos altamente calificados. Ella misma había programado hacía un año los sistemas de seguridad de aquel banco con la colaboración de Mercy.

Mercy... Pobre Mercy, ahora estaba muerta...

Judy conocía todas las contraseñas y los algoritmos necesarios para cambiarlas, porque ella misma los había construido.

La intranet estaba fuertemente protegida contra cualquier acceso externo no autorizado. Pero daba igual. Nada estaba realmente protegido en aquellos tiempos.

De haberlo querido, habría podido convertirse en una mujer muy rica. Habría podido utilizar las previsiones de beneficios del banco para ganar una fortuna en la bolsa y marcharse luego a las Bahamas, a Suiza, a la Costa Azul o a cualquier otro lugar...

Pero ella no era una ladrona, sólo una hacker a sueldo, un instrumento en manos de las firmas de informática que pululaban por California del Sur, al igual que la basura arrojada por los turistas.

Y Cal, Griswald, era de la misma especie. Un esclavo en manos de tipos como Dan Nikonchik, Steve Sánchez y todos los demás. Un adicto al trabajo. Alguien que nunca hubiera hecho algo como aquello, y mucho menos lo atribuiría a uno de sus amigos hackers.

Aquel pensamiento la encendía. No podía ser. No permitiría que sucediera.

No.

El mensaje de bienvenida del banco apareció en pantalla, letras rojas sobre fondo negro:

```
Banco Internacional de Lincoln/Manhattan
Bienvenido. Su contraseña es correcta.
```

En el rincón superior izquierdo de la pantalla apareció el logotipo del banco, un diminuto «L/M» rojo que fue haciéndose más grande, para volver a disminuir luego hasta el tamaño de una cabeza de alfiler. Ella misma lo había programado, y estaba muy orgullosa.

Pulsó una tecla de función para capturar cuanto viera en pantalla.

—Dile que estamos aquí.

Judy dio un salto. Allí estaba Dan, justo detrás de ella, fisgoneando por encima de su hombro.

—No tengo tiempo para discutir contigo, Dan. No estoy escribiendo nada. ¿Quieres que esos tipos sepan que estamos presenciando su hazaña? ¿Estás loco, o qué?

—¡Mira! —dijo Dan, señalando a la pantalla.

El signo L/M rojo había estallado en miles de partículas de polvo de estrellas.

Una diminuta llamarada, algo así como una cerilla encendida por un boy scout novato, o tal vez el resplandor de una luciérnaga: parpadeó y fue a extinguirse junto al pulsante L/M.

Cal. Era Cal. Allí estaba. Ahora estarían a solas, mano a mano, en el corredor de seda negra de la red más íntima del banco.

—Silencio —ordenó Judy—. Tengo que concentrarme. Silencio.

Dan se sobrecogió. Por un momento sus ojos se ensombrecieron, pero enseguida volvieron a llamear.

—Ayúdale, Judy. Haz todo lo que puedas.

En la pantalla fue formándose un laberinto compuesto de minúsculos laberintos, formados a su vez por hebras de dos pixels azules entrelazadas. El diminuto logotipo seguía palpitando. Judy lo tocó con el dedo. Su ordenador portátil estaba programado para traducir instantáneamente sus toques sobre la pantalla en códigos de huellas digitales, de acuerdo con la identidad de usuario con la que se había conectado. El software del banco no dudó de que se trataba del jefe supremo, del mismísimo presidente, y respondió de inmediato con el mensaje parpadeante:

Acceso permitido

Los laberintos se dividieron en hebras aún más delgadas.

Dan parpadeó y se frotó los ojos. No era fácil mirar hebras de color de un píxel cada una. Pero Judy estaba acostumbrada. Hizo zoom para ver más de cerca las imágenes. La pantalla se enfocó automáticamente, mostrando un primer plano de las hebras.

Siguió pulsando el logotipo del banco, una, dos, tres veces más, para conseguir acceso pleno a todo cuanto estuviera ocurriendo en el servidor del banco. Absolutamente todo, los recursos del sistema, los tiempos de acceso, las sumas retiradas. Por el extremo inferior derecho de la pantalla desfilaba un torrente incesante de números. Justo al lado del reloj: pasaban dos minutos de medianoche.

Las hebras azules revolotearon y se remodelaron en forma de helicoides tridimensionales. Lentamente, muy lentamente, como si Cal hubiera ralentizado deliberadamente la velocidad de su programa, para que Judy pudiera admirar todos sus detalles.

Helicoides. La vieja formación Watson-Crick de cromosomas, genes y ADN. El corazón de Judy se puso a latir al ritmo del logotipo palpitante.

Los cromosomas programados se deshacían y se recombinaban. Sus hebras se cruzaban entre los cromosomas.

El programa de Cal estaba mutando. Se estaba reproduciendo.

Allí, ante sus ojos, estaba creando vida digital.

Sin duda Cal era como un Dios, sólo que en versión informática clandestina. Y si la clandestinidad era aquello, ¿serían fundados los temores de los reaccionarios de derechas, de los fanáticos anti red? ¿Era un hacker de la talla de Griswald realmente el demonio?

Judy siguió observando, incapaz por el momento de hacer nada para detener aquello. Su única esperanza era no perderse ni un solo paso a medida que todo iba sucediendo, para tratar de estudiarlo con detenimiento más tarde.

En unos minutos, la amplitud del patrón que formaba las helicoides fue cambiando, las frecuencias de las curvas se extendieron, los ciclos se acortaron, las diferencias entre fases se redujeron.

En todos sus años de experiencia nunca había visto nada similar.

—Es como presenciar el nacimiento de un bebé, desde el momento de la primera división celular hasta la formación completa del feto —dijo quedamente, extasiada ante lo que estaba presenciando.

Detrás de ella, Dan añadió:

—Inteligencia artificial ¿verdad? Continuamente trabajaba en eso.

Inteligencia artificial combinada con programación genética, en la que cualquier aportación de energía o cualquier cambio de fase, por pequeños que fueran y aunque ocurrieran aleatoriamente, podían actuar como un atractor, conduciendo bits en direcciones aparentemente caóticas. En la programación de vida artificial estándar los patrones surgían, con el paso del tiempo, del flujo caótico. Las criaturas digitales evolucionaban, haciéndose cada vez más inteligentes y adaptándose al entorno. La inteligencia artificial analizaba los patrones y marcaba una nueva dirección, una frecuencia distinta, una amplitud diferente, es decir, distintas recombinaciones genéticas que alteraban el significado y la dirección de los datos.

Las direcciones de los datos. Las rutas que seguirían los fondos sustraídos, en su camino hacia el destino final.

Aquellos cromosomas se cruzaban unos con otros, transfiriéndose entre sí información sobre la ruta, el botín, la fuente y el destino, encontrando caminos cada vez mejores para robar y ocultar fondos electrónicos.

En la pantalla, las hebras de ADN parecían ondas sinoidales, patrones de voltaje, retorcidos hasta tener aspecto de formaciones cromosomáticas. En lugar de pirimidinas (timina y citosina) y purinas (adenina y guanina), había cuatro códigos hexadecimales. Efectivamente: ruta, botín, fuente y destino.

Las hebras se dividían hasta tal extremo, que estaban comenzando a formar algo parecido a árboles invertidos, con infinitas ramas y subramas cada vez más numerosas y densas. Se movían con tal rapidez por la pantalla, que apenas podía distinguirlas. Dejaban tras de sí un rastro borroso y cuando llenaban la pantalla, desaparecían.

Los árboles perdían sus ramas, se descomponían en polvo de píxel y se desvanecían.

Los cromosomas originales ya no estaban. Para sobrevivir y crecer, otros nuevos los habían devorado. Ahora sólo quedaban en pantalla unos pocos, los supervivientes, los más inteligentes, los que sabían adónde dirigir, a través de la red, el dinero robado.

Bajo el logotipo L/M parpadeó finalmente, en rojo brillante, la suma total sustraída:

$999.238.491,32

Filtrados, absorbidos de cientos, tal vez de miles de cuentas de clientes. Acumulados en un solo paquete, listos para ser transferidos a otra parte. En el ángulo superior izquierdo de la pantalla apareció un diminuto fuego, parpadeó y se extinguió. Una vez sustraído el dinero, lo más probable era que los cromosomas de Cal se dedicaran a transferirlo a cuentas secretas distribuidas por todo el mundo.
En unos segundos, Cal había desaparecido.
Judy respiró profundamente y se apoyó en Dan. Este le rodeó la cintura.
Toda aquella eternidad no había durado más que unos pocos minutos. El reloj de la pantalla no mentía: pasaban cinco minutos de la medianoche.
Y nadie tenía la menor idea de adónde habían ido a parar los novecientos noventa y nueve millones, doscientos treinta y ocho mil cuatrocientos noventa y un dólares con treinta y dos centavos. El mismísimo programa que los había sustraído los había transferido y luego se había autodestruido, borrando cualquier huella, tanto de la intrusión como del destino del botín.
La única pista que quedaría en el servidor del Banco Internacional de Lincoln/Manhattan, sería que alguien, bajo los nombres de Agua y TerMight, había penetrado allí aquella noche y cometido el mayor robo de la historia.

27

—Casi mil millones de dólares —consiguió articular Judy finalmente—. Mil millones. Ahora por lo menos sabemos por qué estaban dispuestos a matar a quien hiciera falta.

Se encontraban sentados en el maltrecho sofá, ambos exhaustos y aún bajo la conmoción de lo que acababan de presenciar.

—¿Y ahora qué? —preguntó Dan—. Una vez perpetrado el robo, ¿matarán a Cal? ¿Ha terminado todo? ¿Hemos perdido?

—Cal no está muerto —dijo Judy—. Lo que has visto es típico en programación. Primero una prueba preliminar, y luego, una vez que el programa ha demostrado su eficacia, se lleva al límite. Todavía tenemos una oportunidad de detenerlos. Y de salvar a Cal.

—¿Mil millones de dólares no son más que una prueba? Entonces, ¿qué buscan?

—No lo sé, Dan. Con el programa de Cal, esos tipos pueden robar tranquilamente lo que quieran. Diez mil millones, veinte mil... ¿quién sabe?

—Si realmente están planeando otro asalto, como dices, aún tenemos una oportunidad de salvar a Cal.

—Una muy pequeña —respondió Judy—. No sé como manejar un lío como este. Tu hermano acaba de robar casi mil millones de dólares, y no tengo la menor idea de cómo lo ha hecho ni dónde los ha ocultado. Y sospecho que nadie lo sabe.

—¿Para qué me pediste que comprobara tu correo electrónico?

—Una remota posibilidad. Sólo por si Cal había tratado de ponerse en contacto conmigo.

Dan frunció el entrecejo.

—Pues lo siento, no lo ha hecho.

—Ya me lo imaginaba. No iba a ser tan estúpido como para mandarme un simple correo electrónico, que cualquiera hubiera podido interceptar.

—Claro.

Maldición. Era todo tan absurdo, allí sentados, muertos de cansancio y en un callejón sin salida. Pasados unos minutos, Judy rompió el silencio.

—En fin, aquí estamos perdiendo el tiempo. Hay que ponerse a programar. Tengo que descubrir dónde ha transferido Cal todo ese dinero. Me niego a rendirme.

Judy volvió a sentarse sobre el saco de dormir, bajo la lámpara. Dan se recostó de nuevo en el sofá y cerró los ojos.

Ella ya se había enfrentado antes a plazos de infarto, con clientes que esperaban en una semana un programa que necesitaba seis meses de trabajo o que querían cambios mayúsculos de hoy para mañana, pero nunca a un reto como aquel. Eso sí que era un auténtico plazo terminal, ya que si no pensaba y programaba con la suficiente rapidez, podía darse por muerta.

Abrió la transcripción gráfica del programa que había conseguido capturar. La analizó detenidamente, observando cómo se iban formando los nuevos cromosomas y cómo estos destruían a sus progenitores. Cada cromosoma representaba un destino ideal para su correspondiente transferencia de dinero digital. El destino estaba codificado en forma de complejos árboles binarios, de ahí la espesa maraña de ramas que había podido contemplar en la pantalla de su portátil durante el robo. Los cromosomas se reproducían mediante el cruce de ramas secundarias, que formaban parte de los complicados árboles binarios. Durante este cruce de ramas digitales, los cromosomas intercambiaban genes —la ruta, la fuente, el destino y el importe que se iba a transferir, todo ello cifrado—, hasta que, muchas generaciones de cromosomas después, se daba con la ruta ideal. Todo el proceso se repetía en cada uno de los nodos, a lo largo de la ruta en la red que conducía desde los bancos en los que el dinero había sido robado hasta aquellos en que era depositado.

Más interesante aún, los cromosomas descendientes actuaban como parásitos de la generación anterior. Replicaban e intercambiaban genes, pero sólo después de haberles robado a sus progenitores sus propios genes. Al carecer de un genoma completo de datos, estos morían sin dejar tras ellos el menor rastro de la procedencia del dinero. Tan pronto como la ruta saltaba de un ordenador al siguiente, desaparecía: moría.

Cal había creado parásitos digitales. Inteligentes. Casi caníbales.

Lamentablemente, la transcripción de Judy había capturado únicamente el programa tal como se ejecutaba en un nodo informático, por lo que no tenía manera alguna de deducir el destino final de todo aquel dinero.

Ahora bien, como se trataba de parásitos, tal vez podría diseñar algún tipo de contraataque que incluyera criaturas digitales que destruyeran parásitos. O quizá hubiera alguna forma de inmunizar a los progenitores contra sus descendientes parásitos.

Se tendió sobre el saco de dormir con las manos unidas detrás de la nuca. El ronroneo del generador, sumado a los vapores que dejaba escapar, la estaban atontando.

Cerró los ojos. El generador sonaba casi como un tecnorritmo. En el fondo de su mente oyó una vocecilla: «Yo soy tu ordenador. Calculo y calculo». Una vieja tonadilla tecno que solía tararear cuando, en la adolescencia, se pasaba horas y horas programando de noche. «Beep beep beep. Chug chug chug. Calculo y calculo.» Ante sus ojos cerrados desfilaron imágenes de sumas digitales. Cifras reales de aquel trabajo de seguridad que había hecho con Mercy. Lo recordaba muy bien. Una vez que el total llegaba a 999.999,99 dólares, la suma de cualquier otra cantidad provocaba que la cifra se convirtiera en 000.000,00 dólares. Veía pasar los números en su mente, como si estuvieran almacenados en pequeñas casillas digitales en el ordenador del banco:

```
$ 999.999,99
+       ,01
1.000.000,00
```

Ocho casillas, ni una más. Añádele un solo penique y la cifra necesitará nueve casillas. Pero como sólo había ocho disponibles, el uno desaparecía y sólo quedaban ceros. Con aquel procedimiento, un programador cretino del banco había estado robando un millón de dólares de las principales cuentas del banco, hasta que Judy y Mercy descubrieron su pequeño secreto.

Ojalá el programa de Cal hubiera sido tan sencillo de descifrar. Era curioso el modo en que había hecho brillar aquel fuego en la pantalla al entrar y al salir, y también la semejanza entre su forma de pensar y la de él.

Aún manteniéndolos cerrados, a Judy le seguían escociendo los ojos por culpa del humo del generador. Se los frotó y se sentó mirando, medio dormida, el ordenador. Fuego. Tal vez Cal le hubiera dejado un segundo mensaje como Fuego en VileSpawn.

Entró como Griswald, convencida de que estaba perdiendo el tiempo. ¿Cómo podría dejarle mensajes en VileSpawn al mismo tiempo que se dedicaba a asaltar bancos por Internet? Pero, qué demonios, no perdía nada por probar.

Y el intento valió la pena, ya que en lo más recóndito del directorio Griswald, donde tanto ella como Cal habían depositado sus mensajes últimamente, encontró otro, mucho más largo que los anteriores. Para no correr el riesgo de que la detectaran, copió el archivo en su disco duro y salió de VileSpawn. El mensaje había sido creado una hora antes. Se trataba de un archivo de texto. Lo descodificó y... despertó a Dan.

—¡Dan, Dan! —le gritó, levantándose y sacudiéndole para despertarle, mientras trataba al mismo tiempo de guardar el portátil en su funda.

Este se incorporó con la mirada perdida y la voz tomada como si estuviera bajo los efectos del psicopsilo-D.

—¿Qué... qué pasa? ¿Qué sucede?

Judy apagó la lámpara de pie y señaló hacia la cocina.

—Corre. Date prisa. Tenemos que largarnos de aquí. ¡Vienen por nosotros!

Dan tropezó varias veces mientras la seguía.

—¿Quién viene? ¡Judy! ¿Quién? ¡Eh, espera!

—No hay tiempo para explicaciones —respondió ella, saliendo a toda prisa hacia la cocina y la puerta posterior—. Corre. Tony Tuska y Paul Smith, los asesinos. Bren les ha dicho dónde estamos.

—¿Bren? ¿Estás loca? ¿Por qué razón mandaría Bren a esos locos tras nosotros? —Dan se acercó a ella y la asió por los hombros, inmovilizándola—. Cálmate. No te pongas histérica. No es momento para ataques de pánico. Cuéntamelo deprisa. ¿De dónde has sacado esa información?

Judy trató de librarse de él.

—Tenemos que irnos, Dan, ahora.

Él se apoyó indolentemente en el mostrador.

—Lo siento, pero me lo cuentas o no voy a ninguna parte. Cuéntamelo deprisa, tengo que saber qué está ocurriendo.

Judy lo agarró por el codo, tratando de llevarlo hacia la puerta posterior y de hablar al mismo tiempo.

—Bren me ha dejado un mensaje en la cuenta de Cal en VileSpawn. Esta noche se ha presentado en su casa un policía, hace media hora más o menos. El tipo ha irrumpido en medio de una fiesta que tenían montada, aterrorizando a todo el mundo. Ha enseñando sus credenciales y todo eso. Venía de Laguna Beach siguiéndome el rastro. Uno de los payasos de Grouch nombró a Bren, por eso ha ido a visitarla. La ha amenazado con meter a Carl entre rejas, con encerrarlo con los drogatas y los matones, y ella se ha asustado muchísimo. El tipo hablaba en serio, hasta le ha llegado a poner las esposas a Carl. Así que le ha explicado lo de la cabaña.

Dan comenzó a moverse hacia la puerta, detrás de ella.

—¡Maldita sea! ¿Y qué hay de los asesinos? ¿Dónde encajan ellos en esta historia?

—Bren sabe que ese poli es un corrupto. Le ha dicho que tiene testigos que me vieron matar a Trev. Y además, iba en un coche de alquiler con otros dos fulanos. Uno llevaba barba.

»Ese policía sabe que aquí no hay teléfono y Bren teme que estén controlando mi correo electrónico. El fulano ese está seguro de que aquí no hay manera de que Bren pueda mandarme un aviso. Nunca se le ocurriría buscar un mensaje para mí en la cuenta de Griswald en VileSpawn.

—Maldita sea, Judy, tranquilízate. Aunque condujeran a toda velocidad, se tarda más de una hora en llegar de casa de Bren aquí. Tenemos tiempo. No mucho, pero sí el suficiente. Vamos, pongamos manos a la obra.

La condujo de nuevo hacia la puerta.

—¿Manos a la obra? —preguntó Judy incrédula—. ¿Qué quieres decir, Dan? ¡Tenemos que largarnos de aquí ahora mismo!

Él sacudió la cabeza para decirle que no. Su expresión era seria y determinada.

—No podemos huir eternamente, Judy. Esos tipos nunca abandonarán la caza. Te quieren muerta. ¿No lo entiendes? Para poderte cargar el robo. No pueden dejarte con vida. Son profesionales y antes o después acabarán con nosotros. Lo único que podemos hacer es luchar.

—¿Luchar? Tú mismo lo acabas de decir, son asesinos profesionales, y no simples aficionados como esos que te persiguen a ti. Nos aplastarán como a un par de moscas. Tienen armas y saben utilizarlas. Dan, no podemos quedarnos aquí hablando de tonterías como esas. Por favor, por favor, vámonos antes de que sea demasiado tarde.

—Judy, escúchame. —Dan ya no parecía tan estúpido, inútil y raro como antes. Estaba enfadado—. Estos pájaros del gobierno son los mismos que acaban de robar mil millones de dólares a personas inocentes. Son los mismos que asesinaron a Trev, a Jeremy y a Mercy. Yo no voy a ir a ninguna parte. Si tú quieres irte, hazlo, no te detendré, pero yo me quedo. No tenemos ningún otro lugar al que huir.

Judy le soltó el codo y se desplomó sobre el taburete de la cocina. De repente se sintió exhausta. Los nervios le agarrotaban el estómago y la cabeza amenazaba con estallarle. Aun así, sabía que Dan estaba en lo cierto. Tuska y Smith nunca abandonarían. No dejarían de perseguirla, y ya no volvería a sentirse libre y segura. Realmente, no había otra opción. Tenía que luchar.

—De acuerdo —dijo—. ¿Qué quieres que haga?

Dan se dirigió a la puerta de atrás, solo.

—Monta guardia, fuera, junto al coche. Pero manténte bien oculta. No se acercarán a la cabaña en coche para que no nos asustemos y huyamos al bosque. Lo harán a pie. Son tres ¿verdad?

—Exacto —respondió Judy—. Dan, esto es una locura ¿Cómo quieres luchar contra tres asesinos a sueldo que van armados?
—Tenemos dos ventajas. En primer lugar, y lo más importante, sabemos que vienen por nosotros. Esto pone el elemento sorpresa de nuestra parte.
—¿Y la segunda?
—Disponemos de grandes cantidades de gasolina. Ahora vete a montar guardia. En unos minutos estaré contigo; espero que sea antes de que lleguen. Pero si los oyes venir y yo no he terminado, ven a avisarme. También podemos escondernos detrás de la casa. Ahora, muévete.

Sin dejar ni por un momento el equipo informático, Judy se dirigió de nuevo hacia la puerta de entrada. Pero la voz de Dan la hizo detenerse.
—Espera —le dijo él—. Una cosa más.
—¿Qué?
—Tu pelo —respondió Dan, hurgando entre los cajones de la cocina y sacando un cuchillo de sierra—. Tengo que cortártelo.
—¿Qué? ¿Te has vuelto loco?
—Confía en mí —replicó él—. Por favor.
—Adelante —respondió ella—. Corta lo que quieras.

Él se puso a cortarle mechones de cabello, hasta dejárselo tan corto que apenas le llegaba a los hombros. Ella que siempre había llevado el pelo largo, y ahora le había desaparecido. Pero Dan debía tener sus razones, y no era el momento para lamentarse por su cabellera.

Treinta segundos más tarde se encontraba agazapada detrás del coche, vigilando la pista. No tenía la menor idea de lo que Dan estaba haciendo en el interior de la casa, pero, aunque la puerta estaba cerrada, podía oír la radio por encima del ronquido del generador.

Le resultaba agradable estar de nuevo a la intemperie. El aire de la montaña era fresco y limpio, sin la contaminación de la ciudad. En los últimos días se había pasado demasiadas horas metida en coches, sin poder respirar a gusto, asfixiándose con los humos de los tubos de escape. La brisa de la noche que le acariciaba las mejillas la hizo estremecer. Sorprendentemente, su estómago parecía estar tranquilo.

Ya no tenía sueño ni se sentía desfallecer. Además, la posibilidad de que la mataran antes de una hora impelía adrenalina a sus venas. Estaba realmente en forma.

Por el cielo de la noche cruzaban densas nubes, dificultando la visión sobre la pista. Aun así, había una luna llena y brillante que bañaba de vez en cuando el claro con una suave luz blanquecina. Ella trataba de prestar atención por si oía el motor de un coche ascendiendo hacia la cabaña, pero el repiqueteo del generador no le dejaba oír nada que no sonara mucho más fuerte. Empezó a contar mentalmente, tratando de hacerse una idea aproximada de los minutos que iban pasando.

Cinco minutos después de que hubiera empezado la cuenta, Dan abrió la puerta delantera de la cabaña y, andando hacia atrás, fue alejándose de ella con un bidón de gasolina en cada mano. A continuación roció la base de la puerta, y después avanzó lentamente por el porche, los arbustos y el terreno que había ante la casa, hasta que vació del todo el primer bidón. Sin dejar de andar para atrás, fue dejando un reguero de gasolina con el segundo recipiente hasta llegar al coche en el que se ocultaba ella. A medida que se aproximaba, Judy empezó a sentir náuseas, provocadas por el fuerte olor a gasolina.

Él se agazapó junto a ella.

—No te preocupes —le dijo—, la brisa se llevará pronto el olor. Dentro de la cabaña es bastante fuerte, pero no tendrán tiempo de darse cuenta.

—¿Qué pasa, Dan? —preguntó Judy, sin dejar de escudriñar la pista. No se movía nada.

—La trampa ya está lista. He rellenado los sacos de dormir con los cojines del sofá. Tu cabello sobresale de uno de ellos. Parece real. También los he rociado con gasolina y empapado el suelo. Incluso he dejado algunos bidones detrás del sofá y de la cómoda. Lo de ahí dentro es el sueño de un pirómano. Por último, he atrancado la puerta de atrás. Todas las luces están apagadas, excepto la de la cocina. El resplandor adecuado para hacerles pensar que estamos durmiendo. He dejado la radio encendida para distraer su atención. No es muy sofisticado que digamos, pero ellos piensan que no sabemos nada, que nos creemos seguros y a salvo, y que el elemento sorpresa está de su parte. No tienen ninguna razón para sospechar nada.

Dan sacó del bolsillo una caja de cerillas bastante anticuada. Encendió una para comprobar que estuvieran en condiciones y la apagó al instante.

—Las he encontrado en uno de los cajones de la cocina. Son el ingrediente final para nuestra trampa. Lo único que tengo que hacer es prender fuego en cuanto entren en la cabaña. La gasolina se enciende rápido, pero aun así pasarán unos segundos antes de que todo salte por los aires. Cuando estalle, esos tipos serán historia. ¡Boom!

Judy se quedó pensativa. La imagen de la casa de Jeremy envuelta en llamas aún inundaba su mente. Como si estuviera leyéndole los pensamientos Dan le dijo, asintiendo con la cabeza:

—Recibirán su justo merecido, después de lo que le hicieron a Jeremy. Y a Mercy. Esos tipos son escoria.

Incapaz de pronunciar una sola palabra, asintió con la cabeza. Ella no era una asesina. La violencia la ponía enferma. Y a pesar de todo lo que Tuska y Smith hubieran hecho, no era quién para condenarlos a muerte. Sería Dan el que encendería la cerilla, ella no podría.

Esperaron juntos, cada cual absorto en sus propios pensamientos, preguntándose cuánto tardarían en llegar aquellos asesinos. Dan murmuraba quedamente para sí mismo, revisando mentalmente todos los puntos peligrosos. Tal vez aquellos tipos se dividirían, o uno de ellos se quedaría en el coche, o tal vez preferirían esperar a que amaneciera, pensando que sería más seguro atacar de día.

Judy mantenía la boca cerrada. Dan tenía razón, seguir huyendo no serviría de nada. Y a menos que consiguieran modificar las circunstancias, estaban perdidos.

—Escucha —le dijo él de repente—. ¿Has oído eso?

Judy asintió, sintiendo que el estómago se le encogía en un puño. Allá abajo, en algún lugar de la pista, sonaba el motor de un coche. Unos instantes después dejó de oírse.

—Ahí están. Acurrúcate todo lo que puedas. Las explosiones de gasolina son muy expansivas. Hay una pequeña hondonada en el terreno, a unos metros de aquí. Voy a ocultarme allí. Me echaré tierra y hojas por encima, como hacía de pequeño. No se darán cuenta. No abras la boca. Sólo mira y espera.

Judy se tumbó en el suelo. Era áspero. Algunas piedrecillas rasposas le arañaban la piel. Las agujas de pino que había por todas partes le recordaron de nuevo a Jeremy, las llamas y la muerte. Con el estuche del portátil muy pegado al cuerpo, se arrastró bajo la carrocería del viejo Ford. Por una vez en su vida, su delgadez le supuso una ventaja.

Ya instalada en su escondite volvió la cabeza para buscar a Dan con la mirada. Un poco más allá pudo distinguir una ligera prominencia de hojas y tierra. Tenía que ser él camuflado. El rey de los perritos calientes al chile, el charlatán, el niñato malhumorado, parecía realmente saber lo que estaba haciendo.

Los asesinos a sueldo no tardaron en llegar; en medio del silencio, sus siluetas se recortaron contra el resplandor de la luna. Tres hombres vestidos de negro, con armas en la mano. Reconoció de inmediato a dos de ellos. Tony Tuska, todo músculos y barba, con la camisa abierta hasta la mitad del pecho, pero en esta ocasión sin las gafas de sol. Y Paul Smith, el idiota medio calvo. En la mano izquierda llevaba un arma. Los dedos de su mano derecha seguían envueltos en un vendaje de plástico.

Al tercer hombre no lo había visto nunca. Era un tipo más bien gordo, con una nariz gruesa de bebedor y el pelo oscuro. Tenía que tratarse del policía corrupto que Bren había mencionado en su correo. Con toda probabilidad, aquel fulano era el responsable de que a ella la estuvieran buscando por el asesinato de Trev. Era tan culpable como Tuska y como Smith de la ola de violencia que estaba asolando su vida.

Avanzaron sin pronunciar palabra, comunicándose por señas. Los músculos de Judy se tensaron cuando vio que Tuska le indicaba algo al policía en dirección al coche bajo el que ella se ocultaba. Se estremeció y aguantó la respiración. A medida que el hombre se acercaba, su cuerpo fue desapareciendo de su vista, hasta que sólo pudo verle las piernas y después los pies. Sabía que los asesinos sólo estaban tomando precauciones, pero eso no le impedía sentir una necesidad loca de gritar.

La muerte se encontraba a menos de medio metro. El policía estaba tan cerca que sólo con alargar la mano podría tocar sus lustrosos zapatos. Cualquier ruido, un estornudo, una tos y estaba lista. El estómago se le removió de terror. Entonces hundió los dientes en el labio inferior y consiguió ahogar un grito. Pero los diez segundos que transcurrieron a continuación se le hicieron eternos.

Con un gruñido de decepción, el policía se alejó lentamente en dirección a sus compañeros. Los pies se volvieron piernas, y estas un cuerpo entero. Los tres hombres estaban ya muy cerca de la cabaña. Tuska señaló a la ventana, cubierta con papel embreado. Incluso desde la distancia, Judy pudo ver que sonreía.

Tuska se detuvo a unos tres metros de la puerta y ladeó la cabeza como si quisiera escuchar algo. Dentro sonaba la radio, apenas audible por encima del latido del generador. Le hizo un gesto a Smith, que desapareció por el lado de la cabaña, sin duda para inspeccionarla por detrás. En menos de un minuto regresó, negando con la cabeza. Tuska asintió a su vez en silencio. La única forma de entrar era por la puerta de delante.

Levantó su arma y les indicó a sus colegas que se adelantaran. Él estaba en el centro, con Smith a su derecha y el poli a su izquierda. Diez pasos hasta la puerta principal, siete, cinco, ya estaban en el porche. Ninguno de ellos parecía haber percibido el olor a gasolina. Estaban demasiado absortos en dar caza a las presas que los aguardaban en el interior.

Tan pronto como los asesinos entraran en la casa, Dan le prendería fuego. Se preguntaba si las demás cerillas funcionarían, si no estarían defectuosas después de tanto tiempo. Demasiado tarde para preocuparse por eso. Si la cosa no salía bien, se habría acabado todo para ellos.

Con el arma pegada al cuerpo, Tuska levantó un pie y le propinó un fuerte golpe a la puerta, que se vino abajo de inmediato. Al instante, Smith se arrojó al interior de la cabaña, seguido por el policía. Tuska entró el último.

Dan ya estaba de rodillas, con la caja de cerillas en la mano. Su mirada fija en la cabaña, pero sin que sus manos se movieran. Parecía bloqueado, incapaz de actuar. Desesperada, Judy comenzó a arrastrarse para salir de debajo del coche.

—¡Maldita sea, Dan, hazlo! —la voz de Judy sonó como un látigo.

De repente, el resplandor iluminó la cara de Dan, una cara llena de terror, de angustia, del recuerdo de aquellos padres que habían muerto abrasados por otras llamas...

Arrojó la cerilla... la gasolina prendió... y el fuego empezó a correr...

El mundo pareció estallar.

La onda expansiva arrojó a Dan de espaldas contra el suelo. Por encima de Judy, el viejo Ford se estremeció, y ella de repente se dio cuenta de que estaba debajo de un vehículo lleno de gasolina. El fuego empezó a extenderse desde la cabaña, saliendo por las paredes, por el boquete donde antes había estado el techo y por la solitaria ventana. Toda la estructura estaba envuelta en un gran hongo de fuego rojo, que rugía con furia. Incluso a diez metros de distancia, el calor era intenso.

Un delgado dedo de fuego salía de aquel infierno, en dirección adonde se encontraba Judy. Como pudo, abandonó a toda prisa su escondite.

A pocos metros de distancia, Dan se estaba poniendo de pie. En su rostro se reflejaba una expresión de terror.

—Mis padres... el fuego...

—No hace falta que expli... —comenzó a decir Judy, pero se detuvo a mitad de la frase. Ante lo que fuera la entrada de la cabaña, a través de una cortina de fuego, una figura humana se tambaleaba. Con la ropa y el cabello encendidos, el hombre chillaba en una agonía terrible. A unos metros de aquel infierno, se tambaleó y cayó al suelo, rodando para tratar de extinguir las llamas que le ahogaban en un abrazo mortal. Las cadenas de oro que lucía alrededor del cuello le quemaban la carne. Se trataba de Tony Tuska; había entrado el último.

Dan, que se había puesto de pie, se acercó corriendo a él, incluso antes de que Tuska cayera. Judy le siguió, sorprendida de no sentir la menor compasión por aquel hombre a pesar de todo aquel horror. ¿Qué compasión había tenido él con Trev? ¿O con Mercy?

No había ni la más mínima señal de los otros dos. Judy no quiso pensar en ellos. Su propia maldad los había conducido a la muerte. La justicia había sido cruel y efectiva.

—No podemos dejarle morir —murmuraba Dan—. No podemos dejarle morir.

Judy miró a Tuska, que volvía desesperadamente la cabeza a uno y otro lado, gritando de dolor. Sus ropas, o lo que quedaba de ellas, se le pegaban al cuerpo, simples pedazos chamuscados de ceniza negruzca. Tenía la piel ensangrentada, y en muchos lugares se le podían ver los huesos. Un ojo había desaparecido por completo. Las mejillas estaban chamuscadas como papel quemado. Una gran venda plástica que llevaba sobre la nariz se había fundido. El pecho, bajo los fragmentos quemados de la camisa, parecía un trozo de carne a la parrilla que aún chisporroteaba. La piel se le quebraba y abría.

Dan, de rodillas junto a él, levantó los ojos hacia Judy.

—¿No hay nada que podamos hacer? ¿Nada?

En realidad, Judy no quería ayudarle. Lo detestaba, pero aún así...

—Puedo tratar de avisar a una unidad de quemados a través de la red, pero cuando lleguen aquí...

—Paul, Paul —comenzó a decir Tuska, con voz apenas audible y su único ojo fijo en Judy—. Maldito carácter. Se volvió como loco. Quería atraparte a toda costa, TerMight. —Tosió y sus labios se mancharon con la sangre que manaba de lo que quedaba de su nariz vendada—. Ayudadme, por favor. Me duele..., me duele...

Judy se arrodilló junto a él, con el netpad en la mano.

—Puedo llamar pidiendo ayuda. Quizá lleguen a tiempo para salvarle. Pero no lo haré a menos que hable. Dígame quién está detrás de estos asesinatos. ¿Dónde está Cal Nikonchik?

Tuska no se movió, ni pronunció una sola palabra. Judy se preguntó si se habría quedado sordo por la explosión.

—Ayúdale, Judy —dijo Dan—. No podemos dejarlo morir así. Haz algo.

Ella miró fijamente a aquel hombre que agonizaba. ¿Ayudarle? ¿Por qué? Había asesinado a sus amigos.

—¡Judy!

Conectó el netpad y ejecutó una búsqueda de la unidad de quemados más cercana. La más próxima se encontraba a más de cincuenta kilómetros de allí. Tuska tosió de nuevo y todo su cuerpo se estremeció.

—Estarán aquí enseguida —dijo Judy, pulsando el icono de llamada de emergencia.

—Ya no hace falta —dijo Dan, soltando un profundo suspiro.

Judy observó a Tuska. El ojo seguía fijo en ella, pero ya no parpadeaba. La boca estaba abierta e inmóvil y el pecho no se movía. Había muerto.

Algo se movió entre las ramas y levantó la cabeza justo a tiempo de ver cómo les sobrevolaba un pájaro, claramente visible gracias a las llamas. Era negro, con la cabeza blanca y coronada por una cresta roja como el fuego. ¿Se le repetiría una y otra vez esa visión a partir de aquel momento hasta el fin de sus días? ¿Fuego? ¿Era eso lo que veía Dan por todas partes, día tras día?

—Un pájaro carpintero coronado —dijo Dan, con una risita histérica—. Sí, sin duda me desenvuelvo bien en estos bosques. Sé qué bayas comer y cuáles no, qué serpientes son peligrosas y cuáles inofensivas. Y sobre todo, sé pegar fuego a cabañas y quemar viva a la gente, para que mueran como mis padres.

Sin mirarle, Judy rodeó el cuerpo de Tony Tuska y se agachó junto a Dan. Sintió pena por él, siempre maldiciéndose. No había forma de escapar a los recuerdos. Lo rodeó con sus brazos. Sintió sus ásperas patillas en el cuello.

—Oh Dan, cuánto lo siento. —Y sin dejar de abrazarle, lo meció suavemente. Él estaba temblando; murmuraba sandeces acerca de unos pájaros.

—¿Nunca habías visto un pájaro carpintero de cresta roja? Su piar suena como el maullido de un gato. Vive en lugares como este. Debería haber salvado a ese tipo, Judy. No debería haberlos matado...

—No, Dan —replicó ella—, tenía que morir para que nosotros viviéramos, para que podamos rescatar a Cal. Tu hermano, Dan; tú le salvaste del fuego. Has hecho lo que debías. Deja de culpabilizarte por no poder conseguir lo imposible.

Dan siguió estremeciéndose en sus brazos. Luego asintió lentamente, levantó la cabeza y apartándose un poco de ella le dijo:

—No más fuegos, Judy. No más muertes. Sólo quiero que vuelva Cal. Y vivo.

—Lo conseguiremos, Dan —le contestó ella, sonriendo al recordar su primera conversación. Parecía que había pasado un siglo—. Juntos lo conseguiremos.

Dan rió. No muy fuerte, pero una risa después de todo.

—Sí, socios.

Lentamente se pusieron en pie. Y sin dejar de mirar el fuego, que seguía rugiendo, Dan añadió:

—Mira esas llamas, Judy. No hay manera de entrar en un infierno como ese a salvar a nadie.

Ella se preguntó si estaría hablando de los otros dos asesinos o de sus padres. En cualquier caso, le costaría bastante reconciliarse con los hechos pasados y recientes, pero, al menos, iba por el buen camino.

En cuanto a ella, por primera vez desde aquel último abrazo que le dio su padre, había estrechado a alguien en sus brazos. Y no lo había hecho porque le gustara, sino porque se trataba de un ser humano que necesitaba compasión, algo real de una persona real.

Dan se volvió.

—Será mejor que nos larguemos cuanto antes. Los guardas forestales no tardarán en detectar el fuego. O la patrulla de carretera. No nos conviene estar aquí cuando lleguen.

Judy se tambaleaba, y de repente se sintió mareada. La energía la había abandonado del todo. La trampa había funcionado y se habían deshecho de sus enemigos. Pero ahora que la carrera había terminado, estaba a punto de derrumbarse.

Dan le pasó un brazo por los hombros.

—Lo siento, pero tienes que subir al coche, Judy. No te preocupes. Todo irá bien a partir de ahora.

Vagamente tuvo consciencia de que Dan arrancaba y comenzaba a conducir. Debió de quedarse dormida, pues le pareció que apenas habían transcurrido unos segundos cuando Dan la despertó, sacudiéndola por el hombro.

Protestando, abrió los ojos. Aún se encontraban en el bosque, a unos treinta metros de la cabaña. A su espalda pudo ver el fuego. Apenas se habían distanciado del lugar donde yacía el cuerpo de Tony Tuska.

—Su coche de alquiler —dijo Dan, con la puerta ya abierta—. Seguro que no lo han cerrado. Sólo tendrás que cambiar los números de registro para que no nos puedan seguir la pista, y descifrar el código para ponerlo en marcha.

A Judy le dolía la cabeza. Le dolían los ojos. No se sentía con ánimos de robar otro coche.

—Toma —le dijo Dan, alargándole algo.

Ella vio que se trataba de un sándwich de pavo.

—Han dejado de todo en el asiento de atrás —siguió diciendo él—. Dinero y todo. Uno de ellos llevaba en el bolsillo de la chaqueta mil dólares en billetes pequeños. Vamos, Judy, pon esta belleza en marcha. Una vez que estemos fuera de la zona podremos detenernos donde queramos. Hasta tomar una habitación en un motel. Un baño. Y dormir en una cama de verdad.

Un baño. Judy pegó un mordisco al bocadillo. Una cama. Casi exhausta, abrió el netpad y realizó el ritual de rigor.

Dan activó el encendido y el motor cobró vida.

—¿Qué has dicho de una chaqueta? —preguntó Judy. Aunque estaba agotada y necesitaba urgentemente dormir, algo le impedía descansar.

—¿Tienes frío? —preguntó Dan—. Está en el asiento de atrás.

Mientras Dan sacaba el coche a la pista, Judy cogió la chaqueta del asiento de atrás. Ansiosa, rebuscó en los bolsillos. De repente, una sonrisa inundó su fatigado rostro. Acababa de encontrar lo que buscaba, y se lo mostró a él.

—Mira, una llave de hotel —anunció—. Habitación 208, Ramada Aeropuerto, San José.

—¿Y qué? —le preguntó Dan. Ya estaban en la autovía, en dirección al sur. Lejos del fuego, lejos de la ciudad. Pero seguían sin tener la menor idea acerca de dónde se encontraba Cal.

—Una operación a pequeña escala, Dan —dijo Judy—. Un par de matones alquilados, un poli vendido. Nada parecido a los recursos que emplearía el gobierno. El mínimo equipo y un solo supervisor al frente.

—De acuerdo —respondió él—. Creo que te entiendo. Pero ¿a dónde quieres ir a parar?

—Su jefe trata de echarme la culpa del robo de mil millones de dólares —prosiguió Judy. Aunque exhausta, su mente seguía funcionando con la misma precisión que de costumbre, o tal vez mayor—. No lo conseguirá hasta que tenga la seguridad de que estoy muerta, de que no podré demostrar mi inocencia.

—Sigo sin entender.

—Tony Tuska debe haberle informado de que iban por mí. De que iban a acabar el trabajo que habían dejado a medias en Laguna Beach. Su jefe debe de estar aguardando la confirmación.

—Pues va a esperar sentado —comentó Dan, agriamente.

—Exacto —dijo Judy—. Más tarde o más temprano empezará a inquietarse. No le gustará tener que telefonear, pero lo hará. Necesitará saber qué es lo que va mal. Y en ese preciso momento es cuando localizaremos a ese mal nacido.

—¿Localizarle? ¿Y cómo?

Judy hizo bailar la llave ante los ojos de Dan.

—Utilizando mi ordenador portátil entraré en la centralita del hotel. Desviaré hacia mí todas las llamadas dirigidas a la habitación 208. Recuerda que hice trabajos de consultoría para el Departamento de Seguridad de Internet. Tengo su programa de seguimiento de llamadas en mi ordenador. Solía localizar con él a secuestradores. El maldito programa se come los distorsionadores telefónicos para desayunar. Tan pronto como responda a su llamada, dispondré del número de teléfono de ese bastardo.

—Pura magia —comentó Dan.

—La ley del hacker —respondió ella.

La llamada llegó una hora después, mientras estaban descansando en una zona de aparcamiento con vistas al océano. Judy dejó que el teléfono sonara varias veces y luego pulsó la tecla que activaría la conexión.

Al otro lado de la línea no se oía nada más que silencio. Ni una sola palabra. Pasaron unos segundos más y luego la comunicación se cortó.

—Estaba esperando una voz —dijo Judy—. No iba a identificarse sin que lo hicieran antes Tuska o Smith. Muy listo. —Y mirando el registro que aparecía en la pantalla, siguió diciendo—. Pero no lo suficiente. La llamada procede de un lugar registrado como Industrias Barrington, en el desierto de Los Ángeles.

Barrington. El loco que odiaba a los hackers, que dirigía *La charla de Barrington al lado del hogar*. El ídolo de la madre de Judy. Curioso que un fanático antitecnología se mezclara en un robo a través de la red.

Buscó en el mapa de California que tenía en su ordenador.

—No está lejos del lago Bristol. Allí se encuentra Cal.

—Y allí es adonde vamos —respondió Dan.

Entonces, Judy se arrastró hasta el asiento de atrás.

—Despiértame cuando estemos cerca —le dijo, mientras se tocaba la nuca con las manos—. Quiero dormir un rato.

—Duerme —respondió Dan, girando el coche y entrando de nuevo en la autovía—. Te lo has ganado.

Judy, con los ojos cerrados, aún tuvo tiempo de decirle:

—Dan, ese tipo no es tonto. Después de esa llamada ya sabe que Tuska y Smith o bien están muertos o arrestados. El tiempo se le acaba. Presionará a Cal para que lleve a cabo el gran asalto de inmediato. Si no lo detenemos antes de que eso ocurra, olvídate de volver a ver a tu hermano con vida.

28

Bob Ingersoll miró su reloj. Las ocho de la mañana. Ya hacía horas que había telefoneado a la habitación de Tony Tuska y que su llamada había sido contestada... ¿por quién? No lo sabía. Pero no se hacía ilusiones. Aquello no eran buenas noticias.

Era imposible que la policía hubiera seguido el rastro de la llamada en tan poco tiempo. Y menos con el sistema de encriptación que utilizaba. Sin embargo, no quería cantar victoria, ya que si había sido TerMight, a esas alturas ya lo habría localizado.

Habían transcurrido nueve horas desde que hablara por última vez con Tony. Por lo que le había dicho, estaba a punto de salir con Paul y Ernie Kaye a acabar con Carmody. Les había dado instrucciones precisas de que le informaran tan pronto como el trabajo estuviera terminado. Por lo tanto, el hecho de que no lo hubieran hecho, sumado a la llamada sin respuesta a la habitación del hotel, indicaba que sus agentes habían sido neutralizados. Tal vez incluso estuvieran muertos. Y había muchas probabilidades de que TerMight siguiera con vida.

Sentado inmóvil en su butaca, se puso a evaluar la situación. Aunque no había razón para sentir pánico, se daba cuenta de la necesidad de actuar con rapidez. Los acontecimientos empezaban a escapársele de las manos. No había cabida para más retrasos. Ni errores.

Carmody seguía siendo una fugitiva. No podía contactar con la policía sin que la arrestaran y la interrogaran, y eso llevaría horas. Las ruedas de la justicia se movían con extraordinaria lentitud. Y en el peor de los casos, es decir, que fuera a la policía, él dispondría aún de un día entero. Pero no más.

Conectó una cadena de noticias por cable y miró los titulares durante unos minutos. Por el momento, no se decía ni una palabra de problemas bancarios. Los bancos se distinguían por su secretismo a la hora de informar sobre problemas de tesorería o de manejo de datos. Si seguía todo así, pasarían varios días antes de que ninguna de las víctimas informara del robo.

Pero tras el asalto de esa noche, cambiaría por completo el panorama. Serían demasiadas personas y demasiadas empresas las que se iban a encontrar de repente sin fondos. Los bancos no podrían ocultar el problema. La histeria recorrería el país de un extremo al otro. El mayor robo de la historia aparecería en la primera página de los diarios de todo el mundo. Y mientras eso sucedía, él estaría descansando en algún lugar tranquilo del Mediterráneo, planeando qué hacer con su fortuna.

El intercomunicador de su mesa lo arrancó de cuajo de sus sueños. Era la línea de Barrington.

—¿Sí, señor?

—Hay problemas en Laguna Beach y el viejo está que echa chispas. —Era Gloria Simmons—. El rumor ha llegado a los medios de comunicación. Una vieja vio, desde el otro lado de la calle del apartamento de Judy Carmody, cómo un tipo le disparaba. La policía lo había ocultado hasta ahora.

»Evidentemente, Ernie Kaye ya estaba siendo investigado por Asuntos Internos. Las autoridades aseguran que sólo le estaban dando cuerda suficiente para que se ahorcara solo. Los periodistas de Los Ángeles están que se suben por las paredes después de haberse enterado de la ocultación de pruebas por parte de la policía. El jefe de Carmody ya va por ahí declarando que es una santa.

—Dígale a Barrington que no hay de qué preocuparse —replicó Ingersoll—. Llamaré a Kaye y le diré que desaparezca. Sin él la historia seguirá coleando un tiempo, pero el arma homicida nunca aparecerá.

—¿Está seguro de poder confiar plenamente en ese policía? —preguntó Gloria.

—No dirá ni una sola palabra —respondió Ingersoll con seguridad—. Ha estado haciendo trabajos sucios para la NSA durante años. Ernie no hablará.

—Espero que esté en lo cierto. Mis sueños no incluyen la cárcel —replicó ella.

Ingersoll cortó la comunicación. Ya era hora de hacerle a Cal una visita sorpresa.

Cuando salió al exterior, el calor del desierto le golpeó la cara con la fuerza de un martillo pilón. Era sobrecogedor, la mañana parecía un horno. Normalmente la temperatura no le afectaba, pero después de un día y una noche enteros sin dormir, comenzaba a notar los primeros síntomas de una jaqueca producida por la tensión. Necesitaba descansar. Ni siquiera él era invencible. Pero antes tenía que atar personalmente unos cuantos cabos sueltos. Se encaminó hacia la casa de invitados.

Greg abrió la puerta tras media docena de impacientes golpes. A Harry no se le veía por allí.

—Lo siento, jefe —dijo, mirando a Ingersoll con los ojos enrojecidos—. Nos pasamos un poco anoche con la celebración después del asalto. Harry y yo le estuvimos dando de lo lindo a la botella. Todavía está durmiendo. No pensábamos que usted se fuera a levantar tan temprano. Imaginamos que Barrington lo habría tenido de charla toda la noche.

Ingersoll asintió con la cabeza.

—Todavía no me he acostado. El viejo se pasó horas recitando su letanía de siempre, hablando de los peligros de la tecnología. Me tuve que morder la lengua para no decirle que esas máquinas terribles, que según él destruyen la civilización moderna, nos acababan de hacer ganar mil millones de dólares. Quizá con eso hubiera aplacado su espíritu. ¿Está Calvin despierto?

—Sí, señor. Le he oído trastear por la cocina hace un rato, devorando una tarta de fruta. ¿Quiere hablar con él?

—Seguro que sí. Y despierta a Harry. Tal vez necesitaré vuestros servicios.

—Ningún problema. No tiene más que llamarnos y allí estaremos.

Ingersoll llamó a la puerta de Cal y entró sin más. El joven hacker se encontraba sentado indolentemente ante el ordenador, jugueteando con su reloj. No llevaba puesto más que un par de pantalones cortos.

—Ha habido un cambio de planes de última hora, Calvin —dijo Ingersoll, sin tomarse la molestia de saludar. En esos momentos la cabeza le dolía de verdad—. La segunda vuelta, la de los cincuenta mil millones, la haremos hoy a medianoche y no el sábado como estaba previsto. Asegúrate de que el programa esté listo.

—¿Esta noche? —dijo Cal, al parecer anonadado—. Pero... pero no podemos hacerlo esta noche.

—¿Ah, no? ¿Y por qué no?

—Los jerifaltes de la NSA, los mandamases del ISD, no vendrán hasta el fin de semana.

—Todo mentiras, Calvin —dijo Ingersoll—. Olvídate de eso. Olvida también esa parte del programa que retorna los fondos a sus cuentas originales, porque no la vamos a necesitar. Los cincuenta mil millones irán a los mismos destinos de la noche anterior y allí se quedarán. No habrá reintegros ni reembolsos.

Calvin se quedó mirándole petrificado, con los ojos muy abiertos.

—Pero... pero... pero...

—Eres un muchacho agradable —le dijo Ingersoll—, pero ingenuo. Este proyecto es una farsa. No estamos demostrando la inseguridad de los bancos, algo que a nadie le importa. Lo cierto es que la NSA está dispuesta a destruir Internet. Esa es la razón de que hayamos estado trabajando en secreto con Bradley Barrington. Sin duda has oído hablar de él. Encubiertos, de modo que nadie más en el departamento sabe nada de todo esto. El viejo es quien pone el dinero para financiar esta aventura. A cambio, hacemos que su sueño se convierta en realidad. Convertimos a los hackers en criminales y acabamos con la red. El robo de la noche pasada fue real, Calvin. No tengo la menor intención de devolver un solo penique. Y lo mismo vale para el de esta noche.

La cara de Cal estaba blanca como la pared.

—Pero ¿y la NSA?

Ingersoll se rió de buena gana.

—El gobierno nos paga una miseria, Calvin. Tardaría diez mil años en tener el dinero que voy a reunir en dos noches. Todos salimos ganando. La NSA y Barrington destruyen Internet y yo me hago rico. Es justo. No soy como el viejo Ollie North, que se hundió por el Tío Sam. Ya he cumplido mis deberes, como Ollie, pero quiero despedirme a mi modo. Y una cosa más. Tu programa va demasiado lento. Arréglalo. Quiero que vaya mucho más rápido, ya que de lo contrario tal vez tarde diez minutos en completar la operación de esta noche, y eso es demasiado tiempo.

—No pienso hacer nada de eso. Está loco. Todo lo que me está diciendo es una locura.

Ingersoll le miró directamente a los ojos.

—No, Calvin, estoy perfectamente cuerdo. Encontré a un joven inocente con un programa increíble, me di cuenta de las posibilidades y actué en consecuencia. Eso no es estar loco, sino ser listo. Y tú harás exactamente lo que yo te diga.

—Nunca —respondió Cal.

—Greg tenía razón —dijo Ingersoll—. No eres un cobarde. Nunca pensé realmente que lo fueras. No importa. La violencia es el refugio de los incompetentes, Calvin, pero a veces sirve para algo. —Ingersoll metió la mano en el bolsillo superior de su chaqueta y, sacando de él un pañuelo blanco, se secó cuidadosamente el sudor de la frente—. No soy tonto, Calvin. Eres mi gallina de los huevos de oro, quien tiene el poder. Matarte sería una locura, y yo no actúo nunca de forma irracional. Ponte la camisa. Ya es hora de que aprendas algo acerca de la vida real.

Cal se puso una camiseta negra con un dibujo rojo. Ingersoll sonrió al reconocer el símbolo kanji que significa «el mejor».

—Greg, Harry, venid aquí —llamó Ingersoll.

Los dos agentes entraron en la habitación. Harry, con sus rudas facciones embotadas por el sueño y la resaca, aún parecía dormido.

—¿Sí, señor? —dijo Greg—. ¿Nos necesita?

Ingersoll asintió. La cabeza estaba a punto de estallarle de dolor. Miles de finas agujas le recorrían el cráneo por dentro. No le importaba. Señaló a Cal.

—Ha habido cambios en el programa. La segunda vuelta no será el sábado, sino hoy mismo a medianoche. No tenemos tiempo para verificar si hay fallos en el sistema. Quiero resultados, no excusas. Pero el señor Nikonchik opina que no estoy siendo razonable y rehusa cooperar. Necesita que alguien le demuestre lo equivocado que está.

Su voz se tornó áspera de repente.

—Llevadlo a la sala de estar. No queremos que el ordenador sufra ningún daño.

—¿Qué... cómo? —gritó Cal, mientras Harry y Greg lo atrapaban por los brazos y lo arrastraban por el pasillo hacia el salón. Ingersoll los siguió, sin dejar de secarse el sudor de la frente. El dolor de cabeza era cada vez más fuerte.

Los dos matones lo echaron en una silla.

—No podéis hacer esto. Estáis locos. Basta, ¡ya basta! —gritaba Cal.

—Se acabaron las palabras, Calvin —dijo Ingersoll. El dolor de cabeza añadía un toque salvaje a su voz—. Greg, agárrale de los brazos, no queremos que se lastime sus preciosos dedos. Los necesitará para arreglar su programa. Harry, dame tu arma.

—¿Mi arma? —Harry se mostró sorprendido—. Pues, esto... no la llevo encima, señor Ingersoll. No pensaba que fuera a hacerme falta...

—Tráela —le espetó secamente—. No quiero oír excusas, no tengo todo el día. ¡Vamos!

Los ojos le dolían terriblemente, al igual que los dientes y la parte posterior del cráneo. Sin embargo, continuaba sonriendo. No había razón para sentirse contrariado. A veces, incluso los contratiempos más enojosos podían venir bien.

Cal ya no gritaba. Harry estaba equivocado y Greg en lo cierto. Nikonchik no era un gallina. Podía ser ingenuo y confiado, pero tenía agallas. A pesar de todo, necesitaba entender quién estaba al mando.

—¿Qué piensa hacer, jefe? —le preguntó Greg. Tenía agarradas las muñecas del chico por detrás de la silla. El rostro de Cal reflejaba el dolor que sentía al tener la espalda torcida, y también una mezcla de temor y desafío.

—Este joven necesita comprender que voy en serio —respondió Ingersoll—. Y una imagen vale más que mil palabras.

Harry entró a toda prisa en la habitación, con la pistola en la mano.

—Dámela —le dijo Ingersoll, alargando su mano envuelta en el pañuelo para cogerla—. Supongo que está cargada y que le has quitado el seguro. Perfecto. Eso está mucho mejor. Ahora agárralo por los tobillos. Agárralo fuerte, no quiero que se mueva.

—Lo que usted mande —farfulló Harry, poniéndose de rodillas y rodeándole a Cal las piernas con los brazos.

—¿Le va a volar una rodilla, jefe?

—No, demasiado doloroso —respondió Ingersoll—. Tardaría semanas en volver a trabajar. Hay un modo más fácil y mucho más eficaz de demostrarle quién manda aquí.

Con el dedo sobre el gatillo, se acercó a Cal y tras realizar un rápido giro de muñeca, llevó el cañón de la pistola hasta la oreja izquierda de Harry y apretó.

La explosión atronó en la habitación y la cabeza de Harry estalló como un melón maduro; la sangre y los sesos se desparramaron por todo el suelo alcanzando hasta la pared de enfrente. Cal gritó como un loco. La cara le cambió de color y vomitó todo lo que había desayunado. Hasta Greg, acostumbrado a toda clase de situaciones, saltó de sorpresa soltando involuntariamente las muñecas del chico.

—Enrolar a ese estúpido hijo de perra fue un terrible error —dijo Ingersoll, dándole un puntapié al cuerpo que se convulsionaba a sus pies. La sangre manaba a borbotones del tremendo boquete que se había abierto en el cráneo de Harry, empapando el suelo de madera. Ingersoll se volvió apuntando con el arma a Cal—. Sólo lo mantuve para que me acabara algunos asuntos en la costa. Pero cuando las circunstancias cambiaron, dejó de serme útil. Matarle ha sido un placer.

Entonces apuntó el arma directamente a la frente de Cal, un poco por encima del puente de la nariz. El chico se puso rígido. Clavó los talones en el suelo y sus manos se hundieron en los cojines.

—¡No, por favor!

—Nadie —dijo pausadamente, manteniendo el arma fija e inmóvil—, y quiero decir nadie, le toca las narices a Bob Ingersoll. ¿Lo entiendes?

Cal, con el rostro blanco como la cera, asintió con la cabeza. Tenía los ojos cerrados y los párpados muy apretados.

—Bien —añadió—. Muy, muy bien. Ahora sé un buen chico y tenme ese programa a punto para la medianoche, ¿de acuerdo?

Sonrió a Greg. La cabeza le dolía mucho menos. Harry se había convertido en un fastidio. El mundo iba a ser un lugar mucho mejor sin él.

—Llévate esta basura —dijo, dejando caer el arma sobre el pecho de Harry— y déjala en algún lugar del desierto. Otro misterio sin resolver para la patrulla de carretera. Luego limpia todo esto. No podemos tener a Calvin trabajando en una casa llena de sangre. Además, Barrington se quejaría de que le hemos manchado los muebles.

—Sí, señor —dijo Greg—. Me pondré a ello inmediatamente.

—Muy bien —espetó Ingersoll—. No tienes por qué estar asustado, Calvin, siempre que cooperes, claro está. Me caes bien. Matarte no serviría de nada. Después de esta noche yo me iré y tú quedarás libre. Podrás regresar a San José y olvidar que toda esta aventura haya sucedido. —Marcó una pausa—. Y recuerda, nada de estos robos los vincula conmigo ni implica a la NSA. Es tu programa, utilizado en la finca de Barrington. Además, las únicas pistas que hemos dejado a lo largo de la operación llevan a TerMight. Aunque se lo cuentes a la policía, dudo que te crean. Y menos después de que se enteren de los líos de tu hermano. Además, a la NSA tampoco le gustaría mucho que largaras demasiado de sus operaciones encubiertas. No es prudente incomodar al gobierno. Mi consejo, hijo, es que mantengas la boca cerrada, te pongas fuera de la circulación y finjas que nada de todo esto ha sucedido.

—¿Y qué hay del dinero? —preguntó Cal, con el rostro aún pálido y algo agrisado—. Miles de millones de dólares desaparecidos, los ahorros de muchísimas personas esfumados, cientos de negocios arruinados, y toda la red hecha añicos.

—Barrington y sus seguidores tienen razón, Calvin —respondió Ingersoll—. La red es una amenaza para el país. Lamentablemente, demostrar algo requiere sacrificios. Así es la vida. Él espera recibir una parte del botín, pero me temo que va a llevarse una decepción. Greg tendrá la clave digital de una de las cuentas. Y yo me quedo con el resto. No soy muy amante de tener socios. —Bostezó—. Me voy a la casa a tumbarme un rato. No intentes ninguna estupidez, como mandar correos electrónicos a la policía, al FBI o al ISD. Si lo haces, acabarás como Harry. Quiero esos cincuenta mil millones, Calvin, pero en caso contrario me conformaré con los mil millones que ya tengo, así que ponte a trabajar en ese programa. Que vuele. Y si surge algún problema, házmelo saber. De lo contrario, no vendré hasta la noche.

Mientras regresaba a la mansión en medio de aquel calor abrumador, se dio cuenta de que su jaqueca se había esfumado. Era asombroso cómo desaparecía la tensión cuando se la trataba adecuadamente.

29

Tumbado en la cama y anonadado ante lo que acababa de presenciar, Cal fue llegando a algunas conclusiones importantes.

En primer lugar, Dan tenía razón. El gobierno estaba en manos de monstruos a los que les importaba un comino la ciudadanía estadounidense. La NSA, la CIA, el FBI y el ISD no eran mejores que los rufianes que plagaban el restaurante de su hermano. Incluso peores, ya que se envolvían en la bandera de la nación para cometer sus tropelías.

Por otro lado, su hermano era un payaso. Con las mejores intenciones, sí, pero un estúpido. Debería haberle dejado conocer por sí mismo la traición y el doble juego que practicaba la gente por doquier. Así, al menos, no le hubieran engañado tan fácilmente. Había cooperado de buen grado con Ingersoll y Barrington en su plan para destruir la red, sin sospechar siquiera una sola vez que no se encontraba precisamente en el bando de los buenos. Se había dejado deslumbrar por promesas de fama y fortuna. No había duda de que él también era un perfecto idiota.

Bob Ingersoll estaba loco. No le cabía la menor duda. Después de asesinar a Harry lo único que había hecho era sonreír. Le había estado mintiendo desde el principio; nada de lo que le había dicho era cierto. Y a pesar de todo, aún esperaba que le creyese cuando le decía que no le mataría después del asalto definitivo. Tal vez fuera un estúpido, pero no hasta ese punto.

Al menos, ahora tenía una idea aproximada de lo que aquella mujer había querido decir cuando le explicó que estaban en juego grandes sumas de dinero. Pero ella no era mejor que los demás; también ansiaba conseguir el premio gordo, nadar entre miles de millones.

Aun así, le había proporcionado la microcámara, y eso podía resultarle de mucha utilidad.

Consultó el reloj de la pantalla de su ordenador. Ya eran las once de la mañana. Se había pasado varias horas allí tumbado, tratando de establecer la mejor estrategia de acción, algún modo de salvar la vida, y tal vez hasta de introducir un pequeño granito de arena en los planes de Ingersoll. Un rayo de sol de final de la mañana formaba una neblina de polvo reluciente en el aire de la habitación. Greg seguía fuera, enterrando el cuerpo de Harry en algún lugar del desierto. Si quería actuar, mejor sería que lo hiciera antes de que el agente regresara.

Llevar el programa a la velocidad de ejecución que Ingersoll le exigía era fácil. Sólo tenía que retirar el bucle que previamente había introducido, y así podría robar cincuenta mil millones de dólares en pocos minutos y depositarlos en cuentas únicamente accesibles a Ingersoll por medio de claves digitales secretas. Por lo tanto, la velocidad no era la cuestión, pero el acceso sí.

Griswald, el gran hacker, seguía vivito y coleando. Él había sido un ingenuo durante todo el proyecto, pero Bob Ingersoll también. Por muy bueno que se creyera, no había llegado a darse cuenta del verdadero poder que tenía un teclado de ordenador. Aquel hombre no era más que un asesino sin escrúpulos. Quería miles de millones, pues bien, quizá le iba a costar más de lo que pensaba conseguirlos.

El mayor problema, reflexionó Cal, consistía en implicar a Ingersoll y a Barrington en el robo sin inculparse a sí mismo. El agente de la NSA estaba en lo cierto en lo que decía de la policía. Si tratara de explicarles las cosas, no tardaría en salir a la luz la operación de blanqueo de dinero. Y él quería librarse de Ingersoll, pero sin ir a parar a la cárcel.

Y tampoco sentía el menor deseo de ver a su hermano entre rejas, aunque fuera él el que en un principio les complicó la vida a los dos. Eso quería decir que tanto la policía como los federales quedaban descartados. Cualquier operación de rescate dependería exclusivamente de él.

Sacó las piernas por el borde de la cama y se sentó lentamente. Seguía llevando puestos los mismos pantalones y la misma camiseta con los que se había vestido aquella mañana. Él era el mejor, y ahora le tocaba demostrarlo.

El sol golpeaba con fuerza la ventana, bañándole en sudor. La camiseta estaba llena de sangre seca. La sangre de Harry. Olía a óxido. Se la quitó y la arrojó al otro extremo de la habitación.

Después se desabrochó la correa del reloj de pulsera. Oculta bajo la esfera estaba la cámara que había utilizado la noche anterior para grabar en vídeo todo el asalto.

Como hacker, sabía casi todo lo que se podía saber acerca de imágenes digitales. Y la ley establecía que mientras el vídeo permaneciera en la cámara, sellado y sin abrir, era válido como prueba legal. Por lo tanto, si lo descargaba todo o parte en su ordenador, dichas imágenes dejaría de ser aceptadas como prueba, ya que era muy fácil manipularlas. En la era digital, cualquier imagen, cualquier documento, cualquier archivo informático, se podía alterar sin mayor problema. Por lo que se refería a la informática, la verdad no existía. Pero a veces las apariencias eran más importantes que la propia verdad.

A él esas imágenes no le implicaban, porque no aparecía en ninguna de ellas. Sólo se veía a Ingersoll, a Barrington y la pantalla reflejando todo el proceso del asalto. Su voz tampoco se escuchaba en ningún momento. Por lo tanto, no era más que un fantasma, un observador silencioso, totalmente oculto.

Entró en VileSpawn y al ver el mensaje que apareció en la pantalla, se estremeció.

Una rosa negra marchita. El símbolo de la muerte.

```
Informe de VileSpawn: JC muerto. El maestro
de la imagen murió ayer en un incendio en
su casa de San José. La policía está
investigando.
```

Las lágrimas inundaron sus ojos. Jeremy no podía estar muerto. Era su mejor amigo; la persona que le había invitado a pasar las vacaciones en su propia casa, que le había hecho sentirse como uno más de la familia. No podía ser cierto. ¡Estaban mintiendo!

Con los ojos doloridos, siguió con la mirada fija en la inmutable pantalla. ¿Qué demonios estaba pasando? Su mundo entero se estaba derrumbando bajo sus pies. Internet bajo asedio. Hailstorm y Jeremy muertos. Aquello no tenía sentido.

Salió de VileSpawn y ejecutó una búsqueda rápida por la red, para tratar de encontrar información sobre Jeremy Crane. En pocos segundos pudo leer una docena de artículos; todos decían lo mismo. Datos aleatorios que saltaban de la pantalla a su mente, ya de por sí bastante aturdida.

```
Artefacto incendiario encontrado en la casa
de Crane. Dan Nikonchik buscado. Acompañado
por Judy Carmody. Huellas de neumáticos sin
explicar. La policía rehúsa comentar.
```

¿Su hermano, Dan, en compañía de Judy Carmody? ¿Juntos en casa de Jeremy? ¿Le estarían buscando?

Trató de concentrarse, de conectar los datos con alguna lógica. TerMight, a la caza de Cal trabajando para el ISD, había llegado a San José y se había encontrado con Dan. Juntos habían ido a visitar a Jeremy, esperando que les pudiera dar alguna información valiosa. Pero Jeremy tampoco sabía dónde estaba, no podía decirles nada al respecto. Dan y Judy se marcharon y poco después Jeremy moría.

Bajo circunstancias normales y basándose en el informe de la policía, se habría preguntado si Judy Carmody se había vuelto loca. No era probable, conocía bien a TerMight por la red y confiaba en ella. Duro de creer, pero no le hubiera quedado más remedio que rendirse ante la evidencia.

Pero ¿su hermano mayor, Dan, involucrado en el asesinato de Jeremy? Ni hablar. Impensable. Dan conocía bien el vínculo que había entre ellos. Conocía el trabajo que estaban haciendo juntos con

Dozong, sus sueños de llegar a hacerse ricos con aquello. ¿Dan asesino de Jeremy? Imposible.

Entonces, ¿quién? Con toda probabilidad, el mismo tipo que había tratado de cargarse a Judy y había matado al conserje. El mismo individuo que, probablemente, había organizado aquel asesinato. Un ser sin escrúpulos, totalmente falto de moral, dispuesto a todo para lograr sus objetivos. Robert Ingersoll.

No él en persona, por supuesto, sino contratando a matones a sueldo como Greg y Harry, o como el policía ese, Ernie Kaye. A ellos les tocaba hacer el trabajo sucio mientras Ingersoll permanecía tranquilamente en la sombra, seduciéndole a él para que le ayudara a robar miles de millones de dólares e implicara a TerMight.

Judy y Dan ¿aún estarían vivos? Desde aquel breve mensaje de ayer por la tarde en el que le preguntaba dónde estaba, no había vuelto a tener noticias de TerMight. Era difícil que el emperador de los perritos al chile y una pirata informática pudieran zafarse de los asesinos a sueldo de Bob Ingersoll y de la policía. Sin embargo, algo había espoleado al agente de la NSA a adelantar el segundo robo para esa misma noche. ¿Tal vez TerMight le estaba dando más quebraderos de cabeza de los que él podía manejar?

Pero no podía saberlo. Sólo podía mantener la esperanza. Mientras tanto, piratearía un poco por su cuenta, para tratar de salvarse.

En primer lugar, descargaría el vídeo de la noche anterior y lo esparciría por toda la red. Como mínimo, conseguiría que la gente comenzara a pensar. No metería a Ingersoll ni a Barrington en la cárcel, pero contribuiría a ello.

Entró en sus directorios de programación de VileSpawn. Tal vez su trabajo con Dozong le sirviera ahora de ayuda. Jeremy había estado trabajando con ordenadores de la UCLA para verificar algunas de las funciones principales de su criatura artificial. El director del departamento y varios profesores le conocían. Eran personas que confiaban en él y en las que él podía confiar. Con toda probabilidad, lo primero que pensarían es que él no podía ser responsable de aquel atraco.

Cogió el reloj, acercó el sensor de infrarrojos al correspondiente sensor del ordenador y descargó toda la filmación. Luego les mandó un breve mensaje a los profesores, acompañado del documental gráfico, solicitándoles que difundieran las imágenes por la red para que todo el mundo pudiera verlas.

Ellos sabrían qué hacer. En unas horas, el vídeo aparecería como titular en todos los noticiarios por Internet y se desplegaría automáticamente ante los ojos de cualquiera que se conectara a las páginas web de las principales revistas. Bradley Barrington iba a hacerse famoso en aquella red que tanto detestaba.

Acto seguido, entró en el archivo que contenía todas las claves digitales de las cuentas bancarias de la NSA que Ingersoll había establecido e hizo lo que tenía que hacer.

Y finalmente, en el último minuto, le dejó a TerMight otro mensaje en su propio directorio. El nombre de Ingersoll, el de Barrington, la NSA y la hora del siguiente asalto. Al acabar, añadió una rosa negra, por si Griswald no pudiera volver a visitar VileSpawn.

30

Una especie de gorgoteo, luego el zumbido de una sierra. Gente charlando en alguna parte, coches zumbando y camiones que atronaban al pasar. Judy abrió los ojos, parpadeando.

¿Dónde estaba?

A su espalda, algo cálido se movió. Se dio la vuelta en la... ¿cama? Sí, era una cama y en ella, a su lado, yacía Dan Nikonchik roncando a pierna suelta.

Se incorporó de golpe.

—¡Dan!

Este gorgoteó de nuevo, tosió, y la miró parpadeando a su vez.

—¿Judy?

—¿Dónde estamos? ¿Qué hacemos aquí?

Dan apartó la raída sábana y se volvió para sentarse. Se frotó la cara y se mesó el cabello. Estaba húmedo, pero limpio.

Bostezó, encendió una luz y alargó la mano para alcanzar una bolsa de patatas de la mesita de noche. Con un trago de coca-cola de una botella de litro, tragó de golpe lo que iba a servirle de desayuno.

—Hotel 86 —respondió él—, en las afueras de la ciudad, a media hora de la finca en la que Cal está retenido.

¿Hotel 86? ¿Qué clase de bodrio era eso? Echó una ojeada a la habitación, al mismo tiempo que se subía firmemente la sábana hasta el cuello. Olía vagamente a orines de gato y a tabaco, y tenía varios agujeros de cigarrillo que parecían hechos por disparos.

La habitación estaba pobremente amueblada y sucia, y en un rincón había un lavamanos de metal que perdía agua. El papel de las paredes, un laberinto geométrico de paralelogramos marrones y grises, estaba descolorido y manchado. La lámpara de color negro que había encima de la mesita de noche arrojaba una luz mortecina, de no más de cuarenta vatios, que iluminaba una moqueta llena de polvo y de un color indefinido.

—Es barato —dijo Dan, y se levantó para estirarse.

Llevaba puestos unos calzoncillos blancos y nada más. Judy sintió que se le encendía la cara. Él se acercó al lavamanos y dejó salir el agua a chorro. Lo que brotó de aquel grifo oxidado era de color amarillo.

—Supuse —continuó Dan—, que nadie nos reconocería aquí. Están acostumbrados a los camioneros y a personas que se hospedan una sola noche. Estabas tan profundamente dormida que no quise despertarte. Las indicaciones del ordenador del coche eran suficientemente claras. Y aquí estamos. Pagué la habitación en metálico y luego te metí dentro. No te preocupes, a la vista del dinero en efectivo y del coche de alquiler, habrán pensado que tú también eras un ligue de una noche.

De forma que los propietarios de aquel estercolero se imaginaban que ella se acostaba con tipos como Dan por... ¿veinte pavos tal vez?

Judy gimió disgustada. ¡Vaya pesadilla!

—No hay para tanto —dijo casualmente Dan mientras se enjabonaba la cara. Se secó con la toalla blanca que colgaba de la barra metálica sobre el lavamanos. También estaba manchada y tenía agujeros de quemaduras. Probablemente hacía semanas que no la habían lavado, pero a él no parecía importarle lo más mínimo. La tiró sobre la cama, se enfundó los pantalones, se los abrochó, se volvió a poner la camisa sucia, y le dijo:

—Tú también deberías lavarte. Y luego, a trabajar. ¿Quieres comer algo?

—¿Cómo puedes estar tan tranquilo en medio de tanta mugre? —le preguntó Judy, incrédula.

—¿Y qué podía hacer? —respondió él, masticando algunas patatas más y sentándose en la cama—. Teníamos que descansar un poco. Yo estaba a punto de desmayarme.

Lo cierto es que sentía la cabeza ligera, menos pesada. Realmente fría. Se tocó la nuca, y de repente recordó los acontecimientos de la noche anterior. Se había cortado el pelo para engañar a sus perseguidores. Estaba a punto de echarse a llorar. Desde pequeña había llevado el pelo largo, y en los últimos diez años lo único que había hecho con él era arreglarse un poco las puntas. ¿Cómo lograría sobrevivir con el pelo corto?

—Lo siento —dijo Dan, leyéndole los pensamientos—. Tenías un pelo espléndido, Judy. El más bonito que haya visto jamás. Pero había que hacerlo. No tuve elección.

Ella saltó de la cama. En aquella pocilga no había ni un maldito espejo, de modo que no pudo ver qué aspecto tenía. Con dolor, se tocó la cabeza. Tres hombres muertos a cambio de su cabello. Un pensamiento horrible.

Un camión pasó rugiendo. Judy se acercó a la ventana y apartó con dos dedos aquella cortina sucia y pardusca, para tocarla lo menos posible; miró al exterior. Sólo el desierto. Unos pocos árboles solitarios, un sol de justicia y una interminable franja de asfalto. Ante ella, pasó una mujer tambaleándose sobre unos tacones de diez centímetros y enfundada en una minifalda de vinilo y unos sostenes de encaje azul. Sus pechos eran grandes y fláccidos, al igual que sus caderas. Y en su cara, llena de arrugas, resaltaban unos labios pintados de rojo intenso y brillante. Una prostituta.

Dios.

Por un instante, las dos se miraron. Los ojos de la mujer bajaron hasta el pecho de Judy y se rió. Probablemente pensaba que ella también era una prostituta. Siguió la mirada de la mujer y se dio cuenta de que al saltar de la cama se le había movido el top, dejando a la vista uno de sus pechos. Lo cubrió de inmediato. Entonces se dio cuenta de que un viejo tripudo con gorra de camionero también la estaba mirando. Cerró la cortina de golpe.

—Este lugar es un estercolero asqueroso —afirmó, volviéndose hacia Dan.

Este se rió.

—Como te acabo de decir, es el lugar ideal para ocultarse. A nadie se le ocurriría pensar que una tía como tú se esconde aquí para descifrar un programa genético de inteligencia artificial, capaz de sustraer miles de millones de dólares a través de la red. Así que, manos a la obra. ¿Comes o no?

—Cuando me haya aseado —respondió ella—. ¿Tienes mantequilla de cacahuete y jalea?

Al ver que Dan asentía con la cabeza, sonrió. Aquel tipo era rudo y escandaloso, pero, de vez en cuando, conseguía hacer algo a derechas.

Se dio una ducha rápida en el diminuto plato, poco más que un agujero en la pared que vomitaba agua amarillenta sobre unas baldosas echas un asco. Cuando salió, encontró a Dan caminando de un lado a otro de la habitación, aburrido e inquieto. Ella, por suerte estaría ocupada con el programa, ya que de lo contrario, se hubiera sentido tan atrapada como él, sin poder hacer nada para salvarse, como un animal enjaulado, a la espera de una muerte casi segura.

Mordisqueó su sándwich, tomó un trago de agua mineral embotellada, y abrió de nuevo su portátil y su netpad. En pantalla apareció el programa de Cal.

Dan se le acercó y se instaló a su lado, sobre la cama, con las piernas cruzadas. Estaba callado, no quería distraerla.

Después de haber descansado toda la noche, ahora se sentía mucho más equilibrada, más centrada. De nuevo era ella misma. No más preocupaciones, no más lágrimas.

Pero la rabia bullía en su interior. ¿Podría superar a sus enemigos, destruirlos? Habían matado a sus amigos y la habían convertido en una asesina, en una fugitiva. Había llegado la hora de ajustar las cuentas.

—No se saldrán con la suya —declaró con determinación—. Ni hablar. Espera y verás, Dan. Déjame hacer mi trabajo.

—¿Y si el programa de Cal no se puede detener? —le preguntó este—. ¿Qué haremos entonces?

Judy le miró fijamente

—¿Sabes los años que llevo trabajando en esto, Dan? Tal vez tu hermano sea un genio, pero ha encontrado la horma de su zapato. Espera y verás. Te digo que si esos tipos se pasan un pelo más, si tratan de matar a otra persona o me obligan a escapar de nuevo a otra ciudad, se van a enterar de lo que es capaz de hacer una hacker cabreada.

Dan sonrió.

—Ya me lo habías dicho, ¿te acuerdas?

—Eso —respondió ella—, no era más que el trabajo sencillo. Trucos que cualquier hacker corriente puede hacer. Si me obligan a ello, soy capaz de cerrar toda la Costa Oeste, de dejar sin fluido eléctrico a toda California del Sur, de modo que el ordenador de Cal ni siquiera se ponga en marcha.

—¿Puedes hacerlo?

Judy asintió. Con suerte, no tendría que recurrir a medidas tan drásticas. Si la finca de Barrington se quedaba sin electricidad, los carceleros se pondrían muy nerviosos. Y nadie sabía qué serían capaces de hacer en una situación como esa.

Pero a pesar de sus bravatas, seguía estando muy preocupada. ¿Estarían sus habilidades a la altura de las de Cal? En un enfrentamiento directo, ¿quién de los dos ganaría?

Tenía que ser TerMight. Tenía que ser ella.

Entró en VileSpawn. El mensaje de bienvenida la recibió de inmediato. Tembló de rabia al verlo. La muerte de Jeremy. Demasiados inocentes habían perdido la vida en medio de aquel duelo letal por conseguir miles de millones. Judy sintió que la furia la invadía de nuevo, pero con más fuerza que antes. Aunque fuera lo último que hiciera en esta vida, iba a darles su merecido a aquellos mal nacidos.

Además, no sólo iban tras ella o tras Griswald, no. Trataban de implicar a todos los hackers. Estaban jugando con las vidas, las profesiones, la integridad y las interminables horas de trabajo que millones de programadores habían dedicado a la construcción de la red. Destruyendo la confianza de la gente en el sistema bancario, en las instituciones financieras y en el mismísimo gobierno.

Eran luditas en su faceta más negativa, personas que detestaban la tecnología y el progreso de cualquier clase, ancladas en un pasado de ladrones, policías y codicia sin fin. No se detendrían ante nada.

Pero aún no conocían de verdad a Judy Carmody. No a la verdadera TerMight. Se iban a enterar.

Tenía que salir de VileSpawn. Sin duda alguna, a estas alturas la policía ya tendría indicios de sus visitas allí. Comprobó rápidamente si había algún mensaje nuevo de Griswald y encontró uno.

—Otro robo —murmuró—, hoy a medianoche. Y este por valor de cincuenta mil millones de dólares. Ingersoll es el nombre del rufián que hay detrás de todo esto. La NSA en connivencia con Bradley Barrington.

—¡Cincuenta mil millones! —exclamó Dan—. Mis padres tenían razón. Los bandidos más grandes están en el gobierno. Hacen que la mafia parezca un coro de ángeles.

—Cal está realmente en peligro. Nosotros somos unos fugitivos de la justicia, Barrington un pez gordo e Ingersoll trabaja para una agencia gubernamental. Nadie nos creerá. Y si la policía empieza a investigar, Ingersoll matará a Cal sin dudarlo para eliminar el único eslabón que le vincula con el primer robo.

—Y aunque consiga llevar a cabo el segundo robo —dijo Dan—, ¿qué te hace pensar que ese Ingersoll dejaría con vida a Cal?

Ella le respondió:

—Ingersoll quiere el dinero. A medianoche obligará a Cal a poner en marcha el programa. De algún modo lo detendré. No se dará por vencido. No con cincuenta mil millones de pavos en juego.

»Mientras tanto, provocaré algún tipo de conmoción en la finca. Algo que obligue a Ingersoll a alejarse de Cal, que lo mantenga ocupado. En medio de la confusión, tú y yo nos infiltraremos allí y rescataremos a Cal. ¿No está mal, eh?

—¿Y quién nos asegura que ese Ingersoll no matará a Cal cuando empiece el follón? —preguntó Dan.

—Tu hermano es la única persona que le puede conseguir ese botín —respondió Judy—. Es el último a quien Ingersoll pondrá en peligro. Además, esa emergencia ocurrirá justo cuando el asalto esté en marcha. Con la finca llena de policías, no quedaría muy bien que Ingersoll tratara de asesinar a Cal.

—¿Emergencia? —inquirió Dan—. ¿Policías? ¿Judy, qué estás planeando?

—Una sorpresa para el señor Barrington y el señor Ingersoll —respondió ella—. Ya te lo explicaré más tarde. Ahora escucha. Este plan sólo puede funcionar si antes encuentro el modo de detener el programa de Cal. Sin eso, el asalto se producirá sin problemas y todas mis grandes ideas no servirán de nada.

—¿Detener el programa? —dijo Dan—. Ayer dijiste que eso no tenía sentido. ¿Cómo lo conseguirás?

—Una buena pregunta. Ojalá tuviera la respuesta. Pero tengo algunas ideas. Escucha y dime qué te parecen.

Dan se la quedó mirando como si estuviera loca.

—Yo no sé nada de ordenadores. Nada en absoluto.

—Pero eres listo, Dan.

—No, no lo soy.

—Créeme, lo eres. Además, quizá baste con hablarte de ello.

—Lo que tú digas —se resignó él.

—En primer lugar —prosiguió Judy—, déjame describir la estructura de datos que ha utilizado para guardar cada cromosoma. Escucha atentamente y trata de seguirme.

»Esos cromosomas parecen disponer de receptores que les informan de lo que sucede en su entorno. En nuestro caso, ese entorno refleja todos los circuitos posibles en la red, para llegar a los nodos informáticos en los que el dinero puede ser transferido. También refleja el camino al nodo más indicado para robar el dinero; el que tiene el índice de seguridad más bajo o impuestos reducidos o inexistentes.

—Muy bien. Continúa.

—Aquí, junto a los bytes receptores, es decir, junto a los bytes que almacenan la información acerca del entorno, de los nodos y de las rutas, hay un programa ejecutable. Este programa les permite a los cromosomas manipular el entorno.

—¿Manipular el entorno? —preguntó Dan—. ¿Cómo?

—No estoy segura. No está explícito. Supongo que los cromosomas se introducen en la memoria del sistema de los nodos informáticos que infectan. Son como larvas que se instalan en un recurso vital, en nuestro caso tal vez el tiempo de CPU y la memoria, y lo utilizan para reproducirse. Una vez que las larvas se hacen fuertes y generan nuevas reglas para sus descendientes, estos toman las riendas y destruyen a esas... digamos criaturas, originales. Los descendientes eliminan cualquier registro que permita sospechar siquiera de la existencia de sus progenitores.

Dan meneó la cabeza.

—Todo esto es demasiado para mí, pero continúa. Te escucho.

Judy pensaba en voz alta y apenas le prestaba atención.

—En los años noventa, algunos investigadores consiguieron crear organismos digitales utilizando para ello tiempo de CPU y memoria del sistema. Después, los organismos competían por esos recursos. Los que ganaban vivían, los que perdían morían.

Afuera rugió un camión y se oyó gritar a unos hombres. Dan voló a la ventana y atisbó por entre las cortinas.

—Unos camioneros que discuten sobre dónde se van a detener a comer —anunció—. Nada de qué preocuparse.

—Tienes que aprender a trabajar bajo presión, Dan —le dijo Judy, con una sonrisa maliciosa—. Y recuerda, nadie nos encontrará en este jardín de las delicias.

—Voy a comer algo —resopló él, y hurgando en las bolsas de la mesita de noche, sacó un bocadillo, asió la botella de cola y se tumbó en la cama.

Judy ignoró los ruidos que hacía al masticar y beber. Había trabajado en condiciones peores. Con gente gritándole que se apresurara o mostrándole fallos en su programación. Incluso con gente que había tratado de pasarse de lista con ella, o de ayudarla, o de entorpecerla, o de derrotarla. Dan podía masticar y sorber todo lo que quisiera, que a ella le daba igual.

—Los cromosomas descendientes son como parásitos —continuó para sí misma, recordando sus pensamientos de la noche pasada—. Roban información del genoma de sus progenitores para replicarse. Se vuelven caníbales. Tengo que conseguir inmunizar de algún modo a los progenitores frente a los ataques parasitarios de sus descendientes. En otras palabras, hacer que los padres maten de hambre a sus hijos.

Con la boca llena de comida, Dan meneó la cabeza. Sus ojos no reflejaban el menor indicio de entendimiento. Estaba completamente perdido.

—Mira, te lo dibujaré —le dijo Judy, abriendo un programa de diseño vectorial en la pantalla de su ordenador. Rápidamente esbozó con él algunas flechas y algunos círculos.

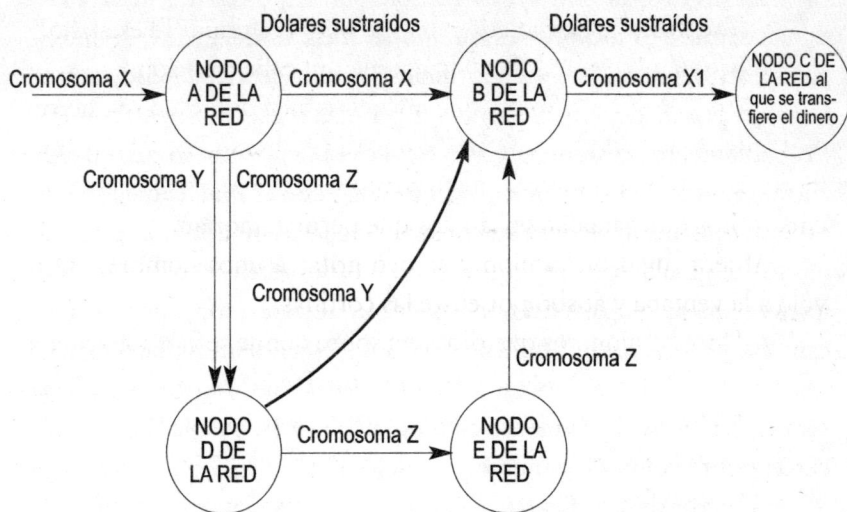

—Aquí tienes lo que puedo hacer —prosiguió ella—. Mira. Así es como lo veo yo. Supongamos que estamos en el nodo B, conectados a Internet. En B, el cromosoma X es el más fuerte. ¿Por qué? Pues porque ha tomado el camino más corto, hasta ahora, desde el nodo A o punto de partida, hasta el nodo B. Los cromosomas Y y Z han seguido caminos más largos para llegar a B. Así pues, tal como yo lo entiendo, el cromosoma X es el más apto. No hay que olvidar que evolución significa la supervivencia del más apto. De modo que X es el más indicado para seguir el camino hacia el nodo C. Así pues, en el programa de Cal el cromosoma X gana tanto al Y como al Z y se hace con el premio de memoria del sistema y tiempo de la CPU. X puede reproducirse más que Y, el cual, a su vez y dicho sea de paso, puede reproducirse más que Z.

»Y probablemente eso no sea todo. Imagino que no sólo Z ha tomado el camino más largo para llegar a B sino que, además, ha transportado las menores cantidades de botín y ha dado con los nodos mejor protegidos.

Dan asintió.

—Creo que te sigo, pero ¿quién sabe qué reglas habrá introducido Dan en su programa para decidir qué cromosomas se reproducen y cuáles son destruidos?

—Exacto —admitió Judy—. Sólo son suposiciones mías. Pero tienen sentido. Y no olvides que no se trata simplemente de inteligencia artificial, sino de vida artificial. La vida artificial tiende a evolucionar por su cuenta, creando sus propias reglas de supervivencia. Probablemente, ni siquiera Cal conozca con exactitud lo que sucede entre un nodo y el siguiente. Todo cuanto sabe es que ha creado una especie digital que genera sus propias reglas, derivadas de los parámetros originalmente impuestos por él. En nuestro sencillo ejemplo, imagino que Z no pasa del nodo B y ni siquiera se reproduce. A X en cambio, se le permite reproducirse. Sus descendientes, llamémosles X1 para simplificar, le roban a X la información de su genoma. Tras ser canibalizado, literalmente comido vivo por su propia descendencia, el pobre X también muere.

—Y esos descendientes, X1, X2, etc., continúan hasta el nodo C —concluyó Dan, con rostro resplandeciente—. ¡Oye, mi hermano pequeño es un genio!

—Desde luego que sí —aseguró Judy—. Esto es absolutamente impresionante. Sin embargo, creo que sé cómo detener este lío. El material genómico es lo que sirve de alimento a la descendencia ¿verdad? Por consiguiente, si los descendientes no pueden robar información genómica de sus progenitores, nunca podrán desarrollarse de larvas a organismos digitales completos basados en cromosomas. Obviamente morirán, y el asalto bancario quedará abortado.

—Vaya. En fin, buena suerte —respondió Dan, dándole otro mordisco a su bocadillo con cara de absoluta perplejidad.

Judy lo dejó con sus pensamientos. Había llegado el momento de comprobar si su teoría funcionaba. Rápidamente elaboró un sencillo programa, suprimiendo la parte del programa de Cal que permitía a los progenitores pasarles información genómica a sus descendientes. Pulsó el icono COMPILAR y, tras comprobar que el resultado estaba absolutamente libre de fallos, el icono EJECUTAR. Como esperaba, funcionó a la perfección. Los descendientes se formaban, pero no podían crecer y morían. Sencillo.

Pero ¿qué podía hacer con lo que acababa de crear? Puesto que el programa de Cal se ejecutaba desde la finca de Barrington, no había forma de interferirlo, y menos a la velocidad con que circulaba por la red. Pensativa, empezó a tamborilear con los dedos sobre el borde del teclado de su portátil.

El tiempo corría.

De la boca de Dan cayeron unas migajas sobre la sábana sucia.

Migajas. Pequeños fragmentos de algo.

Migajas.

Necesitaba algo pequeño, un fragmento diminuto. Tal vez algo al nivel de los genes.

Junto con un contraataque masivo que infectara la red con su propio ejército de cromosomas digitales.

Una migaja. Sólo una.

La idea la sacudió como un rayo. Ya sabía lo que iba a hacer.

Arrancó el programa del buscador independiente de Bren, el que había copiado cuando estuvo en su casa el miércoles por la noche, apenas una semana antes. Recordó cómo había encontrado con él un archivo de texto, algo acerca de los informes personales para la Agencia Nacional de Seguridad, dentro de la red privada de la CIA.

Tecleó «Barrington y/o Ingersoll y/o Fuego», proporcionándole al buscador todas las palabras clave que la pudieran conducir al escondrijo de Cal en la red. Dan la miraba perplejo, sorprendido ante tanta actividad.

En la pantalla apareció:

Buscando

Y unos segundos más tarde:

Búsqueda completada

Había miles de respuestas para Barrington y casi un centenar para Ingersoll, a pesar de toda su supuesta seguridad. Judy repasó rápidamente tanto las que hablaban de Barrington, el loco fanático que se recluía en aquella finca en el desierto a pocos minutos del Hotel 86, como las que lo hacían de Ingersoll, un experto en criptología al servicio de la NSA, ferviente defensor del control absoluto de la red por parte del gobierno.

Pero eran demasiadas para perder el tiempo husmeando en ellas. En su situación, el tiempo era un bien precioso.

Así que tecleó «Barrington *y* Ingersoll *y* Fuego». El buscador recorrería ahora la red localizando todas las ubicaciones que tuvieran indicios de las tres palabras juntas: Barrington, Ingersoll y Fuego.

Esta vez no hubo más que una única respuesta.

```
Finca de Bradley Barrington
Dirección IP: 32.555.11.9
Dirección IP fantasma: 82.555.26.9
Dirección IP fantasma: 35.555.17.1
Dirección IP fantasma: 82.555.26.9
Dirección IP fantasma: 44.555.81.6
Dirección IP fantasma: 64.555.33.8
Dirección IP fantasma: 22.555.12.9
```

Como se había pasado todo el viaje dormida, no había tenido la oportunidad de buscar sitios relacionados con el nombre de Barrington. Pero ahora que sabía que Cal se encontraba en su finca, descubrir el nodo de Cal en la red le resultaría fácil. Estaba claramente en ella, utilizando una serie de direcciones fantasma generadas aleatoriamente para ocultar su verdadera ubicación. Pero el buscador de Bren era demasiado sofisticado para dejarse impresionar por unas cuantas direcciones fantasma. Sin esa capacidad para desvelar esta clase de direcciones, probablemente hubiera tenido que perder unos minutos preciosos en detectarlas y averiguar que eran falsas.

Una vez descubierto el nodo de Cal, a Judy no le llevó más que unos segundos entrar en su ordenador y robarle la contraseña, para salir de inmediato sin dejar rastro de su visita.

—Perfecto —dijo, dedicándole una sonrisa a Dan que, evidentemente, seguía sin tener la menor idea de lo que ella estaba haciendo.

—¿Qué es eso tan perfecto? ¿Has encontrado algún modo de detener el programa de Cal?

—Eso ya es pasado —respondió Judy, señalando hacia la pantalla—. He descubierto el nodo de la finca de Barrington y también la contraseña. Y sé exactamente cómo voy a utilizarlos.

31

Era medianoche y el programa estaba listo. Cal sólo podía confiar en que la modificación especial que había introducido le salvara la vida.

Ingersoll y Greg se encontraban de pie detrás de él. Bradley Barrington no había hecho acto de presencia. Cal sospechaba que, con toda probabilidad, Ingersoll no le habría comunicado el cambio de planes.

Flexionó los dedos. Aunque el acondicionador de aire seguía zumbando en la ventana, no dejaba de sudar. Con el pelo recogido en una coleta y la botella de ginger ale a sus pies, estaba listo para la acción, preparado para convertirse en Griswald. Quizá por última vez.

—Vamos allá —ordenó Ingersoll—. Ejecuta el programa.

Cal sentía la presencia de los dos hombres a su espalda, vigilando la pantalla por encima de sus hombros. Greg, oliendo a sudor después de una larga jornada de trabajo que había comenzado para él teniendo que enterrar a Harry; Ingersoll tranquilo y frío como de costumbre, sin mostrar la menor traza de ansiedad. Estaban en juego cincuenta mil millones de dólares y el agente de la NSA ni siquiera parpadeaba.

—Échense para atrás, por favor —pidió Cal—. No puedo trabajar con ustedes dos encima.

Ambos retrocedieron un par de pasos. Podía imaginárselos mirando fijamente a la pantalla con los ojos llenos de codicia.

Se frotó las manos y apoyó los dedos en el teclado.

Había sido una tarde larga y frustrante. Devolverle al programa su velocidad original no le había llevado más de un minuto. Luego había venido la larga espera.

Aunque había estado entrando y saliendo de la red toda la tarde, no había encontrado ni rastro de su grabación en vídeo. En ningún lugar. Ni la más mínima mención.

Finalmente, después de varias horas, había recibido información del rechazo de su correo electrónico. El mensaje para los profesores de la UCLA no había llegado a su destino. Hacía cinco horas que había vuelto a enviar de nuevo todo el material, pero las probabilidades de que alguien lo viera antes de la mañana siguiente eran escasas.

—Vamos Calvin, hazlo —ordenó de nuevo Ingersoll.

Sí. Lo haría. Robaría esos cincuenta mil millones de dólares, pero vaya sorpresa la que le aguardaba a Ingersoll cuando el programa acabara de ejecutarse. Entonces sería cuando Cal le daría las verdaderas malas noticias.

Ahí comenzaría la verdadera negociación. El premio para el ganador: la vida de Cal.

Pulsó el icono EJECUTAR. Los cromosomas, una pareja de progenitores, cobraron vida y rápidamente comenzaron a intercambiar genes y a reproducirse.

```
Banco de España
Commstat/títulos/47396583...
Estatus actual: leer/escribir

Reserva Federal
/tesorería/billetes/46e91f44129...
Estatus actual: leer/escribir

Financiera Billington
/Acciones/cuentas/32f1c061...
Estatus actual: leer/escribir

Banco Internacional de Nueva York
/cuentas/cta12432339...
Estatus actual: leer/escribir
```

Cal podía sentir cómo crecía la excitación en Ingersoll y Greg. A medida que veían progresar el programa en la pantalla, respiraban con más rapidez. Él apenas les prestaba atención. Estaba demasiado concentrado en el flujo de acontecimientos que se sucedían por la izquierda de su pantalla, en la ventana correspondiente a EJECUTAR.

Años antes, todos aquellos peces gordos de la política y de los negocios habían proclamado que el futuro estaba en el dinero digital. Nunca se dieron cuenta de que esa clase de dinero significaba unidades estándar de transacción: se acabaron los rublos, los yens y los dólares estadounidenses. Cualquier cantidad se convertía automática e instantáneamente en la divisa adecuada, tal como estuviera determinada por cada país y cada frontera económica. Con eso los negocios internacionales se simplificaron enormemente. Y el crimen, también.

Los bebés de Cal se estaban multiplicando a la velocidad de la luz. Hebras azules, helicoides tridimensionales que se dividían y se recombinaban; fragmentos de cromosomas adyacentes que se entrecruzaban y se intercambiaban entre sí. Y los cromosomas destruían sistemáticamente cualquier rastro de su existencia previa. Vida artificial que evolucionaba de forma natural, basándose en la inteligencia y la capacidad para realizar determinada función: robar y ocultar dinero electrónico. Sintió una punzada de orgullo. Este era el gran día de Griswald. Hoy Griswald era Dios, aunque nadie llegaría a saberlo nunca.

Las transferencias iban de un nodo electrónico al siguiente con tanta rapidez que la pantalla no era ya más que un gran borrón azul de patrones cromosómicos.

—¿Cuánto dinero llevamos ya? ¿Cuánto falta para acabar? —preguntó Ingersoll, acercándose de nuevo a Cal, que sintió su aliento tórrido sobre la nuca.

—Tal vez unos veinticinco mil millones. Deben faltar un par de minutos para que el programa deposite el botín en las cuentas de destino —respondió Cal.

```
Primer Banco Internacional de Suiza
/empresas/títulos/87825473...
Estatus actual: leer/escribir
```

No había forma de parar aquello. En menos de cinco minutos cincuenta mil millones de dólares habrían sido sustraídos. Por la mañana, el mundo financiero estaría en llamas. El caos reinaría por doquier. La gente se levantaría y se encontraría con que sus cuentas estaban en quiebra y sus ahorros habían desaparecido. Se acabó el trabajo, se acabó el juego. Los bancos se verían asaltados por un torrente de clientes enfurecidos. Los directivos empresariales clamarían al cielo, preguntándose cómo iban a pagar sus deudas, cómo iban a equilibrar sus gastos o cómo iban a cobrar de sus clientes. El gobierno estadounidense, y los del resto del mundo, se tambalearían bajo el impacto.

Judy y Dan estaban sentados en el interior del coche de alquiler, detenido en la cima de una pequeña colina desde la que se divisaba la finca de Barrington, no muy lejos de la pista de tierra que conducía a ella, pero lo suficientemente alejados como para no ser descubiertos. El sol se había puesto y allá abajo, en medio del desierto, la propiedad resplandecía como un oasis de luz en un mar de oscuridad.

Ostensiblemente visible en el ángulo superior derecho del parabrisas, el vehículo lucía el distintivo oficial del Departamento de Seguridad de Internet, con el logotipo oficial. Tanto Judy como Dan portaban sendas cartulinas de identificación del ISD. Como en el pasado había realizado muchos trabajos para aquella agencia gubernamental, disponía en la memoria de su ordenador de todos sus gráficos, así que a última hora de la tarde se habían desplazado urgentemente a la tienda local de informática donde, por dos dólares, habían sacado copias en cartulina de los distintivos. No eran perfectos, pero superarían cualquier inspección somera, que era lo único que se esperaba.

Llevaba echada sobre las rodillas una manta barata que había robado del hotel, Y, sobre ella, su netpad, conectado por medio del sensor a su ordenador portátil. Ya estaba conectada a la red. Faltaban tan sólo diez minutos para las doce y TerMight se encontraba muy atareada.

Usando la contraseña que había tomado directamente del ordenador 32.555.11.9 de Bradley Barrington, activó un bucle de 1.000 vueltas para transmisión de señales de emergencia. Instantáneamente recorrieron la red mil mensajes, aparentemente procedentes de Barrington e Ingersoll. En cuestión de segundos, todos aterrizarían en los ordenadores de la policía, de los bomberos, del FBI y del Departamento de Seguridad de Internet, tanto en Los Ángeles como en los alrededores. Los mensajes decían que había habido una explosión en la finca del multimillonario Bradley Barrington. El mensaje se repetiría automáticamente varias veces antes de desaparecer. Se trataba de una señal de socorro que no podía pasar desapercibida.

—Diez minutos, quince a lo sumo, antes de que llegue la caballería —dijo Judy—. Espero que Ingersoll sea estricto con la puntualidad. El asalto debería comenzar dentro de cinco minutos.

Dan se había quedado callado, con las manos aferradas al volante. Judy sospechaba que se estaba viendo agarrado al cuello de Ingersoll.

—¿Cómo ha podido mi hermano hacer esto? —murmuro Dan, como pensando en voz alta—. ¿Cómo?

Ambos sabían la respuesta, o al menos confiaban en que fuera así: porque no había tenido elección.

—Sigue vivo. No lo olvides.

Medianoche. Se acabaron las distracciones.

—Ahora silencio —ordenó Judy.

La noche anterior el asalto bancario se había desarrollado a través del nodo informático ocupado por el Primer Banco Internacional de Suiza. Se trataba de un banco con grandes depósitos y pocas medidas de seguridad, el blanco perfecto para un asalto de aquellas características. Aquel nodo estaba más o menos a mitad de camino de la ruta del robo. Parecía probable que los cromosomas inteligentes de Cal volvieran a utilizarlo hoy. En caso contrario, Judy y Dan estarían realmente perdidos.

En la red y bajo la identidad de Alfred Kosstater, presidente de aquel banco, Judy disponía de acceso a toda la información contenida en el servidor de la entidad financiera. Cal iba a llegar de un momento a otro, con su programa desarrollándose a una velocidad increíble.

Tocó la ventana que presentaba las imágenes de los cromosomas que había capturado la noche anterior. A cámara lenta, revisó el intercambio genético, observando el despliegue de los cromosomas y su posterior recombinación, una y otra vez, comprobando mentalmente y por última vez su teoría.

El depurador hexadecimal de Bren y Carl estaba listo para actuar. Había programado previamente aquel sistema increíblemente rápido en la habitación del hotel, utilizando como sujeto de comprobación la muestra del programa de Cal anteriormente capturado. El depurador estaba ahora cargado en el servidor del Banco Internacional de Suiza, esperando para actuar. Tan pronto como aparecieran los cromosomas de Cal, ella contraatacaría al instante.

Entonces, en la ventana del banco, aparecieron las hebras azules y comenzaron a desdoblarse. Las curvas de frecuencia se aproximaron.

De forma automática, el programa en modo depurador pasó a la acción.

Capturaría el programa ejecutable que se desarrollaba en el servidor y le permitiría a Judy atrapar una variable hexadecimal y modificarla.

Con la excitación creciendo en su pecho, esperó. Y de repente, ¡zas! El depurador atrapó un fragmento de información genómica de un cromosoma progenitor y, en el propio servidor, alteró la pequeña serie de bits genéticos. Los unos se convirtieron en ceros y viceversa.

No tardó más que un instante. Ya estaba hecho.

Las hebras se dividieron. En una nube azul, los árboles secundarios se movieron de un lado a otro de la pantalla. Las ramas cayeron, se descompusieron en polvo de píxel y se esfumaron en la nada.

—¡Lo he conseguido Dan, he alterado los cromosomas de Cal! Mira la pantalla. ¡Fíjate!

Dan observó la pantalla, descolocado, confundido ante la explosión de alegría de Judy.

—¿Qué? ¿Qué dices que has hecho?

Le mostró la repetición de lo que acababa de suceder en el servidor del Primer Banco Internacional de Suiza.

—Sabía que tu hermano atacaría aquí, de modo que he esperado su llegada, he tomado sus cromosomas progenitores y los he modificado. He invertido los bits genéticos. He generado alelos digitales, Dan. Formas distintas de los mismos genes.

—Bueno... ¿y eso qué significa?

—¡Mira!

Juntos observaron de nuevo la repetición a cámara lenta. A medida que los genes de Cal entraban en el servidor del banco los bits genéticos se invertían, creando nuevos patrones que definían la fuente, el destino, el importe de la cantidad transferida y la ruta óptima.

—¿Y eso qué significa? —volvió a preguntar Dan—. No entiendo nada. ¿Lo has detenido o no?

—Sí. Desde luego que sí —respondió ella con alivio.

Cal no podía dar crédito a sus ojos.

—¿Qué demonios está pasando? —gritó Ingersoll. Su cara, habitualmente impasible, se había contorsionado de rabia. Tenía el rostro enrojecido, parecía que iba a darle un ataque al corazón. Cal esperaba que las apariencias se correspondieran con la realidad.

—¡Maldita sea! —profirió Greg, agarrando a Cal por los hombros.

—Cálmate. Suéltalo —ordenó Ingersoll. Su voz había recuperado la compostura—. Él no tiene la culpa.

Greg aflojó las manos sobre su presa. Cal movió los músculos de la espalda e hizo girar los hombros, tratando de aliviar el dolor.

—No tengo ni idea de lo que ha podido suceder. De veras —aseguró.

Justo allí, en el servidor del Primer Banco Internacional de Suiza, el programa había sido detenido. Literalmente destruido sobre sus propios pasos.

Cal revisó la repetición del proceso. Ahí estaba: era increíble.

Alguien había entrado en el banco antes que él. Alguien había invertido sus bits genéticos.

Los cromosomas progenitores habían comenzado a reproducirse y a crear descendientes que, a su vez, proporcionaban itinerarios mejores para la transferencia de los fondos sustraídos. Hasta ahí ningún problema.

Pero después, esos descendientes habían heredado de sus progenitores genes inadecuados. No habían podido sobrevivir. Habían nacido más débiles que sus antecesores. Al analizar el entorno, los descendientes habían determinado que sus progenitores proporcionaban rutas mejores que ellos. Se habían dado cuenta de que sus antecesores almacenaban las cantidades correctas que querían transferir, mientras que ellos guardaban sumas incorrectas.

Se habían autodestruido.

Los progenitores habían sobrevivido, pero ellos tan sólo sabían que tenían que llegar al Primer Banco Internacional de Suiza. No tenían otro destino. Allí atrapados habían languidecido y muerto.

Era un fallo mayúsculo de programación. Uno que Cal nunca había imaginado. Cromosomas sin destino. El importe de dinero sustraído hasta aquel momento se había acumulado sin destino adonde ir, sin ruta alguna por la que continuar. Detenida a medio camino, la cadena se había derrumbado. Toda la operación se había colapsado.

Ingersoll aproximó su rostro al de Cal.

—Sea lo que sea, arréglalo. —Sin amenazas, sin referencia alguna a lo que le había sucedido a Harry. Simplemente se limitó a mirarle fijamente a los ojos—. Arréglalo ahora.

—Necesito tiempo para pensar —respondió Cal—. Tiempo para decidir qué puedo hacer.

—No hay tiempo, Calvin —respondió Ingersoll—. Es tu programa. Haz que funcione.

Sin saber qué hacer, Cal lo abortó. Apresuradamente, introdujo un par de instrucciones de programación adicionales. Convirtió a los progenitores en fragmentos de programación sólo de lectura. De ese modo nadie podría escribir sobre ellos instrucciones distintas, invirtiendo sus bits genéticos.

De una forma no demasiado acorde con el protocolo de revisión de fallos, recompiló el programa y lo comprobó una sola vez. Luego pulsó el icono de EJECUTAR.

No había más que una persona capaz de dar al traste con el programa de Cal, y esa persona era TerMight.

Tenía que estar ahí fuera, trabajando en su contra. Seguía viva. Y tal vez Dan también.

—Esto tal vez haya reclamado su atención —dijo Judy. Pasaban cinco minutos de medianoche—. Ahora, a rematarlo.

Como sabía que Cal iba a verse forzado a modificar su programa, se puso de nuevo manos a la obra. Conocía algunos de los sitios preferidos de Cal: bancos principales y sitios de pornografía dura. De modo que copió el programa depurador en todos aquellos sitios. Fuera lo que fuera lo que Cal le hiciera a su programa, el depurador invertiría los bits genéticos tan pronto como aquél alcanzara alguno de aquellos nodos. No había forma alguna de que los cromosomas pudieran evitar el sistema automático de depuración.

Aunque Cal convirtiera su programa en sólo lectura, le daría igual. El depurador podía acceder a cualquier bit de datos y alterarlo de forma espectacular. En lugar de dirigirse al siguiente destino, la cadena alterada se rompería y se disolvería en la nada.

Había dado con el talón de Aquiles del programa de Cal para el robo a escala planetaria. Cada banco asaltado iba a convertirse en el nodo terminal.

32

—¿Cuándo crees que llegará la policía? —preguntó Dan.
—En cualquier momento —respondió Judy—. La policía, los bomberos y cualquiera que pueda llegar por carretera. Tal vez hasta vengan por el aire. Será una bonita procesión.
—Hay algo que no entiendo —insistió Dan—. Las imágenes por satélite mostrarán que no ocurre nada anormal en la finca de Barrington. La policía no se dejará engañar. ¿Qué te hace pensar que toda esa gente se va a presentar aquí sólo para comprobar una falsa alarma?

Judy sonrió maliciosamente.
—Porque he enviado todas esas señales como si yo fuera Bradley Barrington. Interceptar las bandas de señal de la policía es un delito local, estatal y federal. Informar sobre un falso desastre por la red es un asunto muy serio. El ISD lo trata del mismo modo que si se grita «¡Fuego!» dentro de un cine abarrotado sin que sea cierto. No creo que las autoridades vayan a mostrarse muy tolerantes con tamaño fraude informático, especialmente después del robo de mil millones de dólares por la red la noche pasada.

Dan sonrió, moviéndose en su asiento.
—Vaya, eres todo un peligro. Tú y Cal tenéis mucho en común. Haríais un buen equipo.
—Bueno, no fantasees. Contentémonos con sacar vivo a tu hermano de ahí, y ya hablaremos más tarde de formar equipos y todo eso ¿de acuerdo?
—Claro, por supuesto. No tiene importancia.

Judy guardó silencio. ¿Para qué explicarle nada? Tampoco lo entendería.

Incluso en la oscuridad, podían percibir que el paisaje era llano. Las colinas apenas se dibujaban como sombras chatas en la distancia y, de vez en cuando, algún arbusto rompía la monotonía del desierto. Un paisaje de negrura y de muerte.

—¿Y qué me dices de los asesinatos? —preguntó Dan—. Rescatar a Cal no nos librará de las acusaciones que pesan sobre nosotros.

—Eso sigue siendo un problema, Dan. No puedo negarlo. Pero por ahora, mi mayor preocupación es liberar a Cal. Una vez esté a salvo, el resto del montaje caerá por su propio peso.

—Eso espero —respondió él—. No me gustaría tenerme que pasar el resto de mi vida robando coches de alquiler.

Judy cerró el netpad y señaló al resplandor de faros que se acercaba en la distancia.

—La hora de la reunión. Como mínimo una docena de coches y camiones. Todos quieren participar del pastel. Recuerda que pertenecemos al ISD, y no dudes en mostrar tus credenciales. Aunque no creo que tengamos de qué preocuparnos. Va a haber una confusión total.

Con las sirenas sonando a todo volumen y las luces destellando, la larga caravana de vehículos de la policía y los bomberos pasó zumbando ante ellos, dirigiéndose sin duda alguna hacia la finca de Barrington. Cuando hubo pasado el último vehículo, Dan puso en marcha el coche y entró en la carretera. Nadie de la procesión pareció percatarse de que se le había sumado uno más.

—Probablemente pensarán que si estamos aquí, es porque tenemos derecho a estar —dijo Dan mientras frenaba. El vehículo que iba en cabeza ya había llegado a la entrada principal de la finca. Impaciente, tamborileó con los dedos sobre el volante—. ¿Crees que Cal estará en la mansión?

—Lo dudo —respondió Judy—. No creo que Cal sea precisamente lo que el señor Barrington consideraría una buena compañía. El viejo detesta a los hackers. Así que lo más seguro es que Ingersoll lo haya mantenido aislado en una cabaña, o algo parecido, apartado del edificio principal. Tal vez haya una casa para invitados. Cuando estemos dentro lo averiguaremos enseguida.

—Bueno, pues empieza a mirar —respondió Dan—, porque allá vamos.

Evidentemente, los hombres que estaban de guardia en la entrada se habían opuesto a que todos aquellos vehículos entraran en la propiedad. Pero Judy había acertado al suponer que la policía estaría deseosa de darles un escarmiento a Barrington y sus secuaces. Y así estaba ocurriendo, ya que los guardias se encontraban ahora apostados con las manos en alto, al lado de la verja, bajo la estricta vigilancia de dos agentes de policía. Mientras uno de ellos les apuntaba con su arma reglamentaria, el otro les leía sus derechos. Nadie dedicó una segunda mirada ni a Dan ni a Judy. El distintivo del ISD había cumplido su función.

Casi de inmediato Judy distinguió la casita, a unos cincuenta metros por debajo y a la izquierda de la mansión.

—Ahí está, esa tiene que ser.

—No creo que a nadie le llame la atención que nos detengamos —dijo Dan. Por doquier sonaban bocinas y sirenas, se escuchaban gritos y la noche relucía con destellos de rojo y amarillo. Todo ello amenizado por los ladridos de los perros—. Esto es un manicomio.

Dan giró el volante y condujo el coche por un camino de tierra.

—Aquí no hay donde cubrirse. Salir de esta ratonera no va a ser fácil.

—Deja de preocuparte tanto —le dijo Judy, mientras él estacionaba el vehículo ante la casita—. Esos payasos de la verja van a estar fuera de juego el resto de la noche. Se han equivocado de bando para discutir. Los polis de Mojave no son muy dados a dialogar, y menos aún con esta clase de fanáticos de derechas. Nadie nos prestará la menor atención cuando nos larguemos. Vamos, busquemos a Cal y marchémonos de aquí cuanto antes.

Salieron a toda prisa del coche, y se acercaron a la puerta de la casa. No estaba cerrada con llave. Entraron en el vestíbulo. Allí no había nadie. La casa parecía estar desierta.

—Demonios —exclamó Dan—, tiene que estar aquí. ¡Cal! ¡Cal! ¿Dónde estás?

Silencio por respuesta. Ni el menor ruido en toda la casa.

—No te rindas, vamos a registrar la casa —dijo Judy, tomando la delantera por el pasillo. A su derecha y a su izquierda habían sendas puertas. De las paredes colgaban litografías del Lejano Oeste. El pony express, o algo parecido, que ella recordaba vagamente de su infancia.

Abrió la puerta de la habitación de la izquierda. Nada. Un par de sillas de cuero negro, una cama, un sofá y un escritorio improvisado, sobre el cual descansaba un ordenador. Apagado. Cal no estaba allí.

—Aquí es donde Cal debe haber estado recluido, viviendo y trabajando —dijo Dan—. Tal vez Ingersoll y Barrington lo hayan llevado a la casa principal al ver que llegaba la policía.

Algo duro golpeó contra la puerta de lo que parecía un armario. Judy la abrió de un tirón. En el suelo, con los brazos y las piernas atados con cinta aislante, estaba lo que parecía ser una versión más joven y mucho más delgada de Dan. Un gran trozo de esparadrapo le cubría la boca. Había golpeado la puerta con la cabeza.

—¡Cal! —Dan ya estaba de rodillas junto a su hermano, arrancando con manos temblorosas, primero con ansiedad y después con más decisión, la cinta que le inmovilizaba—. Gracias a Dios que estás vivo. Gracias a Dios. Gracias a Dios.

Con la ayuda de Dan, Cal se puso de pie, tambaleándose. Se arrancó el esparadrapo que le cubría la boca, y gimió cuando el último centímetro se le llevó un trozo de piel. Era igual que en la fotografía.

—TerMight ¿verdad? —preguntó Cal, con voz algo trémula y poniéndose rojo como un tomate—. ¿Judy Carmody?

—Si me lo hubieran dicho no me lo habría creído, conocernos en persona y todo eso. Una noche un poco especial ¿no te parece? —Judy estaba charlando como una cotorra. Ahí estaba ella, hablando en persona nada menos que con Griswald. Una parte de su persona quería decir, «he estudiado tus programas, eres una leyenda viviente» y todas esas cosas que Tarántula y Grouch le habían dicho a ella. Pero, probablemente a Cal le gustaría tan poco como a ella le había gustado que se lo dijeran. Probablemente se sentiría incómodo con gente como Steve Sánchez o Héctor Rodríguez, o se sentiría mal cobrando quinientos dólares por hora, o fuera de juego, a pesar de pertenecer al género masculino, entre hombres de negocios que se daban palmadas en la espalda y hablaban de deportes, de coches, de cerveza y de sus esposas.

Él sonrió tímidamente y parte de la tensión desapareció de sus mejillas.

Las costillas le sobresalían sobre el hueco del estómago. Los shorts le colgaban fláccidamente de las caderas ¿Acaso le habrían hecho pasar hambre para que trabajara?

—Has dado con un fallo garrafal en mi programa —dijo Cal, con una voz suave y baja. Al igual que ella, no parecía estar muy acostumbrado a hablar con desconocidos.

Judy le respondió:

—Pero te has defendido bien, aunque no demasiado. Pensaba que ibas a ser más duro de pelar.

—No he tenido tiempo —contestó Cal, meneando la cabeza—. No me lo han dado. Y tú, ¿sabes lo que has hecho, verdad?

Sí, Judy lo sabía muy bien.

—No tengo ni idea de cómo arreglar el pastel, Cal —le confesó—. Todo lo que sabía es que tenía que detener el asalto, ganar tiempo para ti, sacarte de aquí y salvarte el pescuezo.

—Por cierto —intervino Dan—, ¿ha sido ese Ingersoll, ese pez gordo de la NSA, el que te ha metido en el armario?

—No, ha sido Greg —respondió Cal, frotándose la cara—. El esbirro de Ingersoll. Has destrozado mis cromosomas, Judy. Y arruinado el robo. Ingersoll se ha puesto como una furia. Realmente quería esos cincuenta mil millones. Pero cuando me he puesto a tratar de reformar el programa, de encontrar un medio para evitar el baile de genes, hemos oído las sirenas. Ingersoll le ha ordenado a Greg que me vigilara mientras él iba a ver qué estaba pasando. Dos minutos más tarde, Greg me ha empaquetado y me ha metido en el armario. Supongo que ha pensado que era el momento indicado para hacer un discreto mutis por el foro, y no me ha matado por miedo a la reacción de Ingersoll o a que lo pillaran huyendo.

A Cal se le agrandaron los ojos de repente.

—Oye, tenemos que largarnos de aquí antes de que Ingersoll regrese. Te mataría.

—Coge lo que necesites —le dijo Dan— y larguémonos.

—Un momento —dijo Cal. Se acercó al escritorio y arrancó el ordenador. Con un solo dedo, tecleó una palabra: Atomic. En pantalla apareció una pequeña nube en forma de hongo. Luego nada.

Judy vio en eso la misma técnica que debía de haber utilizado para destruir su ordenador en San José: f parm con 0:0 fff 0. Infectar la máquina con una bomba atómica, destruir instantáneamente todos los archivos y, acto seguido, acabar con el sistema operativo.

—Final de capítulo —dijo Cal—. Lamento tener que hacerlo. Ahora no queda ni rastro de dónde se sustrajo el dinero, pero no voy a permitir que ese programa caiga en manos de cualquiera. Ya es bastante malo lo que he tenido que hacer.

—Cal, si tú y yo podemos hacer lo que hemos hecho, a tantas personas inocentes...

—Sí, ya lo sé —respondió él—. Si tú y yo lo hemos podido hacer también podrá hacerlo alguien más, ahí fuera, en cualquier momento.

—Tal vez alguien como ese pobre José —añadió Dan.

Efectivamente, un tipo que ni siquiera sabía destruir cosas, al menos no a propósito. No hace falta más que una equivocación inocente en manos de un programador cualquiera.

Y el mundo caerá de rodillas.

Cal agarró una bola de masa verde que parecía plastilina. Olía a amoníaco.

—Mi amuleto de la suerte —murmuró—. Estoy listo.

Salieron precipitadamente al pasillo. Estaban a cinco pasos de la entrada cuando tuvieron que detenerse en seco. Un hombre alto y delgado, de mediana edad y cabello liso y negro, les cerraba el paso. Vestido impecablemente con traje y corbata, parecía recién salido de un anuncio de colonia. Tan sólo desentonaba el arma que, sostenida firmemente en su mano derecha, les apuntaba directamente.

Mientras les observaba, sus labios esbozaron una tenue sonrisa.

—TerMight, supongo —dijo con voz tersa y relajada—. Y tú debes de ser el hermano de Calvin, Daniel Nikonchik, el rey del perrito caliente al chile.

—Y tú Ingersoll —respondió Dan, cogiendo una lámpara de la mesita junto al sofá—, el hijo de perra que secuestró a mi hermano, y que envió a esos asesinos por Judy y por mí.

Sin dejar de sonreír, Ingersoll asintió con la cabeza. El arma de su mano no se movía ni un milímetro.

—Culpable en toda regla. Robert Ingersoll, de la Agencia Nacional de Seguridad, a tu servicio. Cuando ese increíble convoy ha hecho su aparición, he tenido la sensación de que TerMight tenía que estar detrás de todo ello. He dejado al pobre Bradley Barrington arriba en la casa y he regresado aquí tan deprisa como he podido. Y al parecer, he llegado justo a tiempo.

Haciendo un gesto con el arma, dijo:

—Calvin, ven aquí. Ahora.

—Ni hablar —respondió este—. Yo de aquí no me muevo. Está loco Ingersoll, completamente loco.

—Cinco segundos, Calvin —respondió Ingersoll—. Comienza a andar o le abriré a tu hermano un agujero en el estómago para que puedas ver cómo se desparraman sus entrañas por la moqueta. Ya sabes que no bromeo. Recuerda lo de Harry. Cinco, cuatro...

—Ya voy —respondió Cal, con voz trémula—. Espere.

Judy no podía dar crédito a lo que estaba viendo. Después de todo lo que había tenido de pasar, de todo lo que había tenido que hacer, aquello no podía estar ocurriendo. No podía fallar ahora. No iba a permitir que sucediera.

—Se acabó, Ingersoll —dijo Dan—. Déjelo ya. Judy ha abortado el robo. Ya no hay nada que hacer. ¿Por qué no abandona?

Ingersoll soltó una risotada corta y amarga. No parecía darse cuenta de que Cal, que estaba de pie a su lado, manoseaba nervioso la bola verde con su mano derecha.

—¿Abandonar cincuenta mil millones de dólares, rey del chile? No sería muy brillante por mi parte ¿verdad? No con Cal aún vivo. Y dos sospechosos de asesinato muertos. Una vez eliminada TerMight de la escena, Cal volverá a ejecutar su programa y engrosará mis cuentas anónimas. Esta vez sin interferencias.

—¡Eso es lo que usted se cree! —gritó Cal, arrojándole la masa verde a los ojos. Cogido totalmente por sorpresa, Ingersoll chilló de dolor, y mientras con la mano izquierda trataba desesperadamente de arrancarse aquella pegajosa sustancia de la cara, disparó con la derecha. Una bala surcó la habitación, haciendo añicos el cristal de la ventana. En ese momento, Dan estampó la lámpara contra su mano y el arma cayó al suelo.

Ambos hombres se echaron al suelo, y lucharon con brazos y piernas por hacerse con la pistola.

«*Déjà vu*», pensó Judy, adelantándose. Dan mantenía una de sus manos firmemente sobre el rostro de Ingersoll, impidiéndole librarse de la masa de amoníaco, mientras que con la otra trataba desesperadamente de enrollar el cable de la lámpara alrededor de su cuello.

A todo esto, Cal empezó a caminar de un lado para otro soltando incoherencias, y Judy, armada con su portátil, se preparó para intervenir en el momento oportuno.

Ingersoll puso las manos sobre el pecho de Dan y lo empujó para atrás. Lo atrapó de nuevo por la camisa, lo zarandeó, y lo tiró sobre el sofá.

Con el rostro medio cubierto por la masa verdosa se incorporó. Dan también.

—Te voy a... —comenzó a decir el agente de la NSA, aunque la furia dejó paso a la sorpresa cuando se encontró con que Dan le había propinado un contundente derechazo en el estómago, seguido de un brutal izquierdazo en la cabeza.

Ingersoll golpeó a ciegas a Dan quien, esquivándole, le propinó un gancho demoledor en el rostro. Con la cara ensangrentada, trató de asirle por los hombros, pero entonces recibió un rodillazo entre las piernas. Soltó un alarido de dolor y cayó de rodillas cerca de Judy, que no se lo pensó dos veces; tenía a su merced al responsable de las muertes de Trev, Jeremy, Larabee, Mercy y Hailstorm.

Así que alzó el portátil tan arriba como pudo y, con ambas manos, lo descargó con todas sus fuerzas sobre la nuca de Ingersoll. Emitiendo un gruñido, el agente cayó de bruces inconsciente sobre el suelo.

—Coge el arma, Cal —le ordenó Judy. No iba a haber más asesinatos esa noche.

—Tu... tu ordenador —dijo Cal, recogiéndola del suelo. La tomó torpemente por el cañón, mirándola como si estuviera viva y fuera a morderle—. Le has dado con tu ordenador.

—Sólo he manchado de sangre la funda —respondió ella—. Ya

lo limpiaré. Además, todo lo mío está copiado en el netpad y en casa de Bren y Carl.

—Bien hecho, Judy —terció Dan—. No hay duda de que sabes usar ese ordenador, TerMight.

—Detesto... detesto la violencia —farfulló Cal.

—Hora de largarse —espetó Dan, cogiendo a su hermano por el brazo.

—Un momento —intervino Judy, sacando las cintas de nylon de la funda del portátil y comenzando a atar con ellas a Ingersoll.

—Lamento interrumpir chicos —dijo una voz, desde la puerta de la casita—, pero me temo que eso no va a ser posible.

Tres soldados inmensos les bloqueaban el paso. Iban armados. El único que había hablado y que parecía estar al mando, le dijo a Cal:

—Hijo, deja ese arma en el suelo, por favor. Ahora.

—Con mucho gusto —respondió Cal, y depositó delicadamente el arma sobre el suelo—. Detesto las armas.

Uno de los soldados se adelantó y, con mucho cuidado, la recogió y la metió en una bolsa de plástico. Llevaba puestos unos guantes de tela fina, para no dejar huellas.

Judy soltó las cintas y se incorporó.

—Al parecer, aquí ha habido una pequeña discusión —dijo el soldado que estaba al mando, el sargento Evans, según rezaba en su placa de identificación, mirando primero la funda ensangrentada y luego a Ingersoll—. ¿Habéis discutido por un juego de ordenador?

—Oficial, arreste a esa gente —susurró desde el suelo Ingersoll, con voz ronca. Se incorporó lentamente, limpiándose los restos de la masa de amoníaco de los ojos—. Son fugitivos de la justicia, se los busca por asesinato en Los Ángeles y en San José. Han intentado matarme.

Evans asintió con la cabeza.

—¿Asesinato eh? Los Ángeles y San José. Y ahora el Mojave. Sin duda se mueven. —Sin hacer el menor gesto por ayudar a Ingersoll, le preguntó—. Y usted, señor, ¿quién es?

—Robert Ingersoll —respondió este, sin poder abrir los ojos y con el rostro cubierto de lágrimas provocadas por el amoníaco—. Maldita sea, duele.

—¿Robert Ingersoll? —preguntó el suboficial.

—Sí. De la Agencia Nacional de Seguridad del gobierno de Estados Unidos.

—Sí, sí. La NSA —intervino Cal—. Es el loco que hay detrás del robo del millón de dólares por Internet. Y esta noche ha tratado de robar otros cincuenta mil millones más.

—Por no mencionar —añadió Judy—, que también es la persona que hay detrás de todos los falsos mensajes de socorro enviados hoy a través de las líneas de comunicación de la policía, ilegalmente intervenidas.

—Eso es ridículo —dijo Ingersoll, tratando de ponerse en pie—. Esta mujer es...

—Basta de cháchara —cortó Evans—. He oído lo suficiente. Ya tendrán oportunidad de explicarse en la casa grande. Ahí es adonde vamos.

Y volviéndose a uno de sus hombres le ordenó:

—Calhoun, Ames y tú registrad el lugar, por si hubiera otro huésped sorpresa. Luego lo precintáis. No queremos que nos acusen de destruir pruebas. Yo me voy para arriba con estos señores. Seguro que el capitán Sawyer estará encantado de conocerlos.

Judy sintió que las mejillas le ardían. Aunque habían conseguido rescatar a Cal, seguían estando en un serio aprieto. Seguía acusada de asesinato, y no tenía ninguna prueba para demostrar su inocencia. Estaba atrapada y no podía escapar.

Desanimada, miró a Cal, que levantó las cejas y le dedicó una sonrisa de complicidad.

Cal tenía un as en la manga.

Aunque ella, TerMight, había jugado todas sus cartas, parecía que Griswald aún no había dicho la última palabra.

33

El sargento Evans los condujo por un camino empedrado hacia la casa grande, arriba en la colina. Era un inmenso edificio blanco, al estilo de las mansiones de las plantaciones del Viejo Sur. Incluso en la oscuridad, Judy pudo percibir que los jardines eran opulentos. Macizos de rosas y jazmines perfumaban el aire de la noche. Aquello era un verdadero Edén, un lugar que hubiera llenado de gozo y de satisfacción a cualquiera, menos a aquellos hombres codiciosos que ansiaban siempre más.

No había armas a la vista. No era necesario. El sargento no le había prohibido hablar, así que le preguntó a Dan algo que estaba deseando saber desde hacía un rato.

—¿Dónde aprendiste a luchar así?

—Mis padres eran hippies, pero no pacifistas. Como vivía en una comuna, e iba a la escuela pública, tuve que aprender a defenderme. Antes de retirarse a vivir en medio de la naturaleza, mi padre había sido boxeador profesional. Él me enseñó a utilizar bien los puños.

—Se miró los nudillos ensangrentados, y añadió sonriendo—: Tal vez no fue tan mal padre, después de todo.

Una vez en el interior de la mansión, recorrieron varios pasillos alfombrados, con librerías de caoba y más pinturas del Lejano Oeste. Finalmente llegaron a una gran sala donde había más personas.

Los tres se situaron junto a una gran vitrina llena de vasos y copas de cristal tallado. Las paredes estaban cuajadas de grandes fotografías enmarcadas de un anciano en compañía de varios presidentes y otros personajes famosos.

Ingersoll, acompañado por el sargento Evans y otro soldado, fue conducido al centro de la sala, ante un inmenso escritorio, al que estaba sentado el anciano de las fotografías, que en persona parecía aún más viejo. Tenía los ojos de un perturbado, dilatados y ardiendo con una pasión que parecía fuera de lugar. Era Bradley Barrington.

Sin embargo, para Judy, nada en aquel hombre parecía tener sentido. Su padre probablemente le odiara, mientras que su madre se habría postrado ante él para besarle los pies.

Después se dedicó a observar a las demás personas de la sala. Junto a Barrington, sentada en una silla de anticuario, había una mujer vestida con un traje de chaqueta, que trataba de parecer una persona dedicada exclusivamente a los negocios, ya que tanto su indumentaria como su actitud proclamaban a gritos: «Tratadme como a un hombre». Pero había algo en ella que traicionaba esa pose. Tal vez su modo de mirar a Cal y a Ingersoll. Judy pensó que se trataba de una devoradora de hombres disfrazada de ejecutiva.

Al otro lado del escritorio había un hombre más bien bajo y musculoso, con una gran cicatriz en el cuello. Intentaba aparentar que todo aquello no iba con él. El bombón del traje de chaqueta le echaba una mirada de vez en cuando, para captar su atención.

Y por último, junto a la puerta había media docena de hombres y mujeres, algunos de uniforme. Nadie parecía muy contento.

Una de esas personas, un soldado larguirucho de pelo rubio y ojos azules, el capitán Sawyer según rezaba su placa de identificación, atravesó la sala y se plantó ante Barrington.

—Muy bien, aquí está su hombre. Ingersoll. Mi gente lo ha encontrado en la casa de invitados. Espero que ahora puedan ofrecernos algunas respuestas.

Sawyer se volvió a uno de sus hombres, que estaba cerca de la puerta y dijo:

—Estamos grabando ¿verdad?

El hombre asintió.

—Ningún problema. El equipo está en marcha. Además, el señor Barrington tiene el lugar sembrado de micrófonos y de cámaras. Todo lo que suceda en esta habitación quedará registrado en audio y en vídeo.

Los ojos de Barrington parpadearon. Para un hombre de constitución tan frágil, su voz sonó sorprendentemente clara y fuerte.

—Me gusta estar informado. No hay nada ilegal en ello.

Ingersoll, con la cara magullada y una mancha de color verde sobre el puente de la nariz, había adoptado de nuevo la frialdad y tranquilidad que lo caracterizaban.

—¿Podemos aclarar las cosas, capitán? Este incidente tiene una explicación muy sencilla, si me permite explicársela.

—Bob —dijo Barrington—, ¿dónde ha estado? Por favor, explíqueles a estos... a estos burócratas que no tenemos nada que ver con esa estúpida transmisión de señales de emergencia. A mí no quieren creerme.

—Por favor, guarde silencio, señor Barrington —intervino el capitán Sawyer. Y mirando a Judy y a sus compañeros preguntó—: ¿Y quién son estas personas?

—Los encontramos en la casa de invitados, capitán —respondió el sargento Evans—, enzarzados en una pelea con el señor Ingersoll. Se disparó un tiro, pero no ha habido ningún herido, sólo contusiones. El señor Ingersoll dice estar al servicio de la Agencia Nacional de Seguridad, y que esos otros son fugitivos de la justicia, que se les busca por asesinato. Por su parte, ellos aseguran que es él quien ha enviado las señales de emergencia y quien ha robado mil millones de dólares.

—¿NSA? —inquirió el capitán—. No estoy al corriente de que haya ningún agente del gobierno en la zona.

—Capitán —dijo Ingersoll, con voz firme y tranquila—. Capitán, exijo que arreste a esas personas...

—¿Robert Ingersoll? —le interrumpió una mujer, aproximándose al capitán Sawyer. Iba vestida con una falda azul marino y chaqueta a juego; se quedó mirándole fijamente, como tratando de ubicarlo—. ¿Graduado en el MIT, en el curso de 1978? ¿Especialista en criptografía, recientemente retirado de la NSA, tras treinta años de servicio? Eso es lo que significa el anillo de oro que lleva en el dedo ¿verdad?

—Bob —dijo Barrington, su voz estaba comenzando a debilitarse—, me dijo que pertenecía al gobierno. ¿No es usted miembro de la Agencia Nacional de Seguridad?

Ingersoll aspiró profundamente y por un momento pareció perder su seguridad. Luego se dirigió a la mujer.

—Sí, soy ese Robert Ingersoll. Nunca di a entender que siguiera en activo. Fue sólo una forma de hablar. Cuesta erradicar los viejos hábitos, pero eso no cambia los hechos. Esta mujer es Judy Carmody, también conocida como TerMight. Se la busca por asesinato, tanto en Laguna Beach como en Los Ángeles.

—Eso es mentira —espetó ella—. Yo no he matado a nadie.

—Claro que no —respondió Ingersoll, con una risa de desprecio—. El hombre que está junto a ella es Dan Nikonchik, su cómplice. Y su hermano es...

—Calvin Nikonchik, conocido también como Griswald —le interrumpió la mujer. De su bolso sacó una placa de identificación—. Lo sé todo acerca de TerMight y Griswald. Soy Susan Dexter, del Departamento de Seguridad de Internet.

Señaló a un hombre bajo y robusto, que hablaba en voz queda por un netpad, y dijo:

—Les presento a Riley Marx, mi compañero; está informando al Departamento. Estamos al corriente de los crímenes de los que se acusa a la señorita Carmody. Pero últimamente parece que hay algunas pruebas que refutan la validez de dichas acusaciones. En cualquier caso, es algo que se decidirá en los tribunales.

»Veníamos de camino hacia aquí, desde nuestra oficina en Los Ángeles, cuando Riley captó la llamada de emergencia para los bomberos. Entonces quedé con el capitán Sawyer que nos encontraríamos en la finca. Y mira por dónde, resulta que todas las personas a las que quería interrogar están aquí presentes.

—¿Seguridad de Internet? —inquirió Ingersoll. De repente, su voz denotó una pizca de duda. Los Ángeles estaba a tres horas en dirección este—. ¿De camino hacia aquí antes de la emisión de las señales de emergencia?

—¿Ha navegado usted por la red en las últimas horas, señor Ingersoll? —le preguntó Susan Dexter.

—No —respondió este—. He estado muy ocupado con el señor Barrington, debatiendo cuestiones de negocios. Nada relacionado con la NSA. Estoy aquí para aconsejarle sobre unas futuras inversiones.

—Sin duda —respondió Dexter secamente y, tras dedicarle una sonrisa a Cal, prosiguió—: Y creo saber de dónde procede el dinero. Durante las tres últimas horas, señor Ingersoll, en cientos de sitios web de todo el país, ha estado circulando un vídeo francamente espectacular, tomado con una microcámara digital de tecnología de vanguardia. Tanto las imágenes como el sonido son excelentes. A mí me envió una copia un amigo mío, que es profesor en Berkeley. En ese vídeo se le ve claramente a usted, señor Ingersoll, ordenándole a un hacker invisible —volvió a dirigirle a Cal su amable sonrisa—, que robe mil millones de dólares a través de Internet. Si bien esta información no es admisible como prueba judicial, yo diría que tanto usted como su amigo millonario tienen mucho que explicar.

—¡Eso es! —gritó Cal—. ¡Ya sería hora!

—¡Dios mío! —exclamó Barrington, abatido en su sillón y con expresión aturdida—. Oh, Dios mío.

—¿Un vídeo por Internet? —balbuceó Ingersoll—. Pero eso... eso es... imposible. Tiene que ser un fraude. Todo mentira. Hoy en día se puede... se puede hacer cualquier cosa con las imágenes digitales. Nikonchik ni siquiera tiene una cámara de vídeo.

—Sí que la tengo —respondió Cal—. La encontrarán escondida bajo el colchón de ese cubículo al que llamaba mi habitación. Es una cámara de muñeca. Último modelo. Y el vídeo original aún está dentro.

—¿Dónde demonios la conseguiste? —preguntó Ingersoll. Y tras guardar silencio unos instantes, se volvió lentamente hacia la morena del traje de chaqueta y el pulcro moño sobre la cabeza.

—¿Gloria? Maldita perra —exclamó, con su voz subiendo de tono por momentos—. ¡Maldita tramposa hija de perra!

—Eh —intervino el capitán Sawyer—, cuide ese vocabulario, hombre.

Gloria se levantó de su silla.

—No me hables de mentiras —dijo, sonriéndole sarcásticamente—. No soy tan tonta como crees. Greg me explicó que pensabas engañarme. Y nadie me toma por una estúpida.

—Gloria —gimió Barrington—, ¿cómo has podido? Siempre te he tratado como si fueras de la familia.

—Claro —respondió ella—, instalando cámaras en mi habitación para espiarme cuando me desnudaba. Como de la familia, viejo bastardo.

—¿Greg te lo dijo? —preguntó Ingersoll, con los puños muy apretados—. ¿Greg? ¿Vosotros dos revolcandoos por ahí e intrigando a mis espaldas?

El hombre de la cicatriz se encogió de hombros.

—No me largue ningún sermón, jefe. No hace falta ser muy inteligente para darse cuenta de que no planeaba compartir el botín con nadie. No soy tan tonto. No soy como Harry.

—Cállate, idiota —bramó Ingersoll—. No digas ni una palabra más. —Y dirigiéndose a Dexter añadió—: No hemos hecho nada malo. No hay ninguna prueba, nada que pueda valer ante un jurado. Necesitamos un abogado. Ahora mismo.

—Como guste —sentenció el capitán Sawyer—. Sargento Evans, léales a todas estas personas sus derechos. Me parece que nos las vamos a llevar arrestadas.

—Rehuso decir nada más sin que esté presente mi abogado —insistió Ingersoll. Y luego, mirando a Barrington, a Gloria y a Greg, añadió—: Os aconsejo que hagáis lo mismo.

Judy miró a Dan. Parecía tan confuso y sorprendido como ella. Pero no pudo resistir la tentación y preguntó:

—¿Y quién es Harry?

Cal soltó una risotada.

—Capitán, yo le explicaré por qué Ingersoll no quiere que Gloria y Greg hablen. Porque saben que el señor Ingersoll asesinó ayer de un disparo a Harry, su otro ayudante. Le disparó a bocajarro en la cabeza. Yo mismo lo presencié todo. Greg se llevó el cuerpo al desierto. Probablemente...

—¡Maldito hijo de perra! —rugió Ingersoll, saltando de repente como un tigre, con intención de agarrar a Cal por el cuello.

Pero sus manos no llegaron a su destino. El sargento Evans se interpuso y, con un gesto despreocupado, asió a Ingersoll por la pechera de la camisa y lo sentó de golpe en una silla, con tanta fuerza que el respaldo crujió con el impacto.

—De la NSA, ¿no? —dijo Evans con desprecio—. Qué maravilla.

—Gracias, sargento —intervino el capitán Sawyer—. Vaya cueva de alimañas. Creo que será mejor que vayamos a la comisaría de policía. ¿Está de acuerdo, señorita Dexter?

—Sin duda, capitán —asintió la agente del ISD—, aunque tengo la sensación de que todo este lío acabará ante un tribunal federal. Ingersoll y su millonario amigo han violado prácticamente todas las leyes del manual relativas a Internet. Seguro que será un juicio muy interesante. Sin contar con lo del asesinato.

—Nunca conseguirán inculparme por este robo —dijo Ingersoll, señalando con el dedo a Cal—. Ese es el único culpable, Calvin Nikonchik, el hacker. Él creó el programa y realizó la operación, no yo.

—¿Qué respondes a eso, Griswald? —preguntó la señorita Dexter—. Parece que esta noche tienes respuesta para todo.

—Lo único que quiero es que envíe a su compañero a la casa de invitados y compruebe mi ordenador. A ver qué encuentra —respondió él.

—Adelante, Riley —asintió Dexter—. La oficina central podrá sobrevivir unos minutos sin tus informes. Y busque también el reloj y la minicámara.

Riley Marx, acompañado por uno de los hombres del capitán Sawyer, salió zumbando de la habitación y en menos de diez minutos regresó con un reloj de pulsera en la mano.

—El ordenador ha sido completamente borrado —informó con una mueca el agente del ISD, encogiéndose de hombros—. Es como si alguien hubiera desmantelado toda la máquina. Por no mencionar las copias de seguridad almacenadas en el servidor.

Dan soltó una carcajada.

—¡Hay que ver! Siempre pensé que me necesitabas para que te protegiera, Cal, y ahora resulta que es al revés.

—¿Y el programa? —chilló Ingersoll—. Pero... pero...

Sin el programa genético en el ordenador, no había prueba alguna que vinculara a Cal con el robo. El ordenador de Judy no contenía más que el programa original del restaurante de Dan, además de algunos fragmentos del robo. Nada que pudiera ser utilizado como prueba. El nombre de Judy, insertado en los archivos de los bancos asaltados, tampoco demostraba que ella hubiera sido la autora del crimen. Sin el verdadero programa, no había ninguna prueba consistente de que hubiera existido tal robo.

—Basta de cháchara —dijo el capitán Sawyer—. Ya va siendo hora de que nos llevemos a estos señores de aquí. Va a ser una noche muy larga, de modo que más vale que nos pongamos manos a la obra—. Y luego, mirando fijamente a Ingersoll y a Greg, añadió—: Por la mañana volveremos con los perros para ver si damos con algún cuerpo en el desierto.

—Mentira —respondió Ingersoll—. Todo mentira.

—Claro —contestó el oficial—. Eso dicen todos. Sargento Evans, lleve a estos tres —añadió, señalando a Judy, a Cal y a Dan— en su coche. Yo me ocuparé del señor Ingersoll y del señor Barrington. A Stransky le dejaremos el placer de cuidar de los amantes. ¿De acuerdo?

—Me parece muy bien, capitán —respondió Evans—. Todo el mundo en pie. Hora de despedirse.

Agotada, Judy no opuso resistencia cuando el soldado la tomó por el brazo. Había sido una noche increíble, que difícilmente olvidaría. Aún no había terminado todo, pero tenía la sensación de que las cosas quizá no acabarían tan mal como ella pensaba.

Esperaba poderse duchar en la comisaría. Nada le gustaría más que enfundarse un traje de presidiaria limpio. Y hasta era posible que también le dieran algo decente para comer.

Como un niño pequeño, Cal levantó la mano ante el capitán Sawyer.

—¿Me permite decirle algo al señor Barrington antes de que se lo lleve? No es nada que no se pueda oír y sólo será un minuto.

—Este es un país libre, chico —respondió Sawyer—. Pero nada de obscenidades ¿vale?

—Nunca en la vida —contestó Cal.

Entonces se acercó a Barrington, que estaba siendo ayudado por un soldado a levantarse de su sillón y le dijo:

—Señor Barrington, sólo quería decirle que no se equivocaba.

—¿Que no me equivocaba? —preguntó el viejo, mirándole con desconfianza—. ¿Qué quieres decir?

—Los ordenadores han cambiado el mundo, ya no hay nada cierto en la era digital. Los datos y las cifras pueden ser alterados, cambiados sólo con pulsar un icono. No hay nada seguro, no hay nada sagrado. Ni los registros, ni los archivos, ni los datos. Ni siquiera las claves digitales de acceso a cuentas bancarias secretas.

A Barrington se le quedó la boca muy abierta. Sus rudas facciones se tornaron blancas como la cera. Ingersoll, unos pasos atrás, soltó un alarido y se cubrió la cara con las manos.

A Judy se le escapó una carcajada. A pesar de haber robado mil millones de dólares, ni Ingersoll ni Barrington eran un centavo más ricos que antes. El dinero se había esfumado en cuentas anónimas en bancos de todo el mundo. Dinero digital, accesible únicamente de forma electrónica, a través de la red. Y Cal había cambiado todas las claves de acceso.

Los ladrones habían sido robados.

Lamentablemente, aún seguía sin resolver el embrollo del Laguna Savings.

Peor aún, un torrente de dinero electrónico, miles de millones de dólares sustraídos de empresas y de personas anónimas en todo el país, había sido detenido en seco en su camino hacia el nodo terminal. Aquel dinero se había disuelto en la nada, había desaparecido sin dejar rastro.

¿Cómo lograrían devolverlo a sus cuentas bancarias de origen? ¿Quién podría descubrir cuáles eran esas cuentas originales de las que se había sustraído el dinero?

Cal había dicho la verdad: Barrington, el radical de derechas, tenía razón. Aunque no hubiera conseguido hacerse ni un ápice más rico, había logrado demostrar su argumento: en un mundo digital, nadie estaba seguro. Podía ser que hasta el dinero de Judy se hubiera esfumado, desaparecido para siempre jamás. La red era un lugar terriblemente peligroso.

Una idea sobrecogedora, pero cierta. Y lo que Judy le había dicho a Dan aquella noche en San José era igual de cierto.

Los hackers mandan.

Epílogo

Judy se inclinó hacia el agua y cogió un «dólar de arena».[1]
—De pequeño los recogía —dijo Cal—. Los guardaba en tarros junto a mi cama. Pero siempre acababan por desintegrarse. No duraban más que unas semanas.

Cal se puso las gafas de sol y dio un salto atrás cuando una ola amenazó con mojarle los pies. La brisa salada le arremolinaba el pelo sobre la cara.

Parecía fuera de lugar embutido en aquel bañador imitación tigre y aquella camiseta reluciente. Llevaba la nariz cubierta de protección solar.

—Todo se desmorona, Cal. Los dólares de arena —dijo Judy— y hasta los dólares digitales. Es ley de vida. Como las olas —señaló.
Cal asintió con la cabeza, observando cómo estas crecían, rompían y desaparecían.

—Lo sé —asintió Cal—, pero me hubiera gustado que mis dólares de arena aguantaran. Para mí, eran mi tesoro pirata.

—Tal vez piensas demasiado. O tal vez piensas demasiado poco —dijo Judy, tomándole por el brazo y conduciéndole por la playa. La arena tenía un tacto áspero y frío bajo sus pies—. Por ejemplo —prosiguió—, si te libraras de esa crema solar, tal vez tus gafas de sol dejarían de resbalarte por la nariz.

Cal se rió. Ya no era una risa histérica y aguda, ni la risa de un hombre acosado por el terror, ni de alguien tratando de convencer a

1. Los restos aplanados de un erizo de mar.

unos asesinos de que el conserje no estaba allí más que para hacer unas reparaciones. Era una risa tranquila y equilibrada, tan suavemente redondeada como las olas del fondo del océano, allí donde parecían besar el horizonte.

Se detuvo en seco, mirando un par de chicas tendidas sobre una toalla cerca de una palmera, y dijo:

—Vaya, mira que paisaje.

Incluso a esas alturas del final de la temporada, los bañistas recalcitrantes se mostraban en todo su esplendor. Piel bañada en aceite, microbikinis que a duras penas ocultaban nada.

—Esas dos parecen bien fritas, Cal —dijo Judy, con aire de reproche. Efectivamente, lo parecían. Allí tendidas, inmóviles, tumbadas boca abajo y bañándose al sol de diciembre, piernas perfectas y cerebros que contenían más o menos lo mismo que los dólares de arena.

—¿Crees que les gustaría conocer a una celebridad? —preguntó Cal.

Judy se rió. Reírse era agradable, y también lo era estar viva y no tener que seguir huyendo. Y tener un amigo, aunque estuviera pirado por las chicas.

—Sólo hay un modo de saberlo —le incitó—. ¿Por qué no te acercas y te presentas? Probablemente te habrán visto por televisión. Tal vez tengan debilidad por los hackers.

—Bueno... no sé —contestó Cal, con un tinte de nerviosismo en la voz—. Tal vez tengas razón. Probablemente serán unas cabezas huecas. Quiero chicas con cerebro, alguien perfecto, como tú.

—Qué amable, Cal —dijo Judy, alargando la mano y acariciándole el hombro. Lentamente, pero con creciente seguridad, estaba aprendiendo a relacionarse con la gente, a tratarla sobre una base personal. Era un proceso difícil, pero constante.

Cal era su amigo, sólo un amigo, como Dan Nikonchik o Steve Sánchez. Todos eran hombres que le gustaban, con cuya compañía disfrutaba, pero que no le interesaban en el plano sentimental. Antes o después encontraría al hombre adecuado, pero no tenía prisa. La vida era mucho más interesante si se vivía día a día.

Cal miró hacia el océano. El agua tenía un color azulino, salpicado aquí y allá de rosa y amarillo por los reflejos del sol. Sobre sus cabezas graznaban las gaviotas, y se zambullían de vez en cuando a la caza de algún pez. Era un día tranquilo y hermoso, pero había que mantenerse en movimiento para no pasar frío. Judy, a pesar de ir vestida con unos tejanos y una camiseta, sentía escalofríos.

—Vamos, Cal —le dijo—. Acabemos el paseo y te enseñaré a patinar en línea, como te prometí.

—¿Patinar, yo? Seguro que me caeré y puede que hasta me mate.

—No, hombre, no. Yo creo que analizarás hasta el último detalle antes de dar el primer paso.

Cal se volvió a reír.

—Por eso me gustas, Judy. Porque me empujas a hacer cosas que antes nunca había hecho. Me has abierto a una vida completamente nueva. Como ese contrato con Sánchez. Es divertido eso de husmear para buscar fallos de seguridad. Y, además, también es una manera fácil de ganarse un buen dinero. Y Steve me recuerda a Dan. La misma presión por las ventas. Me hace sentir como en casa.

—Me alegro de que te vaya tan bien —dijo Judy. Por el momento se consideraba a sí misma retirada. Nada de trabajar con el ordenador, nada de trabajos de seguridad, nada importante. Era agradable eso de ser simplemente Judy Carmody en lugar de TerMight. Esperaba trabajar algún día con Cal en el proyecto Dozong. Pero eso sería en el futuro.

—Me gustan tus pendientes —dijo Cal—. ¿Te los ha dado Bren?

—Exacto —respondió Judy, acariciando los NOR que llevaba en las orejas—. Insistió en que me los quedara cuando fui a visitarlos la semana pasada.

Había sido agradable ver a Bren en condiciones normales, sin estar preocupada por la posibilidad de que la policía pudiera irrumpir en la casa en cualquier momento. Hablaron durante horas. De programación, de amigos comunes, de la vida en general. Una visita agradable. No obstante, después de aquel encuentro, se había dado cuenta de que, aunque le gustaba Bren y la admiraba en muchos aspectos, no quería ser como ella. Ella no aspiraba a pasarse la vida colgada de un ordenador. La vida era algo más que trabajo, y se había propuesto descubrir el qué. No importaba cuánto tardara en lograrlo.

La crema solar se estaba derritiendo sobre la nariz de Cal. Se la limpió con la manga.

—Ya está ¿Mejor?

—Mucho mejor —respondió Judy.

—¿Y cuándo me vas a hacer caso y te vas a poner uno de esos microbikinis? Algo me dice que llamarías mucho más la atención.

—No es esa la clase de atención que busco, Cal.

Juntos anduvieron por la playa hasta el final del paseo, y luego ascendieron por la escalinata de piedra que llevaba hasta el paseo de madera donde Cal iba a recibir su primera clase de patinaje en línea. Poco a poco, él fue reduciendo el paso.

—Ya veo que eso de cambiarte llevará su tiempo —dijo Cal.

No. Decididamente, algunas cosas nunca cambiarían. Judy nunca se enfundaría un microbikini para tratar de atraer a los machos con sus caderas bronceadas. No sería capaz de mostrar de esa manera su cuerpo a nadie.

Cal respiraba agitadamente con la ascensión. No estaba acostumbrado a tanto ejercicio. Se detenía a menudo a admirar los jazmines y las palmeras, diciendo lo mucho que le fascinaba la naturaleza.

—Por cierto —comentó—, Dan te manda un saludo. Me pidió que te dijera que, la próxima vez que vayas a la ciudad, te llevará a dar una vuelta en su nuevo Porsche. Esta vez es plateado.

—Ni en un millón de años —respondió Judy. La mera idea de subir a un coche con Dan la hacía estremecer—. ¿Cómo le va? ¿Algún otro problema con sus amigos?

—Ninguno —respondió Cal—. A los prestamistas no les gusta relacionarse con gente famosa. Y después de que vendiera el restaurante a uno de sus secuaces, han perdido todo interés por él. Lo creas o no, está considerando invertir el dinero de la venta en un campamento de verano.

—¿Un campamento de verano? Estás bromeando.

Cal meneó la cabeza.

—En serio. Dan se desenvuelve bien en la naturaleza. Nunca le ha gustado admitirlo, pero lo cierto es que en la comuna aprendió un montón de cosas. La última vez que hablé con él por teléfono estaba francamente excitado con la idea.

—Probablemente servirá salchichas y patatas fritas para comer —dijo Judy. Eran buenas noticias. Dan estaba por fin comenzando a hacer las paces con su pasado.

—¿Has visto hoy a Gloria por la red? —le preguntó Cal—. Qué guapa que estaba. Tuve la sensación de que el entrevistador iba a saltarle encima en cualquier momento, allí mismo, delante de las cámaras.

—¿Por qué crees que te dio la microcámara? —preguntó Judy—. Yo todavía no lo entiendo.

Cal encogiéndose de hombros respondió:

—No estoy muy seguro, pero imagino que sospechó que Ingersoll planeaba desentenderse de ella y quería la grabación para poderle chantajear. Supongo que creyó que me podría manejar a su antojo. —Sonrió, algo incómodo—. Probablemente Greg le habló de mi debilidad por las chicas.

—Lo que tú tienes es debilidad por los bombones —respondió Judy, riendo de nuevo—. ¿Se celebrará algún día ese juicio? Parece que lo único que hacen es entrevistar a un jurado tras otro. Es increíble la cantidad de gente que han rechazado.

—Los noticiarios de la red ya lo llaman el juicio del siglo —dijo Cal—, incluso antes de que comience. Lo tiene todo: un agente secreto, un millonario loco, antitecnología, una chica bombón y su novio celoso. Añádele a todo eso un robo de mil millones de dólares y unos cuantos asesinatos, y tendrás un espectáculo de primer orden.

—No tan espectáculo —observó Judy—. La cuestión económica sigue estando muy liada. Hasta cuesta comprar comida. Miles de personas siguen sin tener acceso a sus tarjetas digitales, a sus cuentas de crédito y a sus ahorros. No hay forma de hacer la nómina. Ni se sabe quién debe la hipoteca. Detesto lo que hemos hecho, Cal.

Este protestó.

—No lo hice adrede.

—Ambos nos vimos forzados a hacerlo. O eso o que nos asesinaran. No había elección.

—Lo terrible es que hayan clausurado VileSpawn —dijo Cal—, y todo lo interesante de la red. Sólo ha quedado lo superficial, como las noticias y Mistie Lane.

—Bueno, tampoco es que esté loca por testificar —confesó Judy—. No me importaría no volver a ver a Ingersoll ni a Barrington. Lograron demostrar lo que querían, y casi consiguen destruir Internet y a todos los que se conectan a ella.

—Míratelo por el lado bueno. Tal vez los abogados ni siquiera te llamen a declarar. No será fácil colgarle los asesinatos a Ingersoll, sobre todo con Tony Tuska, Paul Smith y Ernie Kaye muertos. La señorita Dexter dice que la acusación probablemente se concentrará en la muerte de Harry y en el robo de los mil millones. Lo otro vendrá más tarde. Un juicio tras otro. Tardarán años.

—Has estado viendo mucho a la señorita Dexter ¿verdad? —preguntó Judy.

—Sí, mucho —admitió Cal—. Es lista, para ser del ISD. Casi hemos logrado restituir la totalidad de los millones robados a sus cuentas de origen. Hará falta más tiempo del que yo creía, pero vamos por buen camino.

—Puede estar contenta de que seas honrado —comentó Judy—. Pocas personas restituirían mil millones de dólares.

—Mil millones no son nada comparados con lo que se llevó el segundo asalto. El ISD no tiene forma de seguirle la pista a ese dinero. Dudo mucho que alguna vez lleguemos a recuperarlo. Tal vez una parte, gracias a copias de seguridad que hacen a diario los bancos, pero ¿cómo desvelar los millones, tal vez miles de millones, de transacciones bancarias que realicé en cuestión de pocos minutos? Los bancos se están retirando del dinero electrónico. Por todas partes, la gente está terriblemente asustada. No sé, me siento como si fuera el mismísimo diablo.

—Bueno, este diablo tiene decenios de contratos de seguridad informática por delante. Te harás rico. Cualquiera que esté en nuestro negocio, Cal, lo estará por mucho tiempo. Reconócelo. La próxima vez que algún loco planee asaltar la red, será mucho peor de lo que nosotros hicimos.

Llegaron al final de la escalinata y se sentaron en un banco de madera, donde Judy se calzó sus patines en línea. Los de Cal llevaban ruedas de práctica.

—No estoy muy seguro de querer hacerlo, Judy.

—Venga, hombre, no te vas a matar.

Cal metió un pie en uno de los patines y fijó las cintas de velcro.

—En fin, supongo que me fortalecerá los músculos de las piernas. Y tal vez atraiga a las chicas.

—Cal, lo que hará es darte una gran sensación de libertad después de todo ese trabajo informático que estás haciendo. Créeme, sé de lo que hablo.

Judy ya estaba de pie, patinando en círculos y sintiendo la emoción que la embargaba siempre que lo hacía. Estaba ansiosa por ponerse en marcha, por sentir el viento zumbando en los oídos.

—¿Y por qué es tan importante la libertad? —preguntó Cal, luchando por mantenerse en pie, tambaleándose y agarrándose al banco.

Ella le miró por encima del hombro y, dándose un fuerte impulso con la mano, salió zumbando por el paseo, dejando atrás a una madre con su bebé y su cochecito. El bebé levantó la mirada, sorprendido. La madre sonrió.

—Porque la libertad es lo único que tenemos, Cal.

Él hizo un gesto de resignación y partió tras ella, con la espalda arqueada y los brazos girando como molinos.

—¡Espera!

Judy volaba sobre las tablas, que repiqueteaban bajo las ruedas de sus patines. Se agachó y cruzó las piernas, tratando de alcanzar la máxima velocidad mientras pasaba junto a las redes de voleibol.

Libertad. No tenía precio. Ya volvería a buscar a Cal. Pero todavía no.

AGRADECIMIENTOS

Un agradecimiento muy especial a Steve Saffel en Del Rey, por haber creído en nosotros y habernos brindado la oportunidad de escribir *Superhackers*; a Shelly Shapiro, Kuo-Yu Liang y Tim Kochuba en Del Rey, por su apoyo y su ayuda constantes; a Lori Perkins por hacer que las cosas ocurrieran.

Muchas gracias a Ron Lewis y Marillyn Cole por responder a algunas llamadas telefónicas desesperadas. Al malogrado Sam Peeples, por sus palabras de sabiduría y estímulo. A Cynthia Manson, Marty Greenberg y Dean Koontz, por sus buenos consejos cuando más falta nos hacían.

—Lois H. Gresh y Robert Weinberg

Y por una vida de aventuras en la ciencia de la computación:
Nuestro más profundo agradecimiento a Bob Miller, Claude Marini y Pete Tieslink, que me dejaron trabajar en mi habitación como Sister System Slayer. También para los muchos magos y magas que he tenido la fortuna de conocer, en particular Rob Fitter, Chris Homan, Steve Miller, Steve Smith, Mike Scaglione, Michele Seitz y Sue Semancik. Y para la gente de Color Science: David McDowell, Larry Steele, Pete Weishaar, Dick Bucknam, John Maurer, Tom Ashe, Chris Heinz, Sam Swartz, y David Smith. También para la gente de Virtual Reality: Errol Naiman y Amos Newcombe. Para Arthur Carrol, Otto Eckstein, Ted Sweere y Wayne Donnelly, por haberme dado algún respiro de pequeña. Para George Slack por la electrónica. Y muy especialmente para Bob Campbell y Ed Covannon de Kodak, por haberme mostrado el futuro.

—Lois H. Gresh

Visite nuestra web en:

www.umbrieleditores.com